民国世界文学经典译著·文献版（第七辑：各国中短篇小说）

◆短篇小说·诗歌◆

俄罗斯浪游散记

[俄]高尔基 著 耿济之 译

上海三联书店

图书在版编目(CIP)数据

俄罗斯浪游散记 /［俄］高尔基著；耿济之译．
—上海：上海三联书店，2017.8
ISBN 978-7-5426-5995-8

Ⅰ．①俄… Ⅱ．①高… ②耿… Ⅲ．①短篇小说—小说集—苏联 ②诗集—苏联
Ⅳ．① I512.25

中国版本图书馆 CIP 数据核字（2017）第 175094 号

俄罗斯浪游散记

著　　者 /［俄］高尔基
译　　者 / 耿济之

责任编辑 / 陈启甸
封面设计 / 清　风
责任校对 / 江　岩
策　　划 / 嘎　拉
执　　行 / 取映文化
监　　制 / 姚　军

出版发行 / 上海三联书店
（201199）中国上海市闵行区都市路 4855 号 2 座 10 楼
电　　话 / 021-22895557
印　　刷 / 常熟市人民印刷有限公司

版　　次 / 2018 年 4 月第 1 版
印　　次 / 2018 年 4 月第 1 次印刷
开　　本 / 650 × 900　1/16
字　　数 / 650 千字
印　　张 / 41
书　　号 / ISBN 978-7-5426-5995-8 / I · 1277
定　　价 / 186.00 元

民国世界文学经典译著 · 文献版

出版人的话

中国现代书面语言的表述方法和体裁样式的形成，是与20世纪上半叶兴起的大量翻译外国作品的影响分不开的。那个时期对于外国作品的翻译，逐渐朝着更为白话的方面发展，使语言的通俗性、叙述的完整性、描写的生动性、刻画的可感性以及句子的逻辑性……都逐渐摆脱了文言文不可避免的局限，影响着文学或其他著述朝着翻译的语言样式发展。这种日趋成熟的翻译语言，推动了白话文运动的兴起，同时也助推了中国现代文学创作的生成。

中国几千年来的文学一直是以文言文为主体的。传统的文言文用词简练、韵律有致，清末民初还盛行桐城派的义法，讲究“神、理、气、味、格、律、声、色”。但这也在一定程度上限制了情感、叙事和论述的表达，特别是面对西式的多有铺陈性的语境。在西方著作大量涌入的民国初期，文言文开始显得力不从心。取而代之的是在新文化运动中兴起的用白话文的句式、文法、词汇等构建的翻译作品。这样的翻译推动了“白话文革命”。白话文的语句应用，正是通过直接借用西方的语言表述方式的翻译和著述，逐渐演进为现代汉语的语法和形式逻辑。

著译不分家，著译合一。这是当时的独特现象。这套丛书所选的译著，其译者大多是翻译与创作合一的文章大家，是中国现代书面语言表述和中国现代文学创作的实践者。如林纾、耿济之、伍光建、戴望舒、曾朴、芳信、李劼人、李葆贞、郑振铎、洪灵菲、洪深、李兰、钟宪民、鲁迅、刘半农、朱生豪、王维克、傅雷等。还有一些重要的翻译与创作合一的大家，因丛书选入的译著不涉及未提。

梳理并出版这样一套丛书，是在还原中国现代文学史上的重要文献。迄今为止，国人对于世界文学经典的认同，大体没有超出那时的翻译范围。

当今的翻译可以更加成熟地运用现代汉语的句式、语法及逻辑接轨于外文，有能力超越那时的水准。但也有不及那时译者对中国传统语言精当运用的情形，使译述的语句相对冗长。当今的翻译大多是在著译明确分工的情形下进行，译者就更需要从著译合一的大家那里汲取借鉴。遗憾的是当初的译本已难寻觅，后来重编的版本也难免在经历社会变迁中或多或少失去原本意蕴。特别是那些把原译作为参照力求摆脱原译文字的重译，难免会用同义或相近词句改变当初更恰当的语义。当然，先入为主的翻译可能会让后译者不易企及。原始地再现初时的翻译本貌，也是为当今的翻译提供值得借鉴的蓝本。

搜寻查找并编辑出版这样一套丛书并非易事。

首先确定这些译本在中国是否首译。

其次是这些首译曾经的影响。丛书拾回了许多因种种原因被后来丢弃的不曾重版的当时译著，今天的许多读者不知道有所发生，但在当时确是产生过一定的影响。

再次是翻译的文学体裁尽可能齐全，包括小说、戏剧、传记、诗歌等，展现那时面对世界文学的海纳百川。特别是当时出现了对外国戏剧的大量翻译，这是与在新文化运动影响下兴起的模仿西方戏剧样式的新剧热潮分不开的。

困难的是，大多原译著，因当时的战乱或条件所限，完好保存下来极难，多有缺页残页或字迹模糊难辨的情况，能以现在这样的面貌呈现，在技术上、编辑校勘上作了十足的努力，达到了完整并清楚阅读的效果，很不容易。

“民国世界文学经典译著·文献版”首编为九辑：一至六辑为长篇小说，61种73卷本；七辑为中短篇小说，11种（集）；八、九辑为戏剧，27种32卷本。总计99种116卷本。其中有些译著当时出版为多卷本，根据容量合订为一卷本。

总之，编辑出版这样一套规模不小的丛书，把世界文学经典译著发生的初始版本再为呈现，对于研究界、翻译界以及感兴趣的读者无疑是件好事，对于文化的积累更是具有延续传承的重要意义。

2018年3月1日

[俄] 高爾基 著
耿濟之 譯

俄羅斯浪游散記

中華民國三十二年十一月初版

目次

人的誕生

這事發生在一八九二年，饑饉的年頭，蘇和姆和遲切姆奇爾之間，郭道爾河岸旁，離涯不遠的地方。從光明的山溪水的峽縫的嘈聲中間明顯地聽出海浪的沈重的波濤。

秋天，月桂櫻桃樹的黃澄澄的葉子，像活潑的小鮭魚般，在郭洛爾河的白沫裏旋轉。我坐在河岸石上，心想一定海燕和鷗鳥也把樹葉認作魚，受了騙，所以牠們在右面樹後，海水濺潑的所在，這樣生氣地喊噓。

我頭上的栗子照出金色，我的脚下有許多樹葉，像一個人的切斷紋路的手掌。對岸黑兒風乾的樹枝業已光裸，在空中曳盪，像破碎的魚網。紅中帶黑的山啄木鳥在枝上跳躍，像被捉了似的，黑鼻在樹幹的殼皮上叩擊，逼趕出昆蟲來。靈巧的山雀和鴿色的五十雀，——從遙遠的北方來的客人，——啄吸牠們。

左面的山嶺上沈重地懸掛着煙霧般的雲，透露雨意，黑影從那裏爬到綠油油的斜坡上。坡上長着死沈沈的黃楊樹，在老山毛櫸和菩提樹的洞穴中可以找到「醉蜜」，它的醉人的甜蜜在古時幾乎使偉大的傍貝城的兵士全軍覆沒，使整營的鋼鐵般的羅馬人醉倒；蜂兒用月桂和杜鵑花釀成，「過路的」人們則從樹穴內取出，抹在大麥粉製成的薄薄的餅上喫下去。

我也從事於此，坐在栗樹底下的石上，被發怒的蜂兒狠狠地咬了一口，把一塊塊的麵包探進裝滿蜜的鐘頭要去，一面喚，一面欣賞疲倦的秋日的懶洋洋的游戲。

秋天的高加索好像富足的教堂，由偉大的智慧的人們（他們永遠是偉大的罪人們）爲了將他們的過去在良心的銳利的眼睛面前隱瞞住，而築成廣大無垠的，用黃金，藍寶石和子母綠石鑲成的教堂。在山上鋪着在薩馬爾坎特和石馬哈的土耳克孟人們用絲線織成的上好的地毯，將整個世界的一切搶劫了來，——送到這裏，放在太陽的眼前，似乎想對它說：

「你的——由於你的——獻給你。」

我看見一些長鬚的灰色的巨人們象溶快樂的孩童般的大眼，從山上走下，將大地裝飾起來，四處慷爽地播散色彩繽紛的寶物，用厚厚的銀塊覆蓋山巔，用活潑的，網布般的各色各樣的樹木覆蓋山坡，於是這塊豐肥的田地在他們的手底下變成發狂般地美麗。

大地上做人是太佳妙的職務，可以看到多少奇妙的東西，在靜悄悄地欣賞美景的時候，心靈激到痛苦地甜蜜的程度。

是的，——有時候也有困難發生，整個胸膛充滿着混濁的怨恨，煩惱貪婪地吮吸心臟的血，但這不是永遠如此的，太陽也時常十分憂愁地看人：它爲人們如此勞苦，——而那些小人兒還是不能成功：……

自然也有不少好的，但是——必須把他們修理一下，或者最好是重新予以改造。

離我的左邊，在樹棵上面，有些黑暗的人頭搖曳着：在海浪的喧囂和河水的怨訴中微微地聽到人語路，——那是「飢民」從蘇和姆到渥切姆奇爾去做工。他們會在蘇和姆那裏建築公路。

我知道他們，——他們是渥洛夫省人我同他們一塊兒工作，昨天一塊兒算淸了賬。我在夜裏比他們先動身走，想在海岸傍迎接日出。

四個農夫，還有一個顴骨高聳的村婦，年青的，懷孕的，肚子大得朝鼻尖翹起，眼睛吃驚地瞪出，作黃灰色。我在樹棵上面看見她的包着手帕的頭，在那裏搖盪着，像風下的開花的向日葵。她的丈夫在蘇和姆死去，——喫多了水菓。我住在板房裏這些人們的中間：由於俄國人的好習慣，他們把自己的不幸事情講了許多，而且那樣洪響，大槪在五俄里以外也會聽得見他們的可憐的話語。

這是一些被憂愁壓扁了的煩悶的人們。憂愁把他們從疲乏的，無所生長的，故鄉的土地上摘下，像風捲秋天的枯葉似的帶了過來，在此地這陌生的自然的奢侈使人驚訝而且眩盲，而努力的艱苦的條件把這些人完全摧倒。他們看着這裏的一切，慌亂地眯着褪色的憂愁的眼睛，相對作可憐的微笑，輕聲說：

「哎喲，——這才是地呀……」

「簡直從裏面擠出來。」

「是的……但是——那祇是石頭……」

「不方便的土地，應該這樣說……」

於是憶起牝馬呷，莠草場，溼地，——那些親切的地方，在那裏每一把泥土全是他們的祖先的遺骸，一切是可記念的，熟悉的，資宜的，——被他們的汗水滋潤着的。

在他們一塊兒還有一個村婦，——高身，直挺，平得像一塊木板，馬形的下顎，一雙黑得像煤炭的斜眼發出暗淡的光采。

晚上，她同這個緊黃手帕的女人走到板房後面，坐在石子堆上，臉頰放在掌上，頭斜側，用高高的，盛怒的聲音唱道：

「敎堂後園……

綠油油的樹棵底下——

沙土上面……

我鋪好白白的手帕……

好不耐煩……

等候親愛的好人兒……

親愛的一來……

我對他彎腰鞠躬……」

黃色的女人照例沈默俯頭，看視她的肚腹，但有時突然出乎意料以外地，用懶洋洋的，濃厚的，像殺豬般嘶啞的聲音加入歌唱，唱出一些嗚咽似的話語：

「喔，愛人兒……

喔，親愛的人兒……

我沒有運氣……

和你多見幾面……」

在南方之夜悶熱的黑暗裏，這些哭泣似的聲音令人憶起北方，雪野，風雪的呼吼和遊蕩的狼嗥……

以後斜眼的女人得了瘧疾，用帆布擔牀把她送到城裏去——她在牀上抖索着，吼叫着，似在悲歎唱出關於教堂後園和沙土的小調。

黃色的頭在空中露出了一次，就消失了。

我突究早發，用樹葉蓋住腳邊的蛇窩好行藏，不慌不忙地跟着前面走的人們的蹤跡走去，山茱萸的手杖叩擊小徑的堅硬的泥土。

我也在狹窄的，灰色的大道上行走，右面搖曳着深藍色的海；好像有看不見的木匠們用幾千隻鉋子鉋它，——白色的飛屑淅瀝瀝地奔跑到岸上，爲潮濕，暖和，發出與健康的女人的呼吸相似的氣味的風所驅趕。土耳其的帆船左舷側斜，溜到蘇和姆去，張滿着帆篷，像一個神氣活現的蘇和姆的工程師鼓着肥厚的臉頰，——一個極嚴肅的人。不知道爲什麼他說「靜靜些」時說了「瑣碎些」，說「雖然」說了「孰然。」

「瑣碎些！你孰然勇猛，我立刻把你交給警察……」

他要打發人到警區裏去，現在想起來，大概墳裏的小蟲一定早就把他啃到骨頭了罷。

走路很輕鬆，像騰雲似的。愉快的思念，穿着歐羅色彩衣裳的回憶，在記憶裏領導靜悄悄的跳舞；心靈裏的跳舞就像海上的浪沫，牠們是在上面的，但是在海底裏卻顯得寧靜，光明和脆弱的青春之希望，在裏面靜靜地浮泅，像海底的銀色的魚。

道路引到海邊，蜿蜒地爬近波浪奔馳的沙灘，——樹棵也想看一看波浪的臉龐，從綢帶似的道路那裏俯身相就，好像對遼闊的蔚藍的水面點頭。

風從山上吹來，——雨要來了。

……樹棵裏有靜靜的呻吟——人的呻吟，永遠親密地撼搖人的心靈的呻吟。

撥開樹棵，我看見這包黃手巾的女人，背支住胡桃樹幹，坐在那裏，頭縮到肩上，嘴拉長得十分難看，眼睛瞪出，顯得瘋狂；她的兩手扶着大肚子，那樣不自然而且可怕地呼吸着，使整個肚腹抽筋似的跳躍着。女人一邊用手扶住，一邊沈重地吼叫，露出狼形的黃牙。

「什麼事？中暑了麼？」——我俯身問她，——她的光裸的腿在香灰似的塵土裏扭動着，指着沈重的頭，嗄啞說道：

「去罷……不要臉的……去罷……」

我明白了怎麼回事，——我已經看見過一次，——自然害怕起來，跳跳到一邊去，但是那個女人拉長了高聲哭喊，從快要破裂的眼睛裏發出模糊的眼淚，在緊繃的紫紅的臉上流着。

這使我回到她那邊去，我把行裝，茶壺，饅頭擱在地上，把她朝天推在地上，想要扳她的膝頭，——她推開我，手打擊我的臉和胸脯，像一隻狗熊似的，一面吼叫嘶喊，一面匍伏着爬進樹棵的深處：

「强盜……魔鬼……」

手突不住，她倒了下來，臉碰在地上，重新抽筋般的吼叫，伸長着雙腿。

在熱烈的興奮中，迅速地憶起我對這事所知道的一切，我把她朝天翻轉，把腿弄彎，——胞水已破了。

「你躺下來，立刻就要生產了……」

我跑到海邊，撈起袖子，洗了洗手，回轉來，——做起助產師來。

這女人扭來扭去，像火上的樺樹皮，用手拍身旁的土地，拔出萎黃的草，就想塞到自己嘴裏去，泥土撒在可怕的非人的臉上，眼睛兇發而且充血，但是胞衣已破，小頭鑽了出來，——我必須抑止住她的兩腿的抽筋，幫助嬰孩，還要留神她將草塞進扭曲的吼喊着的嘴裏……

我們互相對罵了一小會，——她從牙縫裏說出，我也不用高聲，她——由於痛苦，還大概由於羞恥，我則由於慚愧和對於她的磨難般的憐惜……

「天呀，」——她嘶聲說，發藍的嘴唇咬破了，而且吐着沫兒，從那好像突然在陽光下褪色的眼睛裏，流出一個母親的難忍的悲哀的豐滿的淚水。她的整個的身軀折斷了，分成兩橛。

「你——你去罷，鬼……」

她用軟弱的脫節的手一直推開我，我勸慰地說：

「傻子，你快生能……」

眞是可憐她，似乎她的眼淚濺進我的眼睛裏去，心被煩惱壓得緊緊的，想喊出來，我就喊道：

「唔，快些呀。」

於是——在我的手裏有一個人——紅紅的。雖然隔着眼淚，但是我看到他的整個身子是紅的，而且已經不滿意這世界，轉動肢體，亂鬧一陣，發出沈默的喊聲，雖然還和母親聯結着。他的眼睛作着藍色，鼻子在紅紅的，發皺的臉上塌得扁扁，嘴唇微動，喊着：

「哇……哇……」

那樣光滑，——一不小心就會從我的手裏溜出。我跪着，望着他，哈哈地發笑，——看見他眞是落徽，於是——我竟忘記了應該做的事……

「齧斷它……，」——母親輕聲微語，——她的眼睛閉上，臉凹了進去，發出泥土的顏色，像死人一般，藍紫的嘴唇勉强動彈着：

「用小刀子……割斷……」

我的刀子在板房裏被偷去了。——我用嘴咬斷臍帶，嬰孩用遼洛夫省的低音哭着，母親卻微笑了。我看見她的沒有底洞的眼睛發出奇怪的光采，熠爍着藍色的火。黑黑的手在裙邊摸索，尋覓衣袋，咬破的流血的嘴唇發出聲響：

「沒……沒有……力氣……一根帶子在口袋裏……把小肚臍紮住……」

我取了帶子，紮住了。她微笑得那樣鮮豔那樣好，我的眼睛幾乎被這微笑眩瞎了。

「你歇一歇，我去洗他……」

她不安地喃語：

「你留神——輕輕的……你留神……」

這個紅紅的小人兒並不需要謹慎，他握緊拳頭，哇哇的喊，哇哇的喊，好像挑逗着和我打架。

「哇……哇……哇……」

「你呀，你呀！你應該緊緊地立定脚跟，否則鄰人們會立刻割下你的頭……」

在泡沫似的浪水快樂地鞭打我們兩人，初次淹到他的身上的時候，他喊得特別厲害而且洪響；以後我掮他的胸背的時候，他眯小着眼睛，跳躍着發出尖聲，浪一個跟一個地濺在他的身上。

「喧鬧罷，——遲洛夫省的人！使勁喊呀……」

我和他兩人回到母親那裏去的時候，她躺在那裏，重新咬緊嘴唇，忍受驅逐胞衣出來的陣痛。雖然如此，我還從呻吟與嘆息之中聽見她作垂死般的微語：

「給……把他……給我……」

「等一等。」

「給罷……」

抖顫的不聽使喚的手解開胸前小衣的紐扣。我幫他放開那隻由自然預備下可以供二十個小孩之用的乳頭，把那好搗亂的渥洛夫人貼在她的暖和的身體上面，他立刻了解了一切，便沈默了。

「聖潔的母，」——母親抖索着嘆氣，把毛髮蓬亂的頭在行李上滾來滾去。

突然地，輕聲喊了一下，就靜默了，美麗非凡的眼睛重又張開，望着蔚藍的天。感謝的，喜悅的微笑在眼睛裏熠燦着，融化着。母親舉起沈重的手，慢慢地給自己和嬰孩畫十字……

「祝福你，聖潔的聖母……唉……祝福你……」

眼睛散失了光采，陷了進去。她許久不作聲，勉強呼吸着，忽然用堅定的聲音，極有調度能力似的說道：

「少年人，把我的行李解開來……」

解開來了，她盯着我一眼，微弱地笑了一下，不知不覺地似乎有一陣紅潤在陷凹的頰上和流汗的額上閃耀了。

「你走開一會兒……」

「你不要太勞苦呀……」

「唔，唔……你走開……」

我走到不遠的樹棵裏去。心似乎疲倦了，胸裏靜悄悄的，有些可愛的鳥啼鳴，和海水的不靜休的發響聲相和，——真是好極了，可以幾年地睡去……

一條小溪在不遠的地方潺潺地發響，——好比女郎對女友敍訴她的情人。……

黃手帕的頭在樹棵上露了起來巳經包紮得像樣了。

「喂，喂，你勞動得太早了！」

她用手扶住樹枝，坐在那裏，好像鑄成似的，灰色的臉上沒有一點血色，眼睛的所在成爲發藍的巨湖。她和諧地微語道：

「你看——他睡着了……」

他睡得很好，但是在我的眼睛裏，並不比別的小孩們好些，即使有區別，也就是歸到環境上面：他躺在樹下一堆鮮艷的秋葉上面，——這種葉子在遲洛夫省是長不出來的。

「你這母親也該躺一躺……」

「不，」——她說，頭在做了螺旋的頸上搖晃，——「我必須收拾收拾，還要到那個地方……」

「遲切姆奇爾麼？」

「你瞧！我們的人巳經走了多少里路了……」

「你還可以走麼？」

「聖母呢？她會保佑的……」

既然她和聖母同在，——必須沈默下去！

她朝樹棵底下小小的，不滿足地鼓起的臉看望，從眼睛裏射出溫和的，親密的光線，祇洛咒符，用迴旋的手勢撫摸胸脯。

我生起火堆，排好幾塊石頭，預備把水壺放上去。

「我這就請你喝茶……」

「噢！你給我喝罷……我的奶要全乾了……」

「為什麼同鄉們把你扔棄了？」

「他們沒有扔棄，——那為什麼？我自己落後，他們又喝醉了酒，並且……這樣很好，否則我當他們面前橫倒下來，多難看呀……」

她瞧了我一眼，手肘掩住臉部，以後吐了一點血，害羞似的笑了。

「這是你頭生的麼？」

「頭生的……你是誰？」

「有點像人……」

「自然是人要過親麼？」

「沒有這福氣……」

「你撒謊麼？」

「爲什麼？」

她垂下眼睛想了一下：

「那你怎麼知道女人的事情呢？」

現在祇好撒謊了。我就說：

「我學過這個學生——你聽見沒有？」

「原來如此！我們的神甫的大兒子是學生，也學神甫的事……」

「我也是這類的人。唔，我去取水……」

女人低頭就着兒子，傾聽着——有沒有氣？——接着朝海的那頭望了一下。

「我也想洗一洗，不過水是不熟悉的……這是什麼水？又鹹又苦……」

「你就用它洗一洗；——這是健康的水！」

「是麼？」

「一定是的。比河水還暖些，這裏的河水和冰一般……」

「你是知道的……」

一個阿勃哈玆人騎着馬一步步的走來，打着盹，頭掛在胸前。那匹小馬全身都是肌肉，跳動耳朵，黑圓的眼睛斜看我們，長嘶了一聲。騎馬的人搖了搖戴細毛的皮帽的腦袋，也朝我們的方面看了一眼，重又垂下頭去。

「這裏的人們很荒誕，樣子可怕，」——遲洛夫女人輕聲說。

我走了。像水銀一般光亮而且活潑的水流在石子中間跳躍歌唱，秋葉在表面快樂地翻身，——真是奇趣！我洗手和臉，盛滿了一盌水，走回去，隔着樹棵看見女人不安地向四面環視，在地上石頭上面爬着。

「你做什麼？」

她害怕了，臉發灰色，把什麼東西藏在自己身下。我猜到了。

「你給我，我來埋……」

「喔，那怎麼行？應該放在澡堂的地板底下……」

「什麼時候才能在這裏造好澡堂，你想一想！」

「你儘打哈哈，我很害怕，忽然被野獸喫去……胞衣是應該還給土地的……」

她轉過身子，把一個潮溼的沉重的包子交給我，輕聲而且害羞的請求道：

「請你好生弄一弄，弄得深些，看基督的份上，可憐我的兒子，做得好一點……」

我回來的時候，看見她從海邊搖擺着走來，手伸到前面，裙子溼到腰際，臉有點紅潤，好像從內身發出光來。我幫助她走回火堆那裏，奇怪的想：

「這力量是和野獸一般的！」

以後我們喝茶，喫蜜。她輕聲問我：

「你扔棄學業了麽？」

「拋棄了。」

「是不是喝了酒？」

「完全喝起酒來了！」

「你是這樣的！我還記得你，在蘇和姆就看見你和頭兒爲了飯食相罵；那時候我就想到——一定是酒鬼，這樣的不知恐懼……」

舌頭有滋味地舐着腫起的脣上的蜜，藍眼一直在那裏斜看樹下，新的遏洛夫人安靜地睡着的地方。

「他怎樣活下去呢？」——她說，嘆了一口氣，朝我身上看了一下，——「你幫助我，——謝謝你……不過這對於他好不好，——那我就不知道了……」

她喝了茶，喫了東西，畫了十字。在我收拾傢具的時候，睡眼朦朧地搖晃身體，一面打盹，一面想什麼事，直又褪色的眼睛朝地上瞧着。以後她立起身來。

「難道你要走麼？」

「走。」

「瞧着，母親！」

「聖母呢？……你把他給我！」

「我來抱他……」

兩人爭論起來，她讓步了，——於是肩並肩地走了。

「不要跌倒纔好呢，」——她說，像犯了錯事似的笑了一下，手放在我的肩上。

俄羅斯土地的新居民，具有不知悉的命運的人，躺在我的手裏，神氣活現地發出鼾聲。海水濺潑着，發出沸騰的聲音，蓋着白絲邊一般的鉋花，樹棵在那裏微語，太陽照耀，轉入正午的時候。

我們慢慢地走，有時母親止步，深深地嘆息，頭仰上去，四處張望，看着海水，樹林，高山，後來又看兒子的臉。被悲苦的淚水洗透了的她的眼睛，重又明亮得奇怪，重又發出色彩，熠耀出汲取不盡的愛的藍火。

有一次她止步後說道：

「上帝呀！這眞好，這眞好！最好老是走着，一直走着，走到天邊。小兒子，他呢，——長大起來，一直在自由地長大起來，在母親的胸邊，我的親生的兒子……」

……海咆哮着，咆哮着……

流冰

城外的河上，木匠七人正在匆遽地修理流冰的防禦堤，冠堤，在冬天被市旁村莊的下市民們拆去當柴燒了。

這一年春來太晚，——青年的壯士「三月」看來像是「十月」的樣子；祇是中午時分，——並非每天如此，——在烏雲交織的天上發現了白白的，冬天樣子的太陽，在烏雲中間窄窄的隙縫裏鑽了出來，不愉快地而且斜斜地窺視大地。

已經是耶穌苦難週的星期五，融冰的地方到了夜裏還會凍成半俄尺長的藍色的冰柱；從雲裏脫裸出來的河上的冰也作藍色，像冬天的雲。

木匠們做着工。城裏面銅鐘淒涼而且警示似的唱着。工人們的頭向上舉起，眼睛凝視地沈在籠罩全城的灰色的煙霧裏。舉起來預備打擊的斧子時常遲疑地在空中停留一秒鐘，似乎怕砍斷和諧的鐘聲。

在寬闊的，綬帶似的河上到處斜斜地凸出一些松枝，標示出道路，融冰的地方和冰上的裂隙；那些樹枝向上舉着，好像溺水的人的抽筋的手。

河上發出累人的沈悶的氣息。空曠的地上一層多孔質的擠擠的河不愉快地躺着，成爲一條到煙霧的地帶去的直路湖澤的寒風從那裏愛撫而且懶洋洋地吹來。

……頭目遲西布，一個消瘦整齊的小農夫，長着端正的，銀色的小鬍，在玫瑰色的臉頰和纖細的頸項上面謹慎地彎成細細的環圈，——這個永遠而且到處可以發現的頭目遲西布喊道：

「動得快些，你們這些母雞的孩子們！」

又朝我嘲笑似的教訓着：

「你這監督者，——你為什麼把你的遲鈍的鼻子朝天上嗅聞？我要問你，你派到這裏做什麼事的？你是包工人瓦西里·塞爾該奇派來的，不是麼？這末說來，——你應該指揮我們，——快做工，你們這些人呀！你是派來辦這宗差使的，但是你不管你的事情，你這小孩，你這木頭！你不應該閃眼睛，你睜着眼睛，你儘管喊，既然你被安插到我們這裏來，好像班長似的……你指揮罷！」

他又對夥伴們喊道：

「不要打哈欠，鬼頭——應當今天就把事情了結一下，不是麼？」

他自己就是夥伴裏第一個懶人。他深知自己的事情，會靈巧而且熱烈地工作，帶着興趣和迷戀，但是不愛勞苦，時常講敘神奇的故事。正在工作要緊時候，人們專心致志，默默地，聚神地工作着，忽然被一個做得一切都好，都不順的願望所俘獲，——遲西布嘰嘰咕咕地開起口來了：

「弟兄們，有這末一件事情……」

兩三分鐘內人們似乎沒有聽他，忘卻了自身似的欲切，飽，但是溫柔的中音幻想地流暢，將人們的注意予以束縛。遲西布的明朗的，蔚藍的眼睛甜蜜地眯小着，手指捲撚髭毛的鬍子，愉快得吭吭有聲地卑能一句一句的話……

「他捕住了這條鯉魚，放在洞穴裏，穿過樹林，心想：我有魚湯喫了……忽然——不知從什麼地方來的，——柔細的女人聲音喊道：葉運謝，葉運謝……」

長身多骨的磨德溫人，綽號小百姓，——一個帶着驚訝的小眼的青年人，——放下斧子，張着嘴站在那裏。

「一個溫厚的低音從洞穴裏回答：在這裏！……就在這時候從洞穴裏跳出那條鯉魚，走着走着，就走同自己的湖沼裏去了……」

老兵士薩那溫，陰鬱的醉鬼，得了氣喘病，許久時候像一蹬子受了什麼氣似的啞聲說：

「鯉魚怎麼會到乾土上走路，既然牠是一條魚？」

「那末魚能說話麼？」——遲西布和藹地問。

蹺阿·瑞台林，灰色的農人，一付狗臉，——顴骨和兩腮挺在前面，額角向後傾斜，——一個侵香香的，微細不足道的人，不慌不忙地從鼻孔裏發出三個心裏的字來：

「這很對……」

每次在人家敍說什麽奇異的，可怕的，齷齪的或惡毒的話的時候，他總是低聲地，卻具着無可搖撼的信心應聲說着：

「這很對……」

好像有一隻粗糙的，沈重的拳頭朝我的胸脯叩擊三次。

工作停住了，因爲耶各夫・瀰也夫結舌而且紛厭的人，也想說些關於魚的事情，已經開始說，但是沒有人相信他，大家笑他的發發的話語；他賭咒，罵人生氣地把盤子向空中搖擺，惡狠的涎水向四處亂濺，高聲叫喊，引得大家發笑：

「有一個人無論怎樣說謊，——都能承認；祇要我對你們說出實話，——你們就發喊了，你的良心眞不好……」

大家扔棄工作，揮着空虛的手，亂吵起來。遲西布當時脫下帽子，露出端正的，綠色的，帶着禿頂的頭，厲聲喊道：

「喂，够了！打完了鐘，休息了一會，——也就够了！」

「你自己起的頭，」——兵士啞聲說，吐唾沫到手掌上。

遲西布繼到我身上來了：

「監督者……」

我覺得他用講故事使人們停歇工作是具有一種目的的，但是我不明白——他是不是想用空虛的談話遮掩他的懶惰，或是想給予人們以休息？——遲西布在包工人面前作出諂媚恭維的樣子，——在他面前「裝傻子，」而且每星期六總會向他討點「茶錢，」分給全夥的人們。

總之，他是愛好夥伴生活的人，但是老人們不愛他，認他為丑角，對他不恭敬，青年們固然喜歡聽他的嘮叨的話語，卻對他懷不嚴肅，不信任的態度，而且這不信任時常是惡狠的，遮掩得不好的。

腓德溫人是認識字的，我有時同他談些「關於心靈」的話，有一次我問他：——遲西布是什麼樣的人？

——他冷笑着回答：

「我不知道……誰知道他……麻麻胡胡，——沒有什麼……」

想了一會，又補上去說：

「那個死去了的米哈洛是性情激烈的鄉下人，很聰明，——有一次他同遲西布相罵，說道『你還是人麼？你的身上，工人已經死去，主人還沒有生下來，你就這樣一塊子在角落裏幌來幌去，像掛在線上的，被遺忘的鉛錘』……這句話說得真對……」

腓德溫人又思想了一會，不安地說：

「他沒有什麼，他是一個好人……」

我在這些人中間處於極愚蠢的地位，十五歲的少年人的我，被包工人派來記載材料用去的數目，並且防木匠們偷竊鐵釘，把木板送到酒店裏去。他們還是偷竊鐵釘，並不因爲我在場而有所顧忌，而且大家拚命對我表示，我廁身於他們中間——是多餘的，不受歡迎的。假使有人遇到機會可以不經意地用木板撞我一下，或用其他方法給我小苦頭喫——他們是做得很嫻熟的。

我同他們在一起感到不舒適，而且慚愧；我想對他們說什麼話，使他們和我相安無事，但是我找不出適當的話語，我自身無用的陰鬱的感覺壓迫着我。

每次我把用去的材料的數量向簿中記載的時候，——遲西布不慌不忙地走過來問道：

「還好了沒有？給我看一看……」

眯小着眼睛，朝記載的數字看着，不確定地說：

「你寫得一手細字……」

他祇會寫印刷的字體，教會章則上所印的字母，——草體爲他所不瞭解。

「那個——像水槽樣的——什麼字？」

「財產。」

「財產呀！這樣一個鉤子……這一行寫的是甚麼字？」

「一俄寸寬，九俄尺長木板五塊。」

「六塊。」

「五塊。」

「怎麼是五塊？兵士弄斷了一塊。」

「他道是胡來，沒有需要……」

「怎麼沒有需要？他把一半兒送到酒店裏去了……」

他的蔚藍的像矢車菊似的眼睛，安靜地朝我的臉上看著，露出快樂的嘲笑，將鬍子的環圈在手指上撚捲，帶著堅不可破的無恥的樣子說道：

「趕上六塊，眞是的！你瞧，——天氣又潮溼，又冷，工作很苦，——人們必須抒散抒散心靈，喝點酒暖和暖和，是不是？你不要看得太嚴厲，是不能把上帝收買下來的……」

他說了許多的話，十分和藹，帶着修飾話語像木屑似的朝我撒來，我似乎內心裏眩盲了，默默地把改好的數目指給他看。

「好了，——這是對的！數字是美麗的，像一個商人婦，胖胖的，善心的……」

我看見他戰勝似的對木匠們敘講他的成功，知道他們全爲了我的讓步而對我輕視，我的十五歲的心寃屈地哭泣着，頭裏旋轉着沈悶的灰色的念頭：

「這很奇怪，而且愚蠢。爲什麼他相信我不會再把6字改成5字，不會對包工人說他們把那塊木板賣去喝酒呢？」

有一次他們偷了兩磅五俄寸的長釘和鐵絆。

「你聽着，」——我警告遏西布，——「我要寫下來！」

「寫罷！」——他同意着，聳動灰色的眉毛。——「這實在太放肆了！寫罷，把這些人都寫下來……」

便對夥計們嚷道：

「喂，你們這些傢伙，長釘和鐵絆給你們記載下來，作爲罰金……」

兵士陰慘地問：

「爲什麼？」

「就是偷了，」——遏西布安靜地解釋。

木匠們斜眼看我，咕嚕起來，但是我沒有信心，我能做我感着要做的事情，假使做了，——那是很好的。

「我要離開這個包工人，」——我對遏西布說，——「不高興再管你們這些人！同你們在一塊兒會做成一個小偷的。」

遏西布思索了一下，撫着鬍鬚，和我並肩坐下，輕聲說：

「這是對的！」

「什麼？」

「應該離開這麽。你是什麽班長?什麽經理員?做這種職務應該明白,財產是什麽,需要狗的性格,才能把主人的財產當作自己的肉皮似的保護起來,看作自己母親的遺產……而你對於這種事情是一隻小狗,你感不到財產有什麽需要。假使對瓦西里·霞爾該奇說你縱容我們,——他會立刻朝你的頸部上來一下,——很堅決地來一下!因爲你對於他不能增加收入,僅增加支出。人是應該爲主人服務,替他多增收入的,——你明白麽?」

他捲好一根紙煙,遞給我。

「你抽一根,腦筋要會靈慧些。假使你不是那類好管閒事的,愛辯論的性格,——我可以對你說:你去做和尚好了!但是你的性格做這事情不很合適,你具有斧子似的性格,你的心還沒有磨平,你對住持和尚一定不肯服從的。有了這樣的性格,不能坐下去賭錢。和尚好比烏鴉,不知琢的是誰的東西,事情的根源於他毫不相干,他喫飽的是子粒,不是根。我對你說這話是從心上發出來的,因爲我看見你是對於我們的事情陌生的人,——不是同一雞窠內的蛋……」

他脫下帽子,——在他想說出什麽特别有意義的話時,永遠這樣做的,——朝灰色的天空看了一眼,馴順地,而且大聲地說:

「我們所做的事情——在上帝面前是一種偷竊,不會饒恕的……」

「這很對,」——麽開·雅台林像發笛一樣應聲說着。

從那時候起，蓬髮銀頭的渥西布，帶着明朗的眼睛和矇矓的心靈的人，使我感到十分有趣，我們中間生出類乎友誼的東西，但是我看見他對我的良好的感情有點使他感覺不安：——他當別人面前並不看我，矢車菊似的眼珠光明而空虛，忙亂地顫動着，抖索着。他的嘴唇斜得成為虛偽和不愉快的樣子，在他對我說下面的話的時候：

「喂，你應該留神，不要白喫飯，你瞧那邊——兵士吞着鐵釘，這大食量的人……」

然而和我面對面的時候，他說話總帶着教訓與和藹的樣子，聰明的嘲笑在他的眼睛裏閃耀着，游戲着，蔚藍的眼裏的光線一直射到我的眼裏。這個人的話語我聽得很注意，認為是正確的在心靈上誠懇地秤量過的，雖然他有時說得很奇怪。

「應該做一個好人，」——我有一次說。

「啊——自然的！」——他同意了，但是立刻冷笑了一下，眼睛瞇了起來，輕聲地說：

「但是所謂好人是什麼意思？我覺得人家絕不來理會你的『好』，你的『真』——這於他們是得不到好處的；不，你如果對他們表示注意，對每個人的心和藹，使人們快樂，使人們安慰……也許在什麼時候你會得到好運！自然，——不必辯論，——做一個好人，朝鏡子裏張望自己的臉，是很有趣的事……我看，人們都是一樣的：不管你是光棍，或聖人，——祇要對他們親密些，對他們和善些……這就是大家所需要的！……」

我很注意地傾聽人們的說話，我心想每個人都應該引誘我，而且正在那裏引誘我認識這不易了解的，亂七八糟的，使人受氣的生活。我永遠有一個不安靜的沈默不下的問題：

「人的心靈是什麼？」

我以爲有些心靈的構造像銅球一般：——動也不動地緊緊在胸內，照出所觸到的一切，因爲單祇用的是自己的角度，——所以照得不正確，醜陋而且沈悶。有些心靈是平坦的，像鏡子一般，——那就等於沒有心靈一般。

但是在我看來人的心靈大多數是無形式的，像雲一樣，而且是混濁斑駁的，像贋品的貓珠石，——它是永遠會含含糊糊地變化的，看它所接觸到的顏色而定。

我不知道，也不能明瞭這個儀表優雅的威西布的心靈是怎樣的，——它是不能以智慧加以捉摸的。

我一面向河外眺望，一面想這類事情。那座塑在山上的城市這時正從高聳天際的鐘樓上唱出洪響的鐘聲，這些鐘樓好像我心愛的波蘭教堂內的風琴的白管一般。教堂的十字架像被灰色的天所俘獲的黯淡的晶萃一樣，在那裏悶沈沈地閃爍抖擻，似欲努力飛升到純潔的天上，鬪出被風撕破的雲的灰色的天籟之外。雲迅馳着，用它的黑影拂拭城市的斑駁的顏色。每次陽光在雲隙裏從蔚藍的深坑中落到城上，將快樂的顏色塗上去的時候，雲立刻遮住太陽，跑得更快些，灰色的影跟得更加沈重，一切黯淡下去，祇有一剎那的工夫是快樂來引逗的。

城裏的房屋像是汚穢的，光亮的一堆，屋旁的土地是烏黑的，光裸的，園內的樹木像一排排的小土丘，灰色的房屋的牆上玻璃窗的黯淡的光郎使人憶起現在是冬令，而在這一切之上，四週靜靜地鋪着一陣北國之咎的悄想的憂鬱。

米舒克·賈脫洛夫，一個年輕的，金髮的小夥，有兔子般的嘴脣，身體寬闊，舉止笨重。他試着唱：

——她到他那裏去，

但他隔夜已死了……

「喂，你這狗娘養的！」——兵士朝他喊，——「你忘記今天的日子了嗎？」

蒲也夫也生了氣，握拳向賈脫洛夫威嚇，呼嚕似的說道：

「狗魂靈！」

「我們那裏的人是生在樹林裏的，壽命很長，爆着青筋，」——渥西布對蒲台林說，那時他騎坐在堤脚的頂上，眯細着眼睛衡量斜面的尺寸。——「把木料的頭往左面放寬一分……對了！」說普通話，——就是哥薩人！有一次有一位主教到他們那裏去，他們圍住他，對他下跪，哭泣着：請聖主開恩對狼念一下咒，那些狼把我們弄得苦死了！他就對他們喊，他說，你們是不是正教的基督徒？他說，我要把你們下監獄，重重地治罪！他很生氣，甚至朝他們臉上吐唾沫。他是老頭兒，性子很善良，眼睛時常流淚……」

堤脚下面二十俄丈的地方，有些水手和苦力正在砍去貨船周圍的冰。短斧淸脆地叩擊着，損毀鬆軟的，灰色的河面的皮殼。柔細的鐵鉤的竿子在空中搖曳，把砍下的冰塊推入水下。水激盪着。沙岸上傳來談水的話聲。我們那裏發出鉋的嘆息，鋸的呼嘯，斧的叩擊，鐵和被驅進黃色的，鉋平的木頭裏去時的聲音，同時鐘聲不時流入這一切聲音裏去。鐘聲從遠處傳來變得柔和，感盪人們的心靈。好像是灰色的日子用工作向春唱頌歌，預請春早早地降到業已融冰，但尚光裸，且貧乏的大地上來……

有人喊出傷風的聲音道：

「去喊那德國人來！人不够呢……」

岸上有人回應：

「他在那裏呀？」

「在酒店裏，大概是的……」

聲音在潮溼的空氣裏沈重的浮游着，在廣闊的河面上靜靜地流散着。

人們匆遽地工作着，很熱鬧，卻不大好，媽媽虎虎的。大家全想進城到澡堂和教堂裏去。藍紹克・賈脫洛夫尤其顯得不安。他和他哥哥一樣有金黃的頭髮，像在滾水裏煮過似的，不過他的頭髮是捲曲的。他這人體格極為整齊，行動也很靈動。他時常朝上流瞧望，輕輕兒對哥哥說：

「你聽，好像爆裂呢？」

昨天夜裏冰有「走動」的消息，水上警察從昨天早晨起就不放車馬在河上行走，稀稀的步行人在橋板上像念珠似的滾來滾去，聽得見木板彎屈下去，在水裏濺潑的聲響。

「裂開來啦。」——米舒克說，白睫毛閃爍著。

遲西布把手掌遮在眼上，朝河上瞭望，打斷他的話頭：

「這是木屑在你的腦袋裏發響呢！你快做工，你這魔鬼的兒子！監督人，你快催他們做活，你盡低著頭看著做什麼？」

祇剩了兩小時的工作，光脚的凸面已經鉋得黃黃的，像乳油一樣，祇有厚鐵鍊還沒有裝上。蒲也夫和薩那溫正在鑿穿放鐵鍊的洞穴，但是做得不合適，顯得狹窄，——鍊條放不進木頭裏去。

「你這瞎眼的威德溫人，」——遲西布喊，手掌拍擊自己的帽子，——「這做的是什麼活兒？」

突然，從岸上什麼地方，有看不見的聲音喜欣地吼喊道：

「來啦……嗐唷！」

似乎伴著這吼聲，在河上流來了一陣不急遽的微響，輕靜的脆折聲。脚掌似的松枝抖顫著，好像要在空中抓取什麼。水手和苦力們握搖著鐵鉤，吵吵嚷嚷地從繩梯上爬到貨船裏去。

看來真奇怪，何以會有這許多人在河上出現：他們好像從冰底裏跳出，現在來回的鑽進鑽出，像受了槍聲驚嚇的烏鴉，跳著，跑著，拉着木板和竹竿，扔下來，又抓起來。

「收拾傢伙！」——遲西布喊。——「快一點……到岸上去！」

「這纔是基督的復活節！」——薩紹克悲慘地喊。

河好像並沒有動靜，但是城市卻抖擻而且振幌起來，臨着它們底下的山，靜靜地向河的上流洄游開來。離我們身前十幾丈遠的灰色的沙堆也蠕動着離開我們，流出去了。

「快跑，」——遏西布喊，推了我一下，——「幹麽張大着嘴？」

可怕的危險的感覺叩擊着心絃；兩脚感到冰要從它們底下溜走，自然而然地跳起來，把身體送到沙土上去。被隆冬的暴風雪摧折的柳樹的光枝橫放在那裏。蒲也夫，兵士瑚台林和兩個買脫洛夫已經坐在那裏。驄德遛人和我並肩跑着，生氣地尋罵着，遏西布在後面走，一面喊：

「不許嘍，小百姓……」

「那怎麽辦呢，遏西布叔叔……」

「這和原來一樣。」

「我們要在這裏耽擱兩晝夜呢……」

「那末就坐兩晝夜好了……」

「但是過節呢？」

「沒有你，人家也會過節的……」

兵士一面坐在沙上抽煙斗，一面啞聲說：

「你們膽子眞小。……祇有三五俄丈就到岸，你們竟拚命地跑……」

「你第一個先跑，」——廢開說。

但是兵士繼續說：

「你們怕什麼？基督自己也要死的……」

「他死了以後會復活的，」——彌德溫人生氣地喃語着。爾也夫朝他喊道：

「不許響，小狗！你配議論這種事情麼？復活！今天是禮拜五，不是禮拜天，還沒有到復活節呢！」

三月的太陽在雲隙蔚藍的深淵裏熠耀出來，冰發出光亮，在那裏嘲笑他們，遲西布從懸起的手掌裏向空虛的河上瞭望，說道：

「動起來了……不過這不會久的……」

「把我們隔斷，過不了節啦，」——幽紹克陰鬱地說。

彌德溫人光禿禿，沒有鬍鬚的臉，黑而多邊角，好像未去皮的小馬鈴薯，這時生氣地發皺，不斷地閃着眼睛，喃喃說：

「坐在這裏罷……沒有麵包，沒有錢……人家多快樂，可是我們呢……我們的心太貪；正像狗一模一樣……」

遲西布目不轉睛地向河裏望着，顯然一面在那裏想些什麼別的事情，一面像在夢裏似的說：

「這不叫貪心，這是需要！這提脚有什麽用？爲的是防貨船受冰的打擊，對不對？冰是惡毒的，牠會擠到那批貨船上去，——財產就送終了……」

「管它呢……這財產是我們的麽？」

「同爐子有什麽可談的……」

「早就應該修好它……」

兵士扮了一個可怕的嘴臉喊道：

「嗤，你這小蔡德溫人！」

「動起來了，」——遲西布重複著。——「眞是的……」

水手們在貨船上喊嚷，河上吹來冷氣和惡毒的，香甜的靜寂。冰上伸展着的松枝的花紋變動了，一切都已變動，充滿緊張的期待。

年輕漢子裏有人問，輕聲地，畏葸地問：

「遲西布叔叔，——怎麽辦呢？」

「什麽？」——他像在昏睡中應聲。

「我們就這樣坐下去麽？」

蒲也夫顯然帶着嘲笑的意思，從鼻中發出聲音來說道：

「上帝罰你們這班醉鬼，不許你們過聖節，是不是？」

兵士維持同伴的意見，將持着煙斗的手向河邊伸出，一邊笑，一邊喃喃說：

「你們想進城去麼？你們去罷！冰塊一到，也許就要沈死，否則捉到警署裏去……過節，——那纔好呢！……」

「這很對，」——踏開說。

太陽藏了起來，河色變黑，城市更見得明晰些，——青年們睜出惱怒的，貪欲的眼睛瞧望城市，一壁不響，呆住了。

我感到煩悶和苦惱，每逢你周圍的一切發出不同的心思，沒有單一的願望可以使人們聯結成一個堅强的，固執的力量的時候，是永遠會這樣的。我直想離開他們，獨自在冰上行去。

遲西布好像忽然醒了似的，跳起身來，摘下帽子，朝城市畫了一下十字，很隨便，安靜，而且有力地說道：

「孩子們，願上帝和我們同在……」

「進城麼？」——薩紹克喊着，跳了起來。

兵士動也不動，帶着自信宣告着：

「我們會淹死的！」

「那末你留着好了。」

遲西布對大家看了一眼，喊道：

「唔，走罷，快些！」

大家立起身來聚在一堆，瀟也夫收拾木盒裏的器具，喃喃地說：

「人家叫走，我們就走！誰下的命令，——誰負責任……」

遲西布好像年輕些，顯得結實些，玫瑰色的臉上狡猾和酗酒的神色漸漸地褪去，眼神發黑，露出嚴厲和幹練的樣子；懶洋洋的，歪歪斜斜的步伐也消滅了，——他堅定地，自信地走起路來。

「每人取一塊木板平放在自己面前，萬一不幸有人掉落下去，——木板的兩頭會放在冰上，——可以扶助一下！有裂縫的地方跨過去……有繩子麼？小百姓，把水準儀給我……預備好了沒有？打頭，你們跟我來，誰身子最重？兵士，是你！你跟我走。以後是瞎眼的，路德遲人，瀟也夫，米舒克，藍紹克，——馬克西梅奇●身體最輕，他在後面……除下帽子來，向聖母祈禱！現在太陽也來歡迎我們了……」

茸毛的，灰色的，栗色的幾個腦袋和諧地禿露了出來，太陽從細薄的，白白的雲層裏窺視着，立刻藏了起來，好像不願引起希望來似的。

「來罷！」——遲西布用新的聲音嚴厲地說，——「大家看我的脚。不要推人家的背，互相離開一俄丈遠，越遠越好！走罷，孩子們！」

●即作者的名。——譯者。

遏西布把帽子挾在披間，手內持着水準儀，謹愼而且和藹地撥動兩腿，走到冰上。他的背後，岸上，立刻傳來了一聲惡狠的呼喊：

「往那裏去，這羣羊兒……」

「走呀，不要往後看！」——先鋒洪響地指揮着。

「回來，魔鬼們……」

「孩子們，記住上帝！他不會喊我們去過節的……」

警笛呼嘯起來，兵士大聲說：

「這一羣英雄……鬧出事來了！現在會發一對急電到對岸警署裏去……假使不淹死，——便會把我們關到區裏去……我不能負這責任……」

遏西布的勇敢的聲音帶領人們在後面走着，好像用繩子繫住似的。

「仔細看着脚下！……」

我們逆着水流歪斜地行走，我走在最後，看得見矮小的，整齊的遏西布低着像兎子似的白色的頭，輕便地在冰上滑走，差不多沒有舉起脚來。六個深黑的人形跟在他後面，魚貫地，搖搖擺擺地，好像穿在一根看不見的線上似的，有時他們的影兒在他們身旁並排發現，落在他們的脚下，鋪在冰上。頭低垂着，好像人們從山上走下，所以彎着身子，怕掉落似的。

後面吁聲越來越密，——顯然來了一大羣的人，辨不淸言語，祇聽見一陣不愉快的喧聲。

這種謹愼的行進在我方面成爲機械的，厭煩的工作。我慣於走快路，所以現在陷入半步的捕縛中，心靈彷彿顯得空虛，停止想到自身，脫離了自身，同時一切看得特別淸切，聽得特別明晰。脚下是藍灰色的，鋅似的，爲水侵蝕了的冰，它的散失的光采使眼睛眩盲。有的地方冰破了，凸了起來，被人們踐踏成碎塊，一堆堆地躺在那裏，像浮石似的隱着許多小孔，又像被擊碎的玻璃似的銳利。藍色的裂縫冷冷地發笑，捕捉人們的脚。寬闊的鞋底拍在冰上，蒲也夫和兵士的聲音響得使人厭煩，——他們兩人眞像一張弩上的兩根小笛。

「我不負責任……」

「我自然也不……」

「一個人可以發號施令，別人也許比他聰明千倍……」

「我們活着的是甚麽？我們大家是靠着一隻喉嚨活下來的……」

遜西布把半統大氅的邊緣塞到腰帶裏。他穿着灰色的軍服呢的褲子，他的兩腿輕鬆而且柔軔地踏着步伐，像彈簧一般。他走路的樣子，好像他的前面永遠有一個人在旋轉着，這人祇有他看得見，旋轉得使人家不能走直路，不能抄近路，而遜西布在那裏和他爭鬥，努力迴避着他，想法子溜走，因此左右亂竄，有時突然轉回來，一直在那裏跳舞，在冰上盤出迴翔和半環形的姿勢。他的聲音不止歇地響着，像唱歌似的，從美地和諧聲融和在一起，聽得使人愉快……

已經走到四百俄丈塊的大冰塊的中央，上流忽然發出惡毒的微響，冰立刻在我的脚下流動，我的身子搖曳起來，立脚不住，跪了下去，使我大喫一驚。我剛朝上游一看，恐懼立刻抓住我的喉嚨，使我的話音發失，視綫發黑。灰色的冰殼活了起來，變成駝背的形狀，平面上隆起許多尖角，空中傳出奇怪的摧折聲，——彷彿有人踏着沉重的步伐在擊碎的玻璃上走路似的。

水帶着輕微的噼啪在我身傍湧出，樹木發出爆裂的聲音，像活人似的尖叫，人們聚在一堆，呼喊起來，在這沉重的，可怕的磁聲中，摻和着渥西布的洪響的聲音：

「離開……散開……分散開來，上帝的孩子們……大水來啦，來啦！熱鬧些，孩子們！大水來啦……」

他跳躍着，好像有胡蜂螫着他的身體，手裏持着一俄丈長的水樑條，當作武器似的，在自己身傍亂舞，好像和什麼人打架，同時城市抖擻着，在他身傍泅了過去。我脚下的冰吱吱的發響，裂碎起來。水湧到我的脚上。我就跳起來，盲目般奔到渥西布身傍。

「往那兒去？」——他揮着水樑條，大聲地喊，——「站住，鬼！」

這個直不是渥西布。臉兒年輕得奇特，所有熟稔的一切已從他臉上抹去，蔚藍的眼睛成爲灰色的，他的身體似乎長高了半俄尺。他直挺着身子，像一根新的鐵釘，兩脚緊緊地壓住，頭仰得高高的，張大着嘴，喊道：

「不許轉身子，不許聚在一堆，——我要砸碎你們的腦瓜！」

他重又朝我搖搖他的水準儀。

「你往那兒？」

「我們要淹死呢，」——我輕聲說。

「去你的，不許響……」

他沒有看我，輕聲而且柔和地說：

「傻子，總會淹死，你可以走出去……你一定會爬出去的！」

他重又說起話來，喊出一些鼓勵的話語，挺直了胸脯，仰起着腦袋。

冰爆裂着，發出清脆的聲音，不慌不忙地裂成幾塊，我們慢慢地被帶到葬城的地方。一種巨力在地上壁轉牽拉着河岸：在我們下面的河岸的一部分動也不動，對面的一部分卻輕輕地瀏流而上，土地不久就會炸裂的。

這種可怕的，緩慢的行動使人失去和土地相聯結的感覺。一切都在離開你，煩惱輕擾你的胸脯，兩脚顯得軟弱。紅色的雲在天上輕輕地浮泅，反射在冰塊上面，冰塊也變得紅紅的，似在用盡氣力想達到我的身傍。整個大地都已復活，準備迎接春天，舒展着身體，高舉着背毛的，潮溼的胸脯，骨頭清脆地作響。那條河在大地的強壯的肉身上生活着，似乎充滿濃厚的，沸騰的血。

有一種可惱的感覺壓迫着我，那就是感到自己在這自信的，安寧的盛衆的運動中是如何的渺小，無力，而同時可惱的是心中正增長着，燃燒着一種雄壯的，人類的幻想：能不能伸出手來命令似的放在山上，岸上，說道：

「你且止住，讓我走到你那裏去再說！……」

銅鐘的沉重的聲音好像從胸中透出來的嘆息，不過我記得在過了一晝夜之後，到了夜裏，鐘聲會響得十分快樂，宣告復活的來臨。

能活到這鐘聲的發響才好呢！……

……七個黑暗的人形在冰上搖曳着，跳躍着。他們像搖槳似的在空中揮搖木板，一個像尼古拉神跡創造者模樣的小老頭子在前面旋轉着，他的雄壯的聲音無止歇地響着：

「仔細呀！……」

河成為凹凸不平的樣子，它的靈活的脊骨抖擻着，在腳下蜿蜒着，頗像駝背馬（一）裏的鯨魚。稀薄的河身不時從魚鱗般的冰下濺激出來。混濁的，寒冷的水貪婪地舐人們的腳。

人們在深淵上狹窄的木柱上行走。輕微的，誘引的激水聲使人生出無底的深度的概念，使人想起人身將如何無盡久長地落入這寒冷的，擁擠的一大堆東西裏去，不由得目眩心悸起來。

（一）駝背馬是普希金的一篇故事長詩。

憶起一些淹死的人來，怪形的頭顱，浮腫的臉，玻璃似的凸出的眼睛，睜大的，伸展着的手指，手浴上水沒的皮膚，像一塊抹布……

首先落進冰裏的是臘開·蒲台林。他在臘德溫人前面走着，永遠沉默寡言，好像沒有這個人似的，走得比誰也安靜，突然好像有人拉他的腿，竟消滅了，冰上祇留下他的頭和緊抓住木板的兩手。

「幫忙呀！」——渥西布吼叫，——「大家不要聚在一處，一兩個人去幫忙！」

臘開從鼻孔裏透出一點水來，對臘德溫人和我說道：

「你們走開點……我自己來……不要緊……」

自己爬到冰上，一邊揩着身子，一邊說：

「真是的，你瞧，真會淹死的……」

他現在嚼着牙齒，大舌舐着鬍鬚，特別像一隻馴順的大狗。

我偶然憶起他在一個月以前被斧頭砍掉左手姆指的一節，當時舉起那慘白的，被砍掉的一節，——上面還帶着發藍的指甲，——用那雙無從瞭解的眼睛裏放出的黑暗的神勢凝視着牠，好像做錯了事似的輕聲說：

「我有多少次把這小怪物弄壞，簡直沒有數了！……這指頭本來已經扭了筋，不大好使，……現在把它葬了罷……」

把被砍掉的東西細細地包在木片裏，放入袋中，這纔去包紮受傷的手。

湍也夫跟在他後面洗了一次澡。好像是他自己鑽進冰下面，但是立刻瘋狂似的喊道：

「老爺子，我要淹死，我要死了。兄弟們，幫幫忙呀……」

他恐怖得渾身抽着筋，好容易纔把他拉出來。勝德溫人在他身旁張羅着，連人帶腦袋鑽進水裏，也幾乎淹死。

「幾乎跑到鬼那裏去做夜矟，」——他一面爬到冰上，一面說，慚愧似的微笑着，現在更加顯出細柔和不齊整的樣子。

過了一分鐘，湍也夫又墮入水裏，又尖聲叫喚起來。

「不許嚷，耶士卡，你這山羊靈魂！」——遲西布喊，令水碓帳威嚇他。——「你嚇唬人做什麼？我要給你一下！你們把腰帶解下，夥計們，把口袋裏的東西掏出來可以輕鬆些……」

每走十步路便發現齒牙猙獰的缺口，呼出折裂的聲音，濺着混濁的唾沫，發藍的，尖銳的牙齒抓你的腿：似乎是大河想吸人進去，像滋蛇吸青蛙一般。弄得溼淋淋的皮靴和衣服妨礙着跳躍，像要拉你下水去的樣子。大家都成為滑溜的，像被舐了似的，大家的舉止都顯得笨拙，默住麼響也不響，移動得慢重而且恭敬。

惟有遲西布似乎已預先熟好了冰上的裂縫，身上和大家一樣的潮溼，像兎子似的從一塊冰上跳到另一塊冰上。他跳了過去，停歇一會，四面察看了一下，響亮地喊道：

「你們瞧，應該這樣走！」

他和大河游戲，牠捕捉他，而小小的他卻能躲閃過去，很熟嫻地哄騙牠，繞過意外的陷阱，甚至覺得適是他在那裏管理冰的行動，將又大又堅的冰塊趕到我們的脚下。

「不要失望，上帝的孩子們！」

「溫西布叔叔眞行！」——蹉德溫人輕聲讚賞。——「眞是一個角色！……這眞是一個人……」

岸越近，冰越碎，人摔倒的次數越多。城市差不多已經浮過，我們快要漂流到伏爾加河裏。在那裏冰還沒有動，我們將被吸進冰底裏去。

「也許會淹死的，」——蹉德溫人輕輕地說，朝左面瞧望混濁的蔚藍的顏色。

但是突然——好像憐惜我們似的，一個大冰塊的頭擱在岸上，那塊冰爬了上去，折碎着，卻停了下來。

「快跑呀！」——溫西布拚命喊叫。——「用力跑！……」

跳到冰塊上，滑了一交，倒下地去，坐在冰塊邊緣上，浸在水裏。大家都從他身邊跑了過去。五個人跑到岸上，互相推擠，追趕。蹉德溫人和我兩人止步，想走過去幫助溫西布。

「快跑呀，小猪仔呀！……」

他的臉色發藍，臉抖㗖着，眼睛的光散減了，驚張得很奇怪。

「起來罷，叔叔……」

他垂下頭。

「我的腿好像摔壞了……恐怕起不來。……」

我們舉起他來，攙着走。他把手夠住我們的頸項，緊咬着牙齒，喃喃的說：

「你們會淹死的……上帝保佑，總算過去了……你們瞧，三個人怕要不住，走得留神些，挑沒有蓋着雪的冰上走，那邊堅實一點……你們可以把我扔下了罷！……」

眯細眼睛看着我的臉，問道：

「你那本記我們錯處的書，恐怕完全泡溼了罷？」

我們從冰塊上走下來的時候，——那塊冰撞到岸上，把一隻小船壓成碎片，——橫在水內的冰的一部呼嚕一聲，搖幌了幾下，漂了出去。

「你瞧！」——賜德退人贊成地說，——「真險哪！」

我們混身潮溼，凍得發戰，但是很快樂，被圍在村裏的下市民的圈子裏。潘也夫和兵士和他們對罵。我們把溼西布放在木頭上面。他快樂地喊道：

「夥計們，那本書完了，全都溼了……」

這本書像磚頭似的放在我的披下，我不注意地掏了出來，遠遠地拋扔到河裏，跌進深黑的水裏去，像一隻青蛙。

賈說洛夫兄弟們奔到山上酒店裏去買酒，一面跑，一面晃着拳頭互相毆打，喊道：

「哎喲！」

「你這東西！……」

一個高身老人，長着天使的鬍鬚和賊人的眼睛，就我的耳旁教訓似的說道：

「你們擾亂平民的安寧是應該挨你們幾記耳光的……」

蒲也夫一面說着，一面喊：

「我們有什麽吵擾你們的地方？」

「人家快要淹死，」——兵士勞叨地說，聲音更加嘶啞了。——「你們在這裏做什麽？」

「叫我們做什麽？」

遲西布躺在地上，伸直着脚，抖索的手摸着半統大靴，輕聲抱怨道：

「媽媽呀，弄得多溼呀……一件衣裳完全壞了……一年也沒有穿到！……」

他顯得矮小些，皺着眉頭，躺在地上，好像融化了似的，更加顯得小了。

他突然搖身坐起來，嘆了一口氣，用惡毒的響亮的聲音說道：

「你們這些傻子被鬼迷上了，——儘吵着要到淚堂裏去，教堂裏去……好像沒有你們過不了節似的……你們簡直自己找死……我的衣裳全弄壞了，你們這班人眞是要命……」

大家都脫了靴子，重又穿上，把衣服擰乾，疲乏地透氣嘆息，和下市民們對恩遲西布比誰都嚷得響：

「你們想的好主意！你們竟需要澡堂……眞要喚警察來，讓警察把澡堂指給你們看……」

下市民中有人獻殷勤似的說：

「已經有人去喚警察了……」

「你這是什麼意思？」——番也夫朝遲西布喊，——「你爲什麼裝假？」

「我麼？」

「你！」

「等着！這是怎麼會事？」

「誰唆使我們走的？」

「誰？」

「你！」

「我麼？」

遲西布好像痙攣似的跳動了一下，脫口而出地重複了一遍：

「我麼？」

「這很對」——蒲台林安靜而且着力地說。路德溫人也證實着，靜靜的，悲慘的說：

「真是你，遲西布叔叔！……你忘記了……」

「自然你是發起人，」——兵士陰鬱地，卻有力地喊着。

「他忘掉了！」——蒲也夫瘋狂地喊。——「難道真是忘掉了麼？不，他是想把自己的罪過往別人的頸子上套，我們知道這玩意！」

遲西布沈默了，眯細着眼睛，朝湖邊的，半裸的人們看了一眼……後來奇怪地嗚咽着，——由於笑或哭，——抽動肩膀，搓弄雙手，起始喃語：

「真是對的……果真是我的起意……原來如此！」

「那就對了！」——兵士勝利似的喊。

遲西布望着像麥粥般沸騰的河，皺了皺眉頭，做錯了事似的躲藏着眼睛，繼續說道：

「真是糊塗……哎喲！怎麼會沒有淹死？簡直莫明其妙……嗐，真是的……夥計們……你們！——那個……你們不要生氣，看過節的份上……對不住得很！……我的腦筋也許有點錯亂……真是的：是我發起的……是我這老傻子……」

「好呀？」——蒲也夫說。——「假使我淹死了，你要說什麼呢？」

我覺得遲西布極誠懇地感到他所作的舉動的無用和瘋狂。他混身黏滑，好像被舐過了似的，和一隻新生的小犢相似。他坐在地上，搖着頭，手摸着身傍的砂土，用不是自己的聲音喃喃地說出懺悔的話，不向任何人瞧望一眼。

我望着他，心想，——那個發號施令的指揮官，走在人們面前，那樣關心，聰明而且威嚴地領導人們的，現在到那裏去了？

不愉快的空虛傾注到我的心靈裏去，我挨坐到遲西布身傍，好像希望保持什麼似的，輕聲對他說道：

「你得了罷……」

他斜眼望我，手指梳理鬍鬚，也輕聲地說：

「你看見沒有？你瞧着罷……」

望又對大家洪響地訴說下去：

「這眞是怎麽會事？」

……一片樹像黑刷子似的排立在山頂上，發黑的天的邊垠上。山斜臥在岸旁，像一隻巨獸。發現了黃昏的藍色的影，牠從像疥癬般依附在山上的黑皮膚上面的房屋頂上，張着那付山洞的黑色的潮溼的脣牙，朝河上眺望，——頗有想爬到水旁飲水的樣子。

河面發黑了，冰的破裂聲和叩擊聲顯得沈重而且平正。有時一塊冰擋在岸上，像猪頭撞人似的，起初呆板不動地站了一會，後來就搖了一搖，掙脫掉了，便泅游出去，又有別一塊冰爬到它的位置上去。

水來得很急，濺到地上，把汚泥沖去，——汚泥像黑煙似的散在泥濘的，發臭的水中。空中生出奇怪的聲音，——像是搖折和吞嚼的聲音，彷彿有一隻巨獸吞噬什麼東西，牠的長舌舐得作響。

被遙距離壓低了的甜蜜而帶悲戚的鐘聲從城中流來。

西德洛夫弟兄從山上滾下來，像兩隻快樂的小狗，手裏持着酒瓶。一個灰色的警長和兩名黑色的警士在岸旁走着，迎着他們。

「哎喲，老天爺！」——渥西布呻吟着，輕輕的撫摸膝蓋。

下市民們看見了警察，散開了一條路，在期待中沈默了，警長——那個乾瘦的人，帶着小臉和箭形的栗鬍，——走到我們面前，用啞嗄的，做出來的低音嚴厲地說：

「你們這些魔鬼呀……」

渥西布翻倒地上，匆遽地說：

「這是我大人，我出的主意！饒恕了我罷，看在偉大的佳節的份上，大人……」

「你這老鬼，你怎麼能這樣？」——警長喊，但是他的喊聲在一些和諧可聽的話語中沈失了：

「我們全住在這城裏，對岸沒有熟人，沒有錢買麵包，後天大人又是基督的大節，——我們想上禮堂去，還到教堂做禮拜，因爲我們是基督徒，我就說夥計們，走罷，我們既不是去做壞事，上帝會保佑我們的，但是就爲了膽大，我受了懲罰，——把腿摔斷了……」

「好得很！」——警長嚴厲喊，——「假使你們淹死了，——那怎麼辦呢？」

遏西布疲乏地，深深地嘆息了：

「那有什麼，大人們？什麼事也沒有的，對不住得很……」

警士罵了起來。大家默默的聽着，覺得很注意，好像這人不是用髒話侮辱人，卻說着重要的，為大家必須知道和記牢的言語。

他把我們的姓名記下來以後，便走了。我們喝了一點燒灸的伏特卡酒，身上感到暖和，精神也有點振作，預備回家去。遏西布冷笑了一聲，朝警察的後影望着，忽然輕輕地立了起來，誠虔地畫着十字。

「一切都了結，謝天謝地！……」

「這麼說來，」——蒲也夫說，帶着驚訝和失望的神情，——「這麼說來，你的腿是完整的麼？沒有摔斷麼？」

「你要它摔斷麼？」

「你真是滑頭！你這可憐的傢伙……」

「走罷，夥計們！」——遏西布指揮着，一隻潮溼的帽子往頭上套。

……我和他並肩而行，落在最後。他對我說輕聲地和藹地，似欲將他一人知悉的祕密告訴出來：

「無論做什麼事，無論怎樣活動，——沒有狡猾，沒有欺騙，——是怎樣也不能生活下去的。生命就是如此，它就是這樣的……你要上山，兆會拉住你的腿……」

天色已黑。紅的，黄的燈光在黑暗中熠燃着，似乎說：

「你們來呀！……」

我們迎着鐘聲上山去，溪水潺潺地流着，在我們脚下環繞。渥西布和翡的語聲在溪水的喧聲中沈失了：

「我把替察很巧妙地瞞過了！我們必須這樣做事，——使得誰也弄不明白，每人都覺得他就是主要的發條……是的……讓每個人都心想，他的心靈做成了事……」

我聽着他的說話，不大明白它。

我也不想去明白，我的心靈裏十分自然和輕鬆。我不知道我喜歡渥西布不喜歡，但是準備和他並肩而行，到各處需要去的地方去，——那怕渡又渡河，到溜滑的冰上去。

鐘聲蕩響着，鳴唱着。我快樂地想：

「我還會有多少次遇到春天呢！……」

渥西布嘆着氣說：

「人的心靈是有翅翼的，——會在睡夢中飛翔的……」

有翅翼的麽？眞妙！……

顧平

……我初次在小酒店裏遇到他。他躲在煙霧瀰漫的角落裏，身子被桌子擋住，用破裂的聲音喊道：

「我知道你們的眞理……你們這裏一切的眞理我是知道的！」

有五個態度莊嚴的下市民站在他前面，成半環形，用些嘲笑的言語不起勁地逗他。一個人冷淡地說：

「你怎麽會不知道眞理，旣然你把大家蒙騙得夠……」

衣衫襤褸的顧平像一隻無家可歸的狗牠跑到一條陌生的街上，一羣强壯的狗圍住牠，牠怕牠們，蹺着後腿，尾巴拂掃灰塵，發露出牙齒，尖聲地吠叫，一會想把敵人嚇唬一下，一會又想對牠們獻殷勤。牠們呢，看見牠的無力和委屈，對牠十分安靜，——牠們懶得生氣，但爲維持牠們的體面起見，牠們沈悶地朝那隻陌生狗吠叫一兩聲。

「誰需要你呀？」

我早就十分熟悉酒店裏對於眞理的爭論，這些爭論時常會弄到破裂的鬨鬧爲止，我自己也有幾次在這類談話裏被絆住了，像瞎子處身在湖沼的水草中。在未遇到顧平以前，我模糊地感到所有一切弄到瘋狂和流血爲止的意見歧異的辯駁，祗是表現出俄羅斯人生活的苦悶，那種無出路，無意義的苦悶——

逼生活是被驅趕到幽僻的，森林茂密的小縣裏，馴順地落在黯淡的，泥濘的河岸上面，被幸福遺忘的小城中。好像人們並不是尋覓什麼，也不知尋覓什麼，祇是拉開嗓子喊一喊，以排解生活的苦悶罷了。

酒店的窗開着，鉛色的煙像雲霧似的在人們頭上搖盪，不肯消散。煤油燈光好像在池沼的死水中黃色的水蓮。八月的夜在窗外輕輕的浮泅。沒有聲音，沒有微語。我向烏黑的天，明朗的星瞭望。在憂鬱的重壓之下，我呆呆地想：

「難道天和星是爲了遮蓋這生活而生存的麼？遮蓋的是這樣的生活麼？」

有人在說話，自信而安靜地，好像朗誦已寫成的東西：

「假使庫巴騷夫的農人們不去保護自己的樹林，那末明天就會從南方那裏被延燒的，那時候皮爾金的樹林自然要燒得精光……」

辯論靜默了一會，重又聽見破裂似的聲音，侵蝕着靜寂：

「章程有什麼意思呢？」

沈重的，粗陋的言語互相推擠着，將思想壓死。語聲越來越響，越來越惡毒，在嘈雜的聲音中，我不知什麼原因憶起了一首離奇的詩：

——上帝給人水，

使他們喝飲和洗濯，——

他們卻念起來，

淹沒在裏面……

……以後我獨自坐在酒店階沿的級段上面，瞭望廣場上前甫住宅窗上黯淡的斑點，——窗內有黑影閃現，吉泰的低音唱出沈重，悲慘的調子，一個高昂的苦惱的聲音不時地喊道：

「對不住！讓我說一說……」

另外一個聲音向靜寂裏細碎地撒着，像投向無底的麻袋中似的：

「不，——等一等，不，不等一等……」

擠緊在黑暗裏的房屋顯得矮小，像墳墓一般。屋頂上的黑樹像一片烏雲。一盞街燈在廣場深處孤獨地熾燃着，燈光懸在空中，好比一隻呆板的透明的球，和蒲公英相彷。

煩悶。什麼事也不想做。

假使有人從黑暗中走近過來，叩擊你的頭，——你會跌下地來，甚至沒有看到誰行的兇。

還是那樣的思想追隨着我，像狗一樣的忠事我，永不離開我的身邊。

「難道美好的土地是爲這般人而有的嗎？」

有人從酒店門裏亂鬨鬨地跑出來，從階段上我的身傍滾下，倒在塵埃裏，趕緊跳起來，在黑暗中隱去，感嘆着說：

「我要剝去你們的衣裳……我要使你們這些可惡東西破產！」

一些黑黝黝的人們站立在門內，互相議論着：

「你瞧，他是威嚇着要放火呢……」

「他那裏會放火……」

「這危險的傢伙……」

……我背起行囊，在板牆隔成的街上行走，乾草纏抓我的脚，惱怒地作聲。夜是溫暖的，不必化錢找宿處。公墓旁有一塊極宜於睡覺的地方，樹林緊挨在圍牆旁邊，前面佈滿着緊緊的一排青松，沙土上鋪着一層栗色的乾松針。

一個長長的人形從黑暗裏鑽出，又側到一邊。

「走路的是誰？誰？」——顧平的破裂的聲音在死般的靜寂中畏葸地傳了出來。

……他和我並肩而行，關心地盤問我從那裏來做什麼事，後來就隨隨便便地像向一個密友一樣提議道：

「你到我家裏去睡罷。我在這裏有自己的房屋。關於工作一層我能給你想法：恰巧明天我要用一個人，清理皮爾金的井，——你願意麼？好極了！我的事情總是一下子就來的。我在夜裏都能把人們看得清清楚楚……」

他的房屋是一間窰洞房。那所房子祇有一扇小窗，形狀是傴僂的，牆是斜倒的，位置在通山澗的泥坡上面，好像躲藏在接骨木和柳樹裏面。

——剷平不點燈，就躺在前屋裏壓平的乾草上面，——那間前屋狹窄得像狗窠。他教訓似的說：

「你的頭躺在門外有空氣的地方，否則這裏的氣味太難受……」

是的，——這裏隔雜着接骨木，肥皂，和污爛樹葉的氣味，使人作嘔……

一排黑樹呆立在天際，遮住金色的天河。夜梟在與卡河旁啼叫。一片使人引起好奇的言語像豌豆粒似的時時朝我身上撒播：

「你不要以為我被驅趕到山澗裏居住。我和別人比起來，我是第一等的人物！……」

天色黑暗，我看不見主人的臉，但是我記得被酒店內黃色燈光所照耀的，光禿的，磨平的那付頭顱，像啄木鳥般的長鼻，長着黑色粗毛的灰色的臉頰，細柔的嘴唇藏在粗硬的鬍子底下，嘴好像被刀割破，擺滿了一排黑牙，顯出惡狠的樣子。耳朵是尖銳的，像老鼠的一樣，大概是敏覺的。他瀏光長髮，這對於他的臉和整個身材不大適樣，但能使他成為一個顯著的人；一下子就可以看出他不是農人，也不是下市民，卻是一個特別的人。他的身體是多骨的，手腳是長的，肘膝是尖的，整個的他像一根乾枝，——好像很容易把他摺折，甚至緊上扣結。

我不大聽他的話，默默地瞭望天際，看流星在那裏行走，互相追逐。

「你臉熱了啊？」

「沒有……你爲什麼剃去鬍鬚？」

「怎麼啦？」

「你的臉上有了鬚，也許要有趣些……」

他短短地笑了一下，喊道：

「有了鬚……哈，哈，有了鬚！」

又陰鬱說：

「大彼得和尼古拉·伯夫雷奇比你稍爲聰明些，他們下令把長鬍鬚的人的鼻子割掉，罰金一百盧布。你聽見過沒有？」

「沒有，沒有聽見過……」

「也許因此纔發生了教會的分裂，就是爲了鬍鬚……」

他說得又快又含糊，話語從他嘴裏發出來時，好像擱在破牙根上面搗得粉碎，所以成爲不完整的了。

「大家都明白有鬍鬚的人容易生活，可以隨便說謊：撒了一個謊，在鬍鬚裏躲藏一下，所以每人必須光着臉生活，——那末說起謊來難些，稍爲裝點假，——每人都看得見……」

「但是女人呢？」

「女人是什麼？女人對丈夫說謊，並不對全城的人，全世界的人說謊。女人家的事情好像母雞一般，極秘地發着小雞……卽使牠虛假地啼一聲，——也有什麼害處呢？她不是神甫，不是官吏，也不是市長……她未曾賦有權力，也不制定法律……主要的是不能在法律裏說謊！……法律應該包含實在的眞理……周圍的那些無法無天的事情我看得討厭死了！」

前室的門敞開着，好像這門是進敎堂裏去的：樹木在黑暗裏一根根像圓柱似的立着，白樺皮樹幹像銀與的幽森樹梢間閃耀着幾千盞燈光，一些深藍色的陰翳從黑暗的裂裟裏模糊地望着。心靈裏是痛苦的靜寂，想立起來，向黑暗中走去，迎向一切黑夜的恐怖，但是這人的匆遽的話語使注意力擾亂，使你留在原處。

「我的父親是一個自作聰明的，特別的人，因此城裏的人個個討厭他。他二十年來想活動着被選做市長，到處請客運動，終歸沒有用，沒有達到目的，便死去了。人家都怕他：因為他會把一切翻根到底的！他知道法律應該釘進人們的心裏，好像鐵釘一般……」

老鼠在地板裏吱叫，夜梟在奧卡河岸旁呻吟，松枝的焦味更加顯得濃厚：樹林在燃燒着。黑暗的天上有時熠燿出紅紅的斑點，將模糊的星光偷偷兒取走。

「他是在一小時內死去的。我那時祇有十七歲，剛剛在略粧的市立學校畢業。我父親在人們中間嵌着的一切恨惡都推到我身上來了，人家說我像父親。而我祇有一人！母親發了狂，也死了，比父親早兩年。

我有一個叔叔，是退職的軍曹，無可救藥的酒鬼，還加上一個英雄的頭銜：他在殺萊夫納打過仗，眼睛被炸去了一隻，左手也受了傷。他帶着十字架勛章。他時常笑我，說我是識字的，有學問的人！什麼叫做「右舜？」我說這名詞是沒有的，但是他拖起我的頭髮來了……完全是一付離奇的臉！老是用識字不識字的一套話來羞我，爲了他那種野蠻的性子……我於是在城裏成爲大家眼中的傻瓜，有點像瘋僧的樣子……」

回憶把他拴了起來，他坐在門限上，——藍色方塊中的一個黑點，——抽着呼呼發響的煙斗，照出他長長的可笑的鼻子來。他繼續說着一些跑得極快的話：

「二十歲上我結了婚，娶的是孤女。她是有病的，不久就死了，沒有遺下兒女。我又成爲一個人！沒有人扶助，沒有人商量，又沒有朋友……我生活着，看見一切事物老是不對勁……」

「什麼不對勁？」

「全不對勁！整個生命的環……全是愚蠢，全好比池沼中的野鳥！連狗都吠叫得不合適……我說：我們應該開設技藝學校，還要爲女郎們做點什麼。他們笑着說，所有工匠都是醉鬼，這種人是很夠的。至於女郎們是在沒有學問的時候都會事前生育的……我辦了一個火柴工廠，——在第一年上就燒掉了……有什麼法子呢？後來我遇到了一個女人，我在他身傍旋轉着，像小燕在鐘樓傍飛翔一般，旋轉了幾下，就這麼住下了……三年不知不覺地過去，醒過來的時候，一看自己成爲一個乞丐，所有屬於我的一切都落到她的手裏！我那時祇有二十八歲，竟成爲一個乞丐了！我也不去惋惜！我仍然活了下去，過着很少的人生活過的生活……你取去罷，全去罷！總歸是一樣的；我總歸不能處置我父親的一筆大財產，至於她呢，——她那是……也許那時候我並沒有這樣想。現在一切都喪失了的時候，纔這樣想的……她卻說，——我毫無喪失。她的腦筋是很行的……」

「她是那樣的人？」

「她出身在商人的家庭裏。有時候她做開衣服，問這身體值多少錢？我說沒有價值！三年功夫——全都完了……好像煙霧一般！自然，大家取笑我一頓……我纔不管那一套……我懂得人世間的一切事情，看出一切都不對勁，不肯沈默着不講出來。我是不甘沈默的……我是除去心靈和舌頭之外什麼也沒有的了！因此人們不愛我，把我當作傻子……」

「據你看來，應該怎樣生活呢？」

他沈默了半天，抽着煙斗，他的鼻子像紅色的斑點似的在黑暗裏燃燒着。

「應該怎樣生活，——」「這是誰也不會詳細知道的，」——他輕聲地，緩慢地說，——「我以為，我以為……」

我在腦中設想着，這個為大家遊來和取笑的人如何在這城裏度着誰也不需要的生活的時候，——這不需要的生存也向我威嚇，煩悶觸動我的心絃，使我不能入睡。

……俄羅斯充塞着許多失敗者，我遇到了不少。他們永遠帶着神祕的，磁石似的力量吸引我的注意。

他們好像比那一大羣尋常的市民有趣些，好些。這羣尋常人爲工作與飯碗而生活着，凡能使飯碗發生影響的一切，凡足以阻礙他們把飯碗從鄰人的不堅定的手中搶奪去的一切，都一律推開。他們有的具有陰鬱孤僻的性格，死僵的心，永遠傾向過去的眼光，有的便是虛僞地善心，故意地嘮叨不休，外面而似乎快樂，其實內部是冷酷的。這些灰色的人們那份殘忍，貪婪，以及對於人生一切所取豺狼般的態度是足以使人驚訝的。

他們這種人有一些無從克復的冬令的一切。他們似乎在春天和夏天都爲冬天而生活着，他們慣於居住的擁擠，漫長的夜和寒冷。寒冷迫使他們吃得很多。

在這些冬季的人們擁擠，煩悶和恐怖的隊伍中失敗者是會很顯著地投入眼簾的：他比較活潑些，沈默些，他有比較尖銳的眼光，他懂得向尋常和熟習的，沈悶的範圍以外窺望，他有廣闊的心靈，這心靈永遠想成爲完滿的。他有趨向廣闊的境界的志向，他愛好光明的一切，自己似乎也發出光明……

是的，發出光明的，然而發出的時常是腐爛的，朽爛的光明：你仔細看他一下，你會帶着憐憫和憂愁明白他是一個懶貨，吹牛皮的專家，瑣細的，軟弱的，中了虛榮的毒害，受了妒忌的侵蝕的人，言與行之間的距離在他們比冬季的人們更加深些，而且闊些。冬季的人雖然遲慢得像蝸牛一般，但總還在地上爬着，爬到什麼地方去，然而失敗者卻在一個地方旋轉，好像孤獨的老處女立在鏡前一般。……

我一面聽顧平說話，一面回憶和他相彷的人們。

「我是一輩子看見很透澈的，」——他喃喃地說，已經在那裏打盹，頭垂到胸前。

我突然睡熟，——我覺得祇睡了幾分鐘。顧平拉我的腿叫醒我。

「起來罷，我們走啦……」

他睜着灰色的眼睛看我。我在這不愉快的眼睛裏看出一點智慧的氣息。在發皺的臉頰上，從久已不剃的毛髮裏露着紅筋，兩腿上也緊緊地綳着青筋，一雙光手好像是用生牛皮帶綑住的。

我們在睡熟的街道上走着，在我們頭上是混濁的，黃澄的天。紅光還沒有熄滅，空氣裏儘是焦味，因此顯得悶熱。

「樹林燒了五天，」——顧平喃喃地說，——「他們不能救滅它……眞是愚蠢之至！」

我們在商人皮爾金家的院裏。他們的住宅是極奇怪的，——那是一所平房，臨街有四扇窗，還有閣樓，在這正房四圍造着一大堆式樣不同的附屬建築物。這些附屬物從四面八方擁着正房，甚至還爬到屋頂上去。這一切建築全具有堅固的，沈重的樣式，但又似乎準備向院中門外，街上，園裏和菜園裏散走。好像牠們是在不同的時間內，向不同的地方偷了來，匆匆忙忙地堆置在插着長釘的高大的板牆裏面。窗是小的，玻璃是綠的，用疑慮和畏葸的姿勢向光明看望。三扇朝院子開的窗上裝着厚鐵欄杆，屋頂上沈重地像負夫似的坐着幾隻水桶，——預備火災時用的。

「你瞧什麼？」——顧平一面向井內窺望，一面喃語着。——「野獸的住處，是的……應該重新改造，弄得寬闊些，但是他們老是添造上去。」

他移動着屁股像念咒似的微聲說着，一面生氣地眯細眼睛，用計數的眼神向所有的建築物掃射了一遍，又輕聲說：

「說起來——這房子是我的……」

「怎麼是你的？」

「本來有這事的，」——他說，皺着臉，好像牙痛似的，立刻指揮起來：

「我來搖水，你把牠搬到屋頂上去，盛在木桶裏。這是水桶，這是梯子，——我們動手呀！」

他著手工作，顯露出極大的力量，我起始提起水桶，爬到屋頂上去。

木桶裏沒有著水，桶乾裂了。水流到院子裏來。顧平嚷起來了：

「這家人家眞要命……小錫板捨不得化，大洋錢卻不去保護……忽然失了火，便怎麼辦呢？眞是愚蠢之至……」

主人出來了：那是肥胖，禿頭的彼得・皮爾金，眼睛裏漲滿了濃厚的血，甚至把鼓凸出的眼白都染紅了，像影子般隨在他後面的是約那，陰鬱的，栗髮的人，他具有懸倒的眉毛和沈重的，模糊的眼神。

「啊，原來是顧平先生！」——彼得細聲說，一隻邊手舉起呢帽，對我斜看了一眼，用低音問道：

「這小影子是誰家的？」

兩個人都是大模大樣，神氣活現地，像孔雀一般，謹慎地在滿是水的院子裏走路，生怕弄髒了刷得十分鮮艷的靴子。彼得對兄弟說：

「你瞧見沒有木桶這樣乾了？你的那位耶基姆卡，——早就應該開除他……」

「我說，他是誰家的小影子？」——約那厭煩地問。

「他自己的父母的，」——剛平安靜地回答，不看主人一眼。

「我們走罷。是時候了！總歸一樣，——管他是誰家的，」——彼得拉長着調子說。

他們慢慢地滾到大門那裏。剛平皺着眉頭，目送他們，還沒有等到兩兄弟走出門外，便冷淡地說：

「兩隻羊。靠後母的智慧生活着……要是沒有她，——一定要過不下去的……他們的後母……那份聰明，簡直是無從說起！……他們一共三個弟兄：彼得，阿萊克謝和約那。阿萊克謝跟人打架的時候被打死了。一個美男子，快快樂樂的人……這兩個簡直是喫客……說實話，這城裏大家都是貪喫東西的專家……怪不得我們的市徽裏有三隻麵包……唔，你再來罷，快點做，已經休息過了！」

廚房的階沿上出現一個年輕，高身肥胖的婦人，穿着藍裙和玫瑰色的短衫，手掌遮住蔚藍的眼，她朝院落和屋頂看着，不大勇敢地說道：

「你好呀，耶各夫·瓦西里奇……」

剛平張着嘴，快樂的眼睛朝她的全身釘了一下，搖手表示歡迎。

「早是好呀，鄉及士達・伊凡諾夫納身體好麽？」

她不知爲甚麽故臉紅了一下，手遮住胸脯，她的圓圓的，柔軟的，十足俄羅斯型的臉閃耀出慚愧的微笑。這臉上沒有一條線可以留在記憶中的，——那是一張空虛的臉，自然好像忘記了在這臉上記載下它的願望。她的微笑也是那樣的不自信，好像不知道能不能微笑。

「鄔達里亞・瓦西里也夫納怎麽樣？」

「還是那樣，」——婦人低聲回答。

後來她搖着身體，垂下眼睛，小心謹愼地在院裏走着，走過我身傍的時候，我感到她身上發出草菜的味道，——紅莓菜和黑菜的味道。

她隱身在小鐵門裏，過了一分鐘走了出來，手裏持着篩子，坐在門限上，把篩子放在膝上，一些金黃的，絨毛的小雞在裏面蠕動着，吱叫着；女人用大手掌把牠們取起，貼在頰上，紅唇上，唱歌似的說道：

「我的親愛的……噢，我的親愛的……」

在她的聲音裏我聽出一點薄醉的成分。模糊的，紅紅的太陽從圍牆那裏窺望着，使長長的，尖銳的鐵釘發熱，從屋頂上流下的柔細的水流在院中女人的腳下跑跑，日光在水流裏洗澡，抖顫着，似欲落到女人的膝上，篩中和那些金色的，柔軟的小雞的身上，讓她的白白的，一直光到肩上的手也撫弄它。

「噢！好活潑的……小寶寶……」

顧平停止拉吊桶，身體懸在繩上，擧得高高的手緊抓住繩子，匆遽地說：

「唉，娜及士達·伊凡諾夫納，你應該生幾個孩子……有這麼六個孩子就好了！……」

她沒有回答，沒有看他一眼。

太陽被掛綴在銀色的河邊灰黃的僵雲裏。紗簾似的朝霧萎沈沈地圍繞在學齊的水線上面。藍色的樹林升到模糊的天上，完全被香馥的濃密的煙所包圍。

靜寂的城市麥姆林還躲在半環的樹林裏睡覺。樹林像烏雲一般，立在它的身後，擁抱着城市，挨身到靜謐的奧卡河旁，將影子投射進去，使光亮的水顯得黑暗，顯得無盡的深。

早晨卻極悲慘。白天沒有帶來任何的希望，它的臉龐是悲慘的，有點看不清。它還沒有生下來，似乎已經疲乏了。

我和顧平並臥在皮爾金家大果園的貝屋內。一堆壓扁的乾草上面。這果園橫放在山上，通過蘋菓樹，李樹和梨樹的頂梢，沈沒在蛋似黑鉛的污水中。我看得見整個城市，色彩繽紛的教堂，黃色的新漆的監獄和黃色的財政局。

這類黃黃的四方形體，像囚犯背上的方塊A，一條條灰色的街道，像一件有花色的破舊的，齷齪的，褪色的衣裳上的深摺紋。在這早晨生出來的比喻都是悲慘的，——大概因爲對於別的生活的憂愁在我的心靈裏整夜不止歇地啼唱的緣故。

但是爲什麽來比喻教會呢？教會很多，有的很美麗，在看着它們的時候，——整個城市取到另一種比較有趣的，和諧的曲線。假使人們把每所房屋建築得像教堂那末……

有一所老而低矮的教堂，它的光滑的牆上開着盲瞎的窗。它名叫「侯爵教堂，」因爲裏面放着本城虔信上帝的侯爵夫婦的骨骸；記載裏說他們一輩子生活在「戀愛的，不斷的愛情」裏面。

夜裏我和顧平看見高大的，白的，畏怯的彼得·皮爾金的妻子在園中走着，到教堂裏去和她的情人，侯爵教堂歌詠隊的領班相會。她穿着一件單襯，赤着脚，廣闊的肩上套着金色的什麽，——不是上襖，便是圍巾，在蘋果樹間的小徑上從下往上走着。她不慌不忙地，謹愼地走着，像一隻貓雨後在院裏行走，在碰到溼的地方的時候，嫌惡地搖晃着柔軟的脚掌。大概是乾葉和細枝把女人的脚跟搔得發癢，並且扎得有點痛，——她的兩脚抖索着，步伐是不堅定的，不信任的。

一輪滿月的和善的臉懸垂在花園上面溫暖的天上。它已顯出殘缺，但還鮮豔。女人從樹陰裏出來的時候，我很淸楚地看見她臉上黑暗的眼影，圓圓的微張着的嘴，胸前厚厚的辮髮。在月光下，單襯顯得發藍，女人顯得透明。她無聲無響地移動着，像在空中走路，投入樹影裏的時候，——影兒發完了。

差不多午夜光景，我們還沒有睡。顧平有趣地對我講關於城裏的事情，各種家庭和各種人的歷史。他一看見女人像雲彩似的向上昇升的時候，可笑地跳起身來，坐在乾草上，身體抽着筋，像被火灸痛似的，起始匆遽地盪着十字：

「耶穌基督呀……這是怎麼啦？這是什麼？」

「輕一點，」——我說。

他搖幌着身體，肩膀推了我一下。

「嗐……簡直像做夢……哎喲，老天爺！……她的婆婆彼得的後母就在這個地方……完全一樣！……」

他忽然無力地倒下，臉伏在地上，發出輕聲的，幸災樂禍的笑聲，拉住我的手，抽動着，用嗚咽的聲音微語道：

「彼得竟睡着覺呢……昨天在巴扎諾夫家相親的酒宴上灌了許多黃湯，——現在睡着了！約那到瓦里卡·克洛奇赫那裏去了，——整夜不會回來的……你儘管玩罷，娜及士達！」

我一面聽他說話，一面看女人怎樣走去辦她的事情這真是美麗得像夢一樣，我覺得她的蔚藍的眼睛向四圍觀望的時候，她向活的一切現在正睡着和醒着的一切熱烈地微語道：

「我的親愛的……你是我的親愛的！……」

但是和我在一起的那個不整齊的，破碎的活物卻打着胡嚕，微語道：

「她是彼得的第三個女人，從莫洛姆娶來的，也是商人家出身。城裏有謠言，約那和她也有關係，——

她一人做兩個兄弟的妻子，因此沒有小孩！還說村婦們看見她在復活主日那天在區長花園裏做出無恥的勾當：她坐在區長膝上哭泣。我不相信這話區長是老頭子，腿都不大能移動……約那呢？……約那自然是畜生，不過他很怕後母……」

被昆蟲蛀空的蘋菓落了下來，女人止步一會，更加頹喪地低着頭，向前走得快些。

顧平不斷地說話，越來越說得沒有思慮，好像讀史記似的，感到十分乏味。

「你想一想：一個人有的是財富，在榮耀中生活着。彼得·皮爾金可以算做本城的貴族！可是魔鬼在他的肩後恥笑他，——眞是的！」

他沈默了許久，身體在奇怪的拘攣中扭來扭去，沈重地嘆息，以後忽然用奇怪的微語說道：

「十五年以前……不，還多些，——鄉及士達的婆婆也是這樣的到情人那裏去……那是一匹馬！……」

看一個女人躲躲閃閃地走路，像出去偷竊似的，眞是感到憂愁，不由得在幻想中見到許多肥胖的皮爾金在黑暗的土地上沈重地爬行，從院子到花園裏來，在不識憐憫的，紅紅的手上握着繩子和棍杖，我沒有聽顧平的微語，一直朝女人出現的那所堆房牆旁望望，還去看她俯着身子溜匿起來的澡堂牆上的黑洞。他終於睡熟，在睡夢中說着最後的話：

「整個的生命建築在撒謊上面……妻子騙丈夫，小孩騙父母……隨處都是虛僞……」

天在東方是血紅的，一會兒亮些，一會兒黑些；有的時候看得見一團黑煙，火光用殷紅的利刃刺破厚厚的布帛。樹林高而密，像一座山。火蛇在林梢上端彎曲地爬行，搖擺着殷紅的翅翼，一會兒被煙霧吞沒消失了下去。我好像聽見一陣惡狠的沸騰的炸裂聲，黑與紅惡鬬的啞聲，看見一隻受驚的白兔身上被雨點似的火星濺滿，在樹根中間奔跑，烤紅了的鳥被煙氣的窒塞發出喘息，在枝頭上抖顫。赤蛇越加得勝似地伸展它的翅翼，吞沒黑暗，剷除松脂的樹林。

……白色的人形從禮堂牆上的黑洞裏溜出，在樹縫裏迅速地閃現了一下，跟着有人用着重的微語叮嚀她說：

「你不要忘記！一定送來呀！」

「好罷……」

「明兒早晨那個搖腿女人會來的，——聽見沒有？」

女人隱滅了，一會兒有一個人不慌不忙地在園中走着，沈重地抓響木板，越過了園牆。

睡不着覺。我躺在那裏，看望樹林的延燒，一直到天亮。疲乏的月亮從天上落下，冷冷的，像子母綠般發綠的金星在侯爵教堂的十字架上面熠耀，——它應該在這裏熠耀，假使侯爵夫婦一輩子生活在「不毀的愛情」裏。她爲他，而他爲她，一輩子如此……

露水從樹上洗去了黑夜，在被露水浸成灰白色的綠叢中，玫瑰色的嶽萊阿尼司植起始微笑，香甜的安東諾夫卡發出金黃的光采。戴着紅帽的金翅雀飛了來。像飛鳥似的黃葉撒落到地上，有時竟無從明白，閃現的是樹葉或是金翅雀。

顧平長嘆了一聲以後便醒了。他用彎曲的手指擦紅腫的眼，手脚撐在地上，爬了起來，爬到更屋外面去。他把衣服睡皺。他伏在地上，像狗似的嗅聞着空氣，很可笑地移動着尖銳的鼻子。他立起來，搖了搖一棵大蘋果樹。成熟的果實滾到乾燥的地上，隱在草內。他撿了三隻，仔細檢査了一下，把破損的牙齒插進汁水極多的果實裏去，一面嚼，一面用脚踢開落在面前的蘋果。

「你為什麼白白地踢蹋蘋果？」

「你沒有睡麼？」——他轉身向我，點了點甜瓜似的頭。——「這些蘋果太多，用不着去憐惜……這些蘋果樹是我的父親栽的……」

他用銳利的，有趣的一隻眼睛朝我瞅了一眼，嘻嘻地笑着，甜蜜地喃語道：

「娜及士達呀？娜及士達·伊凡諾夫納真有一手！我來給他們湊個熱鬧。我來……」

「為什麼？」

他皺着眉頭，教訓似的說：

「我對於別人總是懷着好意的……假使我看見他們中間有仇恨或有什麼虛偽，——我負着把這一切揭發出來的責任！人們是應該受教訓的：你們應該靠信實來生活，你們這些無用的人們呀……」

太陽從雲端裏升出。它的臉是黯淡的，憂愁的，像不健康的嬰孩一樣。它因爲久睡在柔和的黑雲裏和林火的煙氣中，擔誤了照耀大地，似乎感到自己有了錯處。花園浸在溫和的陽光之下，深厚地吸進成熟的果實的醉人的香味，也就是秋氣。

但是鉛色的和雪白的雲成羣結隊地升入天際，追趕着太陽，柔和的雲彩在靜靜的奧卡河水裏反映着，造成另一個天，也是深邃的，柔和的天。

「米羅，瑪卡爾！」——劉平命令着。

……我站在三俄丈深的井底裏，半身浸在稀薄寒冷的爛泥中，齊到腰裏發出一陣朽爛的木頭的味道和一種難以忍耐的討厭的氣味。我用小桶掏出爛泥，流在木桶裏，流滿了以後便喊道：

「好啦！」

木桶搖曳着，推擠我，不樂意似地拉上去，稀薄的泥塊從桶裏落在我的頭上和肩上，水滴滴地流着。深黑的桶底的圓圈遮掩住熾燒的天和隱約可見的星。明知天上日光高照，而見到星羣，那眞是又可怕，又有趣。

我一直往上看望，弄得頭頸也痠了，背脊也痛了，後腦門像鉛鐵似的炙熱，——但是眞想看透白日的星，眼睛離不開那些星；牠們綴出整個的天都是新的。因爲知道太陽並不孤獨，不知爲甚緣故覺得很舒服。

我很願意思索些偉大的事情，但是一種呆鈍的，擺脫不了的驚慌阻礙着我：我就是皮爾金兄弟醒了以後，到陰裏來，顧平把歸及士邁的事情講給他們聽。

他的話語，不清楚的，似乎由於潮溼而發腫的話語，從上面掉落下來。

「還有老鼠在裏面……富人們——哈，！哈哈有十年沒有收拾過井……這些魔鬼喝的是什麼東西？留神些，來了……」

滑車吱吱地發響；木桶擱在木架上，重重地叩蕩着，落到我身上來，爛泥重又濺到我的肩上和頭上。應該讓皮爾金弟兄們自己做這工作……

「你來替我呀！」

「怎麼這樣少？」

「冷得很！忍不住了……」

「嗒——嗒！」——顧平朝那西老馬呼喊，木桶是借牠的力量舉起來的。我蹲在木桶的邊上，往上走。地上很光明而且暖和，新奇得，陌生得有趣。

現在顧平在井底裏。從烏黑的，潮溼的洞裏，隨着朽爛的氣味，升起了他的辱罵，爛泥的沈重的濺潑聲，鐵桶碰在木桶繩條上的聲響。

「真是瘖啞鬼…… 你瞧，——裏面還有什麼東西，不是狗，便是嬰孩 …… 真是可咀咒的亞細亞人……」

木桶內出現了一隻泡腫了的帽子。顧平生氣了：

「最好能找出一個嬰孩報告警察，把他們送到法院裏去……」

一匹白底斑駁的，水喝飽了的馬，——牠的眼上有白色的睫毛，——慢搖着光禿的耳朵，拂去蒼蠅。牠用老邁香婦人那般有韻律的步伐，從井旁走到大門那裏，拉着沉重的木桶，每次走到大門那裏，便嘆了一口氣，低低地垂下多骨的頭。

在蓋着像地毯似的，栗色的，烤焦的，踏平的草的院子角落裏，門咯吱地一響，——鄔及士達·皮爾金走了出來，手裏拿着一串鑰匙，她後面跟着像酒桶似的，圓圓的村婦，——她年紀已老，在肥厚的像蠻夷人似的翹翹着的嘴唇上長着黑鬚。她們走到地窖那裏去。鄔及士達懶懶地走着，穿着一條裙子，上身的襯衫從肩上褪下來，光裸的腳上穿着鞋子。

「你幹什麼瞪着眼睛？」——女人朝我喊，兇狠地瞪出黑暗的，模糊的，像瞎子似的眼睛，——這眼睛沉在殷紅的臉頰裏面，完全不是相宜的地方。

「她的婆婆，」——我想。

鄔及士達在地窖門旁把鑰匙交給她，不慌不忙地搖着肥滿的胸脯，整理着從圓而斜的肩上落下的襯衫，走到我身前，說道：

「應該把門板拔出，讓爛泥流到街上來。整個院子都是水。味道真難聞……真的是老鼠麼？哎喲，老天，爺，多少錢東西呀！……」

她的臉是疲乏的，眼眶邊上露出深黑的斑點，眼睛燒得十分乾澀，像整夜不睡的人那樣。天氣還涼快，但是她的額角上有汗珠閃爍着。她的肩膀是亘的，濕的，像沒有烤到時候的麵包，被熱氣微微地攻擊，蓋了一層紅潤的游皮。

「你把門開一開！……有一個跛脚的老乞婆要來……你叫我一聲……我叫郯及士達·伊凡諾夫納，你聽見沒有？」

井窓有聲音發出來。

「誰說話？」

「女老闆……」

「啊，是郯及士達！我要和她說兩句話……」

「他喊什麼？」——女人問，用力豎起深暗的，不很深刻的眉毛，打算俯身到木架那邊去，但是我在自已方面也出乎意外地說道：

「他看見你夜裏出來的……」

「什麼？」

她挺直身子，臉紅到肩上，迅速地將肥滿的手壓在胸前，張大驚恐的眼睛，突然匆遽地，火熱地微語起來，臉色死白，奇怪地縮小身體，蹲在地上，好像一團酸過了的溼麵。

「天呀！他看見了什麽？——不……那個拐腿女人來了，你不要放她進來！你就說，——不要，我不能，辦不到，——我給你一塊錢……天呀！」

下面顧平的喊聲越來越洪響，越來越生氣，但是我祇聽見文人的隔在咽喉中的微語，看見她的臉，肥胖的，玫瑰色的臉搭了下去，發出灰色，深暗的皺紋抖索着，阻礙說話，眼睛裏停留着可憐的，狗的恐怖。

然而她忽然搖搖肩膀，將全身整頓了一下，揩去恐怖，輕音而著力地說：

「用不着……讓它去罷……」

她的身體搖了一下，走開了，邁着細碎的步伐，好像她的兩腿是被綑住了似的。她走路走得惱人地輕靜，帶着聽天由命的樣子，好像盲人一樣。

「你拉我上來呀！」——顧平怒吼着。

我把他拉了上來。他全身溼透，冷得臉色發藍，開始在院裏跳跑，一面跑，一面揮手。

「這是怎麽會事？我喊着喊着……」

「我對娜及士溪說，你看見了她。」

他跳到我身傍，惡狠狠的。

「誰吩咐你說的？」

「我說你在夢中看見她從花園到澡堂去……」

「什麼？什麼意思？」

他光着腿，腿上儘是泥，瞪出眼睛望我。他的不愉快的臉顯得可笑，而且憂鬱。

「你瞧，——假使你對她的丈夫說了出來，我就要說這一切是你夢見的……」

「為什麼呀！」——顧平慌張失措地喊，但是忽然醒了轉來，微笑了一下，輕聲問：

「她給了多少錢？」

我對他解釋，我是可憐這女人，我怕兩個兄弟會打傷她，所以不應該把她的秘密宣布出來。顧平起初不相信我，但是以後想了一想，說道：

「這一切都不對：為賄賂而取人家的錢，比為撒謊好些。你攪亂我的計劃，你這小鬼子呀……他們雇我來清理井，我要用這個錢給他們全都清理一下……這對於我是一種愉快！」

他重又生氣，在木架旁邊跑來跑去，使身體暖和一點，喃喃地說：

「你怎麼可以干涉別人的事情？你是此地的人麼？」

這一天很乾燥，而且熱，然而天空是模糊的，好像是夏天的灰塵一直飄到天空的深遠處所，不用眯眼就可以瞧見血紅的，失了光采的日球，像望月亮一般。

「我把你領來做工，使你得到工作的快樂，你居然對我……」

一匹馬在大門外沈重地跳躍，踉蹌像游戲似的起伏着。在牠走近安丽金的房屋面前的時候，有人啞聲喊：

「噯！樹林燒着了！」

窗框拍響着，院子裏立刻充滿了喧嘩的，無意義的忙亂：生瘤子的村婦從廚房裏滾出，頭髮蓬亂的，衣裳穿了一半的約那跟在後面，彼得的美麗的禿頭從窗外伸了出來。

「快套馬，天呀！」——他用哭泣的聲音喊。

頡平已經把一匹肥胖的，栗色的馬領進院裏來，約那推出一輛輕便的馬車，錫及士達在臺階上對他說：

「你先去穿衣裳呀……」

村婦開了大門。一個小農人拐着脚走進院裏，牽着滿身是泡沫的馬。他穿着紅襯衫，用快樂的聲音說：

「兩個地方起的火，——從伐林地和坍場那裏起的……」

大家圍住他嘆氣，惟有頡平靈活地，迅速地套着馬，不看任何人一眼，從牙縫裏對我說：

「等候到這地步了……這類不幸的人……」

一個女丐在大門那裏發現，小偷似的眯着眼睛，唱道：

「耶穌基督呀……」

「去罷！」——娜及士逵惶怕地揮搖兩手，臉色死白，喊叫起來。——「我們還惹出了不幸的事情，樹林燒着了……你以後再來！」

站立在窗旁，遮滿了整個窗子的彼得身子一搖，往後倒進屋子深處頓時隱滅了。女人在他的位置上出現，輕蔑地說：

「眞是禍不單行！……竟昏倒了，眞是懶貨……」

她的髮邊上灰白的頭髮被絲綢做的頭遮住，絲綢在陽光下發亮，頭好像是鐵的。她的塑像般的，好像被煙灰燻黑的臉上，嵌滿着我從未見過的沒有眼珠的藍色的眼，像兩個斑點一般。

「我不是對你們說過，墳場旁邊應該把樹林砍伐得多些……」

深刻的縐紋落在女人的尖小的鼻上，從那裏到銀光的鬢邊展開了濃濃的眉毛。變得奇怪的靜，惟有馬在泥水裏踐踏着蹄子，一陣濃重的，幾乎是男子的聲音從窗內不斷地流出說着輕蔑的責備的話。

「她就是那個婆婆！」——我想。

顧平套好了馬，用長張的語氣對約那說：

「你快去穿衣裳，草包呀……」

皮爾金兄弟們離開院子，那個騎馬來的人仍沿路上那匹流汗的馬，跟着他們跑去以後，——那女人隱滅了，但是空虛的窗顯得似乎比以前還黑些。顧平的光裸的腿在泥水中踐踏着走去關了門，朝我閃了一眼，說道：

「我們這就開始……還等什麼！」

「耶可夫」——屋內傳出淒厲的喊聲。

他挺直了身體，像兵士似的。

「你來呀……」

顛平走到臺階那裏，清脆地跺着腳。娜及士達站在上層的臺階上面，折身轉向他，不愉快地皺着眉毛，以後又喚我到她面前來，輕輕兒點着頭，問道：

「耶可夫，他說什麼？」

「罵我呢。」

「為了什麼？」

「因為我對你說了……」

她深深地嘆息着。

「唉，——真是搗亂鬼他需要什麼？」

她惱怒地翹起嘴唇，圓圓的，空虛的臉成為孩子似的。

「哎，老天爺……人們需要些什麼呀？」

天上佈滿深灰色的雲，恐怕將下無盡休的秋雨。絲絲的聲音像濃厚的泉水一般，從近處階的窗裏洶湧出來，聽不見話語，祇有聲音，好像巨大的紡錘在那裏呼呼地發響。

「這是媽媽說話呢，」——娜及士達輕聲說，——「她會說他一頓！她很疼我的……」

但是我不去聽她的話。使我驚愕的是窗內傳出來的話語安靜地，洪亮地，對於所說的話的眞實性具有沈重的深信。

「你得了罷，你得了罷……你爲了沒有事幹，儘管這些閒事……」

我移近窗旁。娜及士達不安地說：

「你往那裏去？你不應該聽……」

窗內又傳出來了：

「你這種反對人的行爲是由於無事可作的緣故，由於煩悶的緣故，你感到煩悶，就想出了一種消閒的方法。你以爲忠事上帝，愛眞理，但是實際上你是替魔鬼工作的人……」

娜及士達拉我的袖口，努力把我從窗口那裏拉走。我對她說：

「我要知道她說什麼話……」

她冷笑了一聲，朝我的臉看了一眼，信任地微語道：

「我已經向她懺悔過了。我說，媽媽，我幹了一件不幸的事！她說，你這傻瓜怎麼做這種事？當時揪住我的辮髮，打了幾下，也就完了。她是很愛惜我的！……我在外面玩耍，在她看來是沒有什麽的，她需要的是小孩，需要一個小孩兒承繼財產……」

顧平在屋內喊道：

「假使違反法律是罪，那末……」

一陣有力的話語有韻律地流來，把顧平的話壓下去了：

「耶可夫·彼得洛維奇，並不見得到處全是罪孽，有的時候不過是因爲一個人在生長着，他感到法律太狹窄些。互相爭鬭是犯不着的事。我們這種蠢人在上帝面前全是一樣的……」

她說得有點沈悶或疲倦，遲緩而着力。顧平有時喃喃着，但是他的話語捲不到她的有韻律的話語裏去。

「判別人的罪不是件偉大的事情。判罪是永遠容易做到的。你要讓人自己發展到盡頭的地方，——在罪孽裏有時也可以得到益處的。你讀一讀使徒行傳：那些上帝的聖徒都是經過罪孽纔走到上帝面前去的，而且終歸是達到了的！這是必須要記得的。……我們可管忙着判別人的罪，懲罰人家……」

「歐達里亞·瓦西里也夫納，你使我脫離了生活的軌道，」——顧平說——「我一遇見你就回憶到……」

「不必去回憶……」

「我就這樣看不見自身，也不感到自己有任何的價值……」

「過去的事情已經過去了，應該要發生的事——是逃避不掉的……」

「我爲了你喪失了內心安靜的狀態……」

娜及士達朝我的腰裏推了一把，帶着快樂的惡意的神情微笑道：

「人們說得很對，——他顯然是和她辯過的！」

但是立刻迴了轉來，畏懼地用手掌遮住嘴，夾着手指說道：

「啊喲，天呀……我說的是什麼？你不要相信……人們都恨她，因爲她是很聰明的……」

「旣然做了惡事，——已無從用控告來糾正它，」——女人的話從窗內安靜地落下。——「上天給他什麼，他就應該牢牢地守住；如果守不住，——那就是無力負擔。」

「我就在你身上喪失了一切，你把我剝得精光……」

「凡是你喪失的，便是我增加的。人生裏永遠不會喪失什麼，祇是從這手移到那手，從不勇敢的人手裏移到勇敢的人手裏罷了。一根骨頭被狗啃過了一樣有用處。」

「我就是那根骨頭！……」

「那爲什麼？你還是人……」

「有什麼意義呢？」

「當然是有的，但不是全都能瞭解的。這點錢你拿去玩玩，你就好生的走罷！……你不要管女人的事，不要說些無謂的，不應該說的話……你這是在夢中看見的呀……」

「唉！」——剛平垂頭喪氣地喊着。——「好罷！算你贏……我不願意，不高興使你發怒……不過到底……」

「到底——什麼？」

「你這樣聰明的心靈到了來世……」

「你我祇要能在今世好生完成我們的生命，到了來世也會找到合適的位置的……」

「好啦……再見罷！」

「唉，天呀……」

窗內靜寂了。以後女人重重地嘆了一口氣。

娜及士邁像小貓似的輕輕兒跳到臺階那裏，但是我來不及。剛平從門內走出，正看見我離開窗子。他鼓着臉頰，栗色的頭髮聳起着，臉紅得像剛剛打完了架，突然用高響的，惡毒的聲音喊道：

「你——你這是什麼？你這是脚鬼……我不用你了，我不願意再和你一塊兒工作……你走開罷！」

窗內出現了陰暗的臉和藍色的大眼，——嚴厲的，主人的聲音問道：

「又鬧什麼？」

「我不願意……」

「你到街上去爲在這裏可不行！」

「是的！」——婀及士達惱怒地喊，跺着脚。——「這是怎麼會事？眞是的……」

廚婦跳了出來，手裏執着鐵耙，持着戰鬪的姿勢和婀及士達並立在一起，喊道：

「你瞧——沒有男人在家就會成這樣子的呀！……」

我臨走時仔細看望女主人的臉藍眼睛張大得十分奇特，差不多遮蓋住了眼白，周圍祇留下柔細的，淡藍的圈子。這雙奇特的，燃燒的眼睛十分呆板，好像是瞎的，且已從眼窠裏滾了出來。似乎是女人吞噬了什麼東西，喘不過氣來。她的喉嚨向前凸出，像甲狀腺腫一般。絲綢般的頭髮發出金屬的光采，我重又不由已地想：

「眞是鐵腦袋……」

顧平減了下去，懶懶地和廚婦對罵，不看我。

「再見罷，女老闆，」——我從窗旁走過時說。

女人一下子沒有回嚮，一會兒纔和諧地說：

「再見罷，小朋友，再見罷……」

當時俯下頭來，——那頭頗像經過許多次向堅硬物件上打擊而發光的鐵錘。

尼魯士卡

曾經許多次燒得乾淨的木頭的城市瀰也夫緊緊地縮在渥別里哈河旁的山脚下；城裏的房屋帶着色彩繽紛的窗板，互相推擠，亂鬨鬨地圍繞在教堂和嚴肅的官衙附近。街道沖散着黑暗的一堆堆的房屋，懶洋洋地向四處亂爬，將狹窄得像袖子似的胡同向自己身旁推開；胡同盲目地擠在菜園的板牆上面，堆房的牆壁上面，從山上向下瞭望城市，似乎有人用棒把它攪擾了一下，開玩笑似的把裏面的一切弄得零落散亂。

祇有一條茨德那耶大街，把商人們的石頭房子從河旁沈重地拉到山上，——這些商人大半是德國移民，——嚴厲而且筆直地切斷擁擠的一堆木頭建築物，和像島嶼似的綠油油的花園，把教堂推到一邊，并過了教會廣場，仍舊筆直地蔓延到泥濘的田野上，米哈爾·阿爾罕格爾修道院的松林裏，——這修道院聳在高聳天際的，像栗色的牆一般的老松後面，差不多一點也看不見，祇在晴朗的日子，有些金十字架，隔着深綠的松柏歡欣地微笑，——牠們像一片永遠沈默的，故事上的森林裏火黃色的鳥一樣。

從茨德那耶大街快折到田野之前十所房屋那裏向左轉，沿着小谷邊上和斜坡那裏，有一排小房，矮矮地蹲坐在地上。房上祇有一兩個窗。這些房子的所在名叫託馬契哈村，是有名的田主託馬契夫家的僕役們建築的。這田主在正式發奴隸放令頒布前的三十年就解放了自己的奴僕，因此受了沙皇尼古拉．伯夫洛維奇極大的侮辱……於是一氣進入修道院，有十年緘口無言，在無人知曉中靜靜地死去因為他從來沒有被搬出來給進香和游方的人們看過，——這是上面禁止的。

五十年前託馬契哈人造好了自己的房屋，且被列入下市民冊內以來，他們就住在十九所小屋內，甚至一次也沒有失過火，雖然在這時期內整個城市，——除去菸德那耶街以外，——都曾經燒過。這城市內無論在什麼地方把土地掘起，到處可以找見用不盡的煤。

上面已經說過，小村立在樹枝形的深谷出口的邊上和斜坡上，窗全朝張大着嘴的谷口開着。立在窗前可以望見遲別里哈河後的澤草原和池沼性的樅樹林，還可瞭望模糊的，紅紅的太陽落到那裏去歇夜。

山谷在整個田野間蜿蜒着，從西方將城包圍；它幽閒地啃嚼黏土質的地，每年春天將泥土大量地吞食，送到河裏，阻塞遲別里哈的水流，把混濁的水引到遼遠的草原上去，——寬闊的草原漸漸地成為池沼。這山谷名叫「大谷」，險峻的邊上濃密地長着楊柳和莠草，夏天在那裏很涼快，還顯得潮潤，成為城鄉的戀愛的窮人們會晤的地方，縱飲，和惡鬭的場所，至於富裕的市民則將垃圾和死貓，死狗，死馬的屍骸堆放上去。

山谷底裏流着一道「愈兵」泉，甜蜜地作響。這泉以晶瑩冷澈的水的美味馳名全城，水冷得在暑天喝飲時都會使牙齒作戰。託馬契哈村民認這水能治百病，引為驕傲，常喝這種水，因此活得很長久，——有些人竟不能計算他們的歲數。村中男子以漁，獵，捕鳥，作賊爲生。除皮匠高里可夫以外，——他犯着癆病，身體瘦得像骨架，綽號「捆棧」——村中無一手藝人。村婦們冬天爲齊美磨麵廠縫補麻袋，捻繩；夏天到修道院的林裏採蘑菇，野菜；又到河對岸森林中採蔓越橘。還有兩個著名的算卦女人，有兩個女人則施展靈巧的手段很順利地替人拉縴。城裏的人自然把所有村中男子看作小偷，把所有婦女和女郎看作蕩婦。城市努力壓迫，取締村民，但到底有點怕他們：生怕會放火，偷竊，甚至殺人。託馬契哈人蔑視城市人的嗇吝，貪婪和腐敗，但對於他們堅定，飽暖的生活，則加以病態的羨慕。

小村窮得連乞丐都不進去，——除非喝醉了以後。

一些瘦小的狗平日不知靠些什麼來活命，像小偷似的從一個院子蕩到另一個院子，垂着彎曲的尾巴，懸起失血的舌頭，一看見人就迅速地跑入谷中，或是馴順地，卑恭地躺在地上，肚腹朝天，期待避免不了的辱罵和腳踢。

從每條縫裏，每所房屋內，通過虹彩般的玻璃窗，從用花紙修補，長滿了天鵝絨似的苔蘚的屋頂上，到處有壓倒一切的俄羅斯的貧窮在那裏無可救藥地，死沈沈地窺望着。

託馬契哈人的院裏長着赤楊，接骨木和各種莠草，茂盛的龍芽草從板牆縫裏伸到街上，抓住行人的腳和衣裾，板牆底下，蕁麻濃密地擠挨着，狡猾地刺痛小孩們。所有的小孩全是瘦瘦的，飢餓的，全是好惹氣的，時常打架，哭個不休。小孩不很多，到了每年春天村中總有白喉發生；普遍地蔓延着猩紅熱和紅疹，同時成人間則傳染着傷害。

一切生之呼聲中村中常聽見的是哭聲和野蠻的惡語，但是從一般講來，村內的生活是靜謐的，憂愁的，連貓兒到了春天也叫得聲音不高，而且顯出垂頭喪氣的樣子。

祇有一個淘氣的，狡猾的，替人拉縴做媒的女人，名喚發里絲德的，在喝了酒的時候唱起歌來，她用一種特別沉重的刺耳的聲音，帶着沙聲和哭音唱着，閉住眼睛，向前彎着喉嚨。

惟有村婦們無止歇地忙亂，歇司底里性地喧嘩。她們整天高舉衣裾，在街上跑來跑去，互相借索 點麵粉，一些油。她們罵人，痛哭，打孩子，把吮痛了的乳頭塞進嬰孩的嘴裏，直叉奔跑，旋轉，痛哭，不停歇地整頓這悲慘的生活。她們的服裝邋遢，骯髒，她們的臉頰陷落，多骨的臉上有一雙不安的，像小偷似的眼睛，如果這女人肥胖，便是有病的，她的眼睛黯淡，步伐沉重。差不多在四十歲以下的每個女人都在每年冬天懷孕，春天拖着大肚皮到太陽裏來，眼圈上露出疲乏的藍色，但是並不妨礙她們用極緊張的努力工作，像在空肚子時工作的一樣。她們好比針線：有一隻忙亂的，固執的手想借她們的力量織補一塊朽爛的布帛，但是這布帛老是離散，裂破。

我的房東安其帕·伏洛郭諾夫被認為村中第一流人物。他是一個小老頭兒，以販賣「偶然得來的物品」和典押為營業。

他患着得了許多年的痛風病，兩腿在膝蓋那裏業已彎曲，手指又曲又腫，彎不過來。他永遠把手伸在袖口裏。他好像不需要他的手，所以難得伸出來，伸出的時候總是遲遲疑疑，似乎怕弄斷似的。

他從不生氣，從不發火。

「我不能這樣，」——他說，——「我的心臟着，會裂破的！」

他的顴骨高聳的臉上掘了一些深紅的疤痕。他的臉安靜得像吉爾賽人一樣，下腭上掛着直線般的，灰色，栗色和黃色的頭髮，不知爲甚緣故是溷亂的。歪斜的，好變的眼睛眯細着，從濃厚的，不同色彩的眉毛上有黑影落到眼睛上面。一條條的青筋在稀少的頭髮下面的髮間兇猛地跳動着，他的整個身體引起一種斑駁的，無從捕捉的印象。

他走起路來遲緩得惹人生氣。助成他那樣走法的是他自己設計的奇怪樣子的服裝，——袈裟，無袖長袍和長馬甲的混和物。這服裝的邊緣束縛他的脚，使他止步時必須把脚抽動一下，所以衣裳上的邊緣全已踏破了。

「忙什麽？」——他解釋着，——「到時候總歸來得及走到墳墓裏自己的位置上去的呀。」

他說話很雅致，極愛說教訓的話，說出了以後永遠沈默一下，似乎在思想上加上一個沈重的，烏黑的大點圈。他和一切人都說話，說得很多，顯然努力欲更加堅固地確定一個聰明的老人的名譽。

伏洛郭諾夫的小屋有三個窗子臨街，裏面用隔板分成兩間不整齊的小屋。他自己住在裝着俄羅斯式火爐的大間內，我則住在小間內。隔着外間有一個堆房，在包着鐵條和馬口鐵皮的門上安放一把古式的歪鎖，安其帕在裏面存放鄉人們的貨物，如火爐，聖像和多衣之類。這個堆房上的，有花紋的大鑰匙他掛在背後呢袴的皮帶上。警察進來查看他家裏有沒有偷竊的東西的時候，他許久許久地用他的有病的手把鑰匙從背後挪到肚腹上，又許久許久地解開，對警長或副區長說道：

「我從來不收犯罪的東西。大人，我記得，我已經屢次證實過我這可憐的真話了……」

他坐下時鑰匙搖在椅背或椅面上。他困難地把手翻到背後，試一摸鑰匙是否總牢在那裏。我隔着板壁聽得見老人每一聲的嘆息，瞭解他每一個的動作。

晚上，模糊的太陽落到河邊像惱怒的鬃毛似的樅樹後面，從凹凸不平的山谷口那裏開展出來的邊界被染了香色的霧靄罩着的時候，——伏洛郭諾夫坐在窗旁桌邊，短矮的火壺前面，——這隻火壺的邊已壓扁，欄杆，龍頭和壺柄的周圍生出惡毒的，綠色的水酸。

在黃昏的靜寂間不時發出一句句狐疑的問題，持着信心期待確切的回答。

「達里卡，——那裏去？」

「到泉上去取水呀，」——柔細的聲音可辨地唱着。

「姊姊怎麼樣啦？」

「還在難過呢……」

「好啦!去罷……」

老人輕輕地咳嗽,把嗓子淸潔一下,以後用抖慄的,虛僞的尖聲唱:

「甜蜜的快倘

使我受了重創,

情慾的火燄

把我燒得精光……」

火爐噼噼地發響。街上一陣沈重的步聲,一個陰鬱的聲音說:

「他以爲他旣是城裏人,一定是聰明的……」

「這般人醉做得利害……」

「叫我用他的襪子抹在我的鞋上都不高興呢。」

走過了,老人的假尖聲重又盤旋起來:

「……「乞丐們的憤怒呀」……明卡,站住!你來,我給你一塊糖吃。父親怎麼樣?喝醉了麼?」

「醒了,剛纔在那裏喝酸水,吃白菜呢。」

「他做些什麼?」

「坐在桌旁想事情……」

「打過母親麼?」

「還沒有。」

「她呢?」

「躲起來了……」

「唔，去罷，快跑……」

窗下不聲不響地出現了發里蔡德，一個四十歲的女人，冷淡中露着快樂的眼睛射出像隱鳥似的神勢，美麗的，鮮豔的嘴唇堅固地堆成了不經意的微笑。她也是村中著名的一個。她的兒子尼魯士卡是瘋癲的人。她的出名由於她還知道一切儀式，還會哭死人，哭被徵入伍的人們。她的股骨已被打斷，她走路的時候深深地壓在左股那裏。

村婦們說發里蔡德身上有「貴族的血統，」——大概是因為她對所有的人都帶着冷淡的，和藹的態度的緣故。但是她此外還有一點特別的地方。她有長長的手指，狹窄的手掌，頭部的莊嚴的姿勢，她的聲音裏永遠響着金屬的調子，固然是發鏽的，黯淡的調子。她談論一切事情時，——講自己時也是如此，——都很粗魯，直率，同時又是那樣的自然，所以聽她的話語的時候，雖然感到難受，但是終不敢稱這些話是放肆的。

有一天我聽見伏洛郭諾夫責備她不懂生活之道。

「你稍爲忍耐一會，你瞧，你就會成爲女太太了！成爲自己的生活的主人……」

「老朋友，我已經做過女太太了，」——她回答，——「這個我都經驗過了！有多少高貴的脚色崇拜過我的肚子……你不知道我被他們無恥的眼睛看得都要眩盲了！被他們吻得——全身都吻遍了！女人無論什麽時候都可成爲女太太，——事情是祇要脫去衣裳假使上帝賜給你一個美麗的身體。不到的，老朋友，一個人最好是自由的生活！我在地上盛着自己，好比缽頭盛滿家釀的啤酒，——誰願意喝就喝罷，在還有得喝的時候……」

「你說的眞是無恥的話，」——伏洛郭諾夫嘆着氣說。

她笑了。

「你瞧，你眞是淸白無罪的人！」

安其帕和她低聲說話，十分謹愼的樣子，她卻回答得很響，而且帶點挑戰的樣子。

「你進來喝一杯茶，」——他探頭到窗外，請她進去。

「我不要。唉，我知道你的事情很多呢……」

「不許閃眼睛！你知道什麽？」

「我知道得很多呢……」

「我沒有什麽事情可以使你知道的……」

「我全都打聽出來了！」

「惟有上帝一人知道一切，他是創造一切的。」

他們兩人微語了許多時候，後來發里察德不聲不響地出去，和來時一樣。老人許久時候坐在那裏，動也不動，終於沈重地嘆了一口氣，咕嚕道：

「唉！蛇莓滲進夏娃的耳朵裏……上帝恕我，上帝恕我……」

但是在這些話裏聽不見心靈的痛悔。我老覺得老人愛說這類的話並非爲了奇談，祇是爲了它們是特別的，——不尋常的，村子裏的。

有時他用一根短尺（上面祇刻着十五俄寸，）叩擊板壁，招喚道：

「房客！一塊兒喝杯茶，——好不好？」

在初相識的幾天他對我很懷疑，顯然把我當作偵探，以後帶着嘲笑的好奇看我的臉，永遠說着教訓的話：

「你讀過被喪失和毀壞的樂園麼？」

「被歸還的。」

他否定地搖着顏色不同的鬍鬚。

「樂園被亞當遺失，因爲被夏娃毀壞了，但是上帝是不會歸還的。誰有資格回到天堂上去呢？沒有人有這資格」

和他辯論是無益的：他默默地聽完了反對的話，從來不加以辯駁，祇是還用了同樣的嗓音，重複他自己的話：

「樂園被亞當遺失，因爲被夏娃毀壞了……」

他時常對我談論女人：

「你既是年輕的人，這犯罪的東西將橫立在你的面前，因爲『人類被可怕的愛罪性所壓制，』——那就是說被毒蛇所壓制。女人是世間一切毒藥的阻礙，這是所有的歷史都可加以證明的。主要的不安都是由她而起：『身上充滿了毒藥，蛇兒刺中了你，』——蛇就是肉慾。希臘中了蛇毒，竟毀壞了整個城市：如脫洛邑。卡爾泰根和埃及，全被毀爲了愛阿歷山大·伯夫洛維奇的妹子，攻入俄羅斯。同教民族和猶太人從古以來就明白這個道理，他們把女人遮蓋住了，放在後院裏面。至於我們呢，——那眞是荒蕩得很，和女人携手同行，還准許她們做醫生，拔牙等事，其實至多祇能讓她們做助產婆。女人的用處應該在於增添人丁。」

火爐旁邊，用一些「佈告」和果色稿紙糊貼的壁毯的牆上，一隻不大的時鐘的擺錘在那裏的搭的搭地發響。一個擺錘上掛着小鐵槌和馬蹄，另一個擺錘上掛着鋼杵。角落裏有許多聖像，黑圈的臉龐上面，銀色和鍍金的花冠燦爛着。沈重的火燄的前額煩悶地向窗外看望芮德那耶街上的綠園和山谷後面的風景。那邊是光明而歡騰，伏洛郭諾夫的小屋內卻黑暗異常，發出乾蘑菇，煙葉和蔴油的氣味。

他靜靜地用磨光的小匙攪和極濃的，冒着水蒸氣的茶，把小匙吸閉一下，嘆了一口氣，說道：

「我經驗過一切的生活，我全知道，應該仔細聽我的話。凡是有活心靈的人全都聽我的話。聖經上說：『大衛的家裏發生了可怕的事：火燒毀了一切恥辱的聰明』……」

他的話語好比磚頭一般，在我身旁越來越高地堆砌着一些奇怪的，無用的事件，無從瞭解的悲劇，像堆砌沈重的，黑暗的牆似的。

「龍魯郭諾夫，米脫里·莫爾莫拉也夫，曾做過一任市長，爲什麽早死了呢？就爲了一樁不合宜的事情：他打發大兒子到卡桑去求學。到了第二年夏天，他的兒子把一個鬈髮的猶太女人帶來，說道：『我沒有她活不下去，我的靈魂，所有我的力量全在她的身上！』眞有他的！就從那時候起開始了災禍：耶士卡喝起酒來，猶太女人哭着，米脫里在城裏走來走去，不像個人樣，對大家說：『你們聽，弟兄們，我竟弄到這種地步了！』雖然那個猶太女人後來因爲打胎沒有打對，流了許多血以後就死了，但是以前那種平靜的生活已經無從獲得：耶士卡喝酒成癖，把他的一孩子葬送了，而父親呢，——老早就跑到黃泉路上去了。生命被損毀，一切的原因都在於那個『萬惡的猶太民族。』然而猶太人也有自己的命運，命運是不能用棒來趕走的，我們的命運是懶惰的，它走得很慢，——走得雖慢，卻趕不走它！」

他的眼睛老在變換顏色，有的時候是模糊的，灰色的，疲乏的，有的時候卻發出藍色，顯得悲慘——時常閃爍着綠綠的火星，顯示出冷淡的幸災樂禍的樣子。

「卡布斯丁一家本來是很牢靠的，也會弄得七零八落，不成樣子。大家全想變花樣，用新的方法佈置一下，還置備了鋼琴。祇有瓦連金一人還站得住腳跟，但是他也是一個無可救藥的醉鬼，雖然還是一個醫生。他全身發腫，聲音嘶啞，眼睛像蝦眼，可怕得很，可是還沒有到四十歲呢！卡布斯丁這一家就算完了！」

他說話時帶着無可搖撼的深信，認爲非此不行，——把無意義的，離奇的人生現象認爲無可避免地合法。

「伏希莫夫一家也是如此。和德國人要好是最不應該的事，創辦無聊的事業尤其不相宜！他們竟想創辦一所啤酒廠。我們這裏每個村莊都能煮啤酒，但是我們這裏的人不願意喝它，因爲他們喝慣了衛荷酒。我們這裏的人願意一下子達到所希望的事情：一杯伏得卡酒要比五瓶啤酒容易喝醉些……我們這裏的人喜歡的是平凡。一個人生來是瞎的，忽然——看得見了！這是一個變化！伊里亞·莫洛姆司關茲三十三年來靜坐着，等待時候，忽然——走了！有些人不會在籬笆的周圍裏靜候……」

窗外紅紅的天上雲彩像白天鵝似的向遠處泅游。山谷臥在地上，像一件熊皮大衣：有一個像故事上那樣形容着的巨人把這皮大衣從寬闊的肩上脫了下來，大概就走了，向草原後，林外跑走了。四周的一切像一篇古老的，可怕的故事，其中以安共帕·伏洛郭諾夫最像，他這人知道許多許多關於人生失敗的事情，且愛詩述出來。

沈默了一會，用彎成緞帶形的嘴脣，帶着嘶聲吮飲放在茶碟裏的栗色的茶，——這茶碟很牢靠地放在伸展着的右手的指頭上面，——以後舐了舐潮溼的鬍鬚，並又用平勻的聲音起始說着分成段落的言語，好像誦讀詩篇似的。

「你看見茵德那耶大街上老頭兒阿賽也夫的小鋪子麼？他有十個兒子，六個沒有成年就死去；長子是很好的歌手，著擬和瘋子。他在軍隊裏充當馬弁，在塔士干把他的長官和妻子殺死，自己也自殺了。聽說他和長官的妻子發生了奸情，後來她拒絕他，重新躺到丈夫那裏去了。格里郭里在聖彼得堡高等學校裏讀書，——後來發了狂。萊克西也進入軍界，進馬隊服務，現在卻加入馬戲班子，——一定喝許多的酒。最小的那個尼古拉還在年輕時候就從家中逃出，不知怎麼走來走去，走到了挪威地界，在寒冷的海上捕魚。他入了邪道，忘記我們自己家裏魚是很夠的了！同時父親立了遺囑，把自己所有的財產全捐給修道院，——你儘管到寒冷的海裏捕魚去罷！」

他壓低着聲音，像狗那樣生氣地嘟噥着：

「我也有小孩。一個死在庫士卡的戰役中，——我有一張公文在那裏。另一個喝醉了酒淹死了，三個孩子在小的時候都死去了。還有兩個活着：關於一個，我知道他在司莫連司克的旅館內充當門房，還有一個，名喚梅連溪，入了宗教界，在神科裏讀書，不知從那裏又轉到什麼地方，——後來就完了！被遣送到西比利亞去了！就是這樣子。」俄國人是輕的，假使他不把自己釘在一個地方，在腦袋上釘住，一定會飛走的，被風颳起着，像雞毛一般。我們大家都是亂七八糟沒有秩序的人，都是沒頭沒腦的。年輕人簡直不明白自己的低半。他們是不會等候的……」

老人的話流着，像在陰雨的秋日裏水管中流出來的水一般。他搖着灰白的鬍鬚說呀，說呀，說個不停。我漸漸兒起始覺得他就是那個兇惡的巫師，這個邊遠的地方，池沼衆多，山谷遍地，無所生產的地方的主人。這是他故意笨拙地將這城塞到泥土的盆地裏去，把房屋攪亂了一下，聚成一堆，又把街道弄得參差不齊。他冷淡地創造着粗暴殘忍得莫明其妙的，厭悶得要死的生活。他將一些不連貫的，可怕的，不相干的東西裝進人們的腦子裏去，用對於生之恐怖，烘乾他們的心。在漫長的，六個月的冬天，他把兇惡的暴風雪趕到城裏來，把房屋冰凍得木頭發裂，刺骨的寒冷把鳥兒打擊得死掉。夏天幾乎每年送來可怕的，夜間的火災，大火舐去一大堆的房屋。

他沉默着，挪動着牙牀，鬍鬚搖曳着，眼裏露出淡藍的，煤氣似的火光，彎曲的手指蠕動得像昆蟲。

他現在外表上也像兇惡的巫者。

有一次我問：

「人們等候什麼？」

他拉了半天的鬍子，眯細着眼睛，朝我後面的什麼東西上看了一眼，終於靜靜地，著力地回答：

「到了時候會有一個奇怪的人跑來，向世界說出一句有根源的話。誰知道，他什麼時候來呢？沒有人知道。誰曉得道創造奇蹟的他的話是什麼呢？誰也不曉得……」

小傻瓜尼魯士卡美麗的，飄着金髮的頭跳躍着從我的窗前浮過，好像大地自己把它拋來拋去似的。他活像舊教堂南門或北門上畫着的安琪兒。他的黑褐的臉被蠟和油的煙氣所燻，淡藍的眼睛發出非人間的冷淡的微笑。他穿着長及膝蓋的襯衫，脚跟是黑的，柔細的小腿又整齊又白，像女人的腿，帶着一層金黄的茸毛。

他用一隻脚跳着，臉上帶着微笑揮搖着手，——寬闊的袖子和襯衫的邊緣飛到空中。尼魯士卡好像被溫暖的雲團團圍住，用孩童的聲音低低地，吃吃地唱着：

——上帝恕我！

狼——狼奔跑，

狗——狗追趕，

獵人立着

守候狼羣！……

上帝恕我！……

他唱着，——全身發出大家顯得異樣的快樂的溫光。他是那樣的輕鬆，那樣的愉快，內心是純潔的，很容易引起善良的微笑，溫和的撫慰。他在街上的時候，——村中的生活變得輕些，好像優美些，人們看瘋子比看自己的孩子們和藹些，連最兇惡的人也覺得他是親密的，可愛的。他的柔細的，整齊的人形在金色的，滿是塵埃的空氣裏飛翔，大家都一樣覺得像救星、安琪兒，上帝樂園；大家都用一種共同的眼光看他沈鬱而有點探索，有點懼怕。

他看見了碎玻璃片的虛偽的光芒，銅器被太陽反射着的傲慢的閃耀，——立刻就止步，從他的臉皮裏透出灰色的，死沈沈的灰燼，微笑消散了；模糊的眼睛顯得遲鈍，不自然地瞪出着。他全身彎曲，瘦瘦的小手匆遽地畫着十字，呆頓頓地望着他的腿發出柔細的抖顫，襯衣好像流泉順着柔細的，不堅實的身體源源地洒下。沈默的恐怖使他的圓臉成爲石頭的一般。他可以站在那裏一小時以上，就這樣半死半僵的，直到有人把他引回家去爲止。

人家說他生下來就是有點「癡裏癡氣」地，在五年以前纔完全發了瘋，正在一次大火的時候，就從那時起所有像火光的東西，——除太陽以外，——都引起尼谷士卡一種隱諱的，麻痺性的恐怖。村民時常議論他道：

「別瞧他是傻瓜，但是——一死以後，——也許會成爲聖徒，大家都要朝他膜拜……」

但是有時候人家對他殘酷地開玩笑他正在一邊跳着走路，一邊用孩子的聲音唱歌，有一個沈悶着的人忽然從窗內或向板牆的縫裏喊：

「尼魯士卡——火燒了！」

像安琪兒一般的小傻瓜，好像被人砍斷了睡蓮似的倒在地上，趴伏在下面，發着拘攣，永遠攝握的雙手捧住金色的頭，在地上滾着，滾到圍牆那裏，房屋那裏，黑陰裏，把青年的軀體露在外面在塵土裏張得很髒。

有的害了怕，一面笑，一面悄悄地喊：

「啊喲，上帝啊……這小影子多末藍呀！」

你問他：

「你爲什麽要嚇唬他呢？」

「總歸覺得有趣呢！他沒有平常人的感覺，人們是喜歡開開玩笑的。」

一切都懂得的安其怕·伏洛郭諾夫很深刻地解釋：

「人們也嚇唬過基督的，基督也曾被追逐過的。但是爲了什麽？就是爲了試探直性和力量。人們必須知道什麽是現在的，什麽不是現在的。世間發生許多罪孽和愛慾，就因爲時常把將來的認作現在的，人們總是匆遽忙碌，其實應該靜靜地等候，試探。」

他對尼魯士卡很注意着和他談話。

「你應該禱告上帝，」——他說彎曲的手指向天指着，另一隻手拉蓬亂的，斑駁的鬍鬚。

尼魯士卡異意地看着黑暗的手指，聚緊着三個指頭，迅快地敲着額角，肩膀，肚腹，用柔細和哀怨的聲音唱着：

「天父佑我！……」

「願父賜福！……」

「願父收留到天上……」

「唔，好啦，上帝會明白的，遊僧是最接近他的。」

尼魯士卡對於一切圓形的東西最有興趣。他很愛撫小孩們的腦蓋輕輕兒從後面走到小孩們身旁，忽然帶着靜謐的，光明的微笑，把柔細的，滿是骨頭的手指按在某孩的剃得平滑的頭上。

孩子們受不住這樣的接觸，很害怕，跑開了，卻在遠遠處逗他，向他伸出舌頭，拉長着鼻音喊：

「尼魯士卡，瓶兒罐兒，沒有後腦的傻瓜兒！」

他不怕他們，他們並不打他。祇是有時候用破鞋和墊木向他扔擲，但是扔的時候並不瞄準，並不想打中他身上。

圓形的東西——如玩具的輪子，小碟等，——也會引起尼魯士卡的注意。他極愛皮球和圓球，撥弄着，撫愛着，至於圓的物件顯然使他感到驚愕他迅速地放在手裏旋轉着，摸弄平面，喃喃說：

「但是別的呢？」

「要弄明白這別的——是什麼意思？」——安其帕焦慮地說，把傻瓜牽到身邊，盤問道：

「你要別的做什麼用呢？」

尼魯士卡很害怕，發出抖戰，不服從的舌頭想說出什麼來，手指迅快地扭着圈兒：

「沒有……」

「什麼沒有？」

「這裏——沒有……」

「唔，嚇得很利害，」——伏洛郭諾夫一面嘆氣，一面說，他的眼睛陰鬱地發藍。

「傻瓜，不過也有可羨慕的地方……」

「羨慕什麼？」

「一般地說說罷了。他可以生活得無憂無慮，喫飽着肚子，甚至受衆人的尊敬。瞭解他是不容易的，大家都對他十分害怕，——大家都知道上帝喜歡瘋子和狂人，在喜歡聰明人之上。事情是明白得很，尤其如果一想到狂人是在聖徒之列的，但是勇敢的人們——在那裏呢？就是這樣……」

伏洛郭諾夫陰鬱地皺緊濃厚的眉毛，手深藏在袖口裏，無從捕捉的眼睛裏放出來的試探的神勢不離開尼魯士卡的身邊。

安里參德記不淸楚，誰是她的兒子的父親；我知道她指出兩個人來：一個「丈量的學生」和商人魏泡洛說闊夫，他是名聞全城的大力士，好搗亂和游蕩的人。但是有一天她和安其帕和我坐在木門旁邊談天的時候，我問她，尼舍士卡的父親是否活在人世，——她愉快地說：

「活着。他簡直是一隻狗！」

「他是誰？」

她一面用舌尖舐乾燥的美麗的嘴唇，和平常一樣，一面回答道：

「一個小和尚……」

「這是最簡單不過的！」——伏洛郭路夫忽然精神活潑地喊起來。——「這是最想像得到的……」

他用許多時候，不厭詳實地解釋為什麼小和尚做尼舍士卡的父親，比商人和「丈量的人」强得多，說着說着，竟說得發火了，——這是於他的本性不合的，——甚至揮搖起手來，但是立刻痛得喊了一聲哎喲，皺緊眉頭，責備女人道：

「那末你以前亂說些什麼？……真是不應該的！」

賽里蔡德微笑着朝老人瞥着，栗色的眼珠裏燃燒着譏笑的，歡悅的光芒。

「我當時是美麗的，大家都喜歡的女人。我有善良的心，快樂的脾氣，」——她唱着，眼睛眯細着，虛偽地嘆氣。

「小和尚——這是一件大事！」——安其帕陰鬱地說。

「男人們當時總追求我，爲了自己的快樂，」——費里森德囘憶着。

伏洛郭諾夫立起身來，嘮嘮咕嚕了一下，拉了她那件紅葡萄酒顏色的洋緞上襖的袖子一下，嚴厲說：

「你到我那裏去一躺，我有點事情！」

她朝我擠了擠眉眼，冷笑了一下，他們就走了：老頭兒小心地移動蹺跛的脚，女人呢，好像在那裏衡量，如何向左邊傾斜得方便些。

從那天晚上起，費里森德幾乎每天到伏洛郭諾夫那裏去。他們喝上兩點鐘的茶。我隔着板壁聽見老頭子那種從不疲乏的，教訓性的，有韻律的聲音：

「風騷，這類的風騷應該放得十分謹愼，帶點疑惑的口氣說得不要太淸楚，可是必須有點意義，又好像是預言似的……」

「我明白……」

「你必須做一個和這事相關的夢，譬如說，一位長老從深黑的林中走出，說道：『費里森德，上帝的奴隸，惡心的罪人』……」

「你竟嚇人呀……」

「你不要攔，你這沒有智識的人！要知道，有時候自己要比恭維自己有益得多。這樣子的！你聽見他說：『費里森德，我命令你，——一直向前走，遇見什麼人有什麼請求，你就照辦！』於是你去了，恰巧他就在那爸，那個小和尚……」

「啊，啊，」——女人明白了……

「眞是的！眞是傻瓜……」

「原來是如此的呀……」

「我會敎人家做甚麼？」

「得了罷，得了罷……」

「我的聰明祇得上一千個人，還有餘呢……」

「這是大家全知道的，」——費里察德同意着。

後來有一次，安其帕懶惰地喃語道：

「他的話全是普通的。這不很好做這種事，這類話是沒有用處的，這裏需要的是黑暗的，含蓄多的話語，——說話含蓄許多意義，會使人家生出恭敬和注意。」

「那是爲什麼？」——費里察德問。

伏洛郭踏夫生氣地解釋：

「爲什麼，爲什麼！尊敬人是不是應該的？他既然於人無害，自然値得尊敬，但是無害的人是不顯著的。所以你必須這樣做，——拿一些帶着另外的色彩的話語，比較有智慧的，比較響亮些的話語致他……」

「但是這類話我一點也不知道……」

「我對你說，你可在他睡覺時給他點暗示。譬如說：『地獄滿了，——我悔罪！』必須說出教堂用的，嚴厲的話：『靈魂的戕殺者，可憐可憐上帝罷，殺我！』你留神，——不是『可殺的，』卻是『殺我！』不過……這也許太利害，不合適……讓我自己來辦這件事……」

「你最好自己來……」

伏洛郭諾夫起始在街上喚住尼魯士卡，和藹地向他作些暗示，有時拉他的手，領他進屋，給他喫點東西，甜言蜜語地說：

「你說：不要忙，人們呀！你說呀！」

「燈，」——尼魯士卡簡短地回答。

「你說燈麼？好的。那很好。你說：我把一盞燈給你們……」

「應該唱。」

「這不要緊，你唱罷，這很合適！不過說話也是應該的。你說：偉大的輪迴！你說呀！」

「上帝恕我，」——傻子輕聲地，陰鬱地唱着，忽然用小孩般的和藹的聲音說道：

「應該死啦……」

「你瞧你這人！」——伏洛郭諾夫生氣地喊，——「你亂說些什麼話！朋友，這個不用你說，人家也知道的。我們還來得及，我們會死的。你眞是笨得超過了一切的需要！我們做了些空虛的行爲。你說：空虛的行爲，你說呀！」

「一群狗……」

「狗麼？那有用的。唉，你這小雞！」

「一群狗像小雞似的跑來跑去，——唉喲！——那是山谷……」尼啓士卡喃聲說，像三歲的孩子。

「這可以做比喻的，這沒有什麼，這含着很多的意識！現在你說：忙碌的人的道上展開了深淵」——，好不好？」

「應該唱……」

伏洛郭諾夫沈重地嘆了一口氣，說道：

「同你一塊兒眞是難弄得很！」

他的一雙病腿在地板上小心地磨擦着。傻子的柔細的小噪門又喊道：

「上帝恕我……」

美貌的尼啓士卡在蹓躂，貧乏，病態的小村生活中是必不可少的人。他將這生活的無用，無意識和醜陋通拖了起來。

他好比一隻被遺忘在彎曲的老樹上的蘋菓。這蘋菓樹發滿了苔蘚。所有的果實全已從牠的身上摘去。牠扔棄了所有的樹葉在秋風中抖戰。他又像一部無頭無尾，破碎污穢的書上唯一的一張畫圖，——這部書已經無從誦讀，也不値得去誦讀，——反正是一點也弄不明白的。

每逢他和藹地微笑着，走過扁平的，朽爛的房屋面前，走過張開隙縫的圍牆和亂蓬蓬的蕁麻面前，顯得那樣的神秘，和楚楚可憐的樣子，一些俄羅斯土地上最好的，最可敬愛的人們的形象在我的記憶裏顯現，非常迅速地互相替換着：這都是爲了替靈魂擔心而離開生活，退向林中和陋巷，離開人們，退就野獸的人們，組成了無窮盡的行列，從心旁走過。憶起了盲人和乞丐的一些詩歌，關於神人阿萊克西的歌謠和許多美麗而無生命的形象，——俄羅斯會將它的受了蹂躪的，悲慘的靈魂，馴順的，嘹亮的憂愁裝進這些形象裏去。心裏覺得很難受，幾至發狂。

但是有一天我似乎忘記尼魯士卡是傻子，——壓制不住自己，很想和他說話，給他讀幾首好詩，敍講人間的希望和自己的思想。

我坐在山谷邊上，腳向下懸掛。他好像朧雲似的走到我身邊來，柔細似女子的手指裏拿着一張牛蒡草的寬闊的葉子，微笑着，明朗的眼睛向葉子照望，全身似乎發出蔚藍的色彩。

「你往那裏去，尼魯士卡——？」

他抖索了一下，搖頭望天，又畏葸地向蘊黑的山谷瞧覷，把牛蒡草投給我，一隻瓢蟲在葉子的皺紋裏爬行。

「可怕的東西……」

「你把牠拿到那裏去？」

「應該死啦。去葬牠。」

「牠是活的。活的東西不能埋葬。」

尼魯士卡兩次慢慢地張開眼睛。

「應該唱……」

「你給我說點什麼呀！」

他用一隻眼睛瞭望山谷。他的玫瑰色的鼻孔抖顫着，擴大着。他嘆了一口氣，沉悶地說出了一句無恥的話。他的右耳下面的頸頰上有一粒粗大的痣，厚厚地蓋着金色的天鵝絨似的毛髮。那粒痣頗像一隻蜜蜂。青筋在痣旁微弱地掣動着，很奇怪地使它活了起來。

瓢蟲舉起翅翼，準備飛去。尼魯士卡想用指頭捫住牠，把樹葉拋扔了。牛蒡草落下時，昆蟲離開了樹葉，低低兒在地上飛着。他彎下身子，伸出雙手，跟在牠後面走着，好像是他在那裏控制牠的懶惰的飛行似的。

他離我十步遠，便停住步，臉望向天上，站了半天，手挨着身體垂落下來，手掌垂直地伸出外面，似乎是支撐在我看不見的什麼東西上面一般。

碧綠的楊枝，一些沈悶的黃花和灰色的苦艾從山谷裏向陽光招展。斷緞的泥土的潮溼的裂紋上覆蓋着一片「繼母」草的圓葉。灰色的小鳥飛來飛去。從樹棵裏，山谷的底裏吹來潮潤的朽爛的氣味。天是消瘦的。孤獨的太陽落到河後深黑的池沼裏。白鴿在茍德那耶街的屋頂上不經意地飛翔着，牠們底下搖曳着黑色的掃帚，在空虛中擺盪。遠處流着一陣陣城市的惱怒的嘈雜——一種不快樂的，黑暗的聲音。村中有嬰孩在那裏哭泣，發出老人氣的尖叫。這哭聲頗像教堂執事在空虛的教堂內作晚禱時誦經的聲音。

一條栗色的狗，帶着紅紅的，潮溼的醉鬼的眼睛，不慌不忙地從我身旁走過，陰鬱地垂下茸毛的頭。

在小村最後一所房屋的後面，山谷的邊上，一個身軀又整齊又柔細的男孩，面臨太陽，背向城市，站立在那裏，好像準備飛走似的。這男孩在大家看來是呆鈍的，而他卻從安琪兒般的眼睛裏放出不變的，非理性的微笑，撫愛着一切。我覺得我看見他那粒像蜜蜂一樣的金色的痣。

兩星期後，一個星期日的正午，他突然很奇怪地死了：他做完午禱後回家，把人家施捨給他的兩塊蜜餅交給母親，對她說道：

「你在木箱上把鋪蓋打開來，我要躺下來死呢……」

這句話並不使娑里發德驚奇，他以前躺下睡覺的時候，時常說：

「應該死啦。」

躺了下來，在沒有睡熟之前，輕輕兒唱着山歌，和無窮盡的，永遠說的那句話：

「上帝恕我！」

現在他仍舊安靜地仰臥着，手叉在胸前，閉上眼睛，但是沒有唱，立刻睡熟了。

母親喫完飯後出去辦事，黃昏時回家，看見兒子長久地睡在那裏，覺得奇怪，走到他面前，才看見他已死了。

「我朝他看，」——她對跑到她院裏來的村民們說，——「看見他的指甲發着藍色，我在午餐前把他的手洗得乾乾淨淨，還用肥皂洗，而現在我看見——他的指甲竟不是白的！我摸他的手，手已僵硬了。」

她的臉是畏掘的，且顯出櫻色，和藹的眼睛裏，隔着淚水，閃耀出和愛，且近乎快樂的神色。

「我這纔明白過來，跪在他面前，哭着：你到那裏去啦？主啦，你竟把他從我手裏奪去了麽？」

她的頭向左肩斜倚，滋婦式的眼睛，插到額上，手叉在胸前，起始喊叫道：

「蔚藍的明月消失，

蔚藍的小星隕落，

陷入黑暗的海洋裏。

星兒隕落了，消失了，

世紀末之前不再照耀，

基督再次降生前不再燃燒！」

「等着等着！」——伏洛郭諾夫惱怒地喊。

我剛從林中同來，站在發里蔡德的小屋窗下，竟不認識那些好淘氣的村民了：他們輕聲地耳語着，緊要地咕噥着，墊高脚跟，伸長頸頸，互相擠壓，朝黑暗的窗洞窺覗着，好像蜜蜂密集在蜂房前面似的，差不多每人的臉上，每隻眼睛裏抖戰着興奮的，畏葸的期待。

惟有伏洛郭諾夫大聲地，雄壯地說話，用肩膀推操發里蔡德：

「你來得及哭的，先應該記住一切的情勢……」

女人用上裝的袖口擦濕潤的眼，舐着嘴唇長長地嘆了一口氣，用海醉的人似的幸福的喜悅的眼神釘着安共帕紅紅的，老爺的臉。金絲的頭髮從白頭巾下披到額間和右頰上面。這時候她顯得比自己的歲數年輕，全身似乎挺直起來高高地仰起腦袋，胸脯與奮地起伏着，把上裝的紐扣解開了。大家極注意地看她，默不發言，似乎有點忌妒似的。

老人迅速地，乾澀地問她：

「他沒有訴說過他有病麼？」

「一句話也沒有說，一點也沒有說。」

「沒有挨過打麼?」

「你怎麼啦?我什麼時候把他……」

「不是說你呀!」

「這個我就不知道了。他的身體是乾淨的，我揭開襯衫看過一次，——一點也沒有，祇是胸上有幾處擦破，也許在背上……」

她用新的堅强的聲音說話，恍惚地掩住喜悅的眼睛，輕聲地甜蜜地呻吟了一聲，又響亮地深深地嘆了一口氣。

有人咕噥着：

「發問起來啦……」

「什麼?」

「惱怒着呢……」

提出了十來個想得很週到的問題以後，安其帕帶着啓示的神氣沈默了一會，這樣竟使大家都變得啞口無言，好像受了催眠似的。以後，他咳了一聲嗽，又說起話來：

「諸位正教徒，讓我們來猜想，那是上帝帶着他的偉大的恩惠降臨到我們這裏來了，因爲從各方面可以看出，我們這個幸福的，光明的少年是和我們的肚腹的極仁慈的締造者十分親近的……」

我走開了。偉大的憂愁瘋狂地壓緊心胸，還想看尼魯士卡一眼。

安里奈德的小屋後面一半已陷進土裏，前面也都傾圮，唯一的窗從寒冷的玻璃裏遙眺天際。我偃着身體，爬進敞開的門裏：尼魯士卡躺在靠近門限那裏牆旁狹窄的木箱上；深色的羽毛布的枕套極清楚地襯出他的圓圓的，淡藍的，自然的臉和像金色的花圈一般的頭髮。眼睛閉得緊緊的，嘴唇也閉攏着，但是總覺得他在那裏輕輕地，快樂地微笑。柔細的，光裸到肘邊的手合在胸前，他的整個身子是長長的，柔細的，光着脚，躺在黑暗的匣子上面，現在不像安琪兒，卻像一個神聖的少年的圖形——一個古代的，深黑的，從孩童時代就熟悉的神像。

朦朧的，蔚藍的影裏顯得完全靜靜的，連蒼蠅都沒有嗡響，惟有安里奈德強烈的，粗糙的聲音從街上挑進關閉着的玻璃窗裏來，輕輕地織出不尋常的話語的憂愁的圖樣：

「我要把我的白白的胸膛在溫熱的地上，

你近親愛的，久遠的潮溼的大地呀！

一個不幸的母親請求你，衷心裏哀求你，

你接收下我這過世的小孩了罷！

接收下我心上的赤紅的血了罷！」

安其帕·伏洛郭諾夫立在門前，用手背擦拭眼睛。抖索的聲音沉重地說：

「哭得眞够味，這傢伙呀！……不過用的不是現在這時候的詩句，這種詩句是應該在墳場上哭出來的，……這是全應該知道的……這是全應該知道的！」

他用那隻不聽使喚的手畫着十字，注意的眼神朝尼魯士卡的屍骸上面掃了一下，潮溼的，紅潤的，像狗一樣的眼睛停放在可愛的臉上。他陰鬱地說：

「他顯得大了一點，死使他增長了。是的……連我也快要完全挺直了。我早就到了時候了！」

他謹愼地移動醜陋的手指，起始扯平死者身上襯衫的摺縫，拉到尼魯士卡的脚上，黑暗的嘴脣吮吻了那件襯衫一下。

我問：

「你要他做什麼？你爲什麼敎他各種話語？」

他伸直身體，模糊地看我：

「我要他做什麼？」

於是可笑地搖了搖頭，似乎還誠懇地回答道：

「我不知道我有什麼需要兄弟，我眞是不知道，假使臨死之前要說實話，那末我應該說我活了長長的一世，不知道我需要的是什麼……那是一般的說法……我儘希望命運答我說。但是我的命運是沒有舌頭的，完全啞的。再加上是聾的。我期待着，忽然會發生什麼事情，發生奇異的，出乎意料之外的事情。」

他冷笑了一聲，眼睛看了少年的屍身一下，更加堅決地繼說下去：

「其實我也沒有什麼需要。無論你需要不需要，總是一樣的，什麼都得不到。一切事都是如此。裴里蔡德是一個狡猾的，冷心腸的女人。她自然希望她的兒子成聖；這是她老年時的飯碗。」

「不過這是你自己向她暗示的，你自己想這樣做！」

「我麼？」

他把手藏在袖口裏，用沈悶的聲音零零落落地說：

「就算我好了！那有什麼呢？到底是給人們一個安慰……有時候覺得他們很可憐，他們的生活好像餓猻一樣，很是悲苦！這裏活着一羣卑鄙的小人，卻從裏面出了一個聖人！」

黃昏的天在窗外燒耀得紅紅的，一陣陣悽慘的哭聲傳將起來：

「大地邊上一層白雪，

兇暴的狼羣在清潔的田野出現，

牠們悲痛地嗥叫，爲了暖和的春天，

我也同牠們齊聲嗥叫，爲了可愛的兒郎！」

伏洛郭諾夫靜聽了一下，帶着深信說：

「這是真正的，一股狠勁到她身上來了！這是十分合理的！她的唱歌和她的淫蕩一樣，——全是奔放得阻擋不住的女人的心發了瘋狂，於是發里蔡德就做出超過範圍以外的事……有一天，她全身完全光裸，被葛德那耶街上的幾個年輕商人把她栽在車上出游兩人坐着，她站在他們中間，身上一點也沒有遮掩，——眞是有勁！以後發瘋過去把她痛打了一頓，打得幾乎死去……」

我走出黑暗狹窄的外屋；安其帕拉住我，在後面走着，喃喃地說：

「一切是由於偉大的苦悶而起的。」

發里蔡德堅定地立在窗前，背把窗遮住，手叉在胸前，發毛蓬亂的頭朝天空仰觀，頭巾脫落了下來，晚風吹起栗色的柔細的頭髮，散亂地披在她的發黑的尖尖的臉上。張得很大的眼睛瘋狂地瞪出那樣子顯得眞是不尋常，而且可怕。她用更加堅定的像絃琴似的聲音喚叫道：

「冰涼的，兇狠的，狂暴的風呀！

你把我的心緊緊地收縮住了罷，

把沸騰的血壓平了罷，凍結了罷，

不要使我把所有的血全隨着淚水哭完了呀！……」

村婦們站在她前面，擠成一團貪婪地望着瘋狂的憂愁的僵硬的臉，輕輕地哭着。從深黑的，茸毛似的谷口那裏看得見太陽，它低垂到村子下面，似乎想永遠進入池沼般的森林裏去。尖銳的，烏黑的樅樹的梢頭插入太陽的紅盤裏，周圍的一切全是紅紅的，——好像是受傷的太陽在那裏流血。

公墓

我很沈悶地住在一個草原的城市中。在那裏最好的，最美麗的地方是公墓。我時常在裏面游玩，有一天沈睡在兩塊中間的盆地上，濃厚，滋潤而且發出甜蜜的香氣的草上，像在搖籃裏一般。

在我頭旁叩擊土地的聲音使我驚醒。土地抖顫着，呼呼地作響，軟軟地推我。我跳了起來，坐在地上。夢是深沈的，爲它的無底的黑暗眩盲了的眼睛不能立刻明白是怎麼會事：在金色的火燄似的六月的陽光裏，可怕地搖曳着黑暗的斑點，向灰色的十字架貼緊十字架輕輕地發響。

後來——迅速得感到不愉快地，——這閃耀着的斑點變爲人形：一個小老頭兒站在那裏，手扶住十字架的翅膀。他的臉是尖的，下脣底下有濃密的一簇銀燄，厚厚的白鬍勇氣勃勃地向上捲起。手伸向空中揮搖着，聚精會神地用腳跟踏地，將深黑的眼睛裏乾澀的光線斜斜地投到我身上來。

「什麼東西？」

「一條蛇，」——他用貴族式的低音回答，用皺着被指的長長的手指指着自己的腳下，——一條小草蛇在長滿青草的狹窄的小徑上抖索着，拘攣地搖着尾巴。

「這是一條草蛇，」——我生氣地說。

老人蹺起脚尖把發出黯淡的光芒的細形的東西踢了一下，拾起草帽，踏着堅定的步伐，走開了。

「謝謝你，」——我說。他臨去回答，沒有回頭：

「假使這是草蛇，那末是沒有危險的……」

於是迅速地隱在石碑後了。

我向天際瞭視，——大約五點鐘光景。

草原的風在墳上嘆息，輕輕兒搖動草莖。樺樹，菩提樹，赤楊和過熟的灌木發出來的絲綢般的綷縩聲在暖和的空氣裏浮泅。從墳場的夏天的微靜裏聽得見馴順的憂愁的氣息，——它引起對於生命和人們某種特別直率和誠懇的念頭。

茂盛的草木將小邱，白色和灰色的墓石，被雪磨光，雨洗淨的十字架和圍牆的欄杆像碧綠的天幕似的遮蔽住，令人感不到這地方臨近醜陋的，充滿煤煙般的灰塵的城市，且將城市中混濁的喧聲，灰塵和惡毒的氣味全行阻斷。

我在無其數的墳墓當中零亂的小徑裏行走；從綠蔭的隙縫裏看見鍍褸的金十字架，高高地，嚴肅地昇向空中，在墳墓上一切十字架之上。樸素的花在石碑的脚下點綴着，蜜蜂在上面忙亂地嗡鳴。生命之歌勝利地闖進草的祈禱的微靜裏，但並不妨礙人想到死亡上去。一些深黑的鳥無聲無響地飛來飛去，牠們的飛翔永遠使人抖索，使人懷疑地望一望，——是不是鳥？……

金火般的太陽到處戰慄，雜擠的墓場似乎搖晃着，墳頭好比暴風雨後的海洋，在風落下來，碧綠的平原被平坦的，無沫的浪覆蓋着的時候。

梓油廠和肥皂廠的煙囪冒着煙在柵欄外面蔚藍的空虛中凸出。斑點似的屋頂留在深色長街般的城市上面，像一塊塊不同色彩的補釘。一切都看得見的眼睛，——搁樓上的天窗，——在太陽裏眯得細細的。柵欄外面是綠油油的一片稀稀的草地，有些貧乏的，乾枯的草梗搖曳着。再過去是火燒場，那是一片烏黑的土地，堆滿了許多煙熏的垃圾，拆散了的壁爐，灰色的煤灰。燒光的地窖留下了奇臭的黑坑，張着大嘴向天上瞧望：那些下市民出身的房主們爲了省錢，夜間把積水坑內的東西倒在裏面。幾根巨大的燒焦的木棍從莠草中閃爍地凸出着，打碎了的玻璃在陽光下發出各色各樣的色彩。這塊焦黑的地區以半殘的形勢擁抱着墳場。這地區上有兩處像兩隻牙齒似的聳出黃色的新建築物，處在垃圾和濃密的牛蒡草，羊蹄草和銹鐵般的苦艾中間，顯得又小又可憐。

顏色不同的母雞像女販一般懶洋洋地閒走着，栗色的公雞頗像消防隊員。有些無家可歸的狗帶着悲慘的眼睛在地窖的坑內躲身，幾隻削瘦的老貓在莠草堆裏守候麻雀。小孩們遊戲着，——看他們在弄髒了的土地上跳躍，忽然隱失在土地的齷齪的皺紋裏，真是覺得可憐。

火燒場後面有一長排彎脚的狭窄的小房，裏面塞滿了一些沉悶的人。這些小房遲鈍而且馴順地瞪着正方形的眼睛，向公墓圍牆上的碎紅磚和墓內烏黑的一片樹木瞧望。我就住在這樣的一所小房內。我的那間豆腐塊似的小房浸滿了神龕前油燈的氣味。每天晚上，房主伊拉克利·魏谷柳夫，一個政府機關的官員，所發出的虔信的嘆息和呼喊，一陣陣透透到我那裏去。我從窗內穿過被焚燒和弄髒了的死沉沉的一片土地，向公墓瞭望的時候，總覺得它是美麗的，似乎在那裏和藹地招引人。

驚醒我的老人的黑暗的人形在墳墓中間閃晃，似在偵察我，——他的草帽被日光照得十分強烈，在十字架中間搖晃，好比向日葵的花。我也在偵察他，同時心裏想着伊拉克利·魏谷柳夫：一星期以前，他的妻子——一個俐俊的，惡狠的女人，有長長的鼻子和貓兒似的綠眼，——徒步到若也夫去進香；他立刻不知從什麽地方領來一個肥胖的，斜眼的姑娘，對我說是他的表姪女。

「她的聖名叫做裴夫道姬耶，但是我慣於稱呼她吉坎卡。請你愛她，不過我要預先警告一聲，——這姑娘是不許……」

魏谷柳夫身軀龐大，肩背微駝，鬍鬚剃得很光，像廚子一般，永遠極關切地拉提儘要從他的肚腹上爬下來的褲子，——他的大肚腸大概裝滿了西瓜。他的厚厚的嘴唇貪婪地張開着，無神的眼裏凝結住永不饜足的飢餓的神情。

到了晚上我聽見：

「吉坎卡，你來給我搔一搔背……在肩骨中間……噯唷，噯唷，對的！你瞧你長得多高呀……」

吉坎卡尖聲發笑，我挪動一下椅子，或把書往地板拋擲，——尖叫的聲音和貪婪的微語立即消失，但聽見沈重的嘆息！

「喔……聖父尼古拉，求你爲我們禱告上帝……夜裏喝的汽水預備好了沒有？」

他們輕輕兒搬到廚房裏去又在那裏尖叫，呼喊，像猪一般。

白鬍老人以青年人輕鬆的跳躍的姿勢越過小徑，立在灰崗石巨碑前面，仔細閱覽碑上的文字。他的臉是非俄羅斯型的，他穿着翻領的深藍色的上褂，黑色的領帶緊成寬闊的花結，和濃密的像鑄成似的小鬚的銀色作相反的襯照。在引迎人的鬍鬚中間的是長長的，骨頭多的鼻子，在灰色的臉頰上面佈着柔細的紅筋的網。他舉手到帽子旁邊，像向死者致敬，一面閱讀碑上的文字，一面用一隻眼睛看我。——這使我感到不愉快，我皺着眉頭，走了過去，繼續想自己那條街上的事情。

一個酒醉的，破了產的商人皮孟·克洛鮑託夫在墳堆裏閒蕩，和往常一樣。他一面顛躓搖跌，一面尋覓他的妻子的墳墓。他傴曲着身體，像鳥兒似的，小小的臉上蒙着灰色的茸毛，還加上一雙病兇的眼睛，他的全身好像被尖銳的牙齒咬遍似的。他在公墓上行走了三年，軟弱的兩腿勉強支持住他的不大的，已被損毀的軀體。他絆在什麼上面跌倒的時候，總有許久不能站起，嗓裏呼嚕呼嚕地作響，手在草裏亂抓，把草折斷，用尖銳的鼻子嗅聞，——那鼻子紅得好像剝去了皮似的。妻子死了，葬在離此地千里以外的諾伏切爾卡司克，但是皮孟不相信，時常映着潮溼的，失光的眼睛，一面喘氣，一面喃喃地說：

「娜泰莎呀……喂，娜泰莎呀……」

赫里司託福洛瓦太太幾乎每天到這裏來。她是高身的老婦，戴着眼鏡，穿着灰色的，普通的，像蓆衣似的衣服，邊上沿着黑絨的邊，並且是骨頭的手裏持着一根木杖，——她的手指長得十分醜陋。她的鬆軟的臉頰垂了下來，像抹布一般，灰色中帶綠的頭髮從絲邊的三角頭巾裏透露到髮角那裏，將耳朵遮掩住了。她走得很慢，很有信心，從來不肯對任何人讓路。在這裏躺臥着她的兒子，是酗酒時被人殺死的。

七品官波拉遲脫且夫每逢星期日飯後必到公墓上來，帆布上衣的口袋裏揣着書本，紅紅的手裏握住網圈，還帶着一隻洋鐵盒，用套在肩上的皮帶緊住。他曾充當教習，目光近視，腿很柔細。他微笑時連耳朵都牽動了；他的耳朵是尖銳的，而且向前伸出，好像兎耳一般。他在墳墓中間跳躍，揮搖網圈，像揮白旗，——他好像在那裏向死神乞降。

他在晚禱前回家，——一些小孩在圍牆外候他，跳躍着，像一群小狗圍住鴉烏一般，用各種不同的聲音快樂地喊道：

「七品官！七品官！」

「七品官跌上了蘇客寧，陷落進泥坑裏去了！」

他起初慚愧地張開大嘴，像老鴉似的嗶啦嗶啦叫了幾聲，跺着腳，似乎準備按着呼喊的拍子跳舞，但是以後生了氣，傴着背，把網圈向前托住，跑去追趕孩子們尖聲地叫：

「他媽的……他媽的……」

蘇客寧是一個女丐。她整年不管天氣好壞，老坐在公墓門前的小長椅上，像石頭似的緊在那裏。她的巨大的，磚頭般的，老年的，酒醉的臉業已凍僵，佈滿了深黑的斑點，且由於風吹和酗酒而浮腫，又被太陽炙焦。她的眼睛流着淚。有人從她身旁走過的時候，她伸出短短的手，手裏搖着木杯，用粗音發喊，好像罵人似的：

「看基督的分上……紀念父母的分上……」

有一天，風從草原上突然帶來了鉛色的雲，大雨沖倒，恰巧老太婆正在回家的路上走着，她由於眼睛看不清楚，落到泥漿裏去。波拉渥脫且夫打算扶她起來，但是也一塊兒落了下去。從那時起全城的小孩都逗起他來。

此外還閃現着一些深黑的，無聯繫的人形，他們是公墓的長主顧，顯然有某種不斷的回憶像堅硬的鎖鍊似的使他們和公墓發生了一點子的關係。他們走着路，像沒有下葬的死人在那裏尋覓相當的墳墓，生命把他們推開，但是死亡還不肯收受。

有時候從高高的草裏伸出一隻無家可歸的狗的陰鬱的凸着眼睛的嘴臉來。使人吃驚的是牠的聰明的眼神，——裏面露出被遺棄的憂愁，不由得會等候這動物將立即發出人聲，道出一些眞實的責備的話來。

有時候踉蹌的狗垂下尾巴，立在墳墓上，輕輕地搖晃着茫茫無主的，茸毛的頭。牠站在那裏許多時候，想着什麼心事。牠不大嗥叫，即使起始嗥叫，——也叫得聲音並不洪亮，可是很長。……烏鴉在濃密的老菩提樹上忙亂着，聽得見小鳥輕微的，飢餓的啾鳴，和勸慰的啼叫。

在秋天，風把樹葉摘下，使乾枝禿露的時候，——烏黑的烏巢將像一簇簇腐爛的腦袋，或者長毛的帽子，——有人會把烏巢摘下來，插在一座白色的，像方糖似的教堂附近的樹上，——這教堂是爲紀念偉大的苦行女瓦爾瓦拉而設的。

秋天公墓上一切在那裏哭泣，一切在那裏拘攣地旋轉，——風呻吟着，像發瘋的，被死亡搶劫了的情人……

老人突然立在我旁邊的路上，舉着手，嚴厲地指着白色的墓碑，大聲誦念道：

「在這十字架之下葬着主的奴僕，可尊敬的國民帝奥米德．彼得洛維奇．烏臘夫的軀體。就算完了！」

他整理一下帽子，手插在袴子口袋裏，一雙深黑的，非老人的，明徹的眼睛放出嚴肅的光線，向我掃射了一下。

「一點也不會講人，——祇說是主的奴僕！但是爲什麼奴僕配做可尊敬的國民呢？」

「大概是一個施主！……」

老人朝地上跺脚，帶着暗示的神情說道：

「寫下來罷！」

「寫什麽？」

「一切都寫。越詳細越好……」

他像兵士似的跨着寬闊的步伐，一直走進公墓的深處，我和他並肩而行。他的身子剛到我的肩頭那裏，帽子將他的臉龐完全遮住，我低頭走着，想看一看他的眼睛，像看女人的眼睛似的。

「這樣是不行的！」——他用不響亮而柔軟的聲音說，像訴怨似的。——「從這上面可以露出野蠻和對於人，對於生命的不注意……」

他從口袋裏掏出手來，在空中畫了一個寬闊的圓圈；

「這指的是什麽意思？」

「死，」——我回答，疑惑地聳着肩膀。

他搖頭，把磨得柔細的，尖銳的，卻還有趣的臉孔給我看，——他說話時，鬍子抖索着，念出一句斯拉夫文來：

「你知道有一句經偈：『死與死相侵』麽？就是這樣！」

他默默地走了十步路，在變化無窮的小徑上彎彎斜斜地快走着，以後忽然停步，舉了舉帽子，伸出手來給我拉。

「我們可以做朋友：薩瓦·耶各夫·霍爾瓦特中尉，在國立養馬廠裏服務過，還在土地局裏做過事。

沒有喫過官司，受過裁判。現在完全辭去一切職務……有一點小房產。鰥夫。具有不隨和的性格。」

他想了一想，又補充幾句：

「唐保夫省副總督巫爾瓦特是舍弟。他五十五歲，我六十一歲。六——十——一！是的。」

他說得又快又淸楚，好像暗中加上各種圈點。

「我是一個見過世面的人。我不滿意公墓！一切都不滿意！」

他重又歡欣地向空中揮搖着手，在十字架上面畫了一個寬闊的圈子。

「我們坐下來。我來對您解釋……」

我們坐在菜蔬攤上白色小鐘樓側面的長椅上面。巫爾瓦特中尉脫下帽子，用湖色的手帕揩額角和濃密的頭髮。他的頭髮長在疙瘩極多的腦蓋上面，像一根根的銀針。

「你聽着『公墓』的兩個字！聽見沒有？」

他用肩膀推我一下，壓低了聲音，解釋道：

「應該在這裏尋找寶物！❶理性的寶物，教訓的珍藏。但是我找到的是什麼呢？祇是苦惱和恥辱。對大家的恥辱！『大家在生活裏背着十字架。』生活被我們侮辱，因此你也要受侮辱，我也要受侮辱。你要明白

❶此係與俄語諧聲的雙關語：俄文公墓為 clndbische，首四字母 clad 俄語作寶物解，而後五字母 ische 俄語作尋覓解。

「背着十字架」的話。那不是承認生活是艱難的，痛苦的麼？應該尊敬已去世的人們，——他們生前爲了我們背負重擔和羈絆，——爲了我們！但是那般人是不明白的。」

他推着帽子，一個小影像鳥兒似的在小徑上，墳上的十字架上閃現了一下，掠飛到城市那邊去了。

中尉鼓起紅紅的嘴唇，移動着髭鬚，用一隻年輕的眼睛斜斜地望我。他續說道：

「你以爲我是半瘋的老頭兒，不過是如此，對不對？不是的，青年人，不是的！在你面前的是一個會珍重生命的人。你瞧，難道這是紀念碑麼？它們紀念些什麼？什麼也沒有。這不是紀念碑，卻是證照，由於人類的恩惠，給他們自己發給的證書。在此十字架之下——是瑪麗，在此十字架之下——是達里亞，阿萊克謝意柴夫謝意，大家全是主的奴僕，一點也沒有特別的標記！這眞是庸俗之至，這眞是使此地這些度過了艱苦生活的人們喪失生活的樣式，而其實必須加以保存，作爲你我的教訓。一切人的生活樣式是可以留作教訓的。墳墓時常比一部小說還有趣些，是的！你明白我的意思麼？」

「不很明白……」

他大聲咳了一下。

「這是很容易明白的。首先我不是主的奴僕，卻是一個儘我的力量之內理性地奉行上帝的教訓的人。誰也沒有權利，——甚至上帝也在內，——要求我超過我所能給的東西。——對不對？」

我同意地點頭。

「是不是？」——中尉喊了出來。——「你瞧呀！」

他用堅決的姿勢把帽子囤在耳朵上面，顯得更加活潑些，以後擺着手，用詭秘的低音喊道：

「這是什麼公墓？這是一種汚辱！」

「我不明白你需要的是什麼，」——我謙遜地說。

他活潑地回答：

「青年人，我需要的是使一切值得注意的東西都不從人的記憶裏消失。在生命裏一切都值得你的注意。也值得我的注意！生命固結得不充分，我們每個人都感到自己沒有立足點，就因爲我們對人不加注意……」

他神經質地從褲子口袋裏把沉重的銀煙盒掏出來，——煙盒上面有黃絲帶和許多文字，——送給我，命令道：

「你抽罷！」

我取了一根厚厚的香煙，心裏想着中尉：

「人們和你相處大概會不安的罷……」

我們抽煙。煙草很濃，但是老人深深地吸下去，又帶着嘘嘘的聲音從嘴內和鼻孔內拚命地噴出長長的煙絲，聚精會神地偵察極微的風將淡藍的雲吹到墳墓上去。他的眼睛顯得黯淡，深凹，紅筋從臉頰上消尖，臉成爲灰色的。

「這煙草怎麼樣？」

「很利害！」

「是的。這可以救我一下。我是一個……與衆的人，我需要……」

沒有說完就不響了，津津有味地吞吸着煙，一面還審視琥珀質的大煙斗。修道院的鐘樓上不樂意地碎打着召喚晚禱的鐘，——一陣陣哀怨的聲音在空中懶懶地，倦乏地滾滾着，周圍的一切顯得嚴肅些，悲慘些。

……不知爲什麼原因我無可擺脫地想起伊拉克里·魏魯坤夫來了。他在沉重的脚上穿着氈鞋，嘴唇是厚厚的，有一隻貪婪的嘴和一雙虛僞的眼睛。我覺得這位精細的中尉可以完全加入那個巨大的空虛的罎甕裏去，像裝進盒子裏去似的。

……星期日的晚上。火燒場上，破碎的玻璃閃耀出紅光，木棍發着光芒，小孩們喧嘩地遊戲着，狗跑來跑去。一切都各不相犯，且被市梢上吞沒一切的靜寂，廣漠無垠的沙漠的空虛所拘束，被沉悶的，模糊的藍色的天的簾幕所遮掩。公墓在這空虛之中好像海中的島。

魏魯坤夫同我並排坐在大門旁的長椅上面，淫蕩的眼睛向左面斜看，那裏有一個肥胖的，大眼的織絲邊女人葉若瓦坐在自己家裏窗旁的土堆上，替她的八歲的兒子彼奇卡·郭士郭達夫在深黑的亂髮吞捉殺寄生蟲。她一面用慣於做迅速行動的手指處理着，一面發出津津有味的聲音，向窗中睡着的丈夫，販賣舊貨的商人嘲笑地說話：

「是的，眞是亂泉，眞是的……還有價值呢。……要用這雙靴朝你的卡爾梅賚人的鼻子上打擊一下，——你這傻瓜呀！還有價值呢……」

魏魯梅夫嘆着氣，懶洋洋地教訓我：

「意志向錯誤上用去，雖然我對於祖國極其忠順。但這對於我是很明顯的！必須把所有田主的田地收歸國有，——必須這樣做！那時候所有的農人，下市民，——總而言之，所有的人民將得到唯一的主人。人民在不知道他們是誰的之前，是不能有秩序地生活下去的。人民是愛好權力的，他們永遠希望得到唯一可怕的權力在自己的頭上。……每個人都寄託於自己身上的權力……」

他提高喉音，使每個字塞滿了討厭的虛偽，朝着女鄉人說道：

「做一個譬喻罷，一個勞動的，對於一切都自由的女人……」

「我對於什麼自由呢？」——葉若瓦臉紅地說着，帶了吵嚷的完全準備。

「我說這話並不是責備，卻是對你表示尊敬，伯胡士卡……」

「你對你的小母牛親熱去罷！」

從板牆的什麼地方響亮地飛來吉坎卡惡毒的問話：

「你說母牛是誰呀？」

魏各博夫沉重地立了起來，走到院裏，說完他的話：

「一切的人都需要有統一磁力的眼睛的監督……」

她的姪女和女鄰人把許多精選的，洪響的辱罵互相潑濺，魏各博夫立在門前，像裝在鏡框裏一般，注意地傾聽着，嘴裏吮吮作響，耳朵朝裝若瓦的方面傾側。吉坎卡喊道：

「據我看來，據我看來……」

「你不要用你的穢水請人家喝呀，」——口齒極利害的伯胡士卡朝整條街上喊叫着。……

……雅爾瓦特中尉從煙斗裏掏出煙灰，斜斜地看了我一眼，帶着敵意，——我這樣覺得，——移動厚厚的嘴唇：

「你在那裏想什麼，我要問你？」

「我想了解你……」

「這是不難的，」——他說着，脫下帽子，朝自己的臉上揮搧。——「祇要說兩句話。一切都在於我們沒有自尊心和對於人們的尊敬，——你注意着麼？，哈哈，真是的！……」

他的眼睛重又顯得年輕，發亮了。他用堅硬的，發熱得極舒適的手指抓我的手。

「但是為什麼？那是很簡單的：我將怎樣尊重自己，我將在那裏學會世上沒有的一切，你要明白——」

是沒有的！」

他向我身旁更加挪得近些，低聲密告道：

「我們俄羅斯沒有人知道他為什麼生活着？生了下來，活着，活着，就死了，——大家都是這樣！但是為了什麼？」

中尉又興奮起來：臉色通紅，神經質的手勢更加迅速起來。

「這完全是因為人類的工作一部分被我們遺忘，另一部分為我們所不了解，而主要的是從我們那裏瞞過了。我有一個理想……也就是計畫，——是的，是計畫……這是用兩句話就可以說完的。」

「嗯——與——鳥……嚶——與——鳥，」——小鳥冷冷的歌聲在墳墓上面沈悶地盪漾着。

「你想一想，假使每個城市，每個村落，每個人煙稠密的所在都把自己的事情記載下來，寫成一部肚腹的書，——並不是工作結果的乾燥的記錄，卻是對於每個人一生行為的活潑的敘述。但是不要官吏！由城議會，區公署，特別的『生活管理局』記載下來，——我不知道是誰，單祇不要官吏而且一切都要記載下來！關於曾和我們生活過，以後離我們而去的人們應知道的一切都要寫下來！」

他朝墳墓那方面伸手：

「我應當知道，所有這些人一輩子做了些什麼。我是借他們的勞力和智慧，依靠他們的骨頭而生活着的。你同意這句話麼？」

我默默地點頭，他得意地喊道：

「噢，——你看見沒有？凡是人所做的好事，或做了足資他人教訓的壞事，一定全要記載下來！譬如某人造了特別保暖的火爐，——記載下來！某人殺死了一條瘋狗，——記載下來！造了學堂，修好了齷齪的街道，首先學會釘好馬掌，一生藉言語和事業與不良的一切奮鬪，——記載下來！一個女人養下十五個健康的兒童，——啊！這是必須大書特書的：給國家養下健康的兒童本來是一樁偉大的事業！」

他的手指戳着一座灰色的墓碑，——上面的文字業將磨盡，——幾乎喊叫起來：

「在這墓石之下葬着一個人的軀體，他一輩子祇愛了一個女人，——一個女人！——這是必須記載下來的！我不需要名姓，——我需要的是事業！我願意而且應該知道人的生活和工作。人死以後，——應該在他的墳墓的十字架上——為了我，為了生命，——把他的一切事業十分詳細清楚地寫下來！他為什麼生活的？大大地寫下來，你明白麼？」

「是的。」

中尉繼續熱烈地說話，向城市遠遠揮手：

「他們全是扯謊的能手，他們故意將工作隱瞞，以減少人的價值，把死人的無價值指示給我們，使活人得到他們也無價值的暗示！無價值的人是容易統馭的，——這種想法眞是聰明透頂！是的，自然是容易些！但是拿我來說你不妨試一試，能不能讓我來做我不願意做的事！」

他嫌惡地皺眉，好像在那麼開槍：

「開——槍——放！」

看老人那股熱勁，聽他那種堅定的，破毀公墓靜寂的低音，感到十分奇特。鐘聲在墳墓上悄悄地融化著：

「嗡——奧——，烏嗡——奧——烏……」

潮溼的青草的光輝消失了，一切黯淡起來。空氣裏濃濃地塞滿了水仙，蝸牛兒，和紫羅蘭的甜膩的香味……

「不行，那是扯謊！我們每人都有每人的價值。在世上活了六十個年頭，這情形是看得很清楚的！你們不必憐惜：每個人的生活是可以而且應該加以辯釋的。人應該替全世界做工。人是我的教習，教好教壞都是的。做了一輩子的工作，——那些不被人注意的小人物的偉大的事業。你們不應該憐惜他們的工作，必須把它表揚出來在十字架上，死者的墳墓上寫下他所有的事業和功績，即使是無價值的也不要緊，——但是應該學會在無價值之中尋出好的來。現在你明白我了麼？」

「是的，」——我說。——「是的！」

「這就對了！」

鐘聲匆遽地喊了兩次就不響了，在公墓上的空氣中留下了淒慘的絃琴似的餘音，我的對談者重又掏出煙盒，欵欵地遞給我，細細地抽起煙來。他的手又小又黑，像烏爪一般，有點抖索，頭垂落下來，就像復活節的絲絨雞蛋。

抽着煙，陰鬱地朝我的眼睛窺望着不信任的神氣，鄉野地說：

「土地因人的勞力而强大……無人可以在地上找到他的立足點……祇須好生知道，而且記得過去的一切……」

紊亂的煙在城市上面露着紅色，天窗上也染得鮮紅，使我憶起魏洛特夫姪女殷紅的臉頰來了。在這女孩身上，正和她的叔叔一樣，有一點什麼會絕對地「不許」人對她發生好感。

乞丐們黑暗的，襤褸的人形魚貫地爬進公墓的園牆裏來，黑影從十字架落到地上，也和乞丐一樣的小心謹愼。

在深黑的綠陰的遠處，教堂執事拉長着懶懶的，冷淡的調兒：

「永——恆的——紀——念……」

「爲了什麼？」——霍爾瓦特中尉問，生氣地聳肩。——「爲什麼要有永恆的紀念？也許她醃黃瓜，醃蘑菇，都醃得比城裏所有的人都好……也許他是極好的皮匠，或者有一次曾說過一句什麼話，使他所住的那條街至今還記得的。你應該把人解釋給我聽呀！」

他的臉包裹在强烈的，使人頭眩的空氣裏。

風靜靜地抖慄，使草莖傾斜到落日的方面。顯得靜寂。在靜寂裏，一個好使性的女人聲音銳利地傳了出來：

「我說是往左走！」

「謎涅奇卡，那不對罷……」

「忘掉了，」——老人喃聲說，吹出一股煙，長長的，像從煙囪裏飄出來似的，——「忘掉了他們的家屬或朋友躺在什麼地方……」

鷹在鐘樓的紅十字架上面浮泅，黯淡的鳥影在我們對面墓碑的石上爬着，一會跳到墓石的角落裏，一會兒又在石上發現。看着這黑影，感到奇怪得有趣。

「我的意思是說：公墓應該代表的並不是死的力量，卻是生的勝利，理性與勞力的戰勝。是的！你知道，我的意思就是這樣的！那是一個城市生活的歷史，可以藉此啟高對人們尊敬的情感……公墓應該是一部歷史，否則便不需要它！過去是無用的，假使它不能給我們一點什麼。歷史不是有人在寫麼？是的，那是各種事件的歷史……但是我願意知道事件是如何由主的奴僕創造出來的。」

他揮着寬闊的手勢，指着那些墳墓，——這手勢一揮，似乎使他的手加長了一些。

「你是一個好人，」——我說，——「大概生活得很好，很有趣……」

他不看我，堅硬而且嚴厲地回答：

「人應該成爲人們的朋友，——他現在所有的一切全是他們給予的，所以應該感謝他們。至於我的生活是……」

他眯細眼睛，向周圍看了一下，似在尋覓適當的話語。但是沒有找到，有力地重複着他已經說過的話：

「必須使人們挨得近些，使生活縮緊一點。不要忘記已死去的人！一切都可以得到教訓。在主的奴僕的生活裏，一切都充滿深刻的意義……是的！」

落霞殷紅的，辣熱的光影落在白色墓碑的側面，石頭上好像濺滿了溫暖的血。周圍的一切顯得奇特地廻脹擴大，似乎柔和些，溫暖些。雖然萬物都靜止着，但似乎洋溢了殷紅的，靈活的潮氣，甚至在青草的尖端上面也抖慄着光明的，紅色的灰塵。黑影顯得濃些，長些。圍牆外面，一頭母牛用酒醉的聲音沉重地長號了一聲，跟着一羣母雞咯咯地啼叫起來，顯然是屠牠。教堂附近什麼地方，一把鋸子在那裏匆遽地發出嘶啞和尖銳。

中尉突然發出濃厚的笑聲，搖晃肩膀，推我一下，用流氓的姿勢把帽子挪到耳朵上面。

「我說老實話，」——他笑着說，——「我對你想得很悲慘……我以爲你……我看見一個人躺在那裏，——心想，——爲什麼呢？一個年紀輕輕的人在公墓上走着，臉是陰鬱的，袴子口袋鼓了起來，——我心想，唉！」

「口袋裏是一本書……」

「是的，我明白，我錯誤了！這是一個有趣的錯誤……有一天我看見一個人躺在墳墓附近，太陽穴裏有一粒子彈，那就是受了傷，自然啦……你知道……」

他向我擠了眉眼，並又低聲而且善意地笑了。

「我自然沒有什麼計畫，這不過是隨隨便便的……一種幻想！眞希望人們能生活得好些……」

他嘆了一口氣，沈思了一會，沒有聲響。

「可惜——我這希望生得太晚了……在十五年以前，我充當烏孟司克典獄長的時候……」

老人忽然立起來，回頭望了一下，皺着眉頭，用事務家的嚴厲的口氣說着，強烈地鞭勵堅強的調子：

「我要走了！」

我同他一塊兒走，希望他還用愉快的，堅定的低音說下去，但是他一言不發，在墳墓旁邊踱着亮響的，有節奏的步伐，像在閱兵典禮上一樣。

我們走過教堂的時候，一陣陣陰鬱的嘮叨，惱怒的呼喊，從鐵欄杆的窗裏流到潮濕的紅色的寂靜中去，但並沒有破壞那靜寂。似乎有兩人在爭論着，一人用急語致說道：

「你做了什麼？你怎麼啦？你怎麼啦？你怎麼啦？……」

另一個聲音疲倦地應聲答着：

「你莫管，你莫管……」

輪船上

河水是平滑的，黯淡的，銀色的。水流幾乎無從捕捉，河好像凝結住了似的，被熱天的霧氣所遮掩。惟有河岸不斷的變動使人明白河如何迴盪地，安靜地減着一隻老舊的，灰色的輪船，它的煙囪上畫着白線，後面拖着一條醜陋的貨船。

戽斗濺潑時散洋洋地吮嗍，機器在甲板底下沈重地移動，透出一陣陣的水蒸氣，小鈴叮叮地響着，舵索侷促不安地轉來轉去，但是在河上凝結住的昏沈的靜寂之中，一切聲音顯得無用，似乎聽不見。

又是乾燥的，水是低的。船頭上立着一個水手像僧士一般，身子是瘦瘦的，一把烏黑的鬍鬚，黃黃的臉上長着一雙沒有光輝的眼睛。他有韻律地把花花綠綠的測量器擲到舷外，用淒慘的，融化似的聲音呻吟地唱道：

「七……七……六……」

似乎在那裏訴怨；

「一種來種去，但是——沒有與的……」㊀

輪船不慌不忙地把紫銅般的船頭一會兒轉到這岸，一會兒轉到那岸，貨船奔馳着，灰色的纜拉緊得像一根絃子抖索着。水花從船旁飛向各處，發出金銀色的火星。船主的小樓上，一些粗厚的話語從傳聲筒裏喊出：

「奧爾……伏爾……」

貨船檣下——白色的，長着翅翼的水浪被切成兩瓣，奔向岸旁。

在草原方面，大概泥炭場燃燒着，烏黑的樹林上面懸掛着貓眼石似的雲，也許是池沼吹出來的。

右岸十分高峻，全是光裸的泥壁，但有時被山谷所切斷，谷中陰黑處藏着柳樹和榆樹。

地上靜寂，炎熱而且空曠。模糊的，發藍的，燃燒的天上有烤炙得發白的太陽。

草原無盡地浮泅着，有的地方有幾棵樹孤獨地站立着，正在沈睡之中，鄉村鐘樓上的十字架在樹上燃燒，像白日的星，磨房的灰色翅翼高聳天際，離河岸遙遠的地方看得見像錦緞的棉毯似的成熟的麥子。不大看得見人。

周圍的一切有點兒褪色，但是很安靜，而且動人地簡單。一切是那樣的親近，那樣的容易了解，使心靈感到那樣的舒適暢快。瞭望着山岸緩慢的，遲疑的變動，草原的一成不變的廣闊，蒼綠的樹林的搖舞，——樹林走近水旁朝它的鏡裏窺望，並又輕輕地向遠處浮泅而去，——一面瞭望，一面想世上不見得有如此

㊉無從翻譯的雙關語，俄文「七」(sem)音與「播種」(seem)相若，「六」(shesti)與「吃」(esti)音相若。故水手唱出的「七……七……六……」，俄文裏似乎聽得像：「種來種去，但是沒有吃的。」

美麗得簡單而且和諧的地方，像這輕靜的河岸那樣的。

在岸旁的灌木叢裏已經看得見黃黃的樹葉，但是周圍的一切在那裏發出慎重的，莊嚴的微笑，正好比年輕的妻子將到初次生育的時候——使她感到又驚又喜的樣子。

時間已經過了正午時分。三等艙的旅客由於厭悶和暑熱而感到疲乏，喝茶和啤酒，許多人坐在船旁，默默地瞭望岸上。甲板抖慄着，餐室內的器皿叮噹地作響，水手還在那裏催眠似的嘆氣：

「六……六個半……」

煤煙黑了的火夫從機器間內爬出來，像脫了螺旋似的搖曳着身體，沉重地拖着赤裸的腳，走過水夫長的艙前。水夫長是淡髮的，長着鬍鬚的鄂司脫洛姆人，站立在門前，訕笑地眯細活潑的眼睛，問道：

「你忙着到那兒去？」

「去逗米奇卡。」

「這算什麼事情！」

火夫搖晃着黑手，向前走去，水夫長不高興地打着哈欠，回頭瞧了一下。在通機器間的梯子附近有一個小人兒坐在長箱上面，他穿着栗色的上褂，戴着新的便帽，套着糊滿了灰色泥路的皮靴，

由於厭悶，水夫長想發點命令，他厲聲喊道：

「喂，老鄉！」

那個人畏葸地，像狼似的對他轉着整個身體。

「你為什麼坐在這兒？這兒寫着——『小心，』你卻坐了下來！你不認識字麼？」

旅客立起來，回頭瞧了瞧箱子，應聲答道：

「我是識字的。」

「那末你坐在不准坐的地方！」

「沒有看見上面的字。」

「這裏還很熱，機器間儘冒出油味。你是什麼地方的人？」

「卡與斯卡耶的人。」

「早就離開家裏麼？」

「三個禮拜。」

「你們那裏下雨麼？」

「沒有。那裏來雨呢！」

「那末，為什麼你的皮靴這樣髒？」

旅客低下頭，把一隻腳往前挪了一下，以後又挪另一隻腳，看了看，說道：

「這不是我的皮靴。」

水夫長冷笑了一聲，他的光亮的鬍鬚快樂地翹了起來。

「你會喝酒麽？」

旅客沒有回答，輕輕的舉起短短的步伐，到船尾那裏去了。上褂的袖子落到他的手肘之下，顯然他所穿的上褂是從別人肩上取下來的。水夫長看見他謹愼而且遲疑地走着，皺了皺眉頭，咬了鬍鬚一下，走到一個水手身邊，那水手正在細心地用光手掌擦船長室門上的銅器。水夫長低聲對他說：

「船上有一個小人兒，穿着栗色的上褂，皮靴是齷齪的，——你看見沒有？」

「好像看見過的。」

「你去說一聲，——讓他們留神看看他。」

「是壞蛋麽？」

「有點像。」

「好罷……」

在頭等艙的甲板室附近，一個全身穿灰色衣服的肥人坐在桌旁，孤獨地喝酒。他已經喝得沈醉，眼睛像瞎子似的瞪得很大，閃也不閃，向船上看着。蒼蠅在他前面的桌上，黏膩的水漿裏鑽進鑽出，在他的斑白的鬍鬚上，在呆板的像紅磚似的臉皮上爬來爬去。

水夫長朝他擠着眉眼說道：

「還在那裏喝呢。」

「他的正事就是這樣，」——長着雀斑的，沒有眉毛的水手應聲回答，嘆了一口氣。

醉人打了一個噴嚏，蒼蠅成羣地在桅上飛翔；水夫長聽着那些蒼蠅，也嘆了一口氣，陰鬱地說：

「他打出來的噴嚏儘是蒼蠅呢……」

我找到了一個地方，那是在燒火間附近的木柴上面。我躺在那裏，看山如何發黑，輕輕兒移近輪船，向水裏投擲喪服的面紗。晚霞還在草原上燃燒，樺樹的軀幹是紅色的，岸旁農屋的新屋頂似乎蒙了一塊紅棉布，在那邊一切繚繞在火裏，喪失了外形，成為一條條紅色橘色和藍色的寬闊的火流，有一株黑樅樹立在山上，尖尖的，磨光的，顯出奥密的樣子。

漁夫們已在山下燒起柴堆，火光遊戲着，照耀着小船的白舷，船中深黑的人，掛在木樁上的漁網和坐在火旁，穿着黃短衫的農婦。一棵枝葉繁盛的黑樹在火堆和女人上面展開着，看得見照耀成金色的枝葉在那裏戰慄。

旅客們的語聲被迸落的陰影壓扁，溶化為整個一片的像蜜蜂似嗡嗡的聲音，看不見，也無從了解什麼人說什麼話。言語是無聯繫的，似乎大家在說一件事情，親密地，貞潔地說着。聽得見一個青年女子拘束的笑聲，船尾那裏有人在商量着唱歌，但是不能找到合大家心意的歌曲，於是低聲地，不在意地討論着。在一切的聲音裏有一點遲暮的，和平的，淒慘的調子，頗像嘶啞一般。

木柴後面，離我很近的地方，一個陰沈的語聲不慌不忙地敍述着：

「有一個極能幹的小夥子，容貌整齊服裝平貼，以後竟變壞了，變成無賴了……」

另一個雄壯的響亮的聲音喊道：

「不應該往桅上爬，會跌倒的……」

「不過俗語說得好，魚朝深水的地方泅游……」

「他是傻子，——這是最壞的！他不是你的親戚麼？」

「親兄弟……」

「啊？恕我說錯了話。」

「不要緊，說老實話，他也真是傻子……」

穿栗色上褂的旅客走近甲板的凸出部分，左手扶着横木，跨到欄杆上面，——欄杆底下，被輪子擊起的水沸騰着冒着水沫。他站在那裏許多時候，朝舷外瞭望，身子搖曳着像一隻翅膀被釘在什麼上面的蝙蝠在空中懸掛着。戴得很深的帽子使他的耳朵彎折下來，向前張得十分可笑。

他現在回轉身來，朝輪船天篷下面的黑處審視，大概沒有看見我躺在木柴上面。他的臉我看得極清楚，——一個尖尖的鼻子，臉頰上和下顎上長着一撮撮栗色的絨毛，一雙小小的，不清楚的眼睛。他顯然在傾聽着什麽。

他忽然堅決地走到甲板的凸出部分，匆遽地把一把布帶從鐵欄杆上解開，抛擲到舷外，立刻解另一把布帶。

「喂，」——我朝他喊，——「這是爲什麽？」

他跳了起來，身子旋轉了一下，手按在額上，眼睛搜索着我，輕輕地，匆遽地說，口吃着：

「什麽事？……眞……眞是的！……」

我對於他的惡作劇感到驚訝，且含興趣，便走到他身前去。

「水手們要吃賠眼的……」

他挨着次序把上衣的袖子向上捲起，好像準備打架，在光滑的欄杆上輕輕兒踩脚，喃喃地說：

「我看見牠解了結會立刻被風吹到河裏去。想緊一緊牢，但是沒有弄好，——從手裏滑走了。」

「不過我覺得，」——我說，——「是你自己解了開來，扔下去的。」

「眞是的！——那又何必那怎麽能呢？」

他從我的手下輕輕地，匆遽地溜走，一面還在整理袖子。上衣使他的脚顯得短到可笑的地步，我重又看到他的步伐有點蹩扭而且慌慌。

黑夜來了。人們沈睡了。耳朵已慣熟於聽機器無休歇的喧囂，輪子有韻律的轆轆，已經不會對於這喧囂有所感應了。從這喧囂中明晰地聽到脚聲，輕靜的步履，和一個興奮的微語聲：

「我對他說過，我說過的：——耶穌，不要，不用這樣做！」

河岸隱去，僅祇從稀稀的火光的行動上會使人回憶到它。星兒在河裏閃耀出黯淡的光芒。輪船燈光的金色的影在船後流着，且抖顫得彷彿要掙脫出來，流到黑暗裏去。錦緞般的水沫舐黑暗的船舷。貨船在船尾那裏拖着，追逐着輪船。貨船梢上有兩道火光閃耀，第三道桅檣上的火光一會兒遮住星兒，一會和岸上的火光融和在一處。

離我不遠的地方，一個肥胖的女人在燈下的長椅上沈沈的睡着，一隻手壓在頭下，頭枕在不大的包袱上面，上衣在腋下的地方破了，看得見白白的肉體，豐盛的頭髮結成小辮，伸在外面。她的臉是巨大的，長着黑眉，肥滿的臉頰一直鼓到耳朵邊上，使厚厚的嘴脣牽拉成不好的，死似的微笑。

我睡在她的上面，從上往下看着她，在朦朧中心想：她已經有四十多歲，一定是善良的女人，到女兒，女婿，或兒子，兒媳家裏去，送給他們不少禮物，和一個巨大的心裏許多美麗的母愛的東西。

有什麼東西燃燒了一下，——好像有人在近處點火柴。我張開眼睛，——穿別人上衣的旅客立在女人身旁，用袖子遮住燃燒着的火柴，後來謹愼地伸着手，把小火移近女人腋下的毛髮那裏，我聽見輕微的破裂聲和難聞的羊毛臭味。

我跳起來，抓住搗亂鬼的領子，搖晃他：

「你做什麼事情？」

他輕微地，討人厭地嗤笑了一聲，在我的手裏扭轉着，微語道：

「要看她怎麼樣害怕呢！」

「你發瘋了，你這鬼！」

他不住地映着眼睛，向我的背後瞧望，扭轉着身體，微語道：

「你放我走呀！我想開一下玩笑，——有什麼害處？你瞧她，——還睡着呢……」

我推他一下。他拔開短短的，似乎被斫斷了的腿就跑走了，留下我一人在那裏煩悶地猜疑着：

「如此說來，——我沒有錯，他故意扔擲那把掃帚。這是什麼人呀？」

機器間裏小鈴叮叮地響起來。

「停車！」——有人快樂地喊。

汽笛吼叫起來，女人醒了，迅快地擡頭，左手撥了撥披下，揉壓着的臉皺了一下，對燈光看着。坐起來，把散亂的頭髮塞到頭巾底下，輕聲說：

「啊！神聖的母呀……」

……輪船停在碼頭上面，楚瓦西人搬運木柴，扔到燒火間的船裏，隨着發出磔然的聲響，而扔擲之前必先生氣地喊出一句奇怪的話：

「脫羅渺！」

受了損虧的月亮升到依附山旁的小城上面，烏黑的河有點發亮，似乎活了起來，月光彷彿用溫水把大地洗得乾乾淨淨。

我走上船頭，坐在一些木箱中間看着排列在岸旁的城市。在市梢的一頭，一片工廠的煙囪像粗厚的木棍似的聳立着，另一頭和中央聳起着兩座鐘樓——一座帶着金頂，另一座好像是綠的，或是藍的，而此刻在月光之下看上去似是黑的，和用過了的漆匠的刷子相像。

碼頭對面兩層樓寬闊的前額上，搖曳地掛着一盞燈，凝聚的玻璃裏面燃燒着失血的，黯淡的燈光，長長的，彎曲的招牌上面寫着幾個粗大的黃色的字「酒家」兩字還辨得淸楚，其餘的字便看不見了。

這沈睡的城市內有兩三處還點着燈，模糊的光亮的斑點停留在空氣裏，照出屋頂的斜角，灰色的樹和漆着白色的窗。

望着這一切感到十分淒慘。

輪船發出嘶啞的聲響，搖晃着，擺在碼頭邊上，木頭軋響着，水喘着氣，有人兇狠地喊：

「魔鬼！起重機，——起重機在船頭上。混賬得很……」

「船開了，謝謝天老爺，」——木箱後面一個熱烈的，雄壯的聲音說着，跟着問道：

「怎麼樣，他喊些什麼？」

有一個人匆遽地，含糊地回答，吭着嘮，帶着口吃：

「他喊，你們看上帝面上，不要殺我，饒了我罷！他說，我要把一切財產全奉送給你們，送到你們手裏，讓我贖罪，爲我的靈魂祈禱。我要出外去進香出去一輩子，一直到死，你們不會看見我，聽見我，——但是他們還是朝他的太陽穴上來了一記，許多血濺到我的身上，他就滾到地上去了。我呢，——就跑了出去，跑到酒店裏，一面叩門，一面喊：親姊姊呀，父親被他們殺死了，她從窗裏伸出頭來說道，那是這萬惡的狼活該如此！哎喲，那眞是可怕，——那天夜裏，我眞嚇着了！眞是要命！我起初爬到擱樓上去，心想不行，會找到我，把我弄死的，因爲我是全部財產的直接承繼人；我爬到了屋頂上，藏在煙囪後面，坐在那裏，手脚拉住牠，嚇成啞巴了。」

「你怕什麼？」——一個雄壯的聲音插斷他的話。——「你不是也和你叔叔在一塊兒反對你父親麼？」

「做這種事情是不能有什麼預料的：既然殺死了一個人，會很隨便地殺另一個人的……」

「對呀，」——一個渾厚的聲音沈重地說，——「這是對的！祇要有一次流過血，第二次血會自己來招呼的。殺人殺開了頭，——他不管爲了什麼，都是一樣，那怕爲了你站在近邊，也會動手的。」

「不過假使他說的是實話，那是爲了正事。財產是不能由他濫用的。」

「但是私控殺人，也非正理。對付那般不公平的人們有法院設着……」

「法院豈是够得上的！那小子有一年多白白地坐在監獄裏面……」

「怎麼是白白的？不是他引父親到屋裏來的麼？不是他開大門的麼？」

嗚咽出來的，揉碎了的話語重又像驟急的溪水似的流出來。——我猜到教誘這件殺案的就是那個穿襤褸的皮靴的人。

「我不替自己辯白，我在法院上也是說這樣的話，因此我免了罪。叔叔和弟弟判了徒刑，我就被釋放了……」

「你知道他們商議殺你父親麼？」

「我心想他們祇是嚇唬一下。我父親不認我爲兒子，叫我傷着……有許多人喫了他的苦，爲了他哭呢。……」

「人們哭不哭有什麼相干？假使爲了流眼淚的原因殺人，——那還了得？你儘管去哭，可是不要動一動血，那不是你的！你以爲你的血在你身裏麼？就是你身上的血也不是你的，不要說是……」

「最要緊的是財產！活着活着，賺了一些錢，忽然全要成爲灰燼，全要宕蕩完了。由不得就會使你的腦筋錯亂，恨起你的親父來了……不過應該稍稍地靜一會。……」

穿着玄色的農民外套，和戴大鴨舌帽子的高身的人從我身旁走過。

木箱後面靜了。我立起來朝那邊望去：穿栗色上衫的旅客倒在一堆鐵錬旁邊，縮着身子，手伸進袖裏，放在膝上，下顎支在上面。月亮直望他的臉。他的臉帶一點藍色。狹窄的眼睛做在眉毛底下。

一個寬肩的農夫，穿着短短的半統皮襖和白色的氈靴，和他並排仰臥着，頭朝着我的方面。蜷曲的，全成爲環圓形的灰色的鬍鬚堅硬地向上翹起。他把手墊在頭下，公牛般的眼睛望着天空。稀稀的星在那裏靜靜地閃鑠，月亮融化了。

他用喇叭般的聲音，（努力想使他的噪音柔軟一些，但是沒有效果，）問道：

「這末說，——你的叔叔在貨船上麽？」

「是的。哥哥也在那裏。」

「但是你在這裏眞是好事！」

一隻烏黑的，裝囚犯的貨船在淡藍中帶銀色的水沫的路上被曳拉着，像犂耙似的打鬆着那條路。船上的燈在月光之下顯得黯淡，甲板上裝着鐵箍的船身在水上高高地舉起着。烏黑的，生着茸毛的河岸在右手浮泅，像波浪似的起伏着。

周圍的一切，——那樣柔軟的，流質的，融化的，——引起了一種不堅固，不牢靠的煩悶的情感。

「你往那裏去？」

「是的……應該和他們見一下面。」

「爲了財產的關係！」

「那自然……」

「我對你說，小鬍子；你拋棄了一切罷，——拋棄你的叔叔，你的財產，——一切都拋棄了罷！既然拉到了血，還拉到了嫡親的血，——應該拾棄一切才好。」

「但是財產怎麼辦呢？」——青年鬍子搖頭問。

「同你是講不清的！」——那人生氣地說，閉上眼睛。

小鬍子臉上栗色的絨毛搖動一下，像被風吹了似的。他的嘴哽哽地響了一聲，回頭望着，看見我，惡狠狠地喊道：

「唔，——你看什麼？」

高大的農夫張開眼睛，看他一眼，又看着我，說道：

「你別哽呀，你這毛手套！」

我回到自己位置上去，躺下來睡覺，心裏想道農夫說得很對，——小鬍子的臉很像磨破了的羊毛的不分指的手套。

我夢見我在那裏油漆鐵梭，一群巨身大眼的烏鴉在它的頂上飛翔，用翅膀打我，妨礙我的工作。我用手揮開牠們，不小心跌了下去頭倒栽着，立刻就痛得醒了——一陣軟弱和昏沉的想嘔吐似的遲鈍的感覺妨礙着呼吸眼睛前面搖曳着斑駁的色彩的霧，血從耳後頭上流着。

困難地立起來，走到自來水龍頭那裏，用冷水澆頭，再用毛巾紮緊，回到原來的位置上去，審看一番，心裏盤算：這事是怎樣弄出來的？

我屋在甲板上面，一堆預備給廚房用的細碎的木柴上面。在我的頭躺着的地方有一根樺木棍子。我跳起來，看了一下。那根棍子是乾淨的，上面全是樺皮的細毛，這些細毛輕輕地發顫。大概輪船不住的抖慄把這根木棍搖落到我的頭上。

我既然知道了這樁不愉快事件的原因，心裏感到安慰，便走到船頭上去。那邊沒有難聞的氣味，並且可以看到遠處。

那是天快破曉的時間，黎明之前極度與奮的時間，整個大地似已深深地，長久地沈沒入永不會醒轉來的夢中，完全的靜寂引起心靈裏特別的敏感，星兒奇特地和大地相接近，星星非常揮閃，像小小的太陽。

但是天空冷冷地發出灰色，不知不覺地喪失黑夜的柔軟和溫暖；星光散落似花瓣，月亮本來是金色的，現在顯得黯淡，撒上了一層銀粉，離地越來越遠。河水無從捕捉地變更了濃厚的油似的光彩，天色急遽的變動的珍珠般的影子在水裏閃現，立即消滅。

在東方那裏，棕樹林的黑鋸齒上面高高地懸掛着一層玫瑰色的薄膜。那膜燃燒得越來越鮮艷，它的很柔和的甜蜜的顏色愉快地加濃了一點，顯得越來越勇敢和鮮艷——好像是畏葸的祈禱的細語轉爲歡欣的感謝的歌曲。又一刹那，棕樹的尖巔燃燒成紅紅的火光，燃燒得像佳節的日子聖殿堂內的蠟燭。

一隻看不見的手將透明的，色彩繚亂的絲綢抛到水裏，在裏面拖着。黎明的風將銀色的鱗翼在河上。在被太陽洗乾淨的天上，金色和螺鈿色，濃紫和淡湖色的斑點交相遊戲着，使你的眼睛看得十分疲乏。

劍形的，最初的日光像扇子似的展開，光線的末端發出眩耀的白光，似乎聽得見銀鐺的聲音，那迎向朝日的隆重的聲音從無盡的高處落到地上。樹林上面已經看見太陽的紅盞，——充滿了生命之汁的酒杯傾覆在地上，將創造性的偉力豪爽地灑注到地上，紅紅的蒸氣，像香爐的煙一般，從草原升到天上。岸旁綠油油的樹影從山岸上歡欣地落到河上，草上露水像水銀似的閃耀着，鳥兒醒了，白色的海鷗在水上飛翔，弛的白影從色彩的水上溜過，太陽像鳳凰似的越升越高，升到淡綠的，蔚藍的天上。也像鳥兒一樣的銀色的金星已將熄滅。

長腿的山鷸在岸旁的黃沙上迅跑，兩個漁人正在挑選漁網，在小船中輪船的波浪上搖曳；早晨的低微的聲音從岸上一聲聲地傳來，——公雞啼鳴，牲口粗聲嗥叫，聽得見人們固執的語聲。

船頭上黃色的木箱也發了紅色，連高大的農夫的淡黑的鬍鬚也是紅的。他把洗直的細體在甲板上攤開，張着大嘴，沈沈地睡着，發出鼾聲。他的眉毛很奇怪地撥起，濃厚的鬍鬚轉動着。

在木箱中間的深處有人動彈着身體，嘆了一口氣；我朝裏面瞅看，遇見了狹窄的小眼裏發炎的光線，毛手套似的背毛的臉比昨天更加瘦，更加顯出灰色。這人驟然感到寒冷，他蜷屈着身體，下頦插在膝蓋中間，粗毛的手抱住脚，煩悶地，像被獵逐似的從下面往上望着我的眼睛，疲乏地，無生氣地說：

「你找到了麼？你打罷！來罷！……我打你，你打我，——唔！」

我驚訝到近乎害怕的樣子，輕聲問：

「這是你打我的麼？」

「有些人麼？」——他用嘶啞的聲音，低聲喊，放鬆了手，好像被戴得低矮的帽子壓扁了的頭，連同張開着的耳朵一塊兒往後仰起，手插在上褂的口袋裏，挑戰似的重複着：

「有些人麼？滾你媽的蛋！」

他這人身上有點孤立無助的，青蛙似的樣子，——他引起一種嫌惡的情感。不想和他說話，也沒有願望報復他的無聊的打擊。我默默地回轉身去。

過了一分鐘，重新看他一眼，——他仍舊持着以前的姿勢，坐在那裏，手抱住膝蓋，下頦擱在上面，用失眠的紅眼死沈沈地望着拖在輪船後面的貨船，船正在兩條起泡沫的寬闊的水帶中間跳躍，水在陽光下游戲着，像新鮮的麥酒。

彼開的，清晨的快樂，天空晴朗的光輝，河岸上和諧的色彩，青春的日子的歡愉，空氣的健壯的新鮮，這周圍的一切更加淒慘地反襯出這小人的眼睛，無生氣的陌生的眼神。……

輪船從松台里解纜啓行以後，——這人投水了。他在人們眼前跳到河裏去，甲板上所有的人全都喊嚷起來，各處亂跑，互相推擠，貪婪地搶到船舷那裏，匆遽地眺望從此岸到彼岸都在眩暈的光輝中的安靜的河。

汽笛零落地發出警報，水手們把救命圈扔到水裏，甲板在人們的跳躍和亂跑之下，像銅鼓似的打擊着，水蒸氣囂慨地發出嘶音，有一個女人歇司底里地喊叫，船主在舵樓上厲聲地喊叫：

「不要再抛擲了！混蛋，你糊塗了！安慰安慰群衆呀，你們這些魔鬼……」

沒有洗臉梳髮的神甫，兩手扶着蓬亂的頭髮，用肥厚的肩推操大家，踐踏人們的脚，畏葸地瞪住眼睛，反復地問着同樣的話：

「男人呢？還是女人啊？是男人！」

等我擠到船頭的時候，這人已經遠遠地到了貨船的後面。在寬闊的玻璃似的水上約略地看得見他的腦袋，小得像蒼蠅。一隻漁船像水甲蟲似的迅速地浮泅到貨船那裏。兩個划船的人搖晃着，一個是紅色的，一個是灰色的。還有一隻船從草原的岸旁急遽地駛來，在水浪上跳躍，像一隻快樂的犢牛。

從河上傳來的柔細的，駭人心胸的喊聲和船上驚惶的喧聲融在一起：

「阿……阿……啊……」

一個穿得齊整的尖鼻黑鬚的農人一面吮嘴，一面喃聲說：

「眞是傻瓜……眞是糊塗……」

鬍鬚蜷曲的農人深信地，堅強地說起話來，把一切的聲音都壓了下去：

「良心主持着一切……你們儘管照預定的樣子去裁判，但是良心是不會熄滅的……」

他們互相打斷他們的話，起始向群衆敍講這栗色的小夥的痛苦的歷史。漁人們那時已經把他從水裏救起，匆遽地搖搖着槳，把他送到船上來。

「他們一看見，」——那個生鬍鬚的農人打開了話匣。——「他中了那個小兵的妻子的迷……」

「父親遺下的財產還沒有分過呢，——你想一想看呀！」——服裝齊整的農人插上去說。在這大鬍子熱烈地敍講這樁兄弟侄子和兒子殺人的案件的時候，這個整齊的，嚴厲的，穿得體面的農人一面冷笑，一面用快樂的聲音把無數的尖刻的話語和諺語插進濃厚的言詞裏去，好像編搭籬笆，把木樁打進地裏去似的。

「凡是有甜頭吃的地方，誰也會被拖進去的。」

「甜中有毒！」

「你不喚他，不愛麼？」

「那有什麼？我不是聖徒！」

「阿哈！對了！」

「什麼，——是麼？」

「不要緊！——鎖鍊短，不能貢備狗的。」

他們起始身對着身，互相興奮地辯論起來，把一些祇有他們明白的意思裝進普通的，卻出乎意料外的，靈巧地聯合起來的話語裏去。一個呢，——具有柔細的，挺得直直的軀幹，黧暗的，多骨的臉上露出諷笑的，冷淡的眼神，說話說得豐充而且熱鬧，一直在那裏聳肩。另一個呢，——身體寬大，以前看來好像安靜的，有自信心的，可以決定一切的，而現在卻沈重地呼吸着，在他的公牛般的眼睛裏燃燒出驚慌的惡狠的神情，臉上露出紅色的斑點，鬍鬚像鬃毛似的聳翹。

「等住！」——他吱着，揮搖着手，旋轉着模糊的眼珠，——「那是怎麼啦？難道上帝不知道應該如何懲治人們麼？」

「上帝不相干，既然你爲魔鬼服務……」

「你胡說！誰首先舉手的？」

「卡因，——怎麼樣呢？」

「誰首先懺悔的？」

「唔，——不是亞當麼——？」

「對了！……」

「救上來了！」

羣衆從船尾那裏退後，把辯論的人們也一塊帶走；瘦農夫垂下肩膀，把長衣緊緊地扣住，有鬍鬚的人像公牛似的跟在他後面，——低着頭，不安地把冬帽從這個耳朵移到那個耳朵上面。

輪船沉重地轉動輪子，努力在水流中站住。船主注意着使貨船不要撞到船尾上面，一直在傳聲筒裏喊喝着：

「往左邊轉，你這麻臉往左呀！」

漁船駛近大船旁，把沉溺的人拖到甲板上去，——他的身子很柔軟，像沒有裝滿東西的麻袋。他的全身浸在水裏，長滿粗毛的臉變得光滑而且天真。

大家把他放在行李艙的頂上，但是他立即坐起，彎着身子，手掌用力地摩平潮溼的頭髮，用沉着的聲音問，不向誰看望一眼：

「帽子捉住沒有？」

圍住他的擁擠的一堆人裏，有人勸他道：

「不應該就惦起帽子，卻應該想一想自己的靈魂。」

他大聲咳了一下，像駱駝似的吐出一口泥濁的水，疲乏的眼睛望着人們，冷淡地說：

「最好把我弄到別的地方去……」

水夫長厲聲對他說道：

「你躺下！」

小夥子馴順地仰臥下來，手擺在頭上，眼睛微微地閉上。水夫長起始客氣地勸觀衆道：

「請諸位散開了罷！這裏有什麼可看的？甚至一點也沒有可樂的……鄉下佬，你睜着眼睛做什麼？滾開！」

人們毫不客氣地互相傳話：

「弒父的人。」

「眞是的麼？」

「這樣瘦拐拐的傢伙麼？」

水夫長蹲坐下來，厲聲問被救上來的人道：

「船票打到那裏？」

「到彼爾姆。」

「小弟弟，你現在到卡山就要下去的。你的名字呢？」

「耶——可夫。」

「姓呢？」

「巴——士金。我們還姓胡——可洛夫。」

「這樣說來，是雙姓……」

長鬍鬚的農夫帶着明顯的殘忍的神氣大聲喊叫道：

「叔叔和兄弟判了徒刑，他們押在貨船上。他呢？他被宣告無罪。不過這祗是表面：無論你怎樣裁判，殺人是不應該的，良心是不能見到血的。即使在旁邊看殺人也是不能夠的……」

觀衆聚得更加多起來，被吵醒了的頭二等艙的旅客走了出來。黑鬍的，玫瑰色臉的副船主在他們中間搖擺着，好像帶着不好意思似的問道：

「對不住，您不是醫生麼？」

一個人用驚訝的，高高的聲音喊道：

「我麼？從來不是！」

河上有力地展開了一個快樂的，炎夏的天。那天是星期日，鐘聲在山上誘惑地響着，兩個穿得花花綠綠的農婦在草原的岸上近水地方走着，揮搖手帕，朝着船尖聲地發喊。

小影子閉上眼睛，躺得動也不動。他現在沒有穿上褂，被潮溼的衣服緊緊地裹住，變得齊整些，看出他的胸脯是高的，身體是肥胖的，還那受着磨折的臉都似乎顯得美麗些圓些。

人們望着他帶着憐憫，嚴厲和恐懼的神色，但大家一樣地露出無禮貌的樣子，好像他不是活人似的。

一個拔扬扬的，穿灰色大衣的紳士告訴戴緊着紫丁香花色緞帶的黃草帽的女太太道：

「我們略莊城裏，在秋天時候，一個鐘錶匠在通氣孔上吊死了。他把店內所有的鐘錶弄得停住，才去吊死。請問：為什麼要把鐘錶弄停住呢？」

惟有一個黑眉的女人把手藏在圍巾底下，站在被救上來的人旁邊，斜着眼睛細細地審看着。她的灰色裏帶藍色的眼睛裏有淚水凝住。

兩個水手來了。一個水手俯身向着小影子，摸了摸他的肩膀：

「喂，立起來呀！」

他疲乏地立了起來，便被帶到什麼地方去了……

過了一些時候，小影子重新在甲板上發現，頭髮梳得光光的，身上很乾燥，穿了麻子的短白褂子和水手的藍水棉袴子。他又手背後，斜着肩，彎着身，迅快地走向船尾。一些厭悶的人們也跟住他走着，——一個，兩個，十個。

他坐在鐵錨上面，好幾次像狼似的旋轉頭頸，向人們回顧，皺着眉頭，用長着茸毛的手支住兩顴，眼睛向貨船那裏瞪住。

人們在炎熱的太陽底下默默地坐立着，渴望地看着他，殷然想和他搭談而不敢。高身的農夫來了，朝大家看了一眼，脫下帽子，用袖擦流汗的臉。

灰色的，紅鼻的老人，帶着稀少的，像魚翅似的鬍鬚和流淚的眼睛，咳了一聲咳，首先用甜蜜的聲音說：

「請問你，這事是怎樣發生的？……」

「為什麼？」——小夥子生氣地問，身子動也沒有動。

老人從腋下掏出紅紅的手帕，搖了一下，謹愼地按在眼睛上面，用一個決定堅持己見到底的人的安靜的聲音，隔着一層手帕說道：

「怎麼叫做為什麼？這樁事情是大家應該……」

長鬍鬚的農夫向前鑽出，大聲喊着：

「你就說罷，會輕鬆些的！罪孽是應該知道的……」

當時好像回聲似的傳出了訕笑的，鼓勵的喊聲：

「捉住了，綁起來……」

小夥子微皺眉毛，低聲說：

「你們別理我才好呢……」

老人謹愼地摺着手帕，藏了起來，縐起乾瘪的，像雞脚似的手，尖刻地冷笑了一聲：

「也許人們請你說，不是由於空虛的興趣……」

「我纔不管人們呢，」——小夥子說。高大的農夫跺了跺脚，吼聲說：

「怎麽？怎麽你能夠避掉人麽？」

他用許多時候大聲喊出關於人們，上帝和良心的一套話，野蠻地瞪着眼睛，揮搖着手，越來越憤怒，顯出可怕的樣子。

羣衆也興奮地贊許他的話，喊着：

「對呀！眞是的……」

小夥子起初默默地，呆呆地聽着，以後挺直身體，立了起來，手藏在袴子袋裏，搖曳着身體，惡狠狠地朝大家看了一眼，綠眼裏射出鮮明地燃燒着的光芒。忽然挺出胸膛，用嘶啞的聲音喊道：

「叫我往那裏去？我要去搶劫。把大家都害死……好了，你們來綁我呀！我要殺死一百個人！全是一樣的，我並不憐惜我的靈魂，——一切都完了！你們綁我呀！」

他喘息地說話，肩膀抖索着，腿搖晃着，灰色的臉痛苦地扭了樣子，一直在那裏戰慄。

人們陰鬱地，惱怒地，懼怕地發了一聲喊，從他身旁退後。有幾個人走的時候頗像逼小夥子，——也是狠惡得和他一樣，閃耀着眼睛，嘴裏發出惡叱。顯然有人就要上前來打他。

但是他忽然變得柔和起來，好像在太陽裏融和了似的。他的兩腿彎曲着，他撲通一聲跪了下來，低垂着頭，像受了斧頭斫劈似的，臉幾乎擱在木箱尖角上面，手掌拍着胸脯，起始用不是自己的聲音喊着，像被話語壓逼得喊出來似的：

「請問你們，——叫我怎樣辦呢？是我的錯麼？我關在監獄裏，以後開庭審判，說我得了自由。」

他抓自己的耳朵，臉頰，搖晃着頭，好像準備摘掉它似的。

「啊哈！」——高大的農夫喊了一聲。由於他的呼喊，人們驚惶地往後跳走，有幾個人連忙走開，其餘十多個慌張地，陰鬱地在一處踩着脚，不由自己地擠成一堆。同時，小鬍子搖着頭，用破碎的聲音說：

「我最好能沈睡他十年！我一直在那裏試驗自己，不知道我有沒有罪？夜裏，我把這人用木柴打擊了一記……我在那裏走着，看見一個使我不痛快的人睡着。我心想，讓我來打他一下，——可以不可以？竟打了他一記！那末是不是有罪呢？我老是想着，——能不能呢？我是完了……」

大概是因為十分疲乏的緣故，他由跪而蹲，以後向側面躺去，手捧住頭，說出最後的話：

「一下子殺死了我多痛快呀……」

靜得很。大家低頭站着，默不發言。大家似乎顯得灰色些，細小些，而且彼此都相像。感到很難過，似乎有一塊大而軟的東西，——一塊黏溼的土，——叩擊胸脯。後來有人慚愧地，低聲地，親藹地說：

「小兄弟，我們不是你的裁判官……」

有人輕聲補充着：

「我們自己也許不見得好些……」

「憐惜是可以的，可是裁判卻不能！憐惜你是可以的！別的就沒有辦法了……」

服裝齊整的農夫輕蔑地得意地說：

「由上帝去裁判，人們是不行的！」

還有一個人離開的時候，對另一人說：

「你去弄清楚罷！不過裁判官是一下子，照着審判斷，——有沒有罪……」

「最好能趕快地過去……」

「大家都忙着，——可是要到那裏去呢？」

「原是如此呀。」

黑眉的女人不知從什麼地方走出來，圍巾從頭上放落到肩上。她把略帶灰白的頭髮向曬得褪色的藍頭巾裏塞進去，用幹練的姿勢摺疊裙子的邊緣，在小影子身旁坐下，用肥胖的軀體擋住他，微擡起柔和的臉龐，和藹而有威風地說：

「你們最好離開這裏……」

大家聽她的話，全走開了。高大的農夫走時說道：

「我的話說對了！良心出現了……」

但是他說這句話時並沒有一點愉快，祇是陰鬱地，沈悶地。

紅鼻的老人像小小的影子似的跟在他後面走着，打開煙葉盒子，用潮潤的眼睛望着它，不慌不忙地一邊走路，一邊揣摩着自己的話語：

「有的時候人會用良心來遊戲的。這鬼頭也是人呀！把良心放在一切狡計，一切小計策的前面，在言語的煙幕裏藏了起來。我們知道的人們看見了，心想這人的靈魂燃燒得很熱，而他同時把一隻手放在心上，一隻手放在口袋裏……」

愛說謊話的人把長襟的紐扣解得寬敞，手藏在裏面，很起勁地解釋着：

「俗話說得好：我相信一切的野獸，——相信狐狸，相信刺蝟，但是能夠得到鄰人的歡心麼？」

「就是這個樣子！現在人心大變了！」

「是的……長得不整齊起來。」

「有點狹窄！」——高身的農夫大聲喊着。——「沒有地方可長！太狹窄了！」

「因此我們長到鬍鬚上面，乾枝和樹芽上面……」

老人注意地看了農夫一眼，同意着說：

「有點狹窄！」

以後取了一把煙葉，放在鼻子上面，立定了脚，頭往後仰起，在期待打噴嚏的時候的來到。但是沒有候到，從鼻裏强烈地透出了一口氣，並又把農夫打量了一下說道：

「你會活得很久的！」

農夫安靜地點頭：

「還夠的……」

前面已經看得見卡莊在蔚藍的天上聳立着教堂和回教廟的尖頂，像一朵朵奇怪的花。克萊姆宮的灰牆像腰帶似的束縛着。聳立在所有教堂之上的是淒涼的松北基塔。

在這裏我要上岸去。

我又朝船梢看了一眼：黑眉的女人在膝蓋上捏碎小麥餅。一邊捏碎，一邊說：

「我們來喝一杯茶！我同你到切司託鮑里才下船。」

小影子斜靠在她身旁，陰鬱地望着她的大手，這雙手很柔軟，但是顯然又很有力，是慣於做普通工作的。

他喃喃說：

「我被他們揉扁了……」

「誰呀？」

「各式各樣的人們。我怕他們……」

「有什麼可怕的……」

「想把他們全……」

女人朝一塊餅上吹了一口氣，遞給小夥子，安靜地說：

「你得了罷！……我來對你講一樁事情，——或者我們先喝杯茶，好不好？」

色彩斑駁的，富裕的烏司郎村在岸旁出現，穿得鮮艷的農婦和姑娘們歡欣地在街上走着。起沫的水在太陽底下游戲。天氣暑熱而且混濁，一切都像在夢中……

女人

風從沙漠裏飛來，打擊高加索的山腳。山脊像偉大的帆，土地帶着嘶聲在無邊的蔚藍的深坑中間狂飛，還留下被風撕破了的雲。風的影色在地上溜過，想抓住它，卻支持不住，——於是哭着，呻吟着……

樹向下彎折，像在跑路。樹棵搖幌着枝葉，像狗搖背毛，在黑暗的地上舖設了牀褥。土地裝在灰塵裏，在那裏冒煙。乾燥的綫索發，嘶聲和吼聲不停歇地流着。鷂鳥吱吱地獄叫，喫飽了的烏鴉咯咯地啼鳴，沙漠塵的竪埣無停歇地嘶叫，莊嚴的，高大的「哥薩克村鳥」的呼聲傳遍了各處。被打殺擊碎了的金草綹從光裸的沙漠上飛來，在華麗的哥薩克村落的屋場上，旋轉着灰色的狂飈，飛翔着鳥毛和被太陽炙乾了的黃葉。

太陽忽遽地出現，迅快地消失，好像追趕着疾馳的大地，已感疲倦，——因而落後，輕輕地從天上落到西方煙霧紛亂的坑內，在那裏也有罩在雪裏的山峯，沈重得像已耘過的土地似的溼潤的雲顯出紅色。

偶然在一大堆烏雲裏眩耀地閃耀着馬鞍形的厄爾布魯士和其他的像水晶的齒牙似的山峯，——牠們拉住了雲，想截留牠。你會明白地感到土地在空間裏的疾馳，由於胸內的緊張，由於歡欣地感覺你臨着美麗的，可愛的大地同飛，而使你的呼吸困難起來。望着這些藍在永恆的雪裏的山，會使你想到山後是無垠地寬闊的蔚藍的海，表面驕傲地蔓延着另一些美麗的土地，或者簡直是蔚藍的空虛而遼遠的地方旋轉着看不大見的，各色各樣的，無人知曉的行星，——我們的土地的親姊妹……

裝着已揚過的麥子的車子從沙漠裏行來。在烏黑的，肥厚得像煤灰似的灰塵裏，尖角的，淡黑的公牛沉着地，艱辛地走着，用圓圓的眼睛裏忍耐的神光看着地上。一個哥薩克人在車上躺着。他穿着被塵土弄成灰色的襯衫，茸毛的高帽移到後腦上，臉被太陽曬黑，眼被風吹得發紅，鬍鬚上黏住汗和灰塵，像石頭似的硬。他有時在車前靠旁走着；風推他的背，把襯衫吹脹。人也是平滑而且沉着，像公牛一般，眼睛也是一樣的有忍耐而且聰明。他不慌不忙地移動着，似已知道他等候在前面的一切。

他們今年收成很好，他們全是健康的，飽飽的，但還露出陰鬱的眼神，說話不起勁，像從牙縫裏說出。也許工作得太累乏了罷……

「呃……那許……」

村落前面，一座紅磚的教堂高聳空中。它有五個圓頂，門廊上面有一座鐘樓。外面的窗框塗着灰泥，還加着黃的油漆。教堂似乎是用帶着一層肥油的肉塑成的，它的影子顯得沉重笨大，那是飽食的人們給高大的，安靜的上帝建成的廟宇。

低矮的白色的草屋像作環舞戲似的站着，——好比一羣肥胖的農婦，以籬笆爲腰帶，華麗地被包裹在絲綢似的花園中間，蓋着已褪色的錦緞般的蓋頂。銀色的白楊在屋頂上搖曳，金合歡的絲邊形的葉子抖擻着，乾爽像小孩們玩的拍擊具發聲地鳴叫，栗樹的黑掌在空中拍擊似欲抓住疾馳的雲。哥薩克女人在這院跑到那院，高高地摺起裙子和襯衫的邊緣，把堅硬的大腿露到膝蓋上面。她們忙着梳妝，預備過節，互相煩應地喊嚷着，還朝那些小孩們發喊，他們好像小雀一般，在灰塵中洗浴，還抓了一把土，高高地拋擲到空中。

在教堂圍牆旁邊，一些「蕩來蕩去尋找工作」的人們在乾燥的，栗色的芳草上面橫躺着避風。他們有二十來個，全是「沒有用的人，」期待幸福事件命運的善良的微笑的幻想家，或是被豐腴田地的遊蕩沈醉了的懶徒，酷愛流浪生活的人們。他們以兩三個人爲一夥，從這村走到那村，就爲了「尋覓工作」——望着這些工作，對於工作之多深致驚異，但祇在貧窮到極點的時候，不能用別的方法，如偷竊或欺騙以解除飢餓的時候，才去工作。

明天是聖母升天節，富足的村內將度一個盛節，所以他們從各處聚集到來，希望過節的那天使他們能不用勞力而酒醉飯飽。

他們全是中部各省要來的「俄羅斯」人。他們的皮膚被不甚熱的南方的太陽燒炙得烏黑，他們的頭髮烤焦了，風扯破了他們的碎布似的衣裳，他們大家全裝出虔信和溫順的樣子。他們被勞動和人生的各種不幸弄得十分疲勞，因此聚到這裏來了。

在沈重的裝麥子的大車軋軋地作響，從他們身旁走過，哥薩克人一面嚼食草麵，一面走着的時候，他們馴順地卑鄙地向他鞠躬，但是他朝他們斜看了一眼，露出輕蔑的樣子，不脫帽子，時常完全不看見那些陌生的人的灰色的，破爛的人形在他面前如何籌厥卑躬。

比別人鞠躬得低矮些，而且有樣式些的是圖拉人郭烏夫，一個乾瘦的農夫，皮膚燒炙像燒焦的木頭，烏黑的鬍鬚從不關心地散播在多骨的臉上，深藏在框內的黑暗的眼睛發出和藹的微笑。

我今天才依附到這般人一起。不過郭烏夫是我的舊識，我在從庫爾司克到鐵爾司卡耶的途中就遇見他。他是一個「合群性」的人，愛處在人羣裏，但大概祇是因為很膽怯的緣故。除他的鄉村以外，——他的鄉村偏促地位從同萊克新司基縣的沙地旁邊，——在其餘一切地方，他永遠深信地說着同一的話。

「這裏的田地實在豐富，但是我不贊成這般人……無論如何不贊成！在我們的家鄉，人們可愛得多，那是真正的俄羅斯人，同這裏的人是不能相比的！這裏的人像一塊燧石，這裏的人沒有靈魂！」

他愛輕聲地，凝想地敍講突成發富的奇怪事件：

「你說你不相信馬蹄，但是我對你說，——葉夫萊莫夫地方的一個農夫找到了一隻馬蹄，過了三星期以後，他的叔叔葉夫萊莫夫一個店舖的老闆，闔家被燒死了。於是一切的財產全落到這個農夫手裏。是的！不，你不應該斷定你所不知道的事情：命運會憐惜人，命運時常帶着財產守候着人。……」

他的烏黑的，彎得很利害的眉毛高高地爬到額上，眼睛驚訝地從框內避出，似乎是郭烏夫自己也不能相信他所講的話。

哥薩克人不理人家的譏嘲，走了過去的時候，郭烏夫朝他的背後看望，嘮叨地說：

「神氣得利害，連人都看不見……我要直率地說他真是冷心腸的人！……」

有兩個女人和他在一塊兒：一個年約三十歲，短短的，肥肥的，有一雙玻璃似的眼睛，一隻半開的嘴。她具有女傻瓜的臉龐：臉的下部帶着顯露着的牙齒，似在發笑。你如細看低額底下的呆板的眼睛，——似乎會覺得她立刻就要驚懼地，尖厲地哭泣出來。

「他撇下我，讓我和陌生人們在一起，」——她用低音訴怨，用短短的手指將燒焦的頭髮塞到黃絲的頭巾底下。

一個厚皮膚，高顴骨，帶着蒙古人小眼睛的年輕小夥用手肘推她的腰，懶懶地，嘶啞地說：

「他把你拋棄了。你光是看見他一人……」

「是的，」——郭烏夫陰鬱地說，一面清理着自己的行裝——「現在女人們隨隨便便地就被拋棄了，今年她們是不值錢的……」

那女人皺着眉頭，瞇瞇地睞着眼睛，拉開了嘴。她的女友熱鬧地，着力地說：

「你不要聽這些淘氣鬼的話……」

她比那女人大五歲。她的臉是不尋常的：巨大的黑眼一直在那裏游戲，幾乎每分鐘必要變換形勢，一會兒凝緊地，嚴正地望着村路旁邊的某處和狂風飛揚着的沙原，忽然又匆遽地在人臉上開始有所尋覓，以後又驚慌地眯細些，美麗的脣旁飄過一陣微笑，——女人垂下頭去，將臉藏起來了，等到重新舉起的時候，——她的眼睛又是新的樣子，竟惱怒地擴大起來，細眉之間隱着尖角的摺縫，整齊的嘴上的烤焦的脣固執地緊閉着，直挺的鼻子的兩個柔細的鼻孔裏吸進空氣，聲音響得像馬嘶一樣。

她的身上感覺出一點非農人的氣息：裙子底下伸出有裂隙的腳踝，——這不是鄉下的，踏扁了的腳，腳背是高的，顯然已慣於穿鞋。她正在修補湖色，帶白花的上衣，看來她是熟嫻於針線的工作的，——一雙不大的，焦炙的手在揉皺的衣料上面輕巧地，迅速地閃來閃去。風想從她手裏奪下這衣料，但是不能。她偃着身盤坐着，我在粗布襯衫的裂縫裏看見一隻不大的，堅硬的乳峯，姑娘的乳峯，但是略爲拉下來的乳頭指示出，在我們面前是一個餵過嬰孩奶的婦人。在這些人中間，她好像一塊銅，雜在一堆廢鐵的碎鐵裏面。

我在地上，人們裏面走着。大多數的人們在我面前忽升忽降，都是灰色得像灰塵一般，無用得令人嘆惜。想把一個人揭開，窺視他的心靈深處，——裏面生活着我還不熟諳的思想，我還聽不見的話語，——但是無從抓住他。想看見美麗的，驕傲的生活，想使它成爲這樣，但是它一直露出那些可憐相的，被壓制着的，虛僞成習的人們尖銳的邊角和黑暗的深坑。想扔擲小小的一些火星到陌生的心靈的黑暗中去，——一扔下去，便無影無踪地消失在暗啞的空虛裏……

然而這女人卻能喚醒幻想，使你對於她的過去發生猜度，於是我不由得要創造一個人生的複雜的歷史，以自己的慾願與希望爲資料，將這生命加以粉飾。我知道這是謊話，我知道將來必爲了它而哭着，但是——看見現實如此醜陋更感到悲慘。

一個高身的栗色頭髮的農夫皺起眼睛，艱難地尋覓話語，用深厚得像黑膠似的聲音慢吞吞地講着：

「得了，唉！我們走罷。路上我對他說，——隨便你怎麼說，唉，——頗平，唉你總歸是一個賊，唉，別人也不會……」

他講述時帶着的堅強而圓圓的「唉」音，像一輛重載大車的輪子在村道的溫暖的灰塵裏一樣的滾着。

高顴骨的青年小夥將錐似的眼白，連同像瞎子般模糊的眼珠，呆板地停留在穿綠色頭巾的年輕農婦身上，摘下溼潤的野草像犢牛般嚼食，襯衫袖子捲到肩旁，手肘彎着，斜看鼓起的肌肉。

他突然問郭烏夫：

「要不要——打你兩下？」

郭烏夫凝慮地緊着眉頭，——大得像一鋪特重的鐵錢，好像蒙上了一層鐵銹，——嘆了一口氣，回答道：

「你自己打你自己的額角，也許會聰明些……」

小夥像貓頭鷹般望着他問道：

「爲什麼我是傻子……」

「外表可以證明出來的……」

「不，等一等，」——小彭沈重地跪起，找起錯來了。——「你從那裏知道我是什麽樣的人？」

「你們的總督告訴我……」

小彭沈默了一下，詫異地望着郭烏夫，問道：

「我是那一省的人呢？」

「你既然忘掉了，別做聲嗦。」

「不，等着。假使我打你一下……」

女人停止縫紉，聳了聳圓圓的肩膀，似乎感到寒冷，和藹地詢問起來：

「你眞是那一省的人？」

「我麽？我是彭薩省，」——小彭回答，匆遽地從跪着改爲蹲着。——「彭薩省人。怎麽樣呢？」

「沒有什麽……」

「我也是的……」

年輕些的女人奇怪地發出壓抑住的笑聲。

「那一縣？」

「我的縣就是彭薩縣，」——青年女人說，不免帶些驕傲的樣子。

小彩坐在地前面，像坐在火堆前面，向他伸手，用勸波的聲音說：

「我們的城市很好！有酒店，教堂，石頭房子……在一片酒店裏——有留聲機器奏演……隨便什麼都有……全是唱歌！」

「也有做『傻瓜戲』的麼？」——郭烏夫輕輕地喃語，但小彩講述着城市的優美，講得大爲神往，竟沒有聽見，像把話句一個一個吮出來似的喃聲說：

「還有石頭房子……」

女人重又停止縫紉問道：

「也有修道院麼？」

「修道院？」

小彩兒狠地搖着頭顱，沈默着，後來生氣地回答：

「修道院！我確實不知……我到城裏去了一次，就是那一次把我們這些飢民趕過來造鐵路……」

「唉，唉！」——郭烏夫唉了一聲，立起來，走到一邊去。

人們擠在教堂的圍牆旁邊，像被沙原的風趕攏來的垃圾，準備重又滾到沙原上自由的土地上去。三人陪着，幾個人縫補衣服，提念着生命，不樂意地嘀咕在哥薩克營舍的窗下收集來的硬麵包。望着他們覺得煩悶，聽着這小彩的孤獨的嘮舌又感到討厭。年長的女人時常將眼睛從活計上移開，向他微笑。雖然這微笑是苦苦的，卻使我覺得惹氣。我便跟在郭烏夫後面走着。

四株白楊在教堂園牆的門前像守門人似的立着。風使牠們彎折下來。牠們向乾燥的，蒙着灰塵的土地，和模糊的，遼遠的地方鞠躬。遠處高聳着被雪封固住的山嶺。栗色的沙原浸在金色的太陽裏，平坦而空曠，且用風的輕微的嘶聲，乾草的甜蜜的微語招喚着人。

「那個小女人麼？」——郭烏夫幻想似的問，身體靠在白楊樹幹上面，手擁抱着牠。

「她從那裏來的？」

「她說是略莊人，名字叫——遼姬耶納……」

「早就和你在一塊走麼？」

「不……那裏早？今天早晨遇見的，難道要三十俄里……同這個女朋友在一塊兒。我以前就看見她，在瑪窩悶布附近，拉比河上。那時候和她在一塊兒的是一個老邁的農夫，剃光了頭髮，像一個小兵，有點像她的情人，也有點像叔父。愛喝酒，好打架。三天內挨了兩次的打。現在她和這女朋友同行。他的叔父被關進哥藍克監獄內，爲了他把皮帶和繩索賣去了換酒喝的緣故……」

郭烏夫很吝嗇說話，但似乎在思索一種不愉快的念頭。他向地上看望。風翻動他的蹊散着的小辮髮和破碎的上衣，把帽子從頭上摘下；——那帽子簡直就是一塊壓皺的抹布，沒有鴨舌，夾裏業已碎成斷片，牠的形狀好像三角布，給郭烏夫的有趣的頭添上了可笑的，女人的樣式。

「嗯，是——的——」——他從牙齒縫裏唾了一口吐沫，拉長着聲音說——「對面的女人……」匹跑馬說老實話鬼迷住這厚嘴唇的傢伙……要是我和她相處，一定弄得很好，但是他……竟成這樣了！狗……」

郭烏夫把惱怒的眼神朝我的臉上掃射了一下，回轉身去，咕噥地說：

「你說過——你有妻子……」

「叫我把妻子放在行李裏背着走麼？」

一個斜腿的，滿臉是着鬍鬚的哥薩克人在廣場上走着，手內拿着一串大鑰匙，另一隻手裏執着揉皺的帽子，鴨舌放在前面。一個八歲模樣的，頭髮鬈曲的男孩跟在後面，嗚咽地哭着，用拳頭擦拭眼睛，旁邊遛跟着一條茸毛的狗，——牠的狗臉是愛戀的，尾巴低垂，大概也受了冤屈。男孩哭得響一點的時候，哥薩克人止步，默默地等候着，用帽子鴨舌叩擊小孩的頭，往下走去，身子搖曳得像一個醉鬼，男孩和狗當時站立了幾秒鐘，——男孩尖聲地叫着，狗用牠的烏黑的老鼻冷淡地嗅了嗅空氣，搖着尾巴。牠具有熟悉一切的神色，形狀很像郭烏夫，不過年紀大些。

「你說我有妻子，」——郭烏夫說，重重地嘆了一口氣，——「自然要……嗯，——不是每種病會使人死的！……我在十九歲上，人家給我娶了媳婦……」

其餘的一切我業已知道，已聽了許多次，但是我懶得去止住郭烏夫，於是已經熟諳的怨訴的話又討厭地鑽進耳朵裏去了。

「女孩喫得胖胖的，便想開戀愛、出了嫁，——生下了一羣小孩，好比爐坑上的蟑螂。」

風說了些愛戀地微語些什麼……

「還沒有等得及回頭看，已經有了七個，而且全都活着，——你瞧罷。一共生下了十三個。有什麼用處？現在你算一算：她四十二歲，我四十三歲，她成了老太婆，而我呢，——就是這樣子！我還是很快樂。貧窮把我磨折得夠苦，我的大女孩子今年冬天穿了破碎的衣裳在外面走路。有什麼辦法呢？我呢，——在城裏流蕩着，但是祇有一件事情可做：那就是望着舐舌頭！我看了看，沒有辦法，祇好拋棄了一切，自己走了……」

這個身材整齊而且嚴肅的人不會使人想到他工作得很多，而且愛工作。他敘話時並不抱怨，隨隨便便地說着，像在回憶別的什麼人。

哥薩克人走近我們身前，把鬍子整理了一下，莊重地問：

「那裏來的？」

「從俄羅斯來的。」

「你們全是從那裏來的，」——他說，揮着手，離開我們，到門廊上去。他的鼻子寬闊得顯出醜陋，圓圓的小眼充滿了肥油，禿頭像鯰魚的頭。男孩擦着鼻子，跟在他後面走着，狗嗅我們的腿，打着哈欠，倒在園牆底下。

「你看見沒有？」——郭烏夫咕噥着。——「俄國的人客氣得多，這種人那麼行等着！」

園落的角落裏發出一陣女人的尖叫聲，沈重的打擊聲，我們奔到那裏，看見那個栗髮的髮人蹈在彭藍的小影身上，嘴裏吼叫着，極有滋味地數着擊打的次數，用沈重的手掌敲打他的耳朵。那個略莊的女人推着栗髮人的背，但並不生效，她的女友尖聲地叫着，其餘的人們立了起來，聚成一堆，又笑又喊……

「對啊！」

「五！」——栗髮人數着。

「爲了什麼事情？」

「六！」

「喂算了罷！」——郭烏夫顯出慌擾的樣子，在一個地方跳蹦着。

脆響的，像吮粥似的打擊一聲聲傳來。小影轉側地扭動着身體，兩腳亂踢，臉碰在地上，吹出塵土。一個戴着草帽的，高身的，陰鬱的人，撩起襯衫的袖子，不慌不忙地揮着長長的手，一個不肯安靜的灰色的小影像小雀般跳到大家身邊，徵聲勸告道：

「你們彈壓一下啊！鬧出亂子，會把大家全捉起來的……」

高身的人緊緊地湊到栗髮人身旁，揮手朝他的眉間擊打了一下，把他從小影的背上推開，朝着大家像教訓似的說：

「這是照唐保夫省的方式！」

「無恥的東西！惡人！」——哈莊女人喊，傴身向小夥君說。她的臉頰漲得通紅。她用裙邊擦被挨打的人臉上的血，烏黑的眼睛閃耀出嚴肅和忿怒的神情。男孩病態地抖擻着，露出細齒的整齊的行列。

郭烏夫在她身邊跳躍，向她提議道：

「你用水把他擦一擦，拿水來……」

栗髮人蹲在那裏，向唐保夫人伸出拳頭，喊道：

「他為什麼跨口說他有力氣呢？」

「就為了這——打他麼？」

「你是誰呀？」

「我麼？」

「就是你？！」

「我還要對你來一下……」

其餘的人們熱烈地議論着，誰是開門的始作俑者。那個不穿襪的小夥揮手懇求大家：

「不要吵呀！別人家的地方，一切很嚴……哎喲，我的天呀！」

他的耳朵奇特地張開着，好像祇要他願意，便會使耳朵遮住眼睛，鐘聲忽然在殷紅的天上沈重地嘆息，將一切的聲音壓了下去。同時人羣中間發現了一個年輕的哥薩克人，手執棍子，圓圓的臉，頭髮蓬鬆，臉上厚厚地佈滿了一層雀斑。

「喊什麼，死人？」——他善意地問。

「一個人挨了揍，」——美麗的路莊女人生氣地說。

哥薩克人看了她一眼，笑了。

「你們在那裏哩？」

有一個人遲疑地說：

「在這裏。」

「那不能。你們會把教堂裏的東西偷光的……你們都到軍務房去，可以撥給你們房子住。」

「這倒是不錯！」——郭烏夫和我並排走着的時候說。——「這倒底還好……」

「人家把我們當作賊骨頭看待呢，」我說。

「到處是如此！這是應該這樣做的。總是謹慎些的好！把陌生人當作賊那樣看待總是好些……」

路莊女人和厚嘴的小夥在我們前面並排走着。那小夥顯出疲勞的樣子，喃喃說出一些含糊不清的話語，她卻高擧着頭，用慈母的口吻明朗地說道：

「你是年輕人，你不應該和強盜們結交……」

鐘聲遲緩地叩擊着，打扮得整潔的老人和老婦從各家院子裏跑出迎着我們走來。空虛的街道活潑了，低級的村舍顯得和諧些。

響亮的女孩的聲音喊着：

「媽——媽？媽媽！絲箱的鑰匙——在那裏？我要取一條緞帶……」

公牛哞鳴，牠的深沈的回音和鐘聲的召喚相應和。

風靜了。紅雲在村上緩緩地移動。山谿也是血紅的，看上去好像融化成金黃的火流，向沙原上流去。沙原上，有一隻像石頭刻成的鵝鳥立着，祇有一隻脚支在地上，傾聽忙了一天已感疲乏的小草的微語。

在軍務房的院裏，有人把我們的護照收走，發現兩人沒有護照，就把他們帶到院子的角落裏，放在黑暗的牛棚中。一切顯得寧靜，好像是熟悉的，討厭的事情。——郵局夫愛憐地望着發黑的天，咕噥地說：

「眞是奇怪得很……」

「什麼？」

「譬如說是護照罷。一個守本分的好人因爲沒有護照，便會被人家趕來趕去，弄得無法安身……假使我是一個沒有害處的人……」

「你是有害處的，」——略班女人生氣地，自信地說。

「為什麼這樣？」

「我知道為什麼……」

郭烏夫冷笑了一聲，閉上眼睛，沈默了。

差不多一直到夜裏總結之前，我們躺在院裏像一羣屠宰場上的綿羊，以後人家把我和郭烏夫，還有兩個女人和毛爾山的小孩帶到村邊上的空屋裏去。那所屋子的牆壁已經損毀，窗上的玻璃也已破碎。

「不許到街上去，——會捉到監獄裏去的，」——送我們去的哥薩克人說。

「最好有麵包一小塊，」——郭烏夫吃吃地說。

哥薩克人安靜地問：

「工作過麼？」

「還會少麼？」

「但是給我做過工麼？」

「那倒沒有……」

「等到給我做工的時候，我會給你麵包喫……」

於是矮矮的，肥肥的，——從院裏滾出像一隻木桶。

「他怎麼對我這樣？」——郭烏夫喃喃說，眉毛篤訝地豎到額角的中央，——「這簡直是不識情面的民族……嗯嗯！」

女人們走到極黑暗的屋子角落裏，好像立刻睡熟了。小影嘴裏發出野話，撲落牆壁，地板，不見了，一會兒手裏取了一把乾草，回到屋裏來，把乾草鋪在泥濘的地板上，默默地躺下，手支在被打破的頭下。

「你們瞧，這彭確人多末會出主意！」——郭烏夫淡淡地說。——「喂，娘兒們外面有乾草呢……」

角落裏惱怒地回答：

「你去取來……」

「給你們用麼？」

「給我們用。」

「那是應該取來的。」

他坐在窗臺上，說了幾句關於窮人們想到教堂裏去禱告上帝，但被人家趕進牛欄裏去的話。

「是的。你說，——老百姓有一個靈魂！但是我們俄國人不大好意思認自己是守公道的人。」

他的兩腳忽然轉投到街上，他無蹤無影地消失了。

小影做了一個不安靜的夢，身體不住地轉側，肥厚的手和腳在地板上擺開，一會兒呻吟，一會兒打鼾，乾草絲絲地作聲。女人們在黑暗裏切切私語，屋頂上的乾癟草吱吱地響着，——風還在那裏嘆息。有一根樹枝在牆旁吱吱地響了一下。一切似在夢中。

窗外是沉重的，沒有星的黑夜，它用多種聲音微語出一些可憐和悲哀的話。每分鐘後聲音越來越微弱，在守望臺的鐘叩響了十下，鋼質的迴音融化盡了以後，——顯得更加靜寂，好像有許多活的東西恐怕夜間的監視，藏了起來，——走到看不見的地裏，看不見的天上。

我坐在窗旁，看大地如何呼吸黑暗，黑暗如何壓迫灰色的房屋，使它沈沒在溫暖的，烏黑的臭氣裏。教堂也是看不見，好像把它擦去了似的。風，那個多翼的天使，逃上三天追趕大地，送它到緊厚的黑暗裏去，大地疲乏得喘息不止，動彈不得，準備永遠無力地留駐在已將它完全沈沒的黑暗裏面。疲乏的風也無力地垂下數千翅翼，我似乎覺得那些蔚藍的，白色的，金色的羽毛業已損折，流着血，蒙上一層厚重的灰塵。

想起了小小的，悲慘的人生，正好比是醉人在惡劣的手風琴上所作的無聯貫的奏演，又好比是一首好歌，被掉喉門的喑啞的歌者可惱地弄壞了。心靈呻吟着，無從按捺地想對什麼人說出一些充滿爲大衆的忿怒和對地上一切的戀愛的言詞，——想說一說太陽的美麗，在它用光線將大地擁抱，把親愛的大地按在蔚藍的空間，加以照育和愛撫的時候。想對人們說出幾句使他們擡頭的話語，於是自然而然地編成了青年的詩句：

我們被親愛的大地，
爲了幸福而產生下來！
爲了使她更見美麗，

太陽把我們賜與了大地！

在這光明的太陽的廟宇裏，

我們是神，又是司祭，

生命是我們創造的，我們創造的！……

一陣陣的微語像斷斷續續的泉水一般從女人們說着的角落裏向黑暗處透滲過來。我興奮地傾聽，努力捉住話語辨清聲音。

——略莊女人堅定地，自信地說着：

「你不要露出你痛……」

她的女友擤着鼻涕拉長着調門說：

「那自然嘍，祇要你忍得住……」

「我的意思是說你應該裝點假，他打你，你好像不在乎，甚至好像鬧玩笑……」

「那末他會打得更重。」

「你還朝他笑，親熱地微笑……」

「沒有人打過你，你是不知道的……」

「我知道的！也打過我的，親愛的。我已經遭受了許多。但是你不要怕，不會打死你的……」

狗在遠處沈重地吼了一聲，傾聽着又兇狠地吠叫起來，別的一些狗頓時響應着，在兩分鐘內我聽不見女人們的談話。後來狗不響了，輕靜的語聲重又流來。

「你不要忘記，親愛的，男人的生活也是很困難的。所有我們這些人，我們這些平民百姓，都很困難，所以必須有人表示出，好像他滿不在乎的樣子……好像他很輕鬆……」

「噢，純潔的聖母呀……」

「女人的愛撫是偉大的事情。女人對於丈夫和愛人都可以代替母親的。你不妨試一試，便可以看出：他會開始恭維你的性格，對男人們誇口我的妻子——隨便你怎樣把她擺佈，——總是快樂的，和藹的，像五月的天一樣！……她從來不怕——哪怕砍掉她的腦袋……」

「那怎麼行呢……」

「那末你說怎樣呢？生活就是這樣的……」

什麼人的不平穩的脚跟在街上可惱地敲響着，妨礙我聽她們的說話。

「聖母的夢——你知道麼？」

「不……」

「你去問老太婆。這是應該知道的。你認識字麼？」

「不，什麼夢呢？」

「那末你混蛋……」

窗外傳來了郭烏夫的謹愼的聲音：

「我們的人都在這裏麽唔，謝天謝地！我走錯了路，引起了狗叫，幾乎喫人家的老拳……喂，你拿住這個！……」

他把一隻大西瓜遞給我，後來自己鑽到窗裏來，搖了搖身體，發出喧鬧的聲音。

「麵包也弄到了不少。你以爲全是偷來的麽？不是的，不是的！既然可以討，何必偷呢？我是很會做這類事情的，我很會討人們的歡喜。我在那裏走着，——看見屋內有燈光，人們在喫晚飯，——凡是人多的地方，永遠會有一個好人的！你瞧，——我又喫到了晚飯，又喝了酒，又給你們拿來了這些東西……喂，女人們！」

她們沒有回答。

「打瞌睡呢。喂，女人們！」

「什麽事？」——略那女人啞聲地問。

「你們要喫西瓜麽？」

「謝謝。」

郭烏夫起始謹愼地把身體向發出聲音的所在挪動。

「麵包要不要？小麥麵包，柔軟得很……眞像你一樣……」

略莊女人的女友用乞丐的聲音說：

「給我一點麵包呀……」

「就來了！你們在那兒？」

「還給我西瓜喫……」

「你是那一個？」

「哎喲！」——略莊女人痛苦地喊了一聲。——「你往那裏走，你這淘氣鬼？」

「不要喊……黑得很呢……」

「你點一根自來火，鬼！」

「你自己才是鬼呢。我身邊火柴很少。即使我擠着你，也沒有什麼大了不得的事。丈夫打你，——更加痛些。丈夫打過你麼？」

「於你有什麼相干？」

「好奇呢。這樣好的女人……」

「你——聽着……你不要動手……否則……」

「否則怎樣……」

他們辯論了許多時候，互相投擲一些短捷的，越來越惡毒的話語，後來略莊女人沉重地喊了出來：

「你這搗亂鬼……又來了……」

起始了騷亂，傳來了向敲東西上打擊的聲音，郭烏夫發出難聽的嗤笑，彭薩女人嘀聲說：

「你們不要淘氣，你們這些無恥的……」

我點燃火柴，走到他們身前，默默地把郭烏夫拉開。這並不使他感到恥辱，祇是似乎使他的情感冷卻了一些。他坐在我脚旁的地板上，鼻孔裏吼出氣來，還吐了一口痰，用勸誡的聲音說：

「傻瓜，我是同你鬧着玩玩，你卻神氣活現起來了！……會收拾你的……」

「你領到了麽？」——角落裏安靜的問着。

「那有什麽？你打破了我的嘴唇……眞是神氣活現！」

「你還敢過來，我要打碎你的腦袋……」

「馬！鄉下的蠢女人……你也是的，」——他朝我說，——「你不管什麽拖到什麽地方就拉……把衣裳都扯破了……」

「你不應該欺侮人。」

「你眞是怪物。不應該欺侮人呀！難道這算是欺侮女人麽？」

於是帶着笑聲，起始講出一些齷齪的話，講女人如何會巧妙地做出罪孽的行爲，她們如何害臊欺騙丈夫。

「不要臉的人，」——彭齒女人迷迷糊糊地咕嚷着。
小彩咬響牙齒，跳了起來，坐在地上，手捧住頭，陰鬱地說：
「我明天就走……回家去……天呀！什麼都是一樣的……」
又鎖了下來，像被殺死了似的。郭烏夫說：
「這木頭！」
烏黑的身形在黑暗中立了起來，無聲響地，像水中的魚一般，浮泅到門旁，消失了。
「走了，」——郭烏夫說，——「很強壯的女人！不過假使你不妨礙我，我到底會得把她制服的，眞是的！」
「你跟過去試一試……」
「不，」——他想了一想才說，——「她在那裏會找到一根木棍，一塊磚頭，或是什麼東西。不要緊，我會把她弄到手的！你何必來妨礙我……你是妒忌我……」
他重又沈悶地訴說他的勝利，忽然不說話了，好像把舌頭吞嚥了下去。
靜寂。一切都停止了，蟄伏在靜止的大地上沈睡。離覺的夢也來向我侵襲，我憶起死去的日子的一切殘物，那些殘物生長着，壓服着，越來越重，好像是一座沙原裏的墳山壓在我的頭上。鐘聲叮噹地響着，銅的呼喊不樂意地落到黑暗裏去，聲音中間的靜止狀態是不平勻的。

午夜。

沈重的，稀疏的雨點拍擊乾燥的蘆葦屋頂和磚塊的街道。蟋蟀唧唧地叫，匆遽地敘訴什麽話，茅屋的黑影裏又浮泅着熱烈的，低壓住的，嗚咽似的微語：

「你想一想，寶貝，這樣走來走去，不做正事，替別人工作。」

聽得見挨打的小影沉沈的回答：

「我不知道你……」

「輕一點。」

「你需要什麽？」

「我什麽也不需要。我是可憐你，——你這樣的年輕强壯，卻過浪放浪的生活，所以我說：你同我一塊去！」

「那裏去？」

「到海邊上去，我知道，那邊有很好的地方。你瞧，這裏的土地是多末待人和諧，那邊卻還好些……」

「你胡說，你去罷……」

「你輕些！我這女人是很好的，我什麽都會，我會做一切工作，我會和你生活得很好很靜，很合適。……我會給你養許多孩子，餵大他們……你瞧，我多末有用，你摸一摸胸脯……」

小彤的鼻子裏發出呼嚕的聲音。我感覺得不方便。我想使他們知道我沒有睡，但是好奇心阻礙我這樣做，我沈默着傾聽奇怪的，使血騷動的談話。

「不要，等一等，」——女人微語着，沈重地呼吸着，——「你不要搗亂……我並不是爲了這事……你放手呀！」

小彤粗暴地，洪響地咕嚷着：

「那末你不要鑽過來自己鑽了過來，還要裝腔做勢……」

「你輕些，人家聽見了，——我會害臊的……」

「那末你跑來纏我，——不害臊麼？」

沈默。小彤生氣地透了一口氣，身體轉動着。雨點還是不樂意地，懶洋洋地落着。女人的話語從雨聲裏流來：

「你以爲我尋找男人嗎？我需要的是一個靠得住的丈夫，一個好人……」

「我還不好麼？」

「你是什麼人……」

「她需要一個丈夫！」——小彤嗤了一聲。——「你們這種人眞是妙……還要丈夫呢！你這個人眞是……」

「你聽着：我是游蕩得厭了……」

「那末回家去罷。」

靜歇了一會，女人很輕的回答：

「我沒有家，沒有親人……」

「你胡說，你去罷，」——小夥直視着。

「眞是的！假使我撒謊，聖母會忘掉我的……」

我覺得她的話裏帶出淚水的聲響，我感到難耐地痛苦，而且厭煩，我想立起身來，一腳把小夥從屋裏踢出去，以後再和這女人長長地談些出於衷心的話語。把她抱起來，像抱被遺棄的嬰孩……

他們那邊又騷動起來了。

「唔，你不要裝腔，」——小夥怒吼着。

「不，不要……我是不服強力的……」

她忽然痛苦地，號訴地號了一聲：

「啊喲！……爲什麽？爲什麽呢？」

我跳了起來，又叫喊了一聲，感到自己發了蠻性。

開始靜寂了。一個人在地板上謹愼地爬着，摸了祇有一個搭鏈的破門一下。

「這不是我，」——小影咕噥着。——「這是那個賤貨跑來纏住我。這裏全是壞東西，沒有安靜的時候……」

有人在他旁邊惱怒地嘆了一口氣。

「你是傻瓜，你是傻瓜……」

「不許響……淫婦！」

雨停了，一陣悶氣侵入窗內，靜寂顯得更加挨緊些，沈重地壓迫着胸脯，好像蜘蛛網似的黏在臉上，眼上。我走到院裏，好像走入了夏天的地窖裏面，——那裏面冰已化盡，黑坑充滿了溫和的沈重的空氣。

女人在近邊什麼地方嗚咽着，我傾聽了一下，走到她身邊去。她坐在院子角落裏，頭藏在手掌裏面，身子搖蕩着，像向我鞠躬似的。

我不知為了什麼有點惱怒他，立在她面前許多時候，不知道說什麼話，後來問道：

「你發瘋了麼？」

「你走開罷，」——她停頓了一會，才回答我。

「我聽見你對他說的話……」

「那有什麼？這於你有什麼相干？你是我的什麼人？你是我的哥哥麼？」

她像在夢中說話，並不顯得生氣。牆上模糊的斑點像沒有眼睛的臉，在那裏監督我們。一隻公牛在旁遲沉重地呼吸着。

我坐在女人身旁。

「你這樣子很快就要碰破你的腦袋……」

沒有回答。

「我妨礙你麼？」

「不，不要緊。你坐着罷，」——她說，垂下了手，審看着我。

「你是那裏人？」

「下新城。」

「遠得很……」

「你愛這小鎮麼？」

她不一下子回答，好像數着字似的：

「還好。很健壯的一個人……就是有點糊裏糊塗的。看起來還傻。但是很可惜，好人應該有好環境。」

敎堂的鐘打了兩下。她劃了兩次十字，同時沒有打斷話頭。

「看着青春白白的失去，眞是可惜。青春的力量尤其可惜。假使可能，——我眞想把大家都放在好環境裏。」

「但是自己呢？你不可惜你自己麽？」

「怎樣不可惜？也可惜自己……」

「爲什麽你看中這木頭呢？」

「我可以改正他。你以爲不行麽？你不知道我……」

她深深地嘆了一口氣。

「他打你了沒有？」

「沒有。你不要勸他呀……」

「爲什麽咳呢？」

她的肩膀突然靠在我的身上，輕聲承認了：

「他打我的胸脯……他會把我制服的……但我不願意，也不能這樣，無情無意的，像小貓一般……你們全是那樣的……全是胡鬧的……」

談話斷了。有一個人立在屋門前，輕輕地打了一聲胡哨，像招喚狗一般。

「這是他，」——女人微語。

「要不要讓我走開。」

她抓住我的膝蓋，匆遽地說：

「不，不要走，不要走。」

忽然又壓着嗓子呻吟了。

「天呀，——我眞可憐一切的人們……可憐一切的生命，整個的生命，一切的人們……天呀……」

她的肩膀抖擻，她哭泣着，微語着，可憐地抽咽着。

「到了夜裏……憶起所見到的一切，憶起所有的人們，——便感到厭煩，十分厭煩……想向整個大地放聲呼喊……但是喊些什麼？我不知道……也沒有什麼可說的……」

這是我所深悉而且明瞭的。這種無言的呼喊也壓迫我的心靈。

「你是什麼人呢？」——我問她，撫摸着搖曳的頭，抖慄的肩。她在安靜了一下以後，便對我輕聲講述她一生的故事：她是木匠和養蜂人的女兒。母親死後，父親娶了一個年輕的姑娘。後母勸他把女兒送進修道院。這姬耶納就在修道院內從九歲住到可以做未婚妻的年齡爲止。她學會了普通手工，以後母親把她嫁給自己的朋友，一個兵士，年邁的人，看守修道院的樹林。

我看不見她的臉，使我感到煩惱。在我面前的是一個圓形的，黯淡的斑點，她的眼睛大概是掩住了的。四面是那樣奇怪的靜寂，使那女人永遠用勉強聽淸楚的微語說話。我們兩人好像深深地沉入黑的空虛裏，在那裏面沒有生命，而我們的命運就是開始生命。

「這人品行不好，愛喝酒。女尼們常在他的更屋裏和相好幽會。他也常勸我做這事，我一不依從，他就打我，——後來我跟步了。那時候我愛上了一個人……和他，並不是和丈夫，我認識了眞正的女人的一切。但是我的情夫已有妻子，他的妻子打聽出我的事情，——我的丈夫就被革除了職務。她很有錢，叫她把自已的位置讓給不知什麼人自然是不甘心的。她還美麗，不過很肥胖。以後我的丈夫死了，——在花節那天喝了太多的酒，就此死去。我的父親還在以前就死了。我去找我的後母，她說，你在我這裏有什麼用？你想一想。——我想了一下，——眞對，可以不必！我還想進修道院去，——我看我再進去也沒有意思，——注意謝嬷，那個老太婆，我的女教習，對我說：你還是出游去的好，你也許可以給自己找到幸福。我就走了……現在還在那裏游蕩……」

「你尋覓幸福沒有尋好……」

「我算是逛了我的能力……」

黑暗現在並不像拉得很緊的沈重的緞布，卻緊張得露出稀縫，顯得透明些，有的地方幾成了厚稠，搓成了團團，擁進屋子的窗裏，用盲瞎的眼睛從裏面窺望。

鐘樓在屋脊上面向天上浮洇，白楊舉了起來，牆上爬滿了裂縫，連同剝落的石灰的傷痕，使牆壁成爲無人知曉的一個國家的地圖。

我望着女人的黑眼，那雙眼睛閃耀得嚴肅而且悲慘，使我看來極爲天眞，好像十來歲姑娘一般。

「你是古怪的女人……」

「我就是這樣子，」——她回答，用柔細的，像貓似的舌頭舐着嘴唇。

「你尋找什麽？」

「我已經想得很週到，我是知道的！等一等，——我會遇到一個好男人，再同他找到一塊田地。我們可以在新阿岃的附近找到，我知道那個地方，我去過的。我們要起始好生把它佈置一下有花園，菜圃，和耕種用的田地。」

她的話語變得更加堅強而且有信心。

「我們要好好地佈置一下，別人也會聚到我們那裏來，我們已經成爲老人，我們會受到他們的尊敬！一個，一個越來越多，——後來就成爲新的村莊，很好的地方。丈夫被選爲村長。我讓他穿得乾乾淨淨，像一個老爺。孩子們在花園內游戲，花園裏造一座涼亭……眞是能夠好好地生活下去！」

她的未來眞是想得十分透徹，她把新村描畫得十分詳細而且瑣碎，好像久居在裏面似的。

「我想弄到一個好住處，……天呀！希望能成功才好……首先自然需要一個男人……」

她的臉是可愛的，眼睛宛若融化了的夜，溫柔地撫愛着停留到的一切。但是我很可憐她，——可憐到幾乎流淚。爲了隱瞞它，我開起玩笑來了：

「我能合你的意思麽？」

輕輕地冷笑了。

「不……你是不合用的……」

「爲什麼？」

「你的思想不同？」

「你從那裏知道我的思想？」

她從我身邊挪遠了一些，嚴肅地說：

「我從眼睛上看出來……我是不贊成說空話的……」

我們坐在榆樹根上面，那樹根受了潮溼業已發黑。女人的手掌拍着牠：

「哥薩克人生活得很富裕，但是我不大喜歡……」

「有什麼不喜歡？」

「似乎有點沈悶。什麼都有，但是總歸太沈悶……」

我壓止不住憐惜她的心思，輕聲說：

「你也會沈悶的，——你會找不到你所尋覓的東西，我覺得……」

她否認地搖頭。

「女人是沒有功夫沈悶的。她的生活常有變換：一會兒想要小孩，一會兒又要餵養他……，一個養大，又出來了一個。春夏秋冬，寒來暑往，就這麼過去了。」

看她的陰鬱的臉是很有趣的。自然想緊緊地擁抱她，但是——最好趕快走到靜謐的，空曠的沙原裏去，將對於這女人的回憶帶在身邊，孤獨地在堅硬的道上行走，走向沈沒在天上的，像銀色的腦似的羣山，和向沙原張開深深的，冷冽的大嘴的山谷。但是走開有所不能，遂爲被哥薩克扣留住了。

「你自己——尋覓什麼？」——她突然問，重又向我身旁挪近。

「沒有什麼。祇是看一看，人們怎麼生活？」

「你是單身人麼？」

「是的。」

「和我一樣。世上有多少孤獨的人……天哪！」

幾隻公牛醒轉來，輕輕地哞叫，頗像盲老人在遠處奏演風笛的聲音。睡眼朦朧的更夫用不聽話的手打鐘四遍，兩下很輕，一下很響，好像生氣的樣子，竟使銅器發出了尖叫，後來又是輕輕地一下，鐘舌微微地觸到響亮的銅器上面。

「人們怎樣生活呢？」

「很壞。」

「是的。我看見是很壞。」

我們沈默了許久，以後她輕輕地說：

「你看——天亮了，但是我的眼睛沒有閤過一下，——而這是我常有的事。……想到了一切，想着想着……好像我一人立在地上，一切需要我一人來從新做起。」

「人們遇着對不住自己的生活，在無際無臭瑣細猥屑的坑地中，在無數貪婪和惡濁的氣惱事件中生活着，」——我忘其所以地說着，還熱烈地發出我所見到的一切黑暗的，可恥可痛的事情。

「你聽，——你懷着善意走到一個人那裏去，準備將自己的自由和力量交出去，以代替友誼，但是他不了解，——不過怎樣埋怨他呢？誰去把善向他指示呢？」

她把手放在我肩上，直瞪瞪地看我的眼睛，微微地張開美麗的嘴。

「唉，」——我聽見她說，——「這真是空話！親愛的人，——對極了：善是沒有價值的！」

我們緊緊地互相偎倚着，好像在那裏游泗，迎着我們泗過來的是被黑夜解放了的，發亮的一切：白色的渡屋，綠色的樹，紅色的教堂，滿滿了露水的大地。

太陽正在出升；一朵透明的雲在我們頂上游泗，好像幾千隻白鳥。

「天呀，」——達婭耶娜微語着，推了我一下。——「一個人走着，心裏想着，不知道想的是什麼？你真是可愛的人……這些話全是對的！沒有人生出一點憐惜的心思……真是對呀！」

她忽然跳起來，把我微微地舉起，身子壓得我太緊，使我不得不推開她，但是她哭泣着，又纏到我身上來，用乾澀的，似乎是尖銳的嘴唇吻我，——這吻達到了心坎裏。

「你眞是我的好人兒，」——她嗚咽地微語着。我站着的土地從脚下溜走了。

她掙脫了身體，向院子看望了一下，一本正經地走到角落裏，——那邊籬笆底下沒沒地繁長着我不熟悉的草。

「你來，你來呀……」

以後她坐在野濫木叢裏，好像坐在小小的洞穴裏，羞慚地微笑着，整理頭髮，輕聲微語道：

「出了這樣的事……唔，——不要緊……上帝會饒恕你的……」

詫異的我感激地望着她，感到自己似在夢中。我身上覺得特別的輕鬆，我的胸間是一片光明的空虛，裏面閃現着一些無從捉摸的，快樂的思想和話語，像天上的小燕似的閃來閃去。

「在巨大的悲哀裏，小小的快樂也是偉大的，」——我聽她說。

我望着女人的乳，上面還滿了溷潤的汗點，像地上的露水。那些汗點被日光反射，顯出紅色，——好像血從皮膚裏透露了出來。我的快樂迅速地融化。我可憐這乳，——幾乎到流淚的地步，到煩惱的地步。我不知爲什麼緣故，知道這乳的活汁將無用地枯竭下去。

她彷彿對我道歉似的，帶着悲慘的樣子說：

「怎麼樣管住自己呢？常有這樣的事，——好像有點什麼東西闖到心靈裏來，甚至弄得胸內作痛，使你不由得要完全露出自己，像對着月亮……或是發熱時，——在河水前面……眞是這樣的！以後自然有點兒羞慚……你不要看我！你爲什麼釘着看我，像嬰孩的樣子？」

但是我不能將眼睛從她身上移開，一面想着她在迷亂的道路上會喪亡自己的。

「那隻臉也像新生的嬰孩一般。」

「是怎傻的麼？」

「像是怎傻的。」

她扣好上衣的紐，說道：

「快打晚禱的鐘了……我要走了，應該去禀告聖母。你今天動身麼？」

「護照一取到就走……」

「到那裏去？」

「到阿拉吉爾。你呢？」

她立起來，整理裙子，——她的小腿比肩膀還窄，她全身是整齊的，嚴肅的。

「我麼？我還不知道……我要到鄔里奇克去……也許不去。我不知道。」

她把堅强的靈巧的手向我伸出，漲紅了臉，提議道：

「我們來接吻一下，作爲離別的紀念。」

一隻手擁抱，另一隻手畫着十字，——說道：

「再見罷，好朋友！你說了那些好話，你所做的一切行爲……願上帝保佑你……」

「我們一塊兒走，好不好？」

她握了我的手，堅定而且嚴厲地說：

「這對於我不合適……我不贊成！假使你是鄉下人還可以。這樣子有什麽意思呢？不能用一個鐘點衡量生命，而應該用年歲來衡量的……」

她走進昆栗去，離別時向我輕輕地微笑了一下。我坐在樹根上，想着這女人：她會找到什麽呢？……我還會在什麽時候看到她麽？

打出晨禱的鐘聲。村子早已醒來，發出嚴肅的，不快樂的喧聲。

我走進屋裏去取行李的時候，——屋子已經空了，大概是大家全穿過破壁，一直到街上去了。

我到警務房去，取了護照，便到廣場上去，看有沒有同行的人。

像昨天一樣，園牆旁邊橫躺着從俄羅斯來的人們。厚臉皮的彭薩人坐在地上，背靠着木頭，——他的被打傷的臉顯得更加大些，醜陋些，眼睛完全在血紅的腫圈裏浮泅着。

發現了新人，——灰髮的，尖鼻的小老頭兒，穿着海虎絨的，褪了顏色的上衣，那樣瘦瘦的，乾癟的。他的小臉有拳頭般大，鼻子兇狠地彎曲着，紅紅的，還張着極大的鼻孔。眼睛是惱怒的，像小偷似的。

栗色頭髮的邁洛夫人和不安靜的小鬍子攻擊他：

「你為了什麼蕩來蕩去？」

「你呢？」——老人用柔細的聲音問，用鐵絲綁緊一隻煤黑的茶壺上的破把手，不向任何人看望一眼。

「我們找工作做！」

「我們幫著人家喫飯……」

「幫誰呢？」

「幫著上帝你忘記了麼？」

老人冷淡地，清楚地說：

「上帝把沙土和灰塵朝你們身上撲去，——既然你們在地上白白地蕩來蕩去，自己把灰塵揚了起來……」

「當然！」——大耳的小夥喊著，——「怎樣？基督和使徒們不也在地上行走麼？」

「那是基督呀！」——老人用意義深長的樣子說，向爭論者豎著尖銳的眼睛。——「你們真是傻瓜！你們說的是什麼話？你們和誰相比呀？我要喚一個哥薩克來……」

這類的辯論我已經聽到了許多次。這些談話正和關於心靈的談話一樣，使我感到討厭。必須要走了。

郭烏夫出現了，頭髮毛亂，頭上流着汗，驚慌地閃着眼睛，問道：

「那個路莊女人達姬耶納，看見了沒有？沒有麼？這小鬼，大概夜裏走掉了。昨天人家給我喝了點什麼，大概是蜜酒罷！我醒了整夜，像一隻冬天的狗熊……她顯然是和那個彭踏人……」

「那不是他麼？」——我說。

「唉……你聽這樣子！怎麼把人弄成這樣子……簡直是瘋狂了……」

他重又起始不安地環顧。

「她們兩人到那裏去啦？」

「也許去做晨禱……」

「對的！自然是的！這女人把我的心緊住了，——唉，眞是的。」

但是在早禱以後，——在快樂的鐘聲下，一群衣裝華麗的哥薩克人莊嚴地從教堂裏涌出，分成幾條鮮豔的小溪，向村莊的各處流着的時候，——我們並沒有找到達姬耶納。

「走了，」——郭烏夫悲慘地咕噥着。——「但是我會找到她……我會追上她……」

我不相信這個，也不希望如此。

五年以後，我在帝夫里司的梅鐵赫司基堡的院子裏走路，努力想猜出為了什麼非把我放進這監獄裏來，但是沒有結果。

這監獄外面帶着威嚴的圍牆，但內部卻充滿了一些快樂的和陰鬱的幽默家。我覺得裏面所有的人們都在「奉上司批准」演出一齣業餘的戲劇，他們所扮的囚犯，看守，密警的角色都演得很壞，不甚熟週，但是像少年人一般，演得很出力，很高興。

譬如說罷今天看守和密警到我的牢裏來，帶我出去散步的時候，——我對他們宣佈：

「我能不能不出去散步？我不大舒服，不想出去……」

一個魁偉的，赤髯的，美麗的密警嚴厲地把手指朝上舉起。

「你是不准想的……」

黑得像烟囱修理人似的看守，瞪出一雙藍色的大眼白，用脫了骨的舌頭接上去說：

「在這裏誰也不准想，——你知道麼？」

於是我就出去散步。

在砌着石子的院子裏熱得像火爐。扁平的，模糊的，四方形的，鹽塊的天懸在院子上面。這院子三面有高高的，灰色的牆圍住，第四面是一座大門，上面豎立着一種形狀猙獰的建築物。

栗色的庫拉河上險惡的浪水的吼聲從屋頂上無止歇地流來，夾雜着本城亞細亞區阿夫拉巴爾的菜市上商人的呼喊聲。越過這些聲音傳來的是琵琶的聲音，鴿子的咕嚕的叫聲。……我感到自己處身在鼓中，有許多棍子在鼓皮上叩擊。

一些陰黑的臉龐，土人的捲曲的頭，隔着鐵柵欄從兩層樓和三層樓窗上兩條縫上窺望。內中有一個人向院裏頑強地吐痰，顯然想吐到我身上，但祇是白白的消耗他的力量。

另一個人苦惱地，責備地喊：

「喂！你爲什麼像母雞似的走路？脖子往上仰着！」

唱出一首奇怪的小曲，——那支曲子亂得好像被小貓玩了許久的綫線團。高昂的，吼叫的音調煩惱地拉長着，抖索着，向塵埃的，暗淡的天上越飛越高，忽然尖叫了一下，破裂了，躲在什麼地方，輕聲地呼喘，像一隻被恐怖鎖攝住的野獸。以後重又像蛇似的蜿蜒着，從欄杆裏爬到炎熱的自由的空中。

我一面領略這久熟的歌調，——它的聲音說出一些使心容易了解，且觸動心絃的話，——一面在監獄房子的黑陰裏行走，向窗上看望，看見鐵柵欄的正方形的圈子上貼着一隻悲慘而憔悴的，帶着腐黯眼睛的臉龐，上面長滿了由於不關切而弄得十分蓬亂的黑鬚。

「郭烏夫麼？」——我出聲地揣度着。

他呢，——朝我瞪着我記得很清楚的眼睛，眼縫眯得極細。

我回頭一望，——我的看守正坐在獄房進門處臺階上的陰涼裏打盹，別的兩個下着圍棋，第四個人帶着嘲笑的樣子看兩個刑事犯指水上來，按着揹杆行動的拍子說着：

「瑪士卡——達士卡——達士卡——瑪士卡……」

我走近牆旁。

「郭烏夫，——是你麼？」

「我不認識你了，」——他喃聲說，頭插欄杆中間，——「不過對是對的：我就是郭烏夫！」

「爲了什麼事情？」

「爲了私鑄僞幣……不過我是完全偶然的，——老實說，——這事於我沒有關係……」

看守醒了轉來，鑰匙發出響聲，像腳鐐一般。他在打盹中勸告着：

「不要站住……往前走去，不能在牆旁。」

「院子中間太熱，叔叔。」

「到處是熱的，」——他說着極中肯的話，直又垂下頭去。郭烏夫疑癡的問話從上面落了下來：

「你是誰？」

「你記得路莊的達姬耶納麼？」

「嚇，」——他輕輕地咳着，似乎帶點惱怒的樣子，——「我還能不記得？我們一塊兒吃官司的……」

「她麼？也爲了假幣麼？」

「那自然嘍。不過她是偶然碰到，和我一樣……」

我慢吞吞地在路旁悶熱的陰涼裏走着。地窖的窗裏透出一陣腐爛的皮張，發酸的麵包的氣味，吹來一股淫氣，我憶起了蓮姬耶納的話語：

「在巨大的悲哀裏，小小的快樂也是偉大的……」

……她想在地上建造新村，想創造一種新的，好的生活……

我憶起她的臉，她的信任的，貪婪的胸，同時靜謐的，像煙灰般灰色的話語從上面匆遽地落到我的頭上：

「主犯是她的情人，神甫的兒子，他在這件案子裏做機器師……他被判了十年。……」

「她呢？」

「蓮姬耶納·瓦西里夫納六年，我也是的。明天我要到西比利亞去……一些老鼠落進了捕鼠機裏了！在庫達查司受了審判，假使在俄國，可以減輕些……這裏的人全是野蠻的，惡狠的民族。……」

「她有小孩麼？」

「過游荒淫的生活，還能有小孩麼？……再加上那個神甫的兒子又有病，他那裏還能……」

「我很可憐她……」

「那還用說麼？」——郭烏夫熱心地說着。——「這女人自然很惡毒，但是很美麗的……簡直可以說是少有的……她很愛那人……」

「你當時就找到她了麼？」
「那是什麼時候？」
「不是聖母升天節以後麼？」
「冬天才追到她，她已經快到聖母祭的時候，她在巴圖姆附近一個老軍官家裏做小孩的保姆，——他的妻子偷跑了……」
彷彿手槍的開關在我身後咯咯地響了一下，——原來是看守拍着一隻大銀錶的蓋子，藏了起來，伸着懶腰，打着哈欠，張開了嘴。
「她有錢，她可以好好兒的生活下去，假使不是她那種淫蕩的行為……連淫蕩的行為也是由於她惜……」
看守說：
「散步完了……」
「你是誰？臉龐我還記得，在什麼地方看見過的……」
我走進牢裏，對於所聽見的一切感覺侮辱到瘋狂的地步，立在臺階上喊道：
「再見罷，老哥！給她問候……」
「喊什麼？」——看守生氣了。

走廊裏很陰黑，溺盆發出濃重的氣味，看守揮搖着一串鑰匙，作出乾澀的，齒音的聲響。我爲了壓抑心靈的抑鬱，有意逗他一下，但是沒有用。他開了牢門，忿怒地對我說道：

「叫你坐上十年的牢……」

……我立在窗旁。隔着灰色的凸壁，我看得見庫拉河水洶湧的奔逝，黏貼在岸旁的茅舍和房屋，皮革工廠屋頂上工人的身形。衛兵在窗前走着，帽子掀到腦後。

……記憶陰鬱地數出幾十個在無聲無臭和無意識中葬送的俄羅斯人，心被偉大的，發洩不出的，積了一盤子的煩悶憂鬱地壓緊着。

山谷

在山谷裏，一條小小的河上，——松花江的支流，——造着一所工人的板房，——矮矮的，長長的，頗像一隻大棺材蓋。

那所板房還沒有造齊；十個木匠在那裏忙亂着，用細木板拼成稀薄的門，釘着桌椅，向空虛的，正方形的小窗上裝配木框。

爲了幫木匠們幫忙，還爲了在夜裏保衛板房，防備專事偷竊的山民起見，那個年輕的，愛喊嚷的，専管建築工程的鐵道學生派了三個更夫到山谷裏來。這三人是退伍的兵士保羅·伊凡諾維奇，還有我，還有一個毛髮豎立的人，帶着哥薩克人的臉。

我們三個都是「瘦子，」木匠們卻全是健康的，飽食的，全穿着結實的衣服，全是年邁的，全有一點共同的，沉重的性格，——野豬般的性格。他們不回答我們的敬禮，對待我們不大和藹，露出懷疑的態度。我們因爲受了冷淡的接待而感到侮辱，便躲到一邊去：——向狹窄的小河裏扔擲石子，并找好了淺涉的地方，便移往對岸陽光的所在，零亂的，灰色的斷壁上去。

木匠的頭目是一個皮包骨的小老頭兒，穿着白襯衫和褲子。好像穿了衣服等死似的。他不戴帽子，頭上滿是澄黃的禿髮，還有一隻寬闊的灰色的鼻子。臉上和頸上的老皮膚有許多毛孔，像浮石一般，眼睛滲出模糊的綠色。深黑的嘴唇後面有挨得緊緊的一排細齒，剃得像韃靼人似的灰色鬍鬚顯得溫厚而且細柔。他不做工，永遠不覺疲乏地在板房附近金黃色的鉋屑上面走來走去，一雙大手上的十分彎曲的手指插進腰帶裏去。他用呆板的眼神衡量板房，人們和工作，露出諂媚的樣子，用鼻音卻很明晰地唱着：

上帝呀！天父呀！

你將沈重的花冠給我！

我要請求你：

叫我如何去藏它？

我們無事可作。我的同伴們在閒散的煩悶裏感到苦痛。有一個不知爲什麼緣故爬到山上，但瞧見他在那裏打呼哨，沈重的腳踏折落乾枝。兵士在石頭中間的隙縫裏用細枝做好了一隻講究的牀，仰天而臥，用佳好的磁製的煙斗，不斷地抽吸濃烈的山上種植的煙草，模糊的，懶洋洋的眼睛望着河水的游戲。

我坐在河邊石頭上面，腳踝垂入冷水中，縫補襯衫。

盪盪的回聲向山谷間驚慌地傳播它不熟悉的聲音：斧頭脆折的打擊，鋸子的哭泣，鉋子的抽咽，人們的語聲。

從霧氣重重的，淡藍灰色的山谷深陬裏吹來帶點溼氣的風，修整的落葉松在板房後面的山上輕聲地喧囂。

從高處潺潺地流來朽爛針葉，松脂，臭腐土地的醉人的濃瀝的氣味，在那邊靜謐的濃霧裏永遠不消逝地聽見一陣陣溫柔的催眠的微語。

離板房下面一俄丈遠，起白沫的河水在石子中間匆遽地響亮地流着，聲音雖不多，但好像周圍的一切都在那裏說話，使人們沉默下來。

我們的山坡被陽光浸透，一切都燒焦了。坡上蒙着一層金栗色的錦緞，發出乾枯的草的甜味。一些奇怪的，紅色的，圓椎形的花，托在長梗上面，從石頭中間黑暗的隙縫裏緊張地高舉着，像一支支的火焰。那是一種硬梗的植物的無恥的花，名叫破石花。望着它眞想放聲歌唱，一陣甜蜜的疲乏擁佔着身體。

那條河是很美麗的，穿着以雪花的水沫織成的，抖慄着的絲邊的襯衫，在五彩的石頭中間，一面迅跑，一面游戲。這些被水磨圓了的石子，穿過了被太陽照成瑪瑙色的，玻璃般的河水，射出燦爛的絲光，好像色彩斑駁的地毯或貴重的卡士米爾的圍巾。

小谷口外是松直江流域，正與柴湼亞裏海彼得洛夫司克的鐵路。一陣陣像放礮般的沉重的轟隆，鐵撞石頭上的巨響，機車的汽笛聲，人們惱怒的呼喊，從那裏時時闖進山裏來。

離山谷的出口不到百步路。一走出去，向左面瞭望，看見前高加索平坦的沙原，被蔚藍的羣山的高牆阻住，羣山的上面是厄爾布魯士銀雪的馬鞍。全部沙原幾乎完全籠在乾燥的，黃澄澄的光裏，看來似乎是沙礫的，有些地方凸起着一座座的花園，從花園的黑色的斑點上發出的黃光顯得更加熱些。白色的村屋零零落落地點綴着，像一塊塊的豬油和方糖，附近有黑色的楊樹，玩具似的人們，小公牛微微地移動着，一切在昏熱的映景的波動中融化。

沙原好像用絲絨織成。在望着它，和它上面的藍色的時候，——不由得自然而然會使肌肉緊張，想立起來，閉上眼睛走着，無盡止地走着，口內哼出靜謐的，淒涼的歌曲。

右面是蜿蜒着的松苴江的高原地帶，又是山，山上的青天，山從裏淡灰色的霧，無休止的工作的喧聲，——沈重的射擊聲，被解放了的力量的雄壯的爆裂聲。

但是過了一分鐘，我們的山谷的回聲把林內和石縫內所有的聲音全藏了起來，——山谷復歸靜謐，和諧地唱着自己的歌曲。

假使向山谷的深處看望，山谷越往上越窄，高高地升入淡灰色的霧中。霧漸漸地濃厚起來，張開了藍色的幕，把山谷掩住，再高些，在也是藍色的天的下面，卡拉達格山的冰嶺在看不見的太陽裏融化着，山嶺之上是光明的，不可指曳的，靜謐的天空。

佔優勢的是藍灰的，奇怪的顏色，大概是由於它的緣故，永遠有一種還沒有熟稔的不安騷動你的靈魂，一種不清晰的情感縈擾你的心，心裏燒出沈醉的火燄，引起一些莫明其妙的思想，招喚你到什麼地方去。

白衣老人把手遮在眼上，朝我們的一面看着，唱出討厭的歌調：

「凡是在左面的，

直向魔鬼走去。

在右面的，

手裏拿着櫻枝……」

「你聽，——聽見沒有？」——兵士從牙縫裏說話。——「櫻枝呀……顯然是孟腳尼特，要不就是摩洛地。他們這全是一樣的，眞是弄不清楚。胡鬧的民族。櫻枝！……」

我明瞭兵士苦惱的意思，——老人那種煩瑣的單調的歌唱在這裏是不配稱的，因爲這裏的一切都自己爲自己歌唱得十分佳妙，所以除了林中柔和的微聲和河水的聲音以外，什麼都不要聽。尤其感覺不順適的是那些「魔鬼」「櫻枝」的字眼。

這兵士我不大喜歡，他也有點妨礙人。他是中年的人，身材矮短，體格方正，在日光下曬得失了顏色。他的褪色的眼睛從平扁的臉上望着，露出不愉快的，慚愧的神情。他愛的是什麼？尋覓的是什麼？——那是無從了解的。他從哈薩夫・尤爾得到諾伏洛西司克，從巴圖姆到台爾彭德，繞過了高加索全部，三次翻爬格魯晉司卡耶公路，遨遊了司卡耶公路和達格司唐的山頭。對於這一切，他很不贊成地冷笑着，說道：

「上帝堆積得這樣……」

「你不喜歡麼？」

「還有什麼用？全是多餘的……」

他慢吞吞地搖晃着露出許多筋脈的頸項，同頭看望了一下，補了一句話：

「樹林也不是那樣的。」

他是卡路加省人，在塔士干服務，和德京人打仗，被石子打傷頭顱，——他講這件事時發出做錯了事似的嘲笑，垂下披稍般的眼睛：

「說來可恨，——是女人把我打傷的，——他們的女人都會打仗，滿不在乎，真行！他們那所村莊，——叫做阿哈爾·賈帕，被我們佔領了，我們把他們殺死了不少，簡直像葡萄似的一串一串躺在那裏，到處是血，——路上全是溼的！我們那營是後備隊，也上街上，忽然有人朝我的腦袋上來了一下！原來是一個女人從屋頂上扔擲石子。大家立刻把她打死了。……」

他皺着眉毛，匆匆說：

「至於說到他們的女人剝去身上的毛一層，——那是謠言。我看過的！用槍刺挑起被殺死的女人的衣裾，——完全和平常一樣。他們的女人大半是不隨和的，身上有山羊味，不過——到底還不差……」

「打仗的時候覺得可怕麼？」

「我不知道。別人打過仗的說是可怕。德京人是兇狠的民族，不肯屈服。不過我也不知道這個，因為我儘在後備隊裏，我們那營並不加入衝鋒，卻躺在沙土上，遠遠兒射擊着。在後備隊裏並不可怕，祇是很辛苦。那裏全是沙子，——不能明白爲了什麼打架？有好的田地還可說，那時自然還有興趣多一些。但這裏是光光的一片！河也是沒有的，熱得要命，儘想喝水。那邊長着一種像小米似的東西，名叫「朱加拉，」粗糙食品味道很難喫，而且會騙人，——無論喫多少，不會飽的。」

他講述得遲慢而且沒有精采，帶着極長的空白，好像他在回憶身歷的遭遇的時候感到十分的痛苦，或是他永遠在想着不是他所說的事情。講的時候他從來不看和他談話的人的臉，——眼睛像做錯了事似的垂下着。

他身子沈重，而且肥胖得不健康，全身浸滿着一種模糊的不滿意的感覺，懶惰的否定的態度。

「這些土地全是不合於居住的，」——他說着，向周圍看望了一下。——「這全是閒散的土地。在這裏簡直不想做什麼事情，——祇是張大着眼睛活着，像醉人似的。熱極了。那股子氣味，眞和藥房一個樣，或是像病院……」

他在這炎熱中像着了魔似的游蕩了，旋轉了八年。

「你最好回到略班去，」——有一次我對他說。

「在那裏我也是沒有什麼事情可做，」——他很奇怪地拉長了話語，從牙縫裏說着。

我在阿拉瑪維爾的車站上看見他。他的臉漲得通紅，野蠻地瞪出眼睛，像馬似的踩着腳，發出尖聲，向兩個希臘人喊叫：

「我要把你們的肋條連肉一塊兒掏出來！」

瘦拐拐的，焦黑了的，茸毛長長的希臘人，兩人長着一樣的臉，異樣地露出白白的，尖尖的牙齒，對他道：

「你要什麽？」

他叩擊自己的胸脯，像打鼓一般，不聽他們的話，喊得更加兇狠了：

「你們在那裏居住？在俄國麽？誰養你們？就是俄羅斯，這老母親！但是你們——還有什麽可說的？」

後來他和一個肥胖的，斑髮的，戴勳章的憲兵並排立着，哀怨地向他訴說着：

「老鄉，大家都駡我們，可是大家這都鑽到我們這裏來——這些希臘人，德國人，塞爾維亞人他們全住在這裏，喫着喝着，還要駡人！這不是可氣麽？」

我們中間第三個年約三十餘歲，戴着哥薩克制帽，左耳上披着哥薩克式的劉髮，臉兒圓圓的，鼻子長長的，翹起的嘴唇上長着深黑的鬍子。在忙亂的學生把他領到我們那裏說着：

「還有這位也和你們一塊兒去，」的時候，——他從眼睫毛下面無從捕捉的眼睛裏擲出迅速的眼勢，看了我一下，把手伸進「哥薩式」的袴子像狹長魚網似的口袋裏面。在我們走的時候，他掏出左手，慢慢的在未剃光的臉的深黑的鬚毛上面摸來摸去，審慎地問道：

「從俄羅斯來的麽？」

「自然要。會從那裏來的呢？」——兵士惡意地說。

那人默默地撚捋右面的鬍子，把手撒了起來。他的肩膀很闊，體格還合適，顯然極有力量。他走着寬闊而且輕鬆的步伐，像一個習慣於走長距離路途的人，但是他沒有行旅和包袱。煩惱地翹起着的嘴唇，和被睫毛掩住的眼睛使我感到侷促不安，使我生出可疑的，近於仇恨的感覺。

但是他在山谷裏，順着小河，在石子道上，在我面前走着的時候，忽然回身向我們看，用點頭指示出河水的快樂的遊戲，說道：

「媒婆兒！」

兵士舉起泛出白色的眉毛，向周圍望了一下，以後微語道：

「傻子！」

然而我覺得這人說得還對：這條活潑輕盈的小河很像好說笑的，快樂的村婦，她很喜歡鬧一點戀愛，不但爲了自己的利益，但多半是爲了使人們趕快懂得愛情的偉大的快樂，她是無休止地爲這快樂而活着，欣悅地催促大家一同享受它。

這個長着哥薩克臉相的人走到板房的時候，重又望着河，山，天，用有汁水的，圓圓的話語贊許這一切：

「好極了！」

兵士把沈重的行囊從背上摘下來，挺了挺身體，手撐在腰裏，問道：

「什麼——好極了！」

那人臉容寬闊的，套在灰色的破衣裏，像石頭套在青苔裏的人形，冷笑了一下，說道：

「你看見沒有？一片山，山裏一個洞，——還不好麼？」

他走到了，兵士望着他的背，重又微語道：

「完全是傻子……」

又洪響地，陰鬱地說了一句：

「一定裏面有很利害的寒熱……」

快到晚上的時候女人們給那些木匠取來了晚飯，工作的喧嚷立即中止，河水的語聲更加響些。

兵士不慌不忙地，嘴裏唧唧地響了一響，收集了一大堆的樹枝和木片，點好一個不大的火堆，把水壺謹慎地放在火上，勸我道：

「你也去檢點木柴，夜裏有用的。近裏的夜又冷又黑。」

我收集木片的時候，在板房附近石頭裏碰見了披頸髮的人：他支着手肘，用手掌扶着頭，在那裏讀放在地上的，一大張寫得很粗的紙。他向我舉起張得很大的眼睛，用憂鬱和疑問的神情看着我的臉，——他的眼睛一隻大些，一隻小些。

他大概明白他引起我的興趣，便微笑了一下。但是我在他的身邊走了過去，被這微笑感到了慚愧。

木匠們，在板房附近默默地喫晚飯，坐成兩圈，——每圈裏有一個女人。

山谷裏長了霧，越來越濃厚而且遲緩了。霧使山坡顯得柔軟，石頭似乎腫了起來，融化在一大片淡藍的顏色裏，山谷的深處已經完全被霧氣浸滿，驚險的山坡浮泅着，圍了攏來，周圍的一切融化了，迅快得無可捕捉地扯成唯一的巨大的一片。

紅花輕輕地熄滅，激動人的火；代替它而輕柔地燃起火的是籠罩在夕陽的殷紅的灰塵中的卡拉茨格山崗，河水的沫也變了玫瑰色，但是河的響聲沈默了，流得深沈些，陰鬱些，樹林啞口無言地垂坐在水的附近。

醉人的氣味更加堅強而且甜蜜些，火堆上吹着使人飽滿的樹膠的煙氣。

兵士蹲坐在小小的柴火前面，撥弄水壺下面的木炭。

「那人那裏去啦？你叫他一聲……」——他輕輕地說。

我走着，像在夢中一般。板房旁邊有人深深地嘆了一口氣，像歌唱似的說道：

「這件事情既然如此重要……」

兩個女人聲音不大洪亮地，像飢餓似的衝了出來：

「壓止色慾的苦悶呀……

鎮服了平凡的肉體……

頌讚靈魂的美麗呀……

止住肉體的飢渴……」

他淸淸楚楚地說出一個個的字，在每句的後尾，有「呀……呀……」的狼嗥般的歷音慢慢地落到黑暗中，地底下去。

我叫那個披額髮的人吃晚飯的時候，他輕歡地跳了起來，把信揉皺塞入破上衣的旁邊的口袋裏面，對我微笑地說着：

「我想到木匠們那裏去，——肯不肯給一點麵包吃？我早就沒有吃東西……」

他走到兵士身旁，重複了這句話，似乎對於它的意義感到驚訝。

「他們不會給的！」——兵士肯定地說，一面把行李解開。——「他們不愛我們。」

「我們是誰？」

「就是你，我，俄羅斯人。他們唱着樅枝的歌，——他們就是旁敎徒，所謂孟摩尼特敎……」

「簡直就是摩洛堪敎徒，」——披額髮的人說，坐在柴火旁邊。

「就說是摩洛堪敎徒，全是一樣的！一種德國敎。他們全忠於德國，不歡迎我們……」

披額髮的人取了兵士從一塊大麵包上切下來的一片麵包，一根葱，一塊豬油，用善良的眼睛看了這些東西一眼，在手掌上秤了一秤，說道：

「他們在這裏不遠，松直河上有一個移民地，——我去過的。他們的性格是殘忍的，這很對。這並沒有人愛俄羅斯人，——也是對的，從俄國到這裏來的全是壞人……」

「你從那裏來的呢？」

「我麼？大概是庫爾司基人。」

「那末也是從俄國來的！」

「唔，那有什麼？我並不承認自己是好人……」

兵士不信任地看着他，說道：

「這是空話，這簡直是耶穌會徒！那種不認自己是好人的人是沒有的！」

披額髮的人不回答，麵包塞滿一嘴。兵士等候着，陰鬱地朝他看了一眼，重又說道：

「你的樣子——真像是從頓河來的……」

「我也到過頓河……」

「當過兵麼？」

「沒有。是獨養子。」

「下市民出身麼？」

「商人出身。」

「名字呢？」

「瓦西里，」——庫爾司克人遲遲地，不樂意地回答。

顯然他不想談自己的事情。兵士也沉默了，從火上摘下沸騰着的水壺。

庫洛地人在板房的角落裏燃起火堆。鮮豔的火燄舐着黃色的木牆，它搖幌着，融化着，——眼看就要幻成金黃的泉水向黑暗的地上流去。

我們看不見的木匠們歌唱得越來越洪亮。低音沉悶地唱出：

「頌讚罷，聖哉安琪兒！」

幾個高音不親熱地，冷淡地響應着：

「頌讚罷！……

——祝福基督，聖哉安琪兒，

頌讚罷……

我們同唱頌歌，——

聖哉安琪兒……」

這歌唱雖不妨礙你聽見淺淺的河牀上水的潺潺和石的微響，但在這裏是不需要的，對於唱歌的人們不免引起似感，爲了他們不會尋覓一首可以和周圍呼吸着的一切活的東西相諧應的歌曲。

山谷裏完全黑暗，祇是谷口還沒有掛上南方之夜的黑帳，還有在河畔入被藍色的淺霧遮掩住的高原地帶的所在，河水映出燦爛的藍光。

有一塊石頭在黑暗裏像僧士跪在那裏，俯着戴着尖僧帽的頭，在那裏禱告，他的臉用手掩住。

火堆的光映射着的樹幹搖晃着，也像一羣僧士，在深夜的黑暗中，——夜在修道院的圍牆內特別的顯得濃黑，——悄香香地走去趕做晨禱，魚貫地行近教堂的行廊。

我憶起在扎唐司克修道院的院子裏，一個黑暗的，炎熱的夜裏，坐在長長的僧房的牆旁，我向沙彌們講述各種歷史，——忽然窗內我的頭上有人和藹地，年青地說：

「聖母祝福你們向世上行善！」

窗在我還沒有看淸誰說這話時就關上了。修道院內有一個拐脚的，巨眼的僧士，臉很像瓦西里，——大概是他向人們祝福：——時常會有一個時間，使你感到所有的人就和自己的身體一樣，又感到自己是所有人的心。

……瓦西里不慌不忙地啃食麵包；從大塊的麵包上折了一小塊，用來分梳鬍子，又謹愼地放入口內；耳旁皮膚上面有小麵球滾着。

兵士喫完了。他喫得很少，而且懶洋洋地喫着。從懷裏小心翼翼地取出一根煙斗，把煙葉塞進去，用手指從火堆上取了一塊炭，抽了起來，傾聽着摩洛堪人的歌唱，說道：

「吃飽了，就吼叫起來，儘和上帝辯論。」

「於你有什麼相干？」——瓦西里微笑地問。

「我不敬重這種民族。他們不是修道的，卻是修細節的人。……他的第一個字是上帝，第二個字就是盧布……」

「你怎麼這樣說法？」——瓦西里詫異地喊叫，大聲笑了一下，又忍住笑，興味極好地重複道：

「上帝是第一個字，第二個字就是盧布！老鄉，這是很對的不過，」——他和藹地說，——「壓迫人總歸是不應該的。你壓迫他們，他們也會壓迫你，——有什麼道理呢？我們這裏本來是張不開嘴來的，——說了一句話——所有的拳頭都要打到你的牙齒上面……」

「也許是這樣，」——兵士附和地說，把一塊正方形的鋸木取在手裏，仔細審看着。

「但是你尊重那一種民族呢？」——瓦西里沉默了以後問着。

「我尊重俄羅斯人，」——他帶着啓示的口氣說，——「在艱難的土地上工作着的真正的俄羅斯民族。那般在這裏的人——有什麼呢？這裏是很容易生活的：各種子粒都比較來得大，土地也是輕鬆的，豐饒的——一掘它，——就會生出來，已經好了！這裏的土地好比嬌慣的女人簡直可以說是一個大姑娘：一摸到她身上，小孩就要了……」

「是的，」——瓦西里說，從洋鐵罐裏啜飲茶水。——「我眞想把他們大家全從俄羅斯移來呢。」

「這是爲了什麼？」

「爲了讓他們生活下去。」

「在那裏不會麼？」

「那末你爲什麼到這裏來呢？」

「我麼？我是一個孤單的人。」

「你爲什麼是孤單的人呢？」

「唔……這是注定了的。我的命運這樣……」

「你應該想一想，——爲什麼命運是這樣的……」

兵士從袋裏掏出煙斗，把握住煙斗的手擲往一邊，另一隻手驚異地撫摸平扁的臉。他沉默着，忽然用惱怒的嗓音嘮叨地說出一些笨拙的話語：

「爲什麼？爲什麼？原因是很多的！譬如說罷有些人的生活和思想和我不大和諧，我覺得他們全是不痛快的，我就離開他們遠些。我不是神甫，不是警察，或是什麼東西……想一想！想單是你一個人想麼？眞是聰明人……」

他忽然生了氣，把煙斗塞進袋裏，皺緊眉毛，沉默了。——瓦西里望着他在火光前照出的紅臉，輕輕地說：

「就是這個樣子：我們跟誰也不和睦，我們還沒有自己的章程。我們過着沒有根的生活，從這邊走到那邊，妨礙大家，因此人家也不愛我們。……」

兵士從嘴裏吐出煙斗自己藏在裏面了。瓦西里的聲音很好，——輕脆而且和諧，說着清楚的，圓圓的話。

山梟在林內厭煩地啼哭。那是一種肚羅的，栗色的鳥，有貓般的狡猾的臉，和尖銳的，灰色的耳朵。有一次，白天裏，我在石頭中間，我的頭上，看見過這隻鳥，很驚懼它的玻璃的眼睛那雙眼睛圓得像一付紐扣，從裏面照射出恐懼的火光。我驚嚇得站立了一分鐘，不明白是什麼東西？

「你這煙斗真好，從那裏來的？」——瓦西里突然問，捲着香煙，——「德國的舊煙斗……」

「你不要怕，不是偷來的！」——兵士回答，重又掏出了煙斗，驕傲地審視它。——「一個女人送給我的……」

好惡地映了映眼睛，嘆了一口氣。

「最好講一講怎麼樣的情形？」——瓦西里輕輕地提議，忽然揮揮着手，欠伸着身體，煩悶地說道：

「這裏的夜……真是怎樣惡毒的夜！似乎想睡卻又睡不着，還是白天在陰涼裏什麼地方睡得好些。到了夜裏，——簡直要發瘋，老在那裏想，不知想什麼。心也生長起來，唱起來了……」

兵士注意地傾聽着，驚異地張着嘴，白眉毛越爬越高。

「我也是這樣！」——他輕聲說。——「永遠這樣……什麽道理呢？」

我想說：

「老兄們，我也是這樣。」

但是他們很奇怪地互相看視，好像每人到了現在才看見對面的一個人似的。立刻用關心的樣子搶着彼此互詢，到過什麽地方，從那裏來，到那兒去，——好像兩個親戚，突然遇見了以後，到現在才知道了他們是有戚誼的。

松樹的烏黑的，針毛的巨掌在摩洛堪人火堆的鮮豔的火光上面伸展着，——好像在那裏烤火，又好像在捕捉火燄，想抱住它，熄滅它。火有時伸向河那邊去，紅舌從板房的角落裏吐升着，——好像板房著了火。

夜顯得更加濃厚，香馥，更加和諧地擁抱着睡眠，沈浸在這樣的夜裏，好比在海水裏洗浴一般。海浪將皮膚的污泥洗掉，同時這輕輕地歌唱着的黑暗也會使靈魂清潔。靈魂在這種夜裏穿了極好的衣裳，好像未婚妻似的全身抖顫着與奮地期待着：立刻將有什麽偉大的事情在她面前展開。

「她是斜眼麽？」——瓦西里輕輕兒問。兵士不慌不忙地說：

「從小的時候，在五歲時從大車跌下，弄傷了眼睛，腫了起來。但是並不顯得出來：不過一隻眼睛是閉住的。她整個的人是整潔的，圓圓的。她的心靈，好比這小河裏的水，是枯竭不盡的多。對待整個世界都許着著意：對牲畜，對乞丐，對我。我的心弄得摇亂了；我心想，這是我這當兵的不大見的事。不管她是不是主人的情婦，我要試一試！這樣想法，那樣想法，——沒有用，對我伸着手肘，——就完了！……」

瓦西里向天仰臥，鬍鬚移動着，咀嚼往事。他的眼睛張得很大，顯然看出左眼比右眼大。兵士坐在他的肩旁，用燒焦的樹枝在火堆上撥弄，火堆上飛揚着金屑。有些灰色的飛蛾無聲無息地在他的頭上繞游，夜蝴蝶像一片片沈重的羽毛，落到火上，嗤嗤地響了一聲，就燒死了。我躺在那裏聽我素已熟悉的故事，憶起我曾經從他們身邊走過的一些人們，還憶起那些侵到心裏去的話語。

「有一次我鼓着勇氣，在堆房裏找到了她，把她拼到角落裏去，說道：『究竟怎麽樣？我是當兵的，我是沒有耐性的人。』她全身發戰，說道：『你怎麽啦？你怎麽啦？』哭得像小姑娘一般，噙着眼淚說：『你不要動我，我於你是沒有什麽用的。我愛別人，不是主人，卻是別人。』他也在他們家裏做工，後來走了。他說：『你等我一下，等我找到可以生活的好地方，再回來帶你同去。』他有十七個月毫無音信，也許忘記，也許死了，被人殺死了。她說：『你是一個男子，應該明白我必須要暫時保全自己的原因。』我自然感到生氣：我有什麽比別人壞的地方呢？一面生氣，一面又可憐她，心裏還覺得十分悽慘，好像是她欺騙了我：永遠做出那種快樂的樣子，其實心裏面有這些事情！我的火燄熄滅了，我不能動她，雖然她落在我的手裏。我說：『好罷，再見罷，我就要走了。』她說：『請你走罷，看了上帝的分上。』第二天晚上，我向主人辭退，在禮拜天早晨預備動身走。她把這隻煙斗拿了出來，說道：『保羅·伊凡南奇，你把這收下來，做爲紀念。你成爲我的親哥哥，我感謝你！」我走的時候，——幾乎哭了出來，眞是的！老兄，心一搖擺，——眞是要命的事。」

「這很好！」——瓦西里輕聲說，——「永遠應該這樣：行不行？行的！就合攏來。不行麼？不行！就散走。爲什麼要互相壓迫呢？」

兵士噴出灰色的煙，陰鬱地說：

「好是很好，不過太悽慘了……」

「這是常有的事！」——瓦西里同意着，沈默了一會，又補上去說，——「有良心的好人是常有的。凡能珍重自己的人才能珍重他人……我們那裏很少有人珍重自己……」

「我們那裏，是在誰那裏？」

「就是在俄羅斯……」

「老兄，你顯見不大敬重俄羅斯……你這是什麼道理？」——兵士用奇怪的口氣問，似乎帶着驚異和惋惜的口氣。

瓦西里不回答。兵士等了一分鐘，重又做聲說：

「你瞧，——我還有一段故事……」

板房後面的人睡靜了，火堆已將熄滅，紅紅的晚霞似的斑點在板房牆上抖慄，黑暗從石頭上升起。木匠中一個人，高身的，黑鬚的農夫，還坐在火堆旁邊，他的手裏握着沈重的樹枝，一把斧頭在他的右脚旁邊發光：那是他們的更夫，派下來防我們更夫的。

心裏並不感到侮辱。

藍色的星星在山谷上面，從角上業已破碎的天上閃耀，河水沸騰着，發出響聲，深黑的樹林裏傳來輕靜的細響，——黑夜的野獸在那裏謹慎地走路，夜梟一直悲啼不止。唯一的，巨大的一片浸透着秘密的生命，發出甜蜜的休息，——引起心內一種無從抑止的，向善的渴願。

兵士的語音頗像遼遠的鼙鼓的響音，瓦西里的稀少的問話顯得陰鬱地響亮。

我喜歡這兩人，在他們靜謐的談話裏生長着可愛的，人性的一切。披額髮的人對於俄羅斯的見解引起一種複雜的情感：想同他辯論，又想使他把祖國的一切講得更多些，更明顯些。在這夜裏，我愛一切的生命，——我所見到的一切現在在我面前重複地走着，好像有人在安慰着什麼人，講述一個熟識的故事。

……在卡桑有一個學生，長着白眉毛，是瓦德卡地方的人，——好像兵士一樣，而且身材也是一樣十分齊整的。有一天我遇見他說：

「我最先要知道有沒有上帝？應該從這裏起始……」

那邊還有一個助產女醫師，很美麗的女人，聽說還是很浪漫的。一天，她立在山上，卡桑河上，阿爾司基草場後面，眺望着草原和遼遠的藍色的伏爾加河。她望了許久，默默地不發一言，忽然臉色慘白，欣悅地閃着美麗的，充滿眼淚的眼睛，輕輕地喊道：

「我的朋友們！——你們瞧，我們的土地多可愛呀！多美麗呀！讓我們在它面前發誓，我們以後要誠實實地生活下去！」

大家發了誓！一個神學院的學生，在宗教學校裏念書的席德溫人，還有獸醫學生和兩個教習：以後他們中間，有一個發了瘋，踔破自己的頭而死。

我又憶起卡瑪河上薛林的碼頭上的一個人。他身材很高，頭髮作棕色，有一付淘氣鬼的臉，一雙狡猾的眼睛。那天是禮拜，一個炎熱的，過節的日子，地上的一切都顯現它的最好的方面，向太陽看望，似乎對它說，它並非徒然費去光明的力量，一切活的金子。那人立在碼頭邊上，穿着藍呢的新褂，歪戴着新帽，還穿着刷得很鮮艷的皮靴，向卡瑪的深色的水和碧綠的樹岸的一片田地瞭望。那邊全是由於漲水而遺留下的小湖，湖水像銀色的魚鱗。太陽落在草原上，裂成數塊。這人微笑着，這個長着黑暗的鬍鬚的年輕的臉上的微笑顯得更加醉人，更加鮮艷地燒出喜悅的火燄。這小夥忽然把帽子從頭上摘下，劇烈地揮搖了一下，把帽子摔進金色的河水中，喊道：

「噢卡瑪呀，親愛的母親呀，——我愛你！我不能把你交給別人！」

……我看見許多好的事情。

我想對同伴們轉述我憶起了的一切，想讓他們快樂一下，笑一下，但是——他們兩人已經睡熟了。

山上升起了像缺口的斧頭似的殘月，微弱的光輝在黑暗的樹嶺上，又落到河裏，好像在裏面洗滌銀色的綢布，遮照耀在圓圓的石頭上面，那石頭像山上土著的藍色的，剃光的頭顱。

兵士坐着睡熟了。他的背靠在行李上面，打着鼾，頭倒垂肩上，手疲乏地放在膝蓋上。——瓦西里像弓弦似的挺直着臉往上仰着，手放在頭下，他的描刻得很美麗的黑眉微微地翹起，鬍子也往上翹着。他在夢中哭泣：紫膛色的臉頰上流着眼淚，月光下淚水似淺綠色，好像橄欖石或鹹苦的海水……在這勇毅的臉上看到眼淚是一件奇怪的事。

河水作響，火堆爆裂着，更夫的黑暗的身形在火堆前面傴屈着，死僵住了。紅色的光影擁抱這身形。斧頭在地上發光，像天上的月亮。

大地睡熟了，星兒越加垂落得近些。

白天在半睡的幽閒裏慢慢地流着。潮潤的暑熱，河水的音響，樹林和花草的醉人的氣味使我們中了懶病。從早到晚，我們無目的地在山谷裏游蕩，幾乎互相不交談，什麼願望都沒有，什麼也不去想。

晚上，太陽落山的時候，我們在火堆旁邊喝茶，兵士說道：

「在陰間也有這樣的生活才好呢，——又靜又平和，沒有什麼爭執！像乳油似的融化着，不管你從那裏來，——沒有恥辱，也沒有不安。」

他遺憾地掏出煙斗，嘆了一口氣，說道：

「假使在那個世界上也是這樣，我要哀求上帝：『主呀，你趕快把我的靈魂接受了去罷！』……」

「你覺得舒服，我可是覺得難受，」——瓦西里陰鬱地插斷他的話頭。——「我可是不會這樣生活下去的，——一天，兩天，還沒有什麼，長久了，——可是不行……」

「你工作得太少，」——兵士從牙縫裏說。

這時候，一切和昨天一樣：還是那淡灰色的霧和藹地瀰漫山谷，銀光的山色在殷紅的太陽的光采裏閃耀，山上深黑的樹林懶洋洋地搖曳着柔和的樹梢；石頭在霧中融化，產生了黑暗，做媒婆的河唱出它的山歌。

魁偉的，平整的木匠們還是不慌不忙地，像野豬似的，沈重的忙亂着。

我們好幾次，——一會兒是這人，一會兒是那人，——嘗試着和他們認識，在閒暇的時候談談天，但是他們用簡單的話語不樂意地回答我們。每次在發生談話的時候，那個白衣小老頭和藹地向自己的人們喊道：

「喂，——伯夫盧沙弟弟，快些！」

他比別人較顯明地表示他不願和我們相識；他不停歇地，單調地，好像和河水辯論似的，輕輕兒哼出虔信的山歌，有時把聲音提得很高，洪響地，强頓地唱着：整天裏那些山歌像混濁的小溪似的流着，引起人們的煩悶。從早晨到晚上，他把柔細的脚從這塊石頭撥在那塊石頭上面，在工作場所附近走來走去，並着相同的囚子，似乎想踏平那條更加顯著地使我們和木匠們隔離的小徑。

不想和他說話；他的呆定的眼睛還在遠遠裏就把人推開。有一次我已經走近他的身邊，但是他把手藏在背後，向後退走，低聲而且嚴厲地問：

「唔，怎麼樣？」

我立刻喪失了想問他，唱的是什麼歌的興致。

兵士惱怒地觀察着他，罵道：

「魔術師。小鬼。這虔信的教徒大概積了不少的錢……」

他立刻抽着煙斗，空虛的眼睛向木匠斜斜地望着，生氣地咕噥着：

「你瞧，那些狗娘養的變得多少神氣活現呀！」

「我們永遠是如此的，」——瓦西里也生氣地說，——「一個人祇要喫飽了一點，——立刻眼睛朝上，——做老爺了！」

「你怎麼儘說，——我們，我們的！」

「就是說俄國人……」

「那更好！莫非是德國人麼？韃靼人麼？」

「不是韃靼人，可是看出了缺點……」

他們在這一天內已非初次起始作這辯論，顯然已感到厭倦，現在兩人都是懶懶地，不起勁地說着話。

「缺點就是腳跟退後，」——兵士說，一面吐出煙氣。——「你這話說得不對勁，老兄！這是反叛，你的話……」

「對誰反叛？」

「對俄國人……」

「你還要說什麼？」

新的擊音飛到山谷裏來，在沙原的什麼地方，叩擊着不大的鐘聲：正是禮拜六，招喚人們赴晚禱。兵士從口內掏出煙斗呆住了，傾聽着。在鐘打了第三次的時候，他摘下帽子，拚命地畫着十字，說道：

「這裏教堂很少……」

立刻隔河響了一下，好像羨慕似的說道：

「這些蹤兒們連十字都不畫，眞是討厭的旁教徒……塞爾維亞人！」

瓦西里斜看他一眼，把鬍子移動了一下，由左手摸着，朝山谷和天上瞭望，垂下了頭。

「不，」——他輕聲說，——「無論在什麼地方，我都不能長久住下去，心裏老想着還有好的。烏兒在我的心裏唱着——走呀，走呀！」

「這是在每人心裏都唱的，」——兵士陰鬱地回答。

瓦西里輪流望着我們，低聲笑了：

「在每人心裏麽？這就有點不對勁！這就是說我們是不做事的人，坐在安排好的東西上面打算盤。再比這好的是不會做的，而且要送到我們面前來！」

他笑了，但是他的眼睛是悲哀的，右手的指頭放在膝上拘攣地動着，似乎捕捉什麽不可見的東西。

兵士皺着眉頭，嘴裏咕嚕地罵了一聲。我爲瓦西里擔憂，且覺得他很可憐。但是他立了起來，輕聲吹嘯，順着河岸向河的下流走去。

「他的頭腦是壞的！」——兵士喃聲說，在他後面擠了擠眉眼，——「他的腦袋簡直不健全，我立刻看出來。他那類反對俄羅斯的話，——是什麽意思呢？俄羅斯是不能隨隨便便地講的。誰知道俄羅斯是什麽？每一個省有它自己的靈魂。誰也不知道那一位聖母和上帝親近些，——司莫連司卡耶的呢？還是卡桑的呢？」

他用木片從茶壺的底上和邊上刮去油肥的煤煙，許久時候嘴裏喃喃有詞地說着，好像在那裏抱怨，忽然驚覺起來，伸着頸項，傾聽着：

「等着……」

以後的一切來得太突然了，正像春天的狂飈，忽然從炎熱的天邊上像兇猛的鳥似的飛來一堆黑藍的雲，將暴雨和冰雹傾瀉到地上，打擊着一切，把一切都在泥裏扔碎。

有二十來個工人從高原地奔到山谷裏來，連喊帶嚷，還打着胡哨。他們在河旁的小徑上走着，排成黑暗的，寬長的一條綫。大瓶的伏得卡酒在前面幾個人的手裏閃出黯淡的光輝，差不多每人背後都掛着行囊，有幾個人肩上掮着裝麵包和食品的麻袋，兩個人將大黑鍋頂在頭上，很像蘑菇。

「一桶半的酒，」——兵士咕噥地說，立起身來了。

「一桶半！」——他重複了一遍，伸出舌尖，放在脣上，做張着勢。他的臉顯得驚異，愚蠢，而且貪婪。他呆住了，一分鐘裏站在那裏動也不動；好像有人用什麼東西打擊他，他立刻就要喊叫出來。

山谷隱隱地響着，像一隻木桶在有人把重物拋扔到牠的底上的時候。有人用拳頭叩擊空鐵桶，有人尖聲地呼嘯，回聲拋擲着，將河水的喧聲壓下去了。

一羣服裝襤褸的人們越來越走近板房。他們穿着深色的，灰色的，紅色的衣服，袖子捲起着，許多人沒有戴帽子，頭髮蓬亂，大家都疲乏得彎着身子，用脫了螺旋的腳搖搖晃晃地走着。

沈重的，各種不同聲音的話語惱怒地闖進煙囪似的山谷裏來。有人用破碎的聲音，誇口似地喊道：

「我說，你儘淘氣！今天我們不是流了一桶的血汗麼？」

「一湖的血汗！」

「不，一桶半！」

「一桶半，」——兵士第三次津津有味地說着，帶着輕微的神情。他把身體往前一挺，好像有人推他的額頸似的，立刻越過河，朝人羣裏走去，在他們中間散失了。

木匠們在板房那裏忙亂地跑着，收拾着傢伙，白衣老人閃現着。——瓦西里走到我身旁，右手塞在袋裏，左手取着帽子。

「他們會喝許多酒的，」——他說着，眯細了眼睛——「這種伏得卡酒眞是我們的大害！你喝不喝酒？」

「不。」

「那最好了。不喝酒，便不會糟蹋身子。……」

他沈默了一分鐘，向對岸不愉快地望着，以後又說起話來，身子動也不動，不望着我：

「你的眼睛很特別，小影子！極熟悉的眼睛，我在什麼地方看見過。也許在夢裏，不知道。你——從那裏來的？」

我回答的時候，他像在霧裏似的看着我的臉，否定地搖頭。

「沒有到過那些地方！地方太遠了！」

「到這裏來還遠些。」

「從那裏呢？」

「從庫爾司克。」

他冷笑了一聲。

「我不是庫爾司克人。我是布司闊夫人。我是在小兵面前說是庫爾司克人，故意隨隨便便說的。我不高興這小兵，不願意對他說實話，他是不值得的。我的名字叫做保羅，並不是瓦西里。護照上寫的是保羅·尼古拉也夫·西朗奇也夫，——我是有護照的……一切手續都完全……」

「你爲什麼跑來跑去呢？」

「是的……是這樣的！我看了看，把手一揮，——管你們呢！就出來流浪，像羽毛在風裏飄着……」

「不許響！我就是頭目！」——板房那裏有人喊嚷。立刻聽到了兵士的聲音：

「他們那裏是工人？他們全是旁教徒，盡唱歌……」

又有人喊：

「你這老鬼，你不是擔保在禮拜那天完工的麼？」

「把他們的傢伙扔到河裏去！……」

「起始開飯了！」——西朗奇也夫冷淡地說，在火堆的炭火前面蹲坐下來。

一些黑色的人形在板房附近光亮的燄面上清切地映照着，正在忙亂得像在火災的場所上面。他們在那裏折碎什麼東西，木頭在石上叩擊，發出折碎的聲響，響亮的聲音快樂地指揮着：

「慢慢的！我立刻來弄好它……」

「木匠們，——快動手把鋸子拿來……」

三個人指揮着一個栗髮的農夫穿着水手的絨衫，身子高而瘦，兩脚極細。他的長手抓住白衣老人的衣領，搖着他，用兇狠的，愉快的心情喊道：

「你在那裏？預備好了沒有？」

還看出一個年輕闊肩的小夥，穿着玫瑰色的襯衫，那條襯衫在背上破得一直從領子到腰裏；他把木條搬進板房的窗內，大聲喊着：

「拿去！舖起來！」

第三個指揮者是兵士。他在人衆裏推來推去，用幸災樂禍的神情，強硬地喝着，把每個字分得很清楚：

「混——蛋！旁敎徒！他們一點也沒有法窩我，那些塞爾維亞人——！我說：夥計們，快點做！人家快要搬進來了……」

「他需要什麼？」——西朗奇也夫輕聲問，抽着香煙。——「伏得卡酒麼？他們會給他伏得卡的。……老弟，你看這些人不覺得可憐麼？……」

他從藍色的煙氣裏望着鮮紅的木炭，在石上發出火花，像罌粟花一般。他很關切地用燒焦的樹枝把這些炭火撥得距離近些，造成一個金紅色的山堆，在他的美麗的眼睛裏閃耀出對於火光的虔愛。古代的，游牧的人大概也是這樣望着火光，心裏也是生出同樣的，祈禱般的親蔼的感覺，以光明與溫暖的慈愛的源泉爲游戲。

「不過我覺得老百姓很可憐有無數的人白白地犧牲了！照着這一切，——眞是難受……」

白日還未在山嶺上燃盡它的火燄而黑夜已在山谷中到處窺伺，催我們睡眠。不想說話，也不想聽對岸沉重的喧嘩，——那種不愉快的喧聲甚至給靜謐的流水的聲響也添上了惱怒的調子。

對岸燒起一個大火堆，後來又有一個火堆燃燒起來了。兩堆火發出折裂的聲響，圍在藍色的煙氣裏，互相辯論，向河水的白沫上投擲紅色的綿布；一羣發了黑色的人們在兩個火堆中間奔來奔去。一個甜蜜的聲音呼喊着：

「走過來，不要假香香的，走過來！」

發出玻璃杯的聲音。黑色的農人神氣十足地，洪響地說：

「應該教訓他們一下！」

老木匠離開人羣，兩脚謹愼地挨着我們扔進河裏的石子，走到我們那邊來，蹲坐下去，把水潑到臉上，嘴裏咕嚕地響着，在火光濃厚的反映中滿臉作玫瑰色。

「大概挨了打，」——西朗奇也夫輕聲說。

是的，他挨了打。他走近我們的時候，我們看見深色的血從鼻子裏流到他的鬍子上和潮溼的白鬚上面，襯衫上，胸前，——也有斑點和血漬。

「祝你們和平談話，」——他彎腰說，鞠着躬，左手壓在肚腹上面。

「請坐下來，」——西朗奇也夫說。

現在老人頗像神聖的隱士，——小小的，乾瘠的，清潔的，雖然襯衫上還印着血漬。由於痛疼和恥辱，或由於火堆的炭火，他的死沈沈的眼睛似乎活了，顯得光明些，還更加嚴肅些。看着他覺得不好意思，有點慚愧。

他從寬大的鼻孔裏吹出一口氣，用手掌撫鬍鬚，再把手掌朝膝上擦了一擦，衰老的，黑暗的手朝木炭上伸着，說道：

「這河裏的水冷得可以，——簡直是冰水……」

西朗奇也夫垂下眼睫看了他的臉一下，問道：

「打得痛嗎？」

「沒有……在鼻樑上撞了一下。這地方很容易出血。隨他去罷。這樣他也沒有好處，祇有我喫了些苦頭，——在聖靈面前記了一條賬……」

他朝對岸看望：兩個人在岸旁走着，緊緊地互相倚偎着，用酒醉的聲音唱着：

「我在深夜死去，

秋天的夜裏……」

「我早已沒有挨過打了！」——老人說手舉在眼上看著他們，——「大概有二十年沒有挨打！今天這一頓是胡鬧的，我一點過錯也沒有。人家沒有發够釘子，有許多地方祇好用木網緊牢。木板也不够，這個也沒有，那個也沒有……到期來不及趕完，也不是我的錯。他們爲國省錢，那些上司撿到什麽就偷什麽，我可是不負責任。自然我也承認：這本來是公事，他們那些人都是年輕貪財，——自然祇好偷了！大家都喜歡用便宜價錢買好東西……我的過錯是沒有的。那些人全是流氓。把我大兒子的鋸子弄壞了，一隻新的鋸子。又把我這老頭兒打得流血……」

他的灰色的小臉縮了，顯得更小些；他遮住眼睛，用乾澀的嗚咽的聲音抽泣着。

西朗奇也夫的身子動了一下，嘴裏沈重地抽出氣來。老人注意地看着他，揩去鼻涕，手朝褲上擦乾，安靜地問：

「我好像在那裏看見過你的？」

「看見過的。我春天到你們的村莊裏去過……修理打米機……」

「是的，是的！我看得面熟。那就是你麽？那個不贊成的人麽？……」

老人搖頭，冷笑了一聲：

「我還記得你的話，是的！你還是那樣想麽？」

「我還會想別的麽？……」西朗奇也夫陰鬱地問。

「是的……」

老人的黑手重又向火炭上伸出；彎曲得利害的大手指奇特地張開着，動起來和別的手指不相和諧。

「你還是以為，」——老人嚴厲而且嘲笑地說，——「應該反對上帝所設定的一切麼？忍耐是惡，而容隱是善麼？唉，小夥，你的靈魂太軟弱了。惟有用神靈去戰勝撒但，你知道，惟有用神靈……」

西姆奇也夫不慌不忙地立起來，手向老人的那面指戳着，用不是自己的聲音，惱怒地，狂暴地說道：

「這種話我聽說過的，不是從你一個人那裏聽到的！我不喜歡你們這類教徒……」

他跟着兇狠地罵了出來。

「不必同撒但容隱，卻應該和你們這般撒謊的烏鴉容隱！你們這些死人……」

他一脚把石頭從火堆旁踢開，拏着沉重的步伐走開，手塞進口袋裏，手肘緊緊地壓在腰裏，可是老人冷笑了一聲，對我輕聲說道：

「驕傲的人但這是不長久的……」

「為什麼？」

「我知道，」——他說着便沉默了，頭垂在肩上，傾聽河那邊的呼喊，——人們全已喝醉，有人挑戰似的喊叫起來：

「哈，哈！我麼？哈，哈！」

我看着西朗奇也夫輕輕兒從這塊石頭跳到那塊石頭上面，渡過了河，鑽進人羣裏去，沒有了手，可是遠遠裏還能在人羣中看得出。他不在這裏，我感到沈悶。

老人移動着手指，像在那裏施展魔術，但仍舊把手指放在火炭上面。他的鼻子歪了，眼睛底下起了硬瘢，從那上面看望，無聲無息地鼓動兩片被白鬍鬚環繞的深色的嘴唇。他的醜陋的臉，很古老的臉，還帶着皺紋裏不易洗淨的血漬，頗像那些離開俗世，逃入林中和曠野的偉大的罪人的臉。

「我看見過驕傲的人們，」——他說着，一面指着不戴帽子的，稀鬆地長着一些毛髮的頭。——「大火燒得快但是這些小火炭被灰蓋遮掩着會燒到太陽升出的時候……你應該想一想這個道理！這不是普通的話語，這是一個教訓……」

黑夜走近攏來，柔和地躺下，和昨天一樣地香甜，溫暖，和藹，像母親一般。大火堆靜悄地熠耀着，從裏帶來的熱氣隔着金色的河水達到我們那裏來。

老人把兩手叉在胸前，手掌塞進掖下，坐得舒適些。

我打算把乾枝和鋸片放在炭上，——他嚴厲說：

「不用！」

「爲什麼？」

「他們看見了火——會爬過來的……」

用脚推開我折斷了的乾枝重複着說：

「不用！」

兩個木匠背上負着木箱，手裏持着斧子，不慌不忙地穿過河裏稀薄的火光，移到我們這邊來了。

「別人都走了麼？」——老人問。

「大家都走了，」——魁偉的農人回答。他沒有鬍鬚，耳朵垂掛下來。

「離惡遠些，——便是造福。」

「我們也應該走……」

「不能拋棄沒有做完的事情就走開的。中飯時我派奧萊莎去說，——不要放他們來，但是他們還是來了！他們喝多了燒酒，會把板房燒掉的……」

我抽煙。有鬍子的木匠用鼻子抽吸甜蜜的煙，向火炭上唾了一口痰。另一個年輕的，臉龐浮腫的木匠，像年邁的農婦，一坐下來，立刻打盹，毛髮蓬鬆的頭垂落在胸前。

對河的喧囂顯得靜些，在它的中心固執地升起着兵士的醉醺醺的，吼叫的聲音：

「等着，你回答我！你怎麼能不尊重俄羅斯？難道咱們不是俄羅斯？誰是俄羅斯呢？」

「一片酒店，」——老人輕聲說，但是立刻朝我那面轉身過來，說得響些：

「我看是讓他們就像一片酒店……讓他們坐在一塊兒，快快樂樂的……」

現在穿玫瑰色襯衫的小夥喊了起來：

「噓，小兵，咬他的喉嚨，噓！」

聽得見西朗奇也夫威嚇的號聲：

「你是怎麼啦？嗾使狗來咬我麼？」

「不，你回答我！」——兵士怒吼着。

老人安靜地說：

「大概要打架了……」

我立起來，朝對岸走去，聽見他輕聲對自己的夥伴說道：

「唔，謝天謝地，連這人也滾開了……」

一些黑黝黝的人從對岸迎着我跑過來，嘴裏喊嚷，欷嘆，喘息，似在舉起而且拖拉重物；女人的柔細的

眾音齊叫着：

「我是甚麼？」

「別管他！」

「打他呀！」

「別管他！」

西朗奇也夫從人堆裏跳身跑來，挺直身子，右手可怕地寬闊地揮舞着，且又跳到人們那裏去。穿玫瑰色襯衫的小夥也揮着巨拳，立刻傳來了柔和的，清脆的打擊，——西朗奇也夫向後倒退，無聲響地坐在水裏，我的脚下。

「對啦，」——有人神氣活現地說。

喧囂的聲音中斷了一秒鐘，河水的妙歌甜蜜地流入耳內，以後有人朝河裏擲了一塊大石，有人嘲諷地哈哈大笑起來。

人們都擠到我身邊來。我俯身就着西朗奇也夫，想扶他起來。他一半身子躺在水裏，胸和頭在石上。

「把人殺死了，」——我喊，並不相信這話，祇是爲了嚇唬他們一下，使擬我的來的人們止步。

有人用清醒的聲音，疑惑地問：

「眞的麼？」

穿玫瑰色襯衫的小夥走開了，嘴裏喊嚷着，聲音裏露出虛假的惱怒：

「活該！叫他不要陪啾！我那裏是什麼傾敗田地的人？」

「那個指使人家的小兵，那個貝夫，到那裏去啦？」

「取火來……」

大家說得清醒些，安靜些，輕聲些。頭纏着紅手帕的小農夫俯下身去，搖起西朗奇也夫的頭，但立刻踈略地從手裏脫落下來，手伸進水裏，清晰地說了三句話：

「眞是的，被打死了，死了……」

我不相信人們的話語，但是看見河水從西朗奇也夫的脚上流過，把那雙脚翻動，那雙脚一直觀動着，似欲抛扔踏破了的皮靴，忽然從整個身體裏感到手裏扶着的是死人的手，便放開了，那雙手朝水裏拍搭着，像踁沫布一般。

岸上立着十幾個人，但是農夫一說出了話，大家立卽向後倒退，離奇地推搡着，嘔心地，疲乏地叫喊：

「誰打的？」

「現在要被革除工作了。」

「那個小兵出的花樣……」

「眞是他……」

「應該告發他！」

穿玫瑰色襯衫的小慰貌叫道：

「弟兄們，我是照規矩做的！這是打架……」

「用木椿打人，並不算打架。」

「用的是石子，不是木椿……」

柔細的女人的聲音戰慄地哭訴道：

「天呀！我們永遠會有點事情出來的……」

我坐在石頭上面，呆鈍鈍地，像受了創傷似的，看得見一切，卻一點也不明白。胸內感到奇怪的空虛，人們的呼號引起了想用力號喚，從銅喇叭裏向黑夜號叫的願望。

走過來兩個人。前面的一個手裏持着燃燒的木柴，搖擺着牠，不使牠熄滅，在途中散播金色的火星。他是小小的，禿頂的，身體狹窄得像一頭豎起尾巴的梭子魚。一個石頭似的灰色的臉帶着張開着的嘴，和圓得像夜梟似的眼，在他的肩後窺望。

我走近屍身，俯下身子，一隻手支住膝蓋，照着西朗奇也夫探般的翹翹，擱放在肩上的頭。我不認識這美麗的哥薩克型的臉了！苦孜孜的額髮在左耳上面一大團黑紅的污泥裏消失了，——那團污泥堆在那裏，把耳朵遮住了。鬍子和嘴移到旁邊，露出了牙齒，構成了彎曲的，可怕的微笑；更加可怕的是那隻左眼，從眼眶內瞪了出來，顯得難看的巨大，興奮地望着上衣的翻了開來的褶縫和裏面的口袋，一張白紙的邊角伸在外面。

那人把火星撒在這個染着許多條鮮紅的，燦爛的血液的變了樣的，可憐的臉上，用木柴在空中他的頭上畫了火的花圈，嘴裏吭吭地響了一下，咕噥地說：

「自然嘍……還有什麼可說的？」

火星落在西朗奇也夫的頭上潮溼的臉頰上，就消失了，火光在眼球裏游戲着，因此眼睛顯得更加死僵。

那人慢慢地挺直彎曲的背，把木柴扔入河裏，臨着嘩了一下，摸一摸禿髮的，黑暗中發出綠色的腦蓋，對自己的夥伴說道：

「你輕輕兒順着河岸走去，到那所板房那裏，說有一個人被殺死了……」

「我一個人怕……」

「沒有什麼可怕的，你去罷……」

「眞可怕……」

「你不要發傻！……」

我的頭上發出老木匠的安靜的聲音：

「我同你一塊兒去不要緊的……」

他把揉皺的帽子套在白髮的頭上，脚擦着石頭，嫌惡地說：

「血眞是不好聞！我的脚大概擅在血裏了……」

禿頭的人眯細着，向他窺覷；白髮老人也用呆板的眼睛看了禿頭的人一眼，繼續嚴厲地，冷淡地說：

「全是伏得卡酒，小酒店的過錯，眞是魔鬼的毒藥……」

他們兩人的容貌彼此相像，兩人都像魔術師：兩人都是小小的，尖尖的，像黑暗裏的綠針。

「我們走罷，老弟。……」

老木匠不問一問誰被殺死，也不看他，甚至不向死人瞥瞥，——像習慣所要求的那樣，——順着河流走去，謹愼地從這塊石頭跨到那塊石頭上去；長身，灰色的人在他後面走着，身子不堅決地搖曳着。他們在黑暗中無聲無響地泅走，像兩朵雲似的。

一個狹胸禿髮的人用尖銳的眼睛摸了我一下，從洋鐵罐裏掏出香煙，把鐵罐的蓋叩得響響的，點上火柴，起初照了照死人的臉，以後點上煙，輕輕地說：

「這是第六個人在我眼前被殺死的……」

「怎麼是被一個人殺死的？那是被好些人殺死的！……」

靜默了一會，他問：

「你說什麼？我不明白……」

我解釋：

「人們互相殺死……」

「這是一樣的！人呢，機器呢，或是什麼別的東西。在巴蒔馬誠附近，一個同鄉被機器壓死了，一個人也是和這一樣，在打架的時候被砍死。有一個在鐵礦裏被鐵桶撞死……」

他安靜地數着，但是數錯了：祇數到了五個。起始關切地重新數起，——得了七個。

「唔，都是一樣的，」——他說着嘆了一口氣吸着煙，吸得太用力，竟使他的整個的臉上全映着香煙頭上的紅火光。——「那些偶然送掉性命的人們，是無從法計算的。假使我年紀不老，我也會在什麼地方送命的。老年是不會引起別人的妒忌的。因此我還活在那裏謝天謝地，還算好。」

他朝西朗奇也夫點了點頭，繼續說道：

「他的家屬，或是妻子，現在要等候他的消息，和信件。他不寫信。他們會想：一定是玩得……把自己的人都忘記了……」

板房附近越來越靜，火堆已將熄滅，人們融化在黑暗中了。樹枝的黑暗的，圓圓的眼睛從平滑的黃牆上釘覷着河水。一扇沒有框子的窗子模糊地閃耀着，一些零斷的，惱怒的喊聲從窗內飛到外面來：

「快發牌！」

「黑桃……」

「一張蹠牌！……」

「你這魔鬼！眞是好運氣。」

「玩牌不講運氣，卻在於手段的巧妙不巧妙，」——禿髮的人說，吹去香煙上的灰。

長鬍子的木匠不聲不響地越過小河，立在我們旁邊，深深地嘆氣。

「什麼事，老鄉？」——禿髮的人問他。

「是這樣的，」——木匠羞慚地，聲音不洪響地說，——他在黑暗裏顯得魁偉而且柔和，——「可以不可以讓我抽一口。」

「可以的！把香煙拿去……」

「謝謝！女人忘記把煙草給我拿來，我們那位爺爺對於抽煙是很嚴厲的……」

「就是那個走的人麼？……」

「就是他……」

木匠吸着煙，問道：

「打死人了麼？」

「死了……」

兩人都沉默了，抽着煙。

快到午夜了。山谷上面破碎的天空很像一條藍色的河，靜靜兒在被黑夜包圍住的大地上面流着，朗耀的星在它的平滑的浪水上游泗。

顯得越來越靜，越來越夜深了……

好像沒有發生什麼特別的事情……

卡里甯

秋天，秋天。風在海上呼嘯，將起泡沫的浪起到岸上。黑絲帶似的藻草在白色的水沫裏閃現，好像一條條的蛇。空氣充滿了潮溼的，鹹性的灰塵。

岸旁的石頭惱怒地轟響；樹的乾燥的微語露出驚慌的樣子，樹梢搖曳着，樹身彎曲着，好像想把根從地上拔起，跑到穿着黑雲的重疊的山裏去。

海上的雲裂成碎塊，向地上跑去，露出無底的，藍色的深空，——太陽在那裏照耀着。——黑暗在被掀起的海上溜來溜去。地上的風把烏雲逼到尖銳的山脛裏，烏雲疲乏地爬上爬下，鑽進山谷裏，在裏面冒煙。

周圍的一切都在緊皺着眉頭，互相辯論，顯出惱怒的，陰鬱的神色，又發出冷淡的光芒，使眼睛眩盲；篠懸木，楓樹和榆樹的葉子在狹窄的道路上奔馳，互相追逐。那些道路被一排受浪水親熱過的石頭從海上遮掩住。飛濺，呼嘯，淅瀝，——這一切沸騰着，成為一個不停歇的聲音，聽起來像一隻山歌，海浪有韻律地向石上的叩擊極像詩句的韻腳。

「海王時米烏朗要起把戲來了！」——我的同伴朝我的耳旁叫喊。他是高身的，背部微駝的人，有圓圓的，嬰孩般的臉，透明的，小孩似的眼睛發射出光明的神勢。

「誰呀？」

「時米爲朗王……」

我不答，——從來沒有聽見過這個王。

風推搡我們，想把我們趕上山去。它的來勢那樣的兇猛，使我們有時祇好止步，背朝着海，脚寬闊地擺得牢牢地，用棍子支住，像用三隻脚站住，站了足足的一分鐘，同時那個柔軟的重量在那裏壓迫我們，剝除我們的衣服。

我的同伴吸着氣，像坐在澡堂的蒸氣間裏，但是我覺得可笑：他的耳朵是大的，柔軟的，像狗耳朵一般，褐色的僧帽遮不住它，被風壓折到前面，使他的小臉發有和泥製的洗臉盆可笑地相似之處。一個威嚴的，長長的鼻子，裝在柔細的臉上好像不是他自己的，更加增添了可笑的相似點，因爲它頗像臉盆的放水管。

他的臉是奇怪的，而他這人是不尋常的，因此把我立刻降服，在我同在新阿芬修道院的教堂裏晚禱時看見了他的時候。他挺直乾瘦的，細柔的軀體，頭微向旁邊斜側，紮着十字架，移動着柔細的嘴唇，發出光明的微笑，和基督談話，像同知己朋友密談一般。圓圓的，平滑的臉上，沒有鬍鬚，像太監一般，唇邊上有兩小堆光明的小毛。他的臉上照耀着我從未見過的，和聖子特別接近和親密的感覺的表情。他顯然沒有尋常那種對上帝奴性的恐懼的態度。這使我感到興趣，因此我在晚禱的全部時間內，一直在那裏用極大的好奇觀察這人如何和上帝談話，但並不向他點頭，很少劃十字，也沒有眼淚和嘆息。

在工人營房喫了晚飯，我走到雲游人招待處去，在那裏看見他坐在桌旁，天花板上垂掛下來的洋燈的光明的圈子裏，一羣女人和進香客的中間。我聽着他的不洪壯的，但是有點光明的聲音，——一個慣於和人們談話的傳道者有力且有分秤的言論。

「有的自然應該表示出來，有的是必須隱瞞的；因為假使它既是無意義的，有害的，——那又有什麼用呢？甚至是相反的：好人不應該向前伸頸，——意思是說你們瞧，——我多好呀！有的人好像誇耀自己悲苦的命運：你們瞧，你們聽，好人們，我的生活多末悲苦呀！這也是不好的……」

黑髮的人穿着農夫的短外套，乾瘦的，禁慾家的臉上一雙黑暗的，强盜的眼睛，從桌旁立起來，慢吞吞地伸直强壯的身體，用深沈的聲音問道：

「我的妻子和小兒活生生地被火油燒死了，——這是怎麼回事？是不是不要去說它？」

大家沈默了幾秒鐘。以後有人低聲喃語：

「又來了……」

在角落裏，圖像的黑陰內，立刻生出了深信的回答：

「這是上帝為罪孽而加以懲罰……」

「三歲就有罪孽麼？他祇有三歲……他自己把洋燈倒在自己身上，她去抓他，他自己也燒着了……她的身體很衰弱，總生活了十一天……」

「爲了父母的罪孽，」——話語仍舊信任地從角落裏爬出來。黑鬍的人大槪沒有聽見這句話，——鮮弄着手，向空中刻劃，匆匆忙忙地，原原本本地，一口氣講他的妻子和兒子如何被燒死。我感到他時常說這件事，而且許多時候都說不完他的可怕的故事。他的粗糙的眉毛聚成一道黑帶，充滿了血的眼白在底下閃耀着，失光的黑眼珠驚慌地滾來滾去。

在他的陰鬱的言詞的小小的間隙裏，有一個愛批評的——雲游人的光明的聲音，自由地，勇敢地插進來：

「老鄉，爲了一件不盛便的偶然事件，總是爲了錯誤，爲了懲罰責備上帝是不對的……」

「等着，——既然是上帝，就應該對一切負責！」

「不對的！既然給了你理性……」

「假使我不能瞭解，要理性做什麼用？」

「瞭解什麼？」

「那……一切！爲什慼我的妻子被燒死，而鄰人的妻子沒有呢？」

惡狠的老太婆的聲音淸楚地說：

「喲喲！跑到修道院裏來，——還要打仗……」

黑鬍的人惱怒地閃着眼睛，像公牛似的垂下頭，忽然揮了揮手，邁着迅速的步伐，沈重地跺脚，走出門外。雲游人不慌不忙地立起，搖曳着身體，向大家鞠着躬，也從雲游人招待處走出。

「一個沒透了憂愁的心，」——他微笑地說，——我覺得這微笑裏並無憐憫的意思。

角落裏又有人不贊成地說：

「他愛把這故事形容出來……」

「無聊得很，」——雲游人在門旁止住步，說道：——「祇是磨折自己和別人罷了！這類事情是應該忘掉的……」

過了一分鐘我走進院裏，聽見圍牆的大門那裏他的安靜的聲音：

「不要緊，聖父，你不要着急……」

「你留神呀，」——看門人塞拉菲姆神甫生氣地說，——他是一個強健的魏脫崗格人，——「黑夜裏有飢餓的阿勃哈玆人出現的。」

「阿勃哈玆人是於我無害的……」

我也走出大門。

「往那兒去？」——塞拉菲姆問，長着茸毛的，野獸似的，慈祥異常的臉挨近着我，——「啊，那是你這下新城人！你白白地擾吵你自己，——女人們都躺下來睡覺了……」

於是笑了，——還像狗熊似的吼了一聲。

圍牆外面是秋夜的偉大的靜寂，——被夏天弄得筋疲力盡的大地取得了勞瘁的靜寂。甜蜜地吹出蔘賓的草味和一種引起人們的勇敢的秋氣。黑黝黝的樹懸在溫和的潮濕的空中，好像烏雲的斷片。黑暗裏微微地聽到夢沈沈的海在那裏嘆息，和河岸顯出親熱的樣子。天被雲包住，祇在一個地方露出月亮的發白色的斑點，而在遠遠的，深黑的水裏也搖曳着同樣的另一個斑點……

樹下有長椅，椅上——一個人的身形，被黑暗弄得囫圇的；我走過去，並排坐下來。

「你是那裏人，老鄉？」

「伏洛涅慈人。你呢？」

俄羅斯人永遠喜歡敘講自己，好像不相信他就是他自己，而希望他的自我的存在從旁邊，從外面加以證實。人們散居在廣大的土地上面。他們越明瞭土地的廣大，在他們的眼裏似乎越覺得自己的渺小。他們在千里外遙長的道路上蕩來蕩去，喪失了自己，一遇到了講述自己事情的機會，……——便會詳詳細細地講出所遭受的，所見到的，想到的一切。在這類的敘講裏所聽到的，時常不是肯定的話：

「瞧我這人！」

而是問題：

「這是不是我？……」

「你叫什麼名字？」

「很普通的：阿萊克謝窩·卡里寧！」

「你和我是同名。」

「是麽？」

他的手觸着我的肩膀，說道：

「同名同姓，我是石灰你是水，——我們來把城市粉刷一下！」㈠

……不高的，輕盈的浪水在靜寂裏發響，農務忙碌的修道院的嘈雜聲音在背後消滅了，卡里甯的光明的語聲被黑夜微微地搖高，響得柔和些，帶着不大信任的樣子。

「我的母親是做娘姨的，我在她身邊游蕩着，從二十歲起就做了僕人，這是因為身材高大的緣故。事情是這樣發生的：我母親的主人司彭遜有一天看了我一眼，說道：『葉夫格尼亞，你去對我道爾說，——他也是一個僕人，老頭兒，當過兵，——『讓他教你的兒子在飯廳裏侍候，——他個子長得很高，做得了這件事情的。』！於是我在將軍那裏侍候了九年，過了一夏又一夏，以後出了一件事情……以後我病了……又在一個商人家裏，市長家裏做了二十一個月，在哈里可夫的旅館裏做了一年……時常要換地方，雖然我是一個勤謹的僕人，不好喝酒，再加上我沒有眞正的風度，——那種侍候人的風度……主要的還是因為我形成了一個驕傲的性格，於職務不相合的性格……我已注定了應該侍候自己，而不是別人……」

我們身後的公路上有些看不見的人們向蘇和姆方而走着。立刻可以明瞭他們並不慣於徒步，——

㈠無從翻譯的雙關成語。——譯者。

很疑歪地在地上遊開着腿。一個美麗的聲音靜靜地唱出：

『我獨自上路』……

「獨自」兩字唱得最響，最有力，而且顯得悲慘。

一個沈重的低音懶洋洋地，消沉地說着：

「阿芬……阿芬尼亞……言詞的喪失，到了那種……到了那一種程度呢，智慧的魏拉·瓦西里也夫納？」

「差不多到了完全喪失節奏，」——女人的聲音回答。

兩個黑色的斑點在地上黑暗裏像幽靈似的游泗着，中間還有一個白色的斑點。

「奇怪！」

「什麼？」

「這裏的字句……都帶着暗示性的！譬如：積聚山。他們確實是積聚了許多東西……他們是會積蓄的！」

「我記不住西蒙·卡諾尼特這個名稱，永遠卡因尼特……」

「諸位，你們知道不知道？」——美麗的聲音似乎故意大聲說着。——「我看着這美麗的一切，呼吸着靜寂，心裏想：假使拋棄了一切，一切都不管，——就生活下去……」

修道院的鐘聲殷殷地敲着鐘點，把話語壓下去了。以後遠遠裏傳來了煩悶的調子：

「但能向唯一的話語裏

注進心裏聽識着的一切！……」

我的鄰人將身體奇特地側向一邊，傾聽着，似乎是那些游蕩的人們的話語在那裏拉他。當聲音在逐漸沈失的時候，他挺起身體，嘆了一口氣，說道：

「看得出來是有學問的人。他們談論着一切，然而還是那一套話……」

「什麽？」

「你聽見沒有？」——他並不立即回答。——「他說應該拋棄一切……」

他俯身審看我，像近視眼似的，繼續說話道：

「這樣想的人越來越多了。大家都想，——應該拋棄一切！我也是這樣；我盤算了許多年，——爲什麽要當差？有什麽利益？唔，——十二塊錢，二十塊錢，那怕五十塊錢一個月，——那有什麽呢？但是人在那裏？也許，什麽事情也不做，踏着空虛的地方，對於我還有益些……就這樣坐在夜裏，這樣踏着……別的沒有什麽！」

「你剛纔對人們說了什麽話呢？」

「對什麽人？」

「在雲游人招待處，對長鬍鬚的人說的？」

「啊！我不愛這樣……我不愛這些在地上散播自己的憂愁，拋擲到每個相遇的人腳下的人們……那有什麼意思？每個人自有每個人的特色……別人的眼淚於我有什麼需要呢？自己的眼淚已經是够啟的了……況且每個人都愛自己的憂愁，認它是世上最特別的，最悲苦的。我知道這個……」

他突然立了起來，頎長的，柔細的。

「應該睡一下，明天早晨就動身……」

「那兒去？」

「諾伏羅西司克……」

那天是星期六。晚禱前，我在修道院賬房裏領到了一星期的工資，我到諾伏羅西司克去不順路，而且也不喜歡離開修道院，但是這人很有趣，這類的人在世上永遠祇有兩個，其中一個就是我。

「我明天也要動身。」

「那末一塊兒走……」

……我們在黎明時離開修道院，現在正趕着路。我在思想中飛升到天上，從上面瞭望兩個頎長的人在海岸旁狹窄的小路上走着；一個穿着灰色的，兵士的大衣戴着頂已破的帽子；另一個人穿着栗色的上褂，戴着棉織的便帽。無邊的海起了白沫，在他們的腳下翻騰着，被太陽曬乾的燕草的綬帶在路旁石上爬行，金黃的樹葉旋轉不已。風喧嚷着，搖幌着，推操着行人，雲在天上飛馳，右面的山向天上升騰，雲挨緊着，顯得疲乏無力；左面，展開着空曠的一片，全蓋在白色的絲邊裏。風在上面疾馳，追逐透明的，塵埃似的水柱。

狂暴的秋日裏，在海岸旁邊似乎感到特別的快樂，與癡；風和浪的歌唱，雲的疾馳，太陽浴在蔚藍的天空裏，像一朵萎謝的，奇麗的花。在這顯然的狂亂中感到大地上永恆之力的隱藏着的和諧，——人的小小的心中便會燃起反叛的火燄，一面燃燒，一面向世界呼喊：

「我愛你！」

眞想生活下去，——生活得使沉悶的石頭嗤笑，使白馬似的海洋更加高高地躍跳；眞想唱大地的頌歌，使大地爲歌頌所醉，而更加豪爽地擴展它的財富，使它受了它所手創的生物，——人的愛撫的鼓舞而現示它的美麗。人愛着大地，像愛女人一般完全被一種用新的美麗孕育大地的願望佔據住了。

然而話語沈重得像石頭，壓死了幻想。那些話語落在幻想的屍骸上面，像灰色的墳山。你在這墳前看着自己，嘲笑自己。

好像在夢中走路，從海浪的飛沫裏，永沫的熱辣的淅瀝聲裏，聽見不熟悉的話語：

「基孟，狄萊伊，格萊時米烏朗，——這些全是善鬼……」

「但是基督呢？基督對他們怎樣？」

「基督是無所謂的。」

「仇視麽?」

「他仇視他們麽?為什麽?這些小鬼是特別的,都是善鬼……況且基督對誰也不仇視……」

「但是廟宇裏的小販呢?」

「有一次曾用繩子打過,真是神氣活現!但這不是仇視他們,卻是為了秩序。」

小路好像怕海浪的毀發,向右面彎折到灌樹叢裏去;在我們前面的是立在雲裏的層層的高山,雲更加惱怒地發黑,——一定就快下雨了。

卡里僧用教訓的態度講述着,一面揮着手杖,把堅韌的樹枝從小路上踢走。

「這裏是危險的地方,有瘧疾菌住着。部司脫洛媚司基的漆匠把他的,最兇惡的妹子『瘧疾』送到這裏來……㊀是不是為了沒有給夠他錢,我不記得這件事情的原因……」

黑陰陰伏在海上。黑中帶白的海好像瘋了似。遠遠兒看得見鷗鶚鳥脫,完全被水沫濺濕着,——似乎蓋着雲堆。

「你對我講這些小鬼的故事。」

「好的!講什麽呢?」

「凡是你知道的一切。」

㊀這是無從翻譯的雙關語:俄文中瘧疾Malaria與漆匠Maliar音相似。

「我全知道！」

他快樂地對我擠眉眼，重複着說：

「一切都知道！我的母親是很有趣的，——各種符籙，咒語，故事，神聖的傳記——都知道！我躺在火爐後面睡覺，她躺在火爐上面，——她那時休息着，沒有工作：把將軍的三個孩子都領大了……」

他止步，手杖戳進土裏，回頭看了一下，又向前走，邁着寬闊的，堅定的步伐。

「將軍還有一個姪女，耳迦奇娜·伊格那奇也夫納，——眞是奇怪的女人！」

「奇怪在什麼地方？」

「一切都是奇怪的。」

燕鷗——一種貪饞的，不聰明的鳥，——在我們頭上潮濕的空氣裏沈重地泅過。堅強的翅翼上的羽毛在空中呼嘯，引起一種黑暗的回憶，不好的思念……

「你講罷！」

「我躺在地板上，沒有爬到火爐上去，——我不愛火爐的熱氣。她坐在火爐上面，倒掛着兩腿。我黑暗裏看不見她，祇看見她所講的一切。這一切都從上面向我身上飄墜，——有時甚至感到可怕，我不由得喊着：媽媽，不要說了！我不愛可怕的事情，我還不大記得清楚……她自己的樣子是十分可怕的，那時她即將死去，內臟全已爛光。她的年紀才四十三歲，但是頭髮已完全發白，快死了。她身上發出氣味，廚房裏大家都愿她……」

「但是小鬼呢？」

「就來了！」

堅勁的，奇麗地盤錯着的灌木叢越來越緊地挨近到草上；我們似乎在嘈雜的綠浪中間游泅，樹枝輕輕地鞭打我們，似乎暗示着：

「快走罷，快遇到雨了！」

我的同伴放慢了步伐，有韻律地，帶點唱歌似的說：

「聖子耶穌・基督入沙漠中默思的時候，——撒但派小鬼們去誘惑他。那時基督年紀還輕……他坐在沙漠裏滾熱的沙土上面，心想怎麼辦？——一面撿了一大把石子，游戲着。小鬼們基丟，狄撒，伊格撒，時來烏朗走近他身邊來了。他們也全是年輕，遠遠裏一看見基督，就可憐起他來，意思是說——這人如何忠於不幸的命運。他們走過來說：你留我們一塊兒游戲罷。基督向他們微笑，說道：——請坐罷！他們坐成一圈，起始完遂他們的事情：他們每人把石子往上一扔，——石子落到熱沙上面的時候便變為赤裸的婦人，她自由自在地躺着，向基督伸手，誘引他做罪孽的事情。但是他向她微笑，窮裏吹了一口氣，——她就化爲蒸氣，立刻向空中飛走。他自己扔了一塊石子，——石子變爲六翼的鴿子，抖擻着飛入耶路撒冷的廟宇裏去。那些無能的小鬼們想了許多法子，但看出基督是無論如何不會受誘惑的！……那個小鬼的頭目時米烏朗對他說：

「『父，我們不再來引誘你，——我們弄得一點也沒有結果！我們雖然是小鬼，——但是沒有成功！』

「『永遠不會成功的，』——基督說，——『我怎麼想，便要怎麼做！我知道你們是小鬼，我也知道你們在遠遠裏看到就憐惜我。你們現在沒有隱瞞自己的質樸，——你們會一輩子成爲善良的，這對於你們是輕鬆些的！——烏朗，你去做海王，——用海風把朽爛的氣味由地上驅走。狄蒙，你留神，不要使牲畜嚼食毒草，——使一切毒草成爲有刺的。伊格蒙，那些爲了丈夫的死而抱怨上帝的寡婦們，你到夜裏去安慰他們一下。基孟，你是最年輕的，你選擇你所喜歡的去做罷！』

「『父，我是愛笑的！』

「『那末你去使人們歡笑，——不過在廟宇裏是不許的。』

「『父，我在廟宇裏也想的……』

耶穌・基督笑了：

「『那隨你便罷，你也可以在廟宇裏，祇是輕些！』——這樣子，基督就把惡鬼變成了善鬼。」

……在綠海似的灌木叢上面，有些古老的橡樹高聳天際，黃葉在上面冷眼地抖擻着。強壯的胡桃樹卸去淡黃的衣服；李樹發出細碎的抖戰，半裸的栗樹向大地莊嚴地鞠躬。

「故事好不好？」

「很好。基督很好。」

「他永遠是這樣的，」——卡里甯驕傲地說，——「你知道不知道，在司莫連司克省裏有一個老太婆，她怎樣唱他？」

「不。」

這個奇怪的人止了步，一面跺脚，一面故意用抖顫的，老人的嗓音唱了出來：

「花兒在天上開——

　　聖子呀！

他是歡樂的泉——

　　聖子呀！

紅日燦爛地照耀——

　　聖子呀！

向地上送來了幸福——

　　聖子呀！」

卡里甯每唱一句，他的聲音便顯得年輕些，最後的一句用高高的，愉快的中音唱出。

「全世界惟有他一人——」

藍光突然眩耀地閃現山裏沈重地響了一下，地上和海上爆發出幾百種聲音的回聲。——卡里甯張開眼睛，露出美麗的整齊的牙齒，以後時常畫着十字喃喃說：

「可畏的上帝，善良的上帝，坐在高處，金殿的金座上，把撒但懲治一下，不使我沈溺在罪惡中！……」

他把小小的，畏懼的臉朝我的那面轉過來，閃耀着光亮的眼睛，用特殊的神情說道：

「老弟，我們跑罷，我最怕雷雨。……快一點跑，馬上便到那裏去！……雨快要傾倒下來，留神着這裏的落孩……」

兩人跑着，風推着背，我們的水壺和鐵鍋叮叮地發響，行囊用它的柔和的巨拳朝我的腰裏捶打。羣山遙遠，周圍沒有房屋。樹棵牽住我們的衣裾，石子在脚下跳躍，天色已黑，山好像迎着我們過來。

天火重又從黑雲裏迅速地閃現，海發出藍玉般的光芒，似乎從岸邊潑了出來。大地抖慄着，山谷裏激出石頭交戰的回聲。

「神聖呀，神聖呀，神聖呀，」——卡里甯喊，跪在樹棵裏面。

海浪從後面鞭打，追趕向前面跑着的浪水。黑暗裏像是軋轢和嘈雜的聲音。什麼人的長黑手在頭上山嶺上揮舞，烏雲的厚簾後面，雷的鐵車震人地轟響。電閃得越來越急，大地震響着，巨大的樹在黑暗的裂縫中，蔚藍的光綫裏吵鬧，搖曳，迅跑，斜斜的冷雨已鞭打到這些樹上了。

心裏感到可怕但很快樂。細絲般的雨點在臉上，全身被海辟後的勇氣所激起，似乎覺得可以在雷雨下跑得無盡地長久，——一直到晴朗為止。

「停住，——你瞧呀！」——卡里甯喊。

在閃電照耀的一刹那間，我們看見一株橡樹豎立在前面，樹上有一個寬闊的黑洞，像一扇門。我們笑着鑽進去，好像兩隻老鼠。

「這裏的地位甚至可以容下三人！」——我的同伴說。——「樹身的洞是燒成的。眞是淘氣鬼！在活樹裏生火！」

擁擠得很。發出朽爛的樹葉的氣味和塵味。沈重的雨點打在頭上和肩上。雷每次作響，樹就抖顫着，搖響着。在怒吼的暗黑中，我們彷彿處身海上狹窄的划舟裏。在電光閃現的時候，看得見雨從我們身邊跑走，在空中織成藍帶的網，閃着細碎的玻璃光。

風嘯得輕些，似乎因為把這樣狂暴的雨趕到地上來而感到滿意，——它的力量能夠把山冲走，使石變軟。

「嗚噢嗚噢！」——山鴞鵂在我們頭上不高的，極近的地方啼鳴。

「心想是夜裏呢！」——卡里甯微語。

「嗚噢嗚噢！」——鳥重複地說。

「弄錯了，老兄！」——人大聲喊。

身上覺得有點冷。淡灰色的水匆遽地流着，像半透明的紗簾一般，掛在樹巠前面，——樹巠粗得像木桶，十分彎曲，上面長着嫩幼的，尚未失去細葉的綠枝。

單調的聲音在地上寬闊地流着，使思想爲之熄滅。不由得地會帶着越來越興奮的注意，傾聽雨如何鞭打凋落的樹葉，叩擊石頭，攻擊樹巠，小溪如何嗚咽地向海邊迅跑，洪流在山上轟響，把石頭叩擊得很響，樹在風裏嘯鳴，海浪平勻地拍激，——幾千種聲音合成一片沉重的，潮溼的聲音，想把它們分拆開來，重新安排一下，像歌曲裏的字句。

——卡里甯轉動着身體，推搡我，嘟咕地說：

「眞有點擠！我最不愛擁擠……」

他把身子安放得比我舒適些，爬得進深一點，踡坐在那裏，似乎特別靈巧地縮成一小團。雨並沒有把他弄溼。顯然，他具有一個熟練的流浪人應具有的靈巧，——他會在不順利的一切條件之下迅速地覓到最有利的地位。

「你瞧，外面又下雨，又寒冷，」——他極輕地說，——「但是多好呀！」

「好什麽？」

「除上帝以外，對任何人都不生關係。假使必須忍受不愉快的事情，那末最好是爲了他，而非爲自己的同類……」

「你顯然不很愛自己的同類，是不是？」

「愛自己的鄉人好比狗愛手杖，」——他回答着，沈默了一會又問道：「爲什麼愛他呢？」

我那時候也不知道是爲了什麼。

卡里甯沒有等候我的回答，重又問道：

「你沒有當過僕人麼？」

「沒有。」

「那也怪不得。僕人是不容易愛鄉人的。」

「爲什麼？」

「你去當一下僕人，——就會知道的！假使你侍候過什麼人，——你便不會愛他。……這雨下得很長久！」

嗚咽和哭泣從各處流來，好像整個大地在那麼輕輕地，悲哀地啜泣，在狂暴的寒冬的前夜，和夏天作別。

「你怎麼會走到高加索來的？」

「走着，走着，就來到了！」——卡里甯回答。——「窮人都喜歡到高加索來。……」

「爲什麼？」

「那自然嘍！從小就聽到：──高加索，高加索！──將軍一提到的時候，竟會弄得全身毛髮聳立，眼睛瞪得溜直。母親也是這樣：她也會到這裏來過。老弟，──高加索是無論什麼人都想來的。這裏的生活是極舒適的，──太陽既多，冬天也短，並不像我們那裏那樣的兇惡，水果也很多……總之，是快樂得多！」

「但是人呢？」

「人有什麼？你躲在旁邊一點，人們是不會妨礙的。」

「妨礙什麼？」

卡里甯寬宏地笑了一聲，看我一眼，說道：

「你眞是怪物，──你儘問着問着問些極普通的事！……你認識字麼？你應該自己加以理解……」

他把喉音變成惱怒的鼻音，像念禱詞似的唱了起來。

「父，無論平民或官吏，神甫和執事，或偉大的學問家，都不許詛咒……這是我母親時常說的……」

雨靜些，它的線條細些，由線條織成的網似乎透明些，──發黑的橡樹的陰鬱的樹幹看得清楚些，金綠的樹葉又似乎鮮豔些。樹洞中充了一點燒燃了的小牆發出錦緞般的光彩，──卡里甯用手指剝去燒成的木炭，說道：

「這是牧者們燒的……你看搬來了乾草，還有乾樹葉。牧者的生活是很好的！……」

他用手抱住後腦，似乎準備睡覺，下頦插在膝蓋中間，就這樣呆住了。

溪水從我們的樹旁邊經過，沖洗着露出在外面的樹根，像一條光亮的蛇似的匆遽地奔馳，帶走了紅色和栗色的樹葉。在遼遠的海裏這樣的樹葉大概是很好的：天上惟有太陽，而在藍綢的海上惟有一種紅星……

我的同伴像小貓似的哼着什麼歌。調子是熟悉的月隱黑雲後，但是我聽到了另一些語句：

「奇怪的瓦連奇娜，——

你比一切花都美麗！

女侯之子的心燃燒着，

準備爲你而犧牲一切……」

「這是什麼歌？」

卡里甯把身體欠伸了一下，動了幾動，——他的身體柔軟得好像蜥蜴。他的手掌在臉上緊緊地摸索着。

「這是一首詩歌。一個陸軍會記官編的……他死於癆病。他和我是知己，我一輩子祇有一個眞正的朋友，也是奇怪的人！」

「瓦連奇娜是誰呢？」

「自然是一位小姐，」——他不樂意地回答。

「曾記肯愛上她，是不是?」

「一點也不。」

顯然他不願談論這件事情，重又縮了身體，藏起腦袋，嘰咕地說：

「最好生上火堆……否則一切全是溼的……」

風沈悶地呼嘯，搖幌着樹；頑强的細雨襲打大地。

「我是小小的窮人，

永不會做另樣的人，」

卡里甯重又輕輕地唱了起來，頭用迅速的，和他不相稱的姿勢轉了過來，神氣十足地說：

「這是一支很悲慘的歌……它會觸動你的心絃，至於下淚……祇有兩人知道這支歌，我和他……自然還有她。……但是她自然立刻忘記了……」

他的光明的眼睛微笑着。他寬宏地提議道：

「你知道：你是一個青年人，你應該知道，人生在什麽地方是危險的罷，——讓我來 對你講 一段故事……」

雨也似乎傾聽着：於是一個人的自白，從絲綢般的，被厭悶弄得昏沈欲睡的微寂中，平和地流了出來了：

「『戀愛的不是羅吉央諾夫而是我，』——他祇是替我寫幾首詩而已。在我十九歲上，她出現了。我看到她，立刻明白我的命運就在她的身上，我的心竟呆住了，整個生命像灰塵投向火中似的飛逝。我的身上好像長了翅翼。感覺自己好像是一個立在長官面前守衛的崗兵，——全身挺直着，硬綁綁地動也不動，心裏嚇得慌慌，立刻會有什麼事情出來。她——那個瓦連奇娜·伊格那奇也夫納——有二十五歲，也許還多些！……很美麗的女人！簡直是奇怪的！她是一個孤女：父親被土耳其人打死，母親在蘇馬雨地特出天花死了……她是將軍的內姪女。那位小姐的頭髮是栗色的，皮膚皙白得像描金的磁器，眼睛和子母綠一般……整個身體是圓圓的。……好像一塊甜餅……她佔着廚房旁邊，角落裏的那間屋子，——將軍的房子自然是自留的，——還給了她一間明朗的伙食房。她在各處擺設着一些奇怪的東西：小瓶，小玻璃杯，銅喇叭，還有一隻玻璃圈，外邊包着錫，她一轉動，就跳出火星，發出猛烈的聲音，她一點也不怕，唱道：

「『春來非爲了我，

春水的泛濫也非爲我，

心喜悅得跳躍，

非爲了我，非爲了我……』

「她永遠唱這支歌。她的眼睛對我閃耀着，用懇求的口氣對我說：

「『阿萊克謝意，你不要動我的東西，這些東西是危險的！……』我在她面前確乎會把一切東西都從我的手裏掷落的。她那首非爲了我的歌，——使我替她感到不平。怎麼見得非爲了你？一切是爲你而存在的！我的心被吸捲到天上去了。我買了一隻吉泰，不會彈奏，因此和羅吉央諾夫那個書記官認識了，——他的師四司令部就在我們那條街上。這個羅吉央諾夫是小小的個子，黑色的頭髮。他是受過洗禮的猶太人……臉是黃黃的，眼睛像鈕釦一般。他的爲人很好，吉泰也彈得不壞。他對我說：人生的一切是都可以取到的……我們這種人不會喪失什麼。所有存在着的一切從那裏來的呢？都是從最普通的人們那裏來的。人並非生而爲將軍，但是會取到相當的職位。她說，女人是有始有終的。可以用詩收她的心，我替你寫詩，你送給她……他的思想是直率的，沒有畏懼的……」

卡里甯迅速地敍講着，鼓起了精神，卻忽然似乎熄滅了：沉默了幾秒鐘，繼續輕輕地，慢吞吞地，有點勉强地說下去：

「我立刻相信了他，但是以後弄得完全不對：女人是欺騙，詩句是無聊的東西，而人是不能逃掉自己的命運的。勇氣在戰場上固然有用，但在平常的生活內簡直是赤裸裸的流氓舉動！老弟，建築生活的律法是應該知道的。社會上有上等人和下等人。在他們各處其位的時候是很好的；但是祗要有人從上爬下來，或從下爬上來，——那就完了！這人會在半路上停頓住，進不得，退不得，就這樣一輩子弄下去！真會一輩子這樣，老弟！所以你應該靜靜地坐在自己的位置上，而像命運所允許的那樣……雨好像停了罷？」

是的，雨點下得越來越稀少，而且疲乏，從潮溼的樹枝裏可以看得見天上光明的斑點，好像太陽似的。

「你請下去呀！」

卡里甯冷笑了一聲。

「有甚麼？我當時相信保羅的話，就請他寫詩。他在第二天上就很靈巧地預備好了……我忘記了詩句……彷彿說在白天和黑夜，你的眼睛裏的愛火，在嚙食着我的心，——求你憐惜它呀！我把這首詩放在桌上，一張紙頭下面，——身子自然不住地抖索着。第二天早晨我收拾屋子的時候，——她忽然走出來，身上披着的紅晨服沒有繫好紐扣，牙齒裏銜着香煙，和藹地微笑着，把那張紙給我看，說道：

「『阿萊克謝宗，這是你寫的麼？』

「『是的，』——我說，——『請你看基督面上恕了我罷。』

「『你頗有理想，』——她說，——『但是很可惜，因為我已經不是自由的身體：姑丈要我嫁給克略懋卡爵生，一點也沒有法子可想！』

「我愣住了：他說得那樣的和藹而且露出憐惜的意思。克略懋卡爵生的臉是紅的，上面長着面皰，鬍子長到肩膀上面，身子那樣的沉重，老是哈哈地笑着，喊道：

「『沒有始，沒有終，祇有一樣快樂！』

「將軍也笑着，全身抖慄得利害：

「『你這個爵生，』——他說，——『真是滑稽角色。』——那就是說他是一個小丑。我那時的身體卻像手杖似的挺直，臉是紅潤的，頭髮是蜷曲的，過着純潔的生活。我當時對待女人們很謹慎，對於妓女尤其醜視，……總而言之我十分保重自己，心裏蓄存着支配一切的理想。我不喝酒，感到嫌惡……以後總喝開了酒。我每禮拜六必到澡堂去洗一次浴。

「晚上他們全到戲院去，克略慈卡也同去。將軍自然有自己的馬車。我就到羅吉央諾夫那裏去，一五一十地告訴他。

「『我恭賀你，』——他說，——『你請我喝兩瓶啤酒，你的事情已經妥當了！你給我三個盧布，我再替你寫詩。詩是有魔術的，有點像符咒。』於是寫成了那首諧奇怪的瓦連奇娜的歌，——寫得很可憐，而且十分明白。唉，天呀……」

卡里甯陰鬱地搖頭，張開着小孩似的眼睛，釘視被雨洗淨的天空上面的蔚藍的斑點。

「她發現了那首詩，」——他不樂意地，勉强地說着，——「就叫我去，問道：

「『我們怎麼辦呢，阿萊克謝密？』

「她自己半裸着身體，我幾乎看得見她的整個胸部和光裸的兩腳，腳上穿了便鞋。她坐在沙發椅上，搖曳着腿，儘在逗我。

「『我們怎麼辦呢？』——她說。

「我那裏知道呢？我這人彷彿是不在地上似的。

「『你會沉默麼？』──她問。

「我點着頭，完全呆住了。她皺着眉頭，立起身來，取了兩隻小瓶，從裏面倒出一些粉末到信封裏面，交給我，說道：

「『我看，』──她說，──『祇有一條出路可以脫離我們這種埃及式的苦痛：這裏是一包粉末，醫生今天到我們家裏來喫飯，你把這粉末撒進碟中，過了幾天以後，我就可以得到自由了！』

「我並了十字，收下這隻信封。我的眼裏浮着一片濃霧，連兩腳都僵硬了。我不記得我生了什麽毛病，我的整個身體從內到外都死僵了，在克略慈卡來到之前──糊裏糊塗地一點也不明白……」

卡里甯抖索了一下，牙齒打戰，慈憫地看我匆遽地轉動着身體。

「必須生起火堆來，──我抖索着呢！你爬出去呀……」

破碎的黑雲的影子在潮溼的田地上，光明的石頭上，被雨水洗成銀色的草上，疲乏地拖曳着。這些黑影落在山巔上像沉重的崩雪，遂上被一層白煙所包圍。雨後的海顯得安靜，澀澀得輕些，悲慘些，天上的藍色的斑點顯得柔軟而且溫和些。陽光散漫地照着地和水，光線落到草上，──草發出子母綠和眞珠的光芒，深藍的海燦爛着幻變的顏色，反映出清爽的光綫。周圍的一切太好了，且露出太多的希望，好像風和雨將秋天驅走，豐饒的夏重又回到地上來了。

我從低微的步聲，和兩點快樂的降落聲中，聽着嘮叨的，疲乏的講述：

「我給他開門，不敢望他一眼，頭自然而然地垂下，但是他抓住我的下頦，把我的頭舉了起來，問道：

「『你是怎麽啦？你的臉色爲什麽這樣發黄？什麽事情？』

「他的性格很好。……他時常很豐厚地賞我錢，永遠和我客客氣氣地談話……好像我不是傭人似的……

「『我有點不大舒服，』——我說。

「『好罷，』——他說，——『喫過飯以後我來給你診察一下，你且不要着急。』

「我立刻明白，我不能爭告他，必須由我自己服下這包粉末，是的，由我自己服下！好像有電光照耀着我的心，——我看到我走着的不是那條命運所指示的路。我當時跑到自己屋內，倒了一杯水，把粉末倒進去，——水混濁了，嗞嗞地響了一下，起着沫子。眞可怕！但是我喝了下去。並沒有反應，向內臟傾聽一下，——沒有什麽。頭腦竟覺得清爽些，雖然很可憐自己，甚至下淚……讓我們在這裏留一會！」

一塊巨石，披着苔蘚和莎草編成的深綠色帽子，它的寬闊的，扁平的臉龐善良地俯在地上，——好像勇士堅山受了地的吸力，走入地裏，地上祇留下被世紀的思念磨得光光的頭和臉。從四面八方緊緊地圍長着一些橡樹，也好像由石頭彫刻而成的橡樹枝閤着老石巖的皺紋。石頭的蓬蓋下面又乾燥，又舒適。卡里甯踡坐着，一面折斷乾枝，一面說：

「我們應該在這裏躲雨……」

「唔，——繼續講那件故事罷……」

「是的……你性急得很……」

他把柔細的身體，移進石頭的深處，在地上伸了伸四肢，懶洋洋地說：

「我親眼見走進放碗盞的屋子裏，兩腳在那裏跳躍，胸內顯得寒冷。忽然瓦連奇娜·伊格那奇也夫納在客廳裏快樂地笑着，我隔着飯廳聽見將軍說道：

「『那些平民都是這樣的。他們爲了五分錢肯做出一切的事情！』

「我所愛的那位喊道：

「『姑夫！難道我祇值五分錢麼？』

「醫生也說：

「『你給了他什麼東西？』

「『碱和石酸。天呀，這眞是可笑……』」

卡里留沈默了，閉上眼睛。

潮濕的風嘆息着，將濃厚的煙吹到黑色的樹枝上面。

「我起初很高興，我不會死的。碱和石酸並不有害，可以解醉。忽然想到了一個念頭：怎麼可以這樣開玩笑？我並不是一隻小雞呀！……不過我的心裏總歸輕鬆了一點。他們起始喫飯，我把雞湯放在茶杯裏邊上去。大家都默着聽不懂。醫生首先嚐了一口，然起杯子，皺着眉頭，問道：

「『請問，這是什麼東西？』」

「我心想，老爺們，你們想開玩笑是開不成的！我當時很有禮貌地說：

「『請您不必着急，大夫，那包粉末我自己喫下去了……』」

「將軍和她夫人不明白玩笑沒有開成，哈哈地笑着，可是那兩位卻一言不發，瓦連奇娜·伊格那奇也夫納的眼睛張得大大的，她輕輕地問：

「『你知道沒有害處麼？』」

「『不，』——我說，——『在我喫的時候，——我還不知道……』說到這裏，我倒了下來，完全喪失了知覺。」

他的小小的臉病態地皺着，顯得老習而且可憐。他的胸膛轉向那個不鮮豔的火堆，揮着手，把陶洋洋地，淘氣似的吹過來的煙驅走。

「我病了十七天。克略慈卡醫生跑來看我。他的姓是很特別的。㊁他坐在我身旁，問道：

「『這樣說來，——你是不是自己想毒死自己，你這怪物？』」

「他竟叫我怪物。這於他有什麼相干呢？假使我自己想把自己餵狗，他也管不到……瓦連奇娜·伊

㊀俄文，「克略慈卡」作「蒼蠅」解。——譯者。

格那奇也夫納一次也沒有來看我……我以後就沒有看到她……他們不久結了婚，動身到哈里可夫去了。克略慈卡在盧古也夫野營內謀到了一個位置。祇剩我一人留在將軍家裏。這老頭人還不錯，有點腦筋，不過舉動自然很粗暴。我病好了以後，他喚我去，對我說：

「『你完全是一個傻子，這全是那些討厭的書本害你的！』——其實我什麼書也沒有念過，我不愛念。——他說：『這祇是在故事裏傻子要得到公主。人生好比一盤棋，每着棋有它自己的進行的步驟，不這樣是無從游戲起的！』」

卡里當伸手到火上去。他的手是柔細的，非工人的。他冷笑了一聲，向我擠了擠眉眼。

「他這句話我看得十分正經。我心想，——原來是這樣的嗎？假使我不願和你們游戲，不願爲了不知是什麼的原因而把我的生命斷送去，那便怎樣呢？」

他得意地提高了聲音。

「當時我開始仔細觀察他們的游戲，看見他們大家都生活在各種無用的物件裏面，既受了累贅，又同時沒有正經的價值。器呀，盤呀，花瓶呀，各種小零碎呀，而我必須在這些東西中間走來走去，拂拭灰塵，怕碰碎，弄壞牠們。我不願意！難道我的母親是爲了這些雜事纔把我痛苦地養下來的麼？難道我注定一輩子要做這種事情麼？不，我不願意做下去。我總不管你們這些游戲。我要生活下去，隨我的意思，隨我所喜歡的樣子生活下去……」

他的眼內閃耀出綠光，手指拘攣地抓緊着，在火上揮指着，似在切斷紅紅的亂枝。

「自然我並非一下子瞭解到，卻是慢慢地明白過來的。巴庶有一位長老，一個極有智慧的人，他使我確定了這種思想。他說：『一個人不應該束縛自己的心靈。無論職務，財產，女人和一切世上的誘惑的僻好，都不應使你留戀。惟有愛着基督，獨自生活下去。這是唯一的正確的路，唯一的堅定的辦法……』」

「唉！」——他興奮地喊出，鼓起着臉頰，由於內心的什麼努力而臉紅了。——「我看見許多事情，到過許多地方，遇到許多人，俄國有許多人瞭解了自己，因而不願從事一切瑣碎的事情。『離惡遠些，便是行善，』——長老對我說。但是我在他說這話以前就已悟到了。我自己甚至對許多人說過，現在說着，將來還要說……啊，太陽出來了！」——他忽然用驚慌的，哀憐的語調打斷了那些自傲的話語。

一輪大紅日沈重地落入裏海和水的中間，有不很高的黑暗的雲朵和積雪的山嶺。

「怕要在這裏過夜呢。」——卡里甯摸着栗樹，喃喃地說，——「這地方夜裏有胡狼出沒。胡狼你知道麼？」

「是野狼麼？」

「叫牠胡狼對一點。」

三朵雲好像土耳其人穿着深紅色的長袍，白色的頭巾，他們低垂着頭，秘密地議論什麼事情，一個的背上凸起了駝峯，另一個的頭巾上長着白裏泛玫瑰色的羽毛，掙脫了，泅到天上，朝沒有光芒的像月亮似的正在夢想中的太陽沉去。第三個土耳其人向前伸着身體，俯在海上，把他的對談者蓋住，從頭巾下面露出大紅鼻，可笑地嗅聞海水。

「盲目的老人編織草鞋，比許多聰明的人們編織他們的生活，還要靈巧一些，」——卡里甯的平勻的語音在火堆的軋響和爆裂的聲音之下發出。

不願再聽他的說話。那根牽引我到那裏的線好像立刻燒斷了。我衹想默默地向海裏看望思索一些像黃昏那樣帶憂鬱地，而且和藹地壓動着心靈的念頭。他的話語像遲到的雨點似的落下來。

「大家都忙亂着互相詢問你怎樣生活着的？大家還教訓着，——你不應該這樣生活，卻應該如此如此！但是誰能知道，應該怎樣生活，纔成爲完全健康的生活？誰都不知道，——讓每人各隨己便地生活下去，不要加以勉強。我既不對你有所希望，你也不必要求我什麼。也不必去等候。維泰里神甫作了相反的證明：人在世上應該做嫉惡如仇的戰士……」

在黑暗的沙漠裏躺着血紅的羣衆，——世界上最優秀的人們是不是踏在羣衆的身上走過，而且還在暗中走着，喪失聖潔的熱血？

在這靈活的火光的地帶的左右而是奇怪的深紅色的海，再過去則爲黑色的，柔軟的海，像絲絨一般。閃電在遙遠的東方無聲無響地燃燒着，彷彿是一隻看不見的手在潮溼的天上擦自來火，而不能斷燃出火來。

卡里甯惱怒地談論維泰里神甫，新阿芬修道院的監工者，使我憶起了這修士的聰明的，快樂的臉，在黑色和銀色的絲綢似的鬍鬚中間有兩排珍珠般的牙齒。他眯細美麗的，女人的眼睛，用動聽的低音說道：

「在我們來到的時候，這裏還是一團糟，各處都很荒廢，長滿了各種莖草，可惡的帶着針刺的樹絆住我們的腿。但是現在你們看，人類的手創造了這樣偉大的美麗和快樂。」

他用堅强的手和眼勢驕傲地在空中畫了個廣闊的圈：在這圈裏，正像在框裏似的裝着一座山，它的斜坡上植滿了果園，——土地掘得鬆鬆的，像一層絨毛，脚下是銀色的瀑布，和在石頭上刻成的梯級——這梯級一直通到西蒙·卡奈尼特的洞穴裏去。新教堂的金頂在中午的太陽裏燦爛着，客店和正廳的白色房屋融化了，魚池像一面明鏡，各處全是收拾得齊整的，帝皇般莊嚴的樹。

「人祇要想去做，——一定能克服亂糟糟的一切！」——維泰里得意洋洋地說。

「我就在這裏把他駁倒了！我說，我們的基督也是無家可歸的，立在地上的人；他拒絕了塵世的，煩惱的生活！」——卡里甯說，搖着頭，耳朵也抖慄起來。——「他既不是爲了上等人，也不是爲了下等人，他像所有偉大的主持公理者一樣，是不偏不倚的！他帶着猶里和尼古拉到俄羅斯各地的鄉村裏去巡游的時候，並不干涉他們的事情，——他們在辯論着人的問題，可是他卻一言也不發！我用這一套話駁他，維泰里生了氣，喊道：你眞是野蠻人，異教徒。」

石頭下面悶熱得很，而且瀰滿着煙氣。火堆像一個紅色的罌粟花，杜鵑花，和一些黄花。它過着美麗的生活，自己燃燒着，使人們取得煖暖，發出聰明的，快樂的，明朗的笑聲。

湖沼的風從山上烏雲裏悄悄地垂降下來，土地發出沉重的，潮濕的呼吸，海浪重地唱着不清楚的，沉鬱的歌曲。

「這末說來，——我們要在這裏過夜麼？」

「不，我要走路。」

「那也好！我們走罷……」

「我和你不同路……」

他蹲坐着，從行囊中掏出麵包和生梨，但是我回答以後，重又把掏出來的塞了進去，在行囊上拍了幾拍，生氣地問：

「那末你爲什麼和我走路呢？」

「爲了談談話。你這人很有趣……」

「自然是有趣的，——像我這樣的人並不多呀，老弟！」

太陽像巨大的扁豆，顯出暗淡的紅光，還沒有隱下去，浪水已不能鞭打到地上來的火的道路。但是它不久即將在雲端裏沉沒，那時黑暗會立即傾瀉到地上，好像從傾覆的碗盞裏倒出來似的，而天上立刻會熠熠出和藹的巨星。在黑暗裏的土地將小得像人的心一樣。

「再見罷！」

我握着不大的，無肌肉的手腕。他露出像小孩似的明朗的眼神，看着我的眼睛，說道：

「我會比你先走到的……」

「到額爾烏特麽？」

「是的……」

……於是我獨自留在這黑夜裏，留在這可愛的地上，在這裏，一切對於我是同樣的陌生，也同樣的親近；我既受了生命的豐饒的厚賜，自己也在盡力之所及使生命取得豐饒。

一天一天地，有越來越多的，無從數清的線把我和世界束縛在一處，心一直在積蓄些什麽，就在這上面生長着愛好生命的情感。

海唱出夜的頌歌。石頭受了浪水的愛撫，以深吼來作答。一些看不清楚的，白色的東西成群結隊地在黑暗的空間跳來跳去，晚霞尚未在遠處熄滅，而天空的中央已鮮豔地熠耀着群星。

樹梢皆沈沈地搖曳着，——雨點朝地上撒着。脚下的水發出嗚咽，——一種畏葸的，睡沈沈的聲音。

我在黑暗中走着，自己給自己照路。我覺得我的心好比一盞活的燈籠，在我的胸內燃燒出紅光，只想使凡是膽怯的在黑夜中迷途的人能見到這小火……

海行

一陣陣吹着從査瓦來的雄壯的風，打擊達格司坦的黑山，落到卡斯比海冷冽的水上，在岸旁激起尖尖的，短短的浪潮。

數千白色的小鳥在海上高高地鼓起，旋轉，舞蹈，——好像被融化了的玻璃在大鍋裏活潑地沸騰着：漁夫們稱這種海與風的游戲爲「杵搗。」

白色的灰塵像輕紗的雲一般，在海上飛騰，撒在兩根桅檣的老斯克那船上，它從波斯爽菲特督特到阿司脫拉罕去裝載乾果，如無核葡萄，杏子，桃脯之類。船上搭乘着一百名漁夫，全是伏爾卡上流森林地帶的農夫，健壯的，鐵鑄般的民族，被烈風炙烤，在海洋的苦水裏泡鹹，一羣鬍鬚滿面的，良善的野獸他們掙到許多錢，很高興地回家去，在甲板上像狗熊似的亂鬧一陣。

綠油油的海從浪水的白裂裂裏露出它的肉體，不住地呼吸着。斯克那船的尖鼻切斷着海水，像犂耙切着田地，兩條捲入彎曲的白沫的雲裏，斜形的船首帆浸在冷冽的秋水中。

帆鼓成球形，上面的補綻軋軋地發響，帆架咬咬地低叫，綁得很緊的索具彈出絃樂的聲音，——周圍的一切全在緊張的，迅速的飛馳中。雲也在天上馳騁，銀色的太陽在雲隙裏洗浴；海與天相像得奇怪，——

天也沸騰着。

風發出惱怒的嘯聲，把人語聲，濃重的笑聲，歌唱的詞句向海上搖盪。他們早就唱着歌，但還不能調整得和諧，妥貼，風將柔細的鹹水飄到歌者們的臉上，偶然聽見破碎的女人的聲音，濃重地，哀怨地喊出：

「火燄般的蛇……」

肥厚的杏子發出甜蜜的，濃重的氣味，甚至劇烈的，海上的氣味都不能將這香氣殺光。

已經走過烏慈那沙，快到車臣島，一個從古代就爲俄人熟悉的地方，——甚也夫人就是從這裏出發去搶劫達巴里司坦。船舷的左面，高加索的黑山，在秋的透明的蔚藍裏時現時隱。

一個身軀魁偉的小夥坐在大桅檣附近，寬闊的背靠在上面。他穿着白帆布襯衫，藍色的波斯式的褲子，沒有鬍鬚。浮腫的紅唇，蔚藍的，明朗的，小孩似的眼睛，爲年輕的快樂所醉。他的脚在甲板上寬闊地伸展着，膝上躺着和他一樣魁偉的，沉重的，年輕的女形工匠。臉受了風與日的吹炙顯得紅而粗糙，眉毛又黑，又濃，又大，像燕子的翅膀，眼睛睡沈沈地微閉，頭疲乏地垂倒在小夥的脚旁，從解開紐扣的紅上衣的摺縫裏聳起着堅硬的，像用骨頭彫成的乳峯，帶着一對處女的奶頭，和局圍蔚藍的，筋絡的圖樣。

小夥把長長的，多結頭的，光裸到肘邊的手上寬闊的像生鐵般的巴掌按在她的左乳上面，粗重地撫摸女人的肥胖的身體，另一隻手緊持着一隻鐵罐，裏面盛着濃濃的酒，紫丁香色的酒滴落到他胸前雪白的襯衫上面。

人們在他們身旁羨慕地旋轉着，扶住被風吹搐的帽子，繫好了衣裳的紐扣，用貪婪的眼睛撥弄女人的舒展着的身體。茸毛的，綠色的海浪，隔着船舷，一會兒從左面，一會兒從右面窺望着。雲在色彩繽紛的天上飄揚着，永不饜足的海鷗啼叫着，秋日好像在起床的水盆舞蹈，一會籠罩在藍色的陰影，一會燒灸天然色的石頭。

人們在斯克那船上喊叫，歌唱，嘻笑，在一堆裝桃脯的蔴袋上面放着一隻大皮袋，裏面盛着卡赫定的葡萄酒，一些長着鬍鬚的，身體强健的農夫們在旁邊喧嘩地徘徊着：一切具有古代的，故事般的樣式，——憶起了司鐵彭·拉醫從波斯出征回來的情景。

波斯水手們穿着藍色的服裝，身上骨頭聳起，像駱駝一般，親藹地露出珍珠般的牙齒，看着這一羣快樂的羅宋人。東方人的陰沉沉的眼睛裏輕輕地燃着無從索解的微笑。

被風弄得頭髮散亂的陰鬱的老人，那隻巫師似的茸毛的臉上長着歪斜的鼻子，走過女人和小夥的身旁，擋在她的腳上，止了步，用不是老人那樣的姿勢，拚命地搖頭，喊道：

「眞是要死！爲什麼躺在走道中間？不要臉的東西！這樣子光着身子，——眞難看死了！」

女人動也不動，甚至沒有張開眼睛，祇見她的嘴唇微微地抖索了一下，小夥卻伸直了身體，把酒罈放在甲板上面，另一隻手擱在女人的胸前，粗魯地說：

「耶基姆·彼得洛夫，你是羨慕麼？你走開點！你不要看，就不會白白地哭着！這塊糕恐怕你的牙齒受不住……」

他把手掌舉了一舉，重又垂落在女人的乳上，勝利地補說了一句：

「我們要餵飽整個的俄羅斯——！」

女人慢吞吞地微笑了一下，周圍的一切彷彿深深地嘆了一口氣，微微地發起，像從一個胸脯裏透出來似的，連斯克那船和船內的人們在一塊兒。浪水向船舷上澎湃地叩擊，鹹水濺潑到各人身上，也濺潑到女人身上。她微微地張開黑暗的眼睛，望了老人和小夥一眼，全用的是那種善良的眼神，不慌不忙地把衵遮拖了一下。

「不用！」——小夥說，丟去她的手。——「讓他們看！不要緊的……」

船尾那邊，農人和村婦們表演舞歌，沉醉的年輕的聲音有趣地唱出：

「我不貪圖你的財富，

它不比我的愛人可愛……」

靴跟在甲板上叩擊，有人嗚嗚地叫着，像一隻鷗鳥，三角琴細柔地作響，——卡爾梅瑟卡耶的戀愛歌唱着，女人的聲音越升越高，快樂地唱着：

「狼在野田內怒吼，——

飢餓得怒吼；

最好把公公抓去，——

這是他應受的罪！」

人們哈哈大笑，有人洪響地喊：

「好不好，媳婦們？」

兩向海上播種閒暇的笑聲。

魁偉的小夥惱惱地把駝毛大衣鈕蓋在女人的胸上，陰鬱地瞪出圓圓的，孩子似的眼睛，向前看了一下，說道：

「我們一同家，——就要大大地發展一下！——瑪露亞，我們要大大地幹一下！」

長着火焰的太陽飛向西方，要追在後面，趕不上，祇好坐在黑暗的山巒上面，像一堆堆的雪陵。

死人

……我在高及胸間的麥子中央一條柔和的，灰色的路上走着；路很狹窄，麥穗被油膠弄髒，且遭了踩踏和折損，被壓碎得躺在車軌上面。

老鼠淅瀝瀝地發響，沈重的麥穗搖曳着，俯身到乾燥的田地上面。小燕在天上閃來閃去，——近處什麼地方一定有河和住處。眼睛在金黃的海中彷徨，尋覓聳立天際的鐘樓，像輪船上的桅檣；還尋覓遠遠的看來像黑帆似的樹，但是周圍一點也看不見，除去錦緞似的沙原以外；這沙原向西南處盡是低凹地帶；空曠得和天一樣，而且同樣的靜寂。

人在沙原裏會感到自己像一隻碟子裏的蒼蠅，——在牠的中央，感到土地生活在天的核心裏，太陽的擁抱中，被太陽的美麗眩盲了的晶罩裏。

在前面蔚藍的天邊上，血紅的巨大的太陽莊嚴地落在白雪般的雲塔上面；麥穗上撒滿了落日的玫瑰色的灰塵，矢車菊業已發黑，在黃昏前的靜寂中明晰地聽到土地唱出的一切。

紅光在天上像扇子似的張開着，其中一條觸到我的胸前，像摩西的棍子一樣，引起平和的情感的熱泉；眞想緊緊地擁抱黃昏的土地，向它說些響亮的，誰也沒有說過的大話。

星兒散在天空，大地也是星；人們散在地上，我也在其中，且在各種道路上無所畏懼地走着，見到一切的憂愁，一切生命的快樂，和人們同飲蜂蜜與毒藥。

……想喫東西，但是行囊裏從早晨起就沒有一塊麵包，這並不妨礙我思想，而且帶點惱怒的心情思想這麼富饒的大地，人在上面做了這麼多的工作，而還有人挨餓……

道路忽然向右轉折，——麥穗打了開來，出現了沙原的山澗，澗底蜿蜒着蔚藍的河，一座新橋在上面懸掛，向水中投下影子，——橋是黃色的，好像用燕麥彫成。橋後有七所白色的村舍伏在斜坡上面，坡上還有果園，高長的白楊向村上投擲長長的絨毛的黑影。一匹繩住腿的馬在灰白色的樹棵中間走來走去，揮搖着尾巴。吹來一陣溫暖的煙味，臭膠味和潮溼的莽蕪的氣味。雞嘶啞地啼叫，嬰孩疲倦地哭泣，——他立刻就會睡熟的。假使沒有這些聲音，人家會以為山澗裏的一切全是由一隻慈媚的手，用和諧的色彩匆遽地寫成的，——這些色彩在太陽下已淡褪了。

在村舍的牛欄中有一間泥屋，旁邊是一座紅色的，又高又狹窄的鐘樓，好像獨眼的更夫。長長的起重機向地上俯伏，發出軋軋的聲響。一個全身穿得白素的農婦高舉光裸的手，挺直身體，她看來那樣的輕，好像立刻就要飛到空中似的。

泥屋附近閃耀着一團泥漿，好像揉皺了的天鵝絨；兩個五歲和三歲的小孩，都沒有穿褲，裸到腰際，獃獃地用黃黃的兩腳踐踏污泥，似乎想把太陽的紅耀放進潮溼的爛泥裏。這種善良的工作很引起我的與趣，我同情地，有趣地，望着這兩個神色莊嚴的小孩。太陽逝在汚泥裏也是十分恰當的，它向地裏沒透得越深，大地和人們越好。

從上面看來，——一切似乎在你的手掌上面。村中祇有七間房子，——在這裏恐怕找不到任何的工作，但是和那些善人們談一晚上的話也是有趣的。我走到橋上，心裏充滿了喜悅和快樂的願望，想把各種奇怪的故事講給人們聽，——這對於他們和麵包一般的重要。

一個强壯的，久不梳髮，也不剃鬍的人從橋底下朝我的方面舉起身來，好像一塊土地復活了。他穿着寬闊的藍袴，敞開了胸脯的麻布襯衫，——那襯衫因爲積着汚泥已成灰色。

「晚上好呀！」

「好呀。你到那裏去？」

「這條是什麽河？」

「這條麽？蔭格達克河……」

半斑白的鬈髮在他的大而圓的頭上瘋狂地彎曲着，鬍子剃得短短的。小眼銳利地望人，帶着懷疑的神情，顯然在數我的衣裳上破洞和補釘的數目。他深深地嘆了一口氣，從口袋內掏出泥製的煙斗，眯細眼睛，注視煙斗的黑洞，問道：

「有洋火麽？」

「有。」

「烟葉呢？」

「烟葉也有一點。」

他想了一想，望着浴在雲裏的太陽，以後說道：

「給我一點烟葉！洋火我也有。」

我們抽着烟。他把手肘放在橋欄杆上面，背靠着橫梁，長久地把淡藍的煙向空中散放，同時貪吸着煙味。他皺着鼻子，吐了一口痰。

「莫斯科的烟草麽？」

「羅孟的『雷馬倫卡』牌。」

「啊！」——他說，鼻上的皺紋消失了，——「很好的煙！」

在主人之先到農舍裏去似乎不大合適。我於是和這人立在一塊兒，等候他說完他的不慌不忙的盤問，——我是誰？從那裏來到那裏去？做什麽事？——有點生氣他：我想趕快弄清楚，這村莊將如何接待我。

「工作麽？」——他從鬍鬚裏哼出話來。——「工作是沒有的。現在有什麽工作？」

他掉轉身去，朝河裏吐了唾沫。

對岸走着一隻母鷄，神氣活現地搖曳着身體，一羣小鷄在牠後面像黃澄澄的絨球似的滾着。兩個小姑娘送牠們，一個戴着紅頭巾手裏執着樹枝，比母雞大些，另一個和家禽一樣，白白的，肥肥的，手常彎曲着，露出神氣活現的樣子。

「尤菲姆！」——看不見的聲音疲乏地喊出，——道人搖了搖頭，表示贊成似的說：

「嗓門是夠麃的呀！」

以後起始移動有裂紋的黑脚的指頭，看了破折的指甲半天，終於問道：

「也許你認識字麼？」

「怎麼樣？」

「既然認識字，也許會念爲死人所寫的書麼？」

這提議顯然是他極喜歡的，——快樂的漣漪在他的棉絨紋的臉上閃過去。

「難道這不是工作麼？」——他說，把栗色的眼珠藏了起來，——「你會取到十個戈比還加上死人件襯衣。」

「還給一頓喫，」——我出聲地想着。

「那自然啦」

「死人在那裏？」

「在自己的農舍裏。我們走罷！」

朝裊波的聲音走去。

「尤菲姆……你來呀……」

黑影在柔和的道路上朝我們爬來，一羣小孩在河旁樹棵後面嘩喫，水潑濺着，有人鎚木板，——嗚咽的聲音在空中游泅。那人不慌不忙地說：

「有一個老太婆會念經的，——那總是妖魔呢！人家把她送到城裏去了。她的腿不能動彈了……應該把她的舌頭剪去纔對！她是很有用的，不過對很利害……」

一隻小黑狗，牠的大小也就像大癩蝦蟆，用三隻脚走着，滾到我們脚下，舉起尾巴，戚戚地吠叫，致現色的小孩似的鼻子嗅開空氣。

「去！」

一個年輕的，光腿的農婦從旁邊什麽地方跳出來，惱怒地搖擺着手，說道：

「尤菲姆，我叫你，我儘叫你……」

「我沒有聽見……」

「你在那裏呀？」

我的同伴默默地向她舉着表示侮辱的指頭，一面領我走進農舍的院裏。這所農舍和光腿女人留着的那所是緊鄰，那女人還在那裏喊出利害的駡語和不客氣的言詞。

兩個老婦坐在一所小農舍的門前，一個是圓圓的，頭髮蓬亂的，像穿破了的皮球，另一個身上盡是骨頭，背部已經折斷，帶着一付黑暗的，生氣的臉。她們的脚下躺着一隻像綿羊樣子的大狗，吐出着抹布般的舌頭，身上的毛已經磨光了，眼睛是紅紅的，流着眼淚。

尤菲姆詳細講述他怎樣遇見我，還說我有什麼用處。兩對眼睛默默地望他，一個老婦幌動柔細的黑頸上的頭，另一個聽着，對我提議道：

「請坐，我來收拾點東西給你喫晚飯……」

小院濃密地長滿了綿葵和車前草的薔薇，院子中央放着一輛沒有輪子的大車，轆頭黑得像燒焦的木柴。正在追趕雛雀，一陣陣柔和的聲音慢吞吞地流到村莊裏來；灰色的影子從院子各個角落裏爬出，落在草上，使牠變成黑色。

「大家都要死的，」——尤菲姆用深信的口氣說，煙斗朝牆上叩擊着。那個光腿，紅頰的村婦立在大門外，用低啞的聲音問道：

「你來不來呢？」

「先要做完一樁事情，以後再……」

她們給我一塊麵包，一碗牛奶。狗立起來，把那隻流着涎涎的老醜臉放在我的膝上，用黯淡的眼珠看我的臉，彷彿詢問着：

「有滋味麽?」

駝背的老婦的嘶啞的聲音在院子裏傳播着，好像晚風吹在乾草上發出來的聲響：

「你儘管去哀求禱告：叫上帝減輕憂愁，但是它會加了倍到你身上來的。」

她黑得像命運一般移動着長長的頸項，蛇似的頭有韻節地，循環地搖曳着。單調的，古老的話語疲乏地落到地上，我的脚下。

「有些人隨隨便便地工作着，有些人什麽工作也不做，可是我們那些人卻超過了自己的力量，還不得到什麽賞賜……」

聽見小老太婆的微語：

「聖母會賞賜的……會賞賜大家的。……」

深刻的沈默的一分鐘。

這全體的時間似乎蘊藏着一點偉大的意義暗示出一個信心，就是立刻將產生一些重要的思想，使我即能聽到特別的話語。

「我對你說，」——老太婆說，試着挺直了背，——「我的那個人在許多仇人中有一個朋友，名喚安得列。我們沒有力量在祖傳的田地上，唐涅慈河邊生活下去的時候，——人們把我的那個磨折得筋疲力盡，哭也哭得出來，——安得列跑到我們那裏說道：『耶可夫，你不必失望，土地很大，到處都容得住人：假使這裏的人們太兇狠，這是由於愚蠢和擁擠的緣故，你不必責備他們。你自己好好地生活下去：他們管他們的，你管你自己的——你靜靜地生活下去，不要對任何人讓步，那時你會戰勝一切的。」

「我的瓦西里也常說：他們管他們的，我們管我們的……」

「是的，好話無論在什麼地方說出來，總歸不會死的，——它將在世界上飛着，像燕子一般……」

「這很對，」——尤菲姆說，點頭表示同意。——「這確是這樣！人家都說好話是甚麼的，壞話是牧師的……」

老婦堅決地搖頭，嘶啞說：

「不是牧師的，卻是你的……尤菲姆，你的頭髮已經灰白，怎麼說話想也不想……」

尤菲姆的女人擠了進來，她揮搖着手，像持着一隻篩子，起始匆遽地搖起叫喊的話：

「我的天呀！這是什麼人呢？既不說話，又不聽話，祇是張嘴吠叫，像狗吠太陽似的……」

「呀！」——尤菲姆說。——「又開始了，唉……」

雲在西方長着嫩芽，發出蓓蕾，形狀像淡灰色的鯉和血紅的火燄，——好像整個沙原即將燃燒起來。靜謐的晚風撫摸着沙原，麥子懶洸洸地俯到地上，紅紅的浪在沙原上行走。東方已黑，悶熱的黑夜從那裏爬近過來。尤菲姆向天仰望，自己勸信自己：

「雨不會有的，不會的……」

「你們有詩篇麼？」

「什麼？」

「唔，詩篇。」

大家沈默着。

南方的夜越走越快，將鮮豔的顏色從地上拂去，像拂拭灰塵。最好埋身在香馥的乾草裏，一直睡到日出纔醒。

「也許潘格那裏有的，」——尤菲姆慚愧地說，——「他也許有的。」

他們微語了一會，便離開院子走了，那個圓圓的老婦嘆着氣對我說：

「你可以去看一看他，假使你願意……」

她的頭是小的，可愛的，剛頑地彎曲着。老婦將手叉在胸前，靜靜地微語：

「聖母呀……」

死人的形狀嚴厲而且莊重。他的沉重的，灰白的眉毛在大鼻上面摺成深刻的皺紋，鼻子聳在鬍子裏，陷凹的眼睛關閉得不緊，嘴也是半開着，——好像這人在固執地想什麼事情他的思念是惱怒的，他立刻就要恐怖地喊出一種特別的，最後的話語。

一支柔細的蠟燭在他的頭上燒燃，紫色的煙畏葸地抖索着，播散微弱的光，不能驅走長眠人的眼下和臉頰的深刻的皺紋裏的死影。黑暗的手腕像兩座小邱似的伏在帶着灰色斑點的襯衫上面。充滿了苦艾，薄荷，和腐臭的空氣在屋內流着，從窗旁流到門外。

老婦的微語越來越熱烈而且淸晰；她一面微語，一面鼓躁地抽泣。窗外黑暗的，四方形的天上，電光威嚴地映着眼睛，在藍光從窗裏湧進這間像棺材般擁擠的小屋的時候，——浮散出去的蠟燭的火光好像躲了起來，飛走了，灰白的頭髮在死人的臉上閃耀着，像魚鱗一般，臉嚴厲地發出皺紋。

老婦的微語透進胸內，心裏感到苦澀，身上覺得寒冷，在記憶中想起了一句重要的老話，——但它並不抑止我的憂愁：

「你不要對我哭，母親呀，我在棺內會復活的……」

這人是不會復活的了。

……那個身上僅是骨頭的老婦來了，宣布說，村莊裏沒有詩篇，有另一本書，——不知有用沒有用？

另一本書是教會用的斯拉夫語文法，前面幾頁已經撕掉，就從D字開始。

「那怎麼辦呢？」——小老太婆憂鬱地問，在我說了文法對於死人沒有用之後。她的小孩似的臉惱怒地抖索着，浮腫的眼睛又充滿了淚水。

「一個人活着，活着，」——她嗚咽地說，——「竟連正正經經的安葬都辦不到！」

我對她說，我將在她的丈夫靈前誦讀我所知道的禱詞和詩歌，不過請她離開這屋子：這件事情我還沒有慣熟，假使有活人在旁邊聽着，我會記不起所有的臺詞。

她不明白我，或者不相信我，在門內挨了半天，拗着鼻子，用袖子擦拭小小的皴臉。

以後——就走了。

電閃在沙原的邊上近海處，黑暗的天際燃燒着。煞舍要沒滿了藍色的霧，悶熱的夜的黑影無聲無響地在窗面鬼溜着，蠟燭的畏葸的火光給着花兒——人躺在那裏，用半開的眼睛看望黑影的抖索，那黑影在他的胸前，白白的牆上和天花板上溜過。

我小心翼翼地，斜着眼睛向他窺視，——還不知道，死人能做出什麼事情來？——同時老老實實地微屈語說着：

「『饒恕了一切，假使你犯了罪孽，對人，或不對人，但較堅者爲苦……』」

和這些話並肩而行的是否認的意思：

「困難而且苦澀的不是罪孽，而是公正……」

「『出於我本意的罪孽，和不出自本意的，我所知曉的，或不知曉的，由於年輕，還由於學問而做成的惡，或由於做役與哀鬱……』」

「這一切對於你是不合適的，老弟呀……」

蔚藍的星在天空中無底的黑暗裏閃耀着。在這時候，除我以外，還有誰看見那些星呢？

雷聲在遠處隆咆，一切都在電閃的抖顫中搖曳着。

狗走了進來，在泥製的地板上叩響着脚爪。牠永遠在我身子的前後走來走去，嗅出我的脚，輕輕地咕嚕了幾聲，重又走了出去。大概牠的歲數太老，不能用煩惱的吠聲爲主人唱輓歌，像牠的同族們那樣。在牠走出去的時候，我覺得黑影也想隨着牠一同溜出，——影兒流到門外，將涼爽的氣息吹拂到我的臉上。燭光搖晃，似欲從燭蕊上脫走，飛到星空那裏去，——星空中也有的是小小的，可憐的，和燭光一樣。我不願燭光隱滅，我興奮地觀察着它，眼睛都痛了。我覺得窄悶而且可怕，我呆呆地立在死人的肩旁，不知爲什麼努力向靜寂裏傾聽着……

睡意襲來，和它奮鬥是很困難的。我用絕大的努力憶起大瑪卡星茲拉托烏司特，差瑪司金的美麗的歌唱，但是在頭裏像蚊蟲似的嗡響着長眠歌第六則的話語。㈡

爲了怕睡熟，我輕聲地唱着短神歌：

「願主將我的靈魂從一切人們的罪孽那裏移開。」

門後微微地響出乾澀的微語：

「慈悲的聖母，願你接受我的靈魂……」

㈡下有斯拉夫文三行，因譯者不諳其文，故闕譯。——譯者。

我覺得她的靈魂和小雀一般的發着灰色，而且一樣的畏葸。她飛到聖母座前，她向她伸出白白的，柔軟的，善良的手的時候，——這小靈魂將抖顫着揮搖着短短的翅翼，在喜悅的恐懼中死去。

那時聖母輕聲對她的兒子說：

「在地上的你的人們竟如此畏葸，對於快樂如此的不慣！這好不好呢，我兒？」

他回答她什麽？

我不知道。……………………………………………………………………………………

從遼密的靜寂，自由的空氣裏，似乎有人回答我，——也在歌唱。靜寂是那樣的完滿，那樣的深沈，——浴在裏面的遙遠的聲音好像是我的語聲的不自然的，空虛的回響。我沈默着，傾聽着聲音越來越近，越來越明晰，有人走着，沈重地拖着兩脚，一邊走，一邊嘀咕……

「不……不會的……」

「爲什麽狗不吠叫呢？」——我想，揉着眼睛。

我覺得長眠人的眉毛抖動，陰鬱的微笑在嘴上搖幌。

院內發出沈重的瘖啞的聲音：

「什麽？你這老女人……我知道會死的……你不要想這類人永遠會立到最後的一小時，以後立刻躺下來，就立不起來……誰？過路人……啊！……」

有什麽巨大的，無形的東西推着門，帶着嘶聲和沙音闖進屋裏來，立刻長高到近天花板那裏。一個人笕闊地揮搖着手，向燭光畫了十字，身子向前面傾側，額角差不多碰到死人的脚上，啞聲問：

「怎麽樣，瓦西里——？」

立刻——抽咽着哭了。

他的身上吹出濃重的伏得卡酒氣。門前立着老太婆，哀求地說：

「台米特神父，您把書給他……」

「爲什麽？我自己來讀……」

沈重的手按在我的肩上，毛髮衆多的大臉俯在我的臉上。

「還年輕得很！是教門中人麽？」

他的頭是巨大的，披着長長的頭髮，像掃帚一般。他的頭髮，即使在孤獨的蠟燭的貧弱的閃影之下也照出金色。他搖幌着，還把我搖動，一會兒把我拉近，一會兒推開我。熱辣的伏得卡酒味濃重地撲到我的臉上來。

「台米特神父，您」——老太婆固執地，帶着哭聲說，——他威嚴地插斷她的話：

「我對你說過多少次，執事不應該稱呼神父！你去睡罷，這裏是我的事情，你去罷……你再點上一根蠟燭，——我一點也看不見……」

坐在長椅上，書在膝上拍擊了一下，問道：

「燒酒你喝不喝？」

「這裏沒有。」

「怎麼沒有？」——他低聲說。——「是的，——我口袋裏就有一瓶，——哈，哈！」

「在這裏喝酒不大合適。」

「這是對的！」——在想了一想，喃語着，——「應該到院裏去，——這是對的！」

「您怎麼樣？坐着念麼？」

「我麼？我是……我不念，你去念……我不大舒服……我喝多了一點……」

他把書送到我的肚腹上，低着頭，沈重地搖幌了一下。

「人們一個一個地死去，但是地上仍舊那樣擁擠……人們死去的時候，沒有看到落……」

「這不是詩篇，」——我看了書以後說。

「你瞎說！」

「你瞧呀。」

他把封面的硬皮揭開，用蠟燭在書頁上照耀着，讀出鮮紅的字母。

「Oktoib ……」

怪極了。

「Oktoih 麼?這是……怎麼會事啊，眞出了這樣的事情……大小也不同，——詩篇是短短的，厚厚的，但是這本書……這是因爲我匆忙的緣故……」

錯誤似乎使他淸醒了，他立起身來，身子挪近死人身邊，支托住腦袋，俯下身去。

「對不住，瓦西里……怎麼辦呢?」

他挺直身體，用手把長凳向後一擲，從口袋裏掏出一隻瓶子，瓶口往嘴裏一插，久久地吮吸着酒，鼻裏發出嘶聲。

「要甚麼?」

「我要睡覺，喝了酒，就會倒下去的。」

「你就倒下去好了……」

「但是誦讀呢?」

「這裏誰需要你咕噥地說着莫明其妙的話語呀?」

坐在長凳上，傴下身體，手捧住頭，沈默了。

七月之夜業已融化，它的黑影靜悄悄地向角落裏散盡，窗內吹來早晨的，露水的涼爽。兩支蠟燭光更加顯得慘淡，燭火像受了驚嚇的嬰孩的眼睛。

「你活着的時候，瓦西里，」——執事嘰咕地說，——「我有地方走走，現在我無處可走，因爲最後的一個人死了。……天呀，——你的靈魂在那裏呀？」

我坐在窗旁，頭伸到外面，一面抽煙一面打盹，聽着痛苦的訴怨。

「我的妻子被啃嚙了，他們也要把我吞食下去，像豬喫白菜……這是對的，瓦西里……」

執事重又掏出酒瓶，喝了一點酒，搖搖晃晃，俯身到死人旁邊，吻他的額角。

「告別罷，朋友……」

回身向我，用突來的明晰與力量說話：

「這人是很平凡的，在人們裏面不大顯著，好比一羣烏鴉中間的一隻，但是牠並非烏鴉，卻是白鴿，誰也不知道，祇有我……是的！……現在他離開了悲苦的工作。但是我還活着，在死的時候我的靈魂已枯竭了。」

「您的憂愁很大麽？」

他用沈重的聲音回答，且不是立刻回答：

「大家的憂愁多得超過了必須的限度……我的憂愁也很多！你也會有自己的憂愁。」

他的胸自己撞了一下，跌到我身上來，說道：

「我想唱，但是不能夠，會吵醒人們，亂叫起來的。不過倒底很想唱一下！」

於是在我耳旁低聲唱着：

「向誰抒述我的憂愁？

向誰唱出我的苦處？

誰把手，手……」

堅硬的鬚毛觸癢我的頸頸，我掃得遠些。

「你不要麼？去你的！你去打盹罷……」

「你的鬢搔得我好癢……」

「怎麼？還要爲你剃髮麼？」

他坐在地板上，想了一想，喘着氣，生氣地命令着：

「你念罷，我要躺下去睡一覺。你瞧，不要把書帶走了！這是教堂裏的書很貴的。我知道你們這種人的！你們到處跑來跑去，爲了什麼？你們到底是向吸引你們去的地方請你也去罷。你就說，——這教堂執事完結了，對那個能夠憐惜的好人說罷。——狄奧米特·康巴歷夫，教堂執事，——那就是我，——一個不可收拾的人……」

他睡熟了。我隨便打開那本書，讀着：

「大衆的發言者在未開發的地上伸展着手，用祝福給一切動物充飢……」

「大衆的養育者」躺在我面前，在乾燥的香馥的草中。我在睡眼矇朧中看着他的黑暗的，謎樣的臉，心裏想着一個人他在這地上自己的地區內走了千次以上，關心着使死變爲生。發生了奇怪的形象：一個蜘蛛的，千手的人在空曠的，赤裸的沙原裏繞圈而行，越向前走着，包括的田地越廣闊，死沈沈的沙原跟着復活了，蓋滿着抖顫的，多汁的子粒，村鎮和城市一直在那裏生長着，而他越發向邊上走得遠，走着走着，無止休地播種着活的，自己的，人類的一切。不由得要敬重地，和藹地想世上一切的人們：大家都被一種神祕的，在他們自身內生長着的力量召喚着，以征服死亡，永遠而且壓止不住地變死爲生，大家全從死亡的道路上走向不死，死亡的黑影想吞沒人們，——但是不能吞沒下去。

各種不同的思想卽飛到心裏，受了它們的翅翼的吹拂感到快樂而且涼爽，想向什麼人詢問許多事情，向能以無所畏懼地，誠懇地，自然地回答的人詢問。

在我身旁的是一個死人和一個睡着的人，在外屋裏蠕動着的是已經活了一輩子的那個女人。但是沒有關係！世界上人很多，不是今天——明天，我會給我的靈魂找到詢問的人……

我在思想裏離開農舍，到沙原上去，從那裏看望遺留在廣大的土地上的住所；那些農舍蛇伏在地上，窗子是盲瞎的，烏黑的，在一間住所裏，在死人的頭上閃耀着被他捕獲了的火光……

這停止了生存的心，——它在活的時候所想的一切是不是全由它在心的思想極感貧乏的地上說了出來？我知道這個小小的，普通的人死了，——但是一想到他的全部的工作，在我看來那是可驚訝的偉大的工作……憶起了沒有成熟的，採殺了的麥穗，落在沙原大道上的軌道中間，蔚藍的天上，金黃的錦緞的麥子上面的小燕，土地的廣闊的田園上，停滯在空虛中的野菊……

聽得見翅翼的瀏響，——鳥影在被露水沖淡了的餅絲的院子裏閃過。

公雞們互相叫應，——一共有五隻。牛哞叫着。籬笆在什麼地方吱吱地響着。

我心裏想怎樣走到沙原裏去，睡在乾燥，溫暖的地上；教堂執事睡在我的脚旁，胸脯朝上，那胸脯寬闊得像駕大車的馬的胸脯一般。火似的頭髮像頭的周圍的圓光，紅紅的肥臉生氣地鼓起着，嘴張開着，鬍鬚微微地動着。他的手是長的，手肘像鐵錘。

不由得想到這個魁偉的人怎樣擁抱女人，——大概她的整個的臉沈失在鬍鬚下面，她覺得發笑，頭向後仰着。他會有多少小孩呢？

知道這人的胸內也蓄着慾慾，是怎樣不愉快，而且可惱恨的事情。這人的胸內必須有快樂生存着的！

老婦的溫和的臉向門內看望，第一條太陽光則向窗內窺覷。

錦緞般的，光明的河上，籠罩着透明的霧，樹與草正經歷與夜的不動的奇怪的時間，使你期待牠們立刻會用使心靈瞭解的語音抖顫地唱出，或講出生命的偉大祕密。

「這樣好的人，」——老婦微語着，憐憫地看着教堂執事的魁偉的軀體。

她好像讀着我看不見的書一般，隨隨便便地輕聲敍講關於他的妻子的歷史。

「她和一個人私奔，旁人打聽了出來就領丈夫去捉姦。後來他饒恕了她的罪，大家就笑她和——台米特。她因爲人家笑她在擱樓上上吊死了，他從此也喝開了酒。……這樣子已經過了兩年，不久他就要被革除了。我的那位並不喝許多酒，但勸她——台米特，你不要聽人家的閒話，你應該生活得簡單些；他們管他們，你管你……」

陰鬱的小眼裏流出細微的淚水，融化在哭腫的臉頰的縐紋裏。小小的腦袋抖顫着，像秋天的萎黃的樹葉，——看着這被衰老與憂愁揉扁了的溫和的臉是很難受的！我在心裏尋覓着，——說些什麼話安慰這人？我找不到話，感到自己十分懊惱。

憶起以前在什麼地方說過的，奇怪的話語：

「上帝的僕人們不應呻吟，卻須歡笑因爲呻吟給予人和神們以憂愁。」

「我必須要動身了，」——我慚愧地說。

「啊？」

她的呼喊是匆遽的，似乎是我的話語使她喫了驚嚇，她的不聽話的手在裙子裏摸索着，黑暗的嘴唇無聲無響地顫動着。

「我不要錢，老固娘，你給我一點麵包，假使有的話……」

「不要點零錢麼？」——她不信任地反問着。

「我們要錢有什麼用?」

「隨你的便罷,」——老婦想了一想,就同意了。——「隨你的便罷……謝謝你!」

……太陽在蔚藍的天上,我的前面微笑,在地面上誇耀地展開孔雀的尾巴般的光線。

我向太陽揚眉弄眼;它是我認識的,——過兩小時以後,它的微笑將炙燒得像火燄一般。但是現在我們暫時互相要好着;我在麥子中間走着,向它,向那個生命的主宰唱歌。㊀

……我們要簡簡單單地生活下去:他們管他們,我們管我們!……

㊀下有六行詩一首,因係斯拉夫文,闕譯。——譯者。

泥亂

春在田野裏逝去，遺留下蔚藍的痕跡——融雪的泥濘。它把河圖及道慈河解了桎梏，將強韌的浪水拋擲到黑色的，油質的岸上，還沖走了向日葵的乾莖，——像背毛的泥團似的樹根在泥濁的水中翻跟斗。風溫和地嘆息，隨在河的後面奔馳，水上漂游金色的漩渦；柳樹棵在岸上搖曳，散放嫩芽，有的已經展開了，——黃蝴蝶似的新生的樹葉在太陽下顫慄。

一層蔚藍色的蒸氣立在黑天鵝絨似的田野上面，銀色的斑點般的泥塘上面，——那是融解了的土地的潮濕的呼吸。大地的周圍自由，廣闊，舒適地被天幕罩著。四月的太陽在村莊和田野上面主宰著。天上閃著火花。正午：溫暖而且快樂。

一個富饒的村莊在河後小山上閃耀地露出亮光。在它的一個盡頭處，鐘樓聳立天際，鍍金的十字架在陽光下閃爍。在另一頭，回教院的高塔聳在那裏，像美麗的別針。白鴿在鐘樓周圍飛翔，——好像是快樂的鈴聲變成白鳥。村內又靜又空虛，——祇有鴿子和鐘聲，人們已走出去迎接聖母像，——衆人把它從離圖龍卡三十俄里以外的古修道院中搬進城去。

三個高身的韃靼人手持鐵鋤，歘歘地弄平有彈性的土地，——上渡船的斜坡。一個人在渡船上忙著，用鐵椎括着木板，還有一人用破掃帚收拾渡船，妨礙着他。一個戴着紫丁香花色帽子的，體格修長的青年靜靜地指揮他們。他有一張很白的臉，瘦瘦的大眼和鮮紅的嘴唇。我坐在客店大門口的長椅上面，欣賞這個人的靜寂的，聰明的工作，和那些船子。我的心雖然感到奇怪的，好似乎是我自己做成了這一切：如太陽，天，地，和地上的一切。做得不壞，因爲靜悄悄地喜歡着。

客店是烏司丁·蔡合林開的。他是台姆留克的下市民，小小的人兒，像小雞似的忙來忙去。他的妹子幫他忙。她是蹣跚起，牙齒極細的女人，帶着一雙狡猾的眼睛。他還雇着一個雀斑臉的，强健的女工，和也是一樣强健的，果斷的韃靼人。經這兩人踐踏之下——土地也會彎折的。

他們從黎明起就開始喧嘩，旋轉；烤東西，煮菜，相罵，在十分傾圮的，五扇窗子的搖合旁邊的街上，安設桌子。我昨天白天到這裏來，晚上替烏司丁寫了一個告發人們的惡棍的訴呈。他們偷了他的豆餅，還殺死了他的雄豬。他很喜歡這訴呈，對於那些話語，如「等因奉此，竊查……」特別中了迷毒。

「螺旋轉得很緊！」——他欣賞着，用快樂的劊子手的活潑的眼睛瞧着我。——「小夥，你在我這裏住到明天再走，——明天我們這裏是快樂的日子，迎接聖母，會有一場混亂的！」

現在烏司丁裸着腳，紅棉布的襯衫上面套着藍馬甲，像馬蠅似的在院內和街上飛跑，指揮着，把所有的助手都弄糊塗了。

「耶槃，——你是房子麼？你這蠢架是怎麼裝的？你活了一千年，你這惡鬼！……瑪里亞，你站住，——你放在那裏？誰認你的？」

烏司丁的兒媳瑪麗亞像孔雀似的從院子走出。她是寡婦。她的眼珠是藍的。她的丈夫兩年以前在冬天的尼古拉節，在司圖及涅慈河上，和韃靼人作體面的鬥毆時被殺。寡婦穿着過節的衣裳：藍色的馬甲，黃地綠花的裙子，釘着鐵掌的山羊皮製的鞋子，金黃色的頭髮上裹着深紅色的頭巾。烏司丁把話語咽在喉嚨裏，張開了嘴，望着她，好像初次看到似的望着，欣賞地喃語着：

「打扮起來了，——貴夫人的樣子！」

立刻瘋狂地大喊：

「你想到那裏去？」

她把身體一道扭近到他面前，用有滋味的聲音問道：

「怎麽樣呢？」

「一場混亂，」——烏司丁喊，向她揮手，跑進院子裏去了。

青年的韃靼人整理着平帽，從懷裏掏出皮煙袋，女人把後面的裙子提高到背的高處，和我並排坐下，嘆着氣：

「暖和了！」

關於我是什麽人，從那裏來，到那裏去，——她昨天就問過我，現在沒有什麽話可說。她坐在那裏呼吸着，平勻地舉起高高的胸脯，藍眼向雜貨人斜看，他也看她，一面抽着小煙斗。河水和藹地潑濺着，看不見的雲雀歌鳴着。烏司丁妹子的低音在院內不歇地鳴響，烏司丁的柔和的嗓音用力地喊出。一隻狗坐在泥漿的道路中間，乾燥的，灰色的小島上面，伸出舌頭，向泥塘看望，像望鏡子一般。牠在太陽裏覺得很熱，而走開呢，顯然有些兒懶。掠鳥瘋狂地呼嘯，牧人的鞭子在村子遠處聲響，嬰孩在村中細聲哭泣。耶桑輕輕地，像推孩車似的，把一輛鐵輪車從院內推滾出來，用木板蓋在車上，把粗布鋪在木板上，拿起車轅，把秤掛在那裏。

青年輕輕地對他說些什麼。

「嬰克，」——耶桑陰鬱地回答。

「他們的『嬰克，』就是我們的『不』字，」——她對我解釋，又問工人道：

「他說什麼？」

「不幾（知）道。」

「他不是說了『不』麼？」

「你自己幾（知）道。」

「什麼？」——烏司丁忽然好像從屋頂上跳了下來。

「喃（沒）有是（什）麼。」

「你活了一千年，還不會說人話……瑪麗亞，你坐在這裏幹什麼？你不怕上帝麼？」

「什麼樣呢？」

「應該去敲碎牠！」

「已經敲碎了。」

「敲碎了，敲碎了……」

學說了兩句，就跑走了，腳跟在潮溼的土地上拍擊着。女人冷笑了一聲，用手肘推我。

「好哭鬧的傢伙！」

「唔？」

「眞要命！」

又嘆了一口氣，說道：

「完全是可惡的兒子死了沒有過半年，就對我說：你願意住在我這裏，就和我一塊兒睡，否則——你就走罷……有這樣的人！」

「好喫甜頭。但是你呢？」

「什麼？」

「你沒有走麼？」

「往那兒去？」

「回娘家去。」

「我是一個孤女。」

「做工去！」

「離開有錢的家庭麽？你這人眞是……」

「既然不怕害臊，也就罷了！」

「還要怎麽樣？什麽叫做害臊？這裏全是如此。尤其哥薩克人最利害。一切都在公公的手掌下面。」

年輕的韃靼人向渡船走去，女人不安地移動身體，推操我，花洋布嘶嘶地發響。她的頭上發出溫暖的朽爛的油氣，——大概是生髮油。

「這年青人很好，」——我談論着韃靼人。

「你說那一個？」——她天眞地問。

「就是你看他的那個。」

「我看他麽？他於我有什麽用？」

「難道你永遠祇是看你所需要的東西麽？」

「這很對！」——她想了一想才說，尊敬地端詳着我的臉，——「唔……唔……論文理的人是這樣子的！你瞧……」

在這處沙原邊上，一個跟着一個，發現了一些色彩斑駁的松蕈，在黑天鵝絨的土地上靜靜地滾着，在燃燒的泥炭裏莫明其妙地隱滅了。韃靼人們做完了工作，五個人聚在渡船上，青年靜悄悄地，好像側身走着似的，走近到我們面前來。

「他名叫蘇司達法，」——女人輕聲說，——「很有錢，父親開油坊，買賣堂皇，囤買雞蛋……」

「娶過親麼？」

「從去年起，沒有妻子。他娶了一個年輕的女人，產後死了。」

她展開厚厚的嘴脣，做成微笑的樣子，說道：

「假使不是韃靼人……」

「那時候便怎樣？」

「你自己知道……」

她的皮膚是白晳的紅潤的，身子是肥滿的。醉人的春天使她感到疲乏，藍眼裏包着潮潤，哀憐地看人。春在這充血的軀體上燃起它的貪婪的慾望，——女人在太陽裏燒炙着，像在火堆裏的潮溼的木柴。她的身上發出一股醉人的氣味。我和她並排坐着覺得不大方便，但是不想走開。她感到熱，慢慢地解開馬甲的緊扣，望着像鐵板似的粗硬的花布裏的胸脯，問我：

「你那兒也有韃靼人麼？」

「也有的。」

「他們到處都有！也許我們的人多些麽？」

「多些。怎麽樣呢？」

她陰鬱地說：

「應該大家在一個宗教下面受洗，沒有煩惱！……」

「那一種教對於你有趣些？」

「自己的。那還要問！」

「那一種是自己的？」

「就是我們的！——基督的！」

她生氣地看我，顯然想說什麽對於我不愉快的話，但是忽然她的臉變了樣，她不快樂地說：

「我們的教好些，但是男人們壞些。——韃靼人差不多不喝酒，也不打架。」

「但是多妻制呢？」

「這是一般有錢的老人貪心不足，年輕的人少些！」

沈默了一會，思索了一下，——她堅決地說：

「這對於女人們是非常有妨礙的，各種不同的教門：——韃靼人呀，摩德溫人呀，還有各種舊教門，攪不清楚。」

「妨礙麼？」

「自然啦。一切都對於女人有妨礙的。」

躉又沈默了一會，生出新的思想：

「有人說大家祇有一個上帝。」

「是麼？」

「惟有人是不同的。」

「那末怎麼樣呢？」

她生氣地喃語着：

「總上來了！怎麼樣呢？怎麼樣呢？」

年輕的韃靼人在岸上旋轉着，目觀地下，好像丟失了錢在尋找它。他好比一頭犢牛，被看不見的綢縛在看不見的木樁上面。女人低頭看他，可笑地舐着嘴脣。

溫和的，黑色的土地在田野裏無止歇地，豐饒地產出人來。他們像土撥鼠從洞裏出來似的發現着，聚成顏色不同的，散漫的一堆，爬到村子裏來。金色螺旋在他們後面遙遠的模糊的藍色的天上閃耀着，——好像照耀着一些白天的星。擁擠的，有滋汁的喧響在地上流着，——由於這喧響，雲雀的噪音顯得更加豁欣銅鈴的叩響顯得更加快樂。

大地在歌唱着。

烏司丁跳了出來。他頭上抹着油，穿着刷得十分鮮豔的皮靴，肚腹上掛着銀質的馬車用的鏈條，他從手掌裏望着田野，毫無一點需要扯直了嗓子喊：

「來啦！瑪爾法——來了！瑪麗亞，你爲什麼儍坐着？耶桑，你在那裏？啊，天老爺呀！……」

他全身抖索，好像預備飛出去。黯黑的耶桑從後面跑到他面前，也喊道：

「一鋪特重的秤錘有喜（四）個，現在祇有桑（三）個！放那裏去啦？我不幾（知）道！」

「魔鬼！」——烏司丁喊，跺開了腳。——「蠢貨！活了一千年！……過路人，——你瞧那般人活了一千年！」

一隻黑公雞從院外出來，踏着腳，振着翅膀，宣告道：

「喔……喔……喔……」

「瑪麗亞，趕牠進去，會壓死的！」

「你自己趕……」

「爲什麼？」

「我不管。過節的日子還沒有休息麼？」

「我同你們這些人算是倒楣了！」

小孩們像皮球似的滾到渡船碼頭，姑娘迅速地走着，把裙子提到膝旁，黑色的皮靴上面儘是肥厚的爛泥。

「啊，受衆人敬謝的聖母呀，」——從田野那裏遥遥地傳送過來。在人們茸毛的頭上，金色的方塊眩人地閃耀着，完全被陽光黏住。白鬚的警長騎着身上濺滿了爛泥的白馬，在聖像前面走着。

紅臉的，快樂的村婦愁苦地喊道：

「烏司丁叔叔在沙原裏，離山澗一俄里路，躺着一個死人，完全爛了……」

「你儘管喊得響些罷，傻瓜！是我們的人麼？」

「我不幾（知）道……」

「唔，——祝他升入天堂，也就完了……主呀，聖母呀……瑪羅亞，站在秤旁邊，留神睡着。耶桑，——妳妹到那裏去了？」

千數的人羣像黑浪似的滾到小河那裏，準備把它阻塞住，爬到渡船上去，推擠着，喧鬧着。聖像在人羣的頭上搖曳，旗幟飄搖着，牧師們的袈裟像黑鐵塊裏的金子似的閃耀着。瑪麗亞和我挨肩立着，畫十字，嘆氣，紅潤唇內微語出：

「親愛的，慈善的……聖母呀……保佑我呀……」

又神氣活現地對我說：

「你同耶桑立在神旁看守着，不要讓人家把神龕偷走了，——我去一會就來去一分鐘……」

聖像搖到渡船上去。渡船抖索了一下，離開河岸，被鮮艷的花布，紅棉布和金色的錦緞裝飾得很像樣子。」

「靜一靜！靜一靜！」——警長喊。肥胖得像蜘蛛似的修士們齊聲地唱：

「受衆人頌讚的聖母呀……」

鮮艷的射影在河上渡船附近搖曳着，一隻黑公雞振起翅翼，在街上奔馳，肥胖的瑪爾法甜蜜地唱：

「煎糕和油炸麵包糖蜜的餡兒，大家來買呀……」

有人在我身後輕聲說：

「他躺在那裏，肺腑朝天，腦袋到耳朵為止都埋在土裏，頭被擊破了——真是可怕，——要命！」

「喂！」——烏司丁喊，抓我的肩膀，——「瑪露亞到那裏去啦？」

「大概在渡船上。」

「在渡船上麼？」

他從手掌底下望着河，喃喃說：

「真是混亂極了……」

進香的人們緊緊地圍住大車，耶桑和瑪丽法在車上售賣麵包，麵包圈，烤牛肉，油煎餅等。人們在院裏桌旁喝茶，一個女工不聲不響像啞吧似的侍候他們。街上一個塌鼻的盲老人吹着笛子，牽送他的黑髮男孩響亮地喊：

「我的笛呀，
是我的命！
我的快樂的女人呀，
是我的命！」

春天的響聲在地上停留着，姑娘和女人們的話聲活潑地發響；笑聲是快樂的，戲謔是粗俗的，鐘聲響亮地唱着，人和神的祖先，光明的太陽在一切上面快樂地主宰着。

太陽發出光采，似乎和藹地給人們暗示：

「一切饒恕你們，小人們，——地上的生物，——一切饒恕你們，——你們勇敢地生活下去罷！」

晚上。

冷氣從河上吹來。模糊的霧在田野上升起，凝成白色的一堆，向村裏滾來。橘色的石盤似的月亮從沙原邊上滾到天際，晚霞在春水的鏡內游戲。日子騎着金馬馳騁，在我的光滿了快樂的心靈裏，遺留下甜蜜的疲倦，——我好像玩了許多時候的無聊游戲，——眞是舒服！我坐在院內大草上，喫得太飽，醉得頗有分寸。

孫台林躺在乾草上，醉醺醺地說：

「農人們預備打我，大概也會打到你身上來的！他們問過司帖帕哈，那個女工誰撰的訴呈？你知道麽？你最好，那樣……夜裏就離開這是非地……」

我沈默着，不願意走。

「你打盹麽？」

「沒有。」

「我和你還可以喝一點酒！」——烏司丁諦口洽，換了換揲子。——「林鬼們把死人放在河的這一邊，——其實應該移到那一邊去。應該把他放在村裏，集合場的附近，不應該放在我的旁邊。」

湖邊的空氣中令人嘔吐地聞得出爛肉的氣味。姑娘們在村子裏作環舞，明晰地聽到快樂的歌聲：

「誰愛上小寡婦——
永恆的得救！
誰愛上小姑娘——
饒恕一切的罪孽！」

「啞喲，」——烏司丁嘆氣，——「我心裏有些難過……」

他在迎接聖像以後，立刻喝了許多酒，把妹子打了一頓，因爲她從賣貨的款項裏偷了兩個盧布，又把那隻黑公雞踏死，就睡熟了，但是到了晚上醒來，直跳了起來，又喝了一點酒，重又露出不安的心情。

「你沒有看見瑪路亞麼？」

「沒有。」

「胡說！」

「爲什麼？」

「怎麼叫爲什麼？不說謊是不能生活下去的。人不說謊，好像公雞沒有羽毛，——禿髮的！」

但是想了一想，又說：

「禿髮的公雞是不會有的。這女人引誘我，眞是的！這自然是罪孽，不過她死了丈夫，我也死了妻子。她眞是十分不尋常的女人！簡直要命！而我還祇有四十九歲……這女人好看麼？」

「很好看！」

「啊，你瞧呀，眞是魔鬼！她一定溜到村裏去了。這裏有一個小韃靼人……一定要打斷他的腿！」

他從大車裏跳出，像受了針扎似的，從院子裏跑到河邊去，頭髮蓬亂，沒有梳洗，頭髮裏藏着乾草。我抽完了煙，也跟在他後面走着，但是他已經坐在小船上，在河心裏搖曳，不時地揮搖槳子。

一個死人在渡船旁邊潮溼的，被踐踏得堅硬的土地上躺着，穿着破草鞋的脚和大指已被砍落的巨大的手從蘆蓆裏伸出。一個小老頭子在旁邊坐着抽煙斗，膝下放着一根棒。

「沒有認出是什麼人麼？」

老人指了指頭，用手指指着自己的耳朵。顯然是聾啞的人。渡船在對岸，小船沒有了，——沒有法子進村去！」

我順着河岸向上流走着，離開死人遠些，走到被大水沖去的橋的遺址那裏，坐在樹棵底下乾燥的地方，一面思索着人生的一切。生活在世上是有趣的事，生命也本是極大的快樂，在無人從外面握住你的咽喉，而你從裏面又和你周圍的一切發生了親密的關係的時候。

村子處於喧鬧的激浪之中。聽見兩個醉人在調嗓門，預備唱歌。一個姑娘響亮地大笑着手風琴迸出聲響，孩子們喊嚷着。我心裏洋溢着溫情的感覺，弄得甚至昏昏欲睡。

一隻划船在河裏不嫻熟地溜過，——好像長長的黑魚擺弄着尾巴，向前游泅。漿輕輕地拍擊，垂落進油一般的水裏。那划船走到岸旁，在我前面十步路遠的地方，便藏在樹棵裏，隔着光棵的樹枝撞擊船舷的微聲，我聽到粗啞的瑪麗亞的語聲。

「你一直到那裏？我等着，等着……」

有人輕輕地說着不易聽解的話語，女人的聲音重又傳了過來：

「噯，這短命鬼等一等，不要掐我！」

兩人接吻，吻得那樣響，一定使村婆也聽得到。

「哎，米生卡……親愛的，你最好帶我到別處去！」

「可憐的人，」——我想到了廢司迭法，以為米生卡不是他，㊀但是女人說：

「你領受了基督教的洗禮罷，我求你！」

「不與（行）！」

「那末把我的那隻老豬弄死了罷……」

「弄死他是有罪孽的……」

「又來了……那末和我在一塊兒沒有罪孽麼？」

靜着。惟有被水流搖晃着的樹枝輕輕地拍擊着划船。沈重的月亮升到地上一俄丈高，便升不上去，重又向沙原墜垂降，懶洋洋地像瑪爾亞一般。

「那個瑪爾法不是和耶桑娜住着麼？我還比她壞麼？你也不比他壞。」

「啥（沒）有是（什）麼。」

㊀廢司迭法為韃靼民族典型的名字，米生卡為俄羅斯民族典型的名字，故作者用瑪爾亞呼出「米生卡」而疑她所戀的非韃靼人廢司迭法。——譯者。

「你老是沒有什麽。」

魚潑游水，聽聲音是一條鯽魚，牠永遠從平面向下潛水。渡船駛過來，好像河岸的一部分被掙脫了，像小島似的把司圖及涅慈河塞住了。村裏在打狗，牠悲怨地，可憐地尖叫。

「把他弄死，瑪爾法也會滿意的，那時候所有財產都歸於她了！」

「進鉛（監）獄去，甲（奧）官事（司）！」

「不要緊，——祇要你願意，不會跳進去的！……」

「耶——桑，」——蘇台林從渡船上喊。

樹棵裏不安地動彈起來，低聲微語。我由於想淘一下氣的願望，大聲說：

「你們不要怕，我來留住他……」

「過路人，是你麽？」

「哎喲，」——女人憐憫地嘆氣，我看見樹棵上面她的白白的臉龐。

「我。」

「唉……天呀！」

我走開了，但是走了幾步，她追上我，一面走，一面緊上衫的紐扣，把頭髮放進頭巾裏去，熱情地微語道：

「你不要怨，親愛的，我給你半塊錢，你不要怨，親愛的，好不好？……你年紀輕，聽說明白這一切……好不好？……」

我答應她，我要沈默下去，做死人一般，不過說：

「你是聰明人，怎麽不去找另外的地方做這種談話呢？」

「你不要羞我呀，」——女人微語着，身子挨近了我。——「我自然是犯了罪孽……但是你自己說過，——他是多末美麗！至於說到韃靼人一層，——那末我們那個牧師的兒子，做醫生的，也娶了個法國女人……」

「我不對你說這件事情，那是隨你的便！我說的是你勸他害死你公公的那件事情……」

「他是我什麽公公，既然我的丈夫已經沒有了？」——她陰鬱地說，忽然隨隨便便地向我提議，像給我做工作似的：

「也許你可以擔任，把他打一下子？你怕什麽？今天你在這裏，明天誰也不知道在那裏。我可是真不知道如何感謝你！他也是的，——你是有錢的呀！好不好啊？？」

我望着她的可愛的臉，那張被自然用極鮮豔的彩色塗畫的臉，望着那雙藍眼，大大的，凸出的，像洋娃的眼睛一般。那是一種粗鄙的，卻是純潔的美麗，強烈的，安詳的美麗，像被太陽燒透了的春天的土地……

「我不做這樣的事情。」

「祇有一次呀！」——她溫柔地勸着。——「打一下，就走了，祇有這樣子！」

「這種事情是對於我不合適的。不行！」

「唉，天呀你再想一想……」

「瑪麗亞！」——烏司丁・蔡台林尖聲叫，在我們前面黑影裏搖幌着，脚踏着清脆的響聲拍着泥漿，揮搖着雙手。

「這是誰？這過路人麼？啊……你怎麼啦？啊，……行了！我相信你這下新城人。哈哈！因此也就完事了！」

他醉得恰到好處：醉並很大但是腳還有勁！

「剛纔郭吝卡・皮處金附着我的耳朵大聲喊：『你不要告我呀！你搶劫我們，我們也沒有響。』過路人，這是你唆使我做這不好的事情的！老弟，這件事情你不會白白地過去。他們會把顏色給你看，——郭吝卡和彼得，他們會用重傢伙揍你的嘴皮，倘上來兩下子。」

「你等着，」——我說，——「難道是你自己請我寫的。不是你自己請的麼？」

「我由於糊塗的緣故，擋不住會求你的！你可以不依從呀。儘管有人對你哭，求你，你可以隨他哭去，不管那一套！瑪麗亞，——對不對？」

他抱住她的肩，領她到路中心泥漿裏去，請求道：

「我們來唱一下罷！」

閉住眼，仰着頭，用尖響的中音（tenor）柔細地唱起來了：

「噢唷唻……噢唷唻……」

瑪麗亞把手按在他的肩上，整了整喉結，用美好的 Alto 很自信地接唱下去：

「在路旁呀……」

「對！」

「高高的麥子中間……」

「你來幫我的忙，下新城人。我不相信縫紉人！」

「走着一個年青的姑娘，——」

瑪麗亞唱着。

「她穿着藍色的短上衣——」

瑪爾法在客店的大門前站着，雙手支在斜直的腰姿，像一隻大火壺。

「唉，」——她喊，——「我們的兩位玩起來了！」

村婆發出尖叫和呼嘯，手風琴拉得很高興，有一個大人沈重地打擊土地，——迴聲從烏累的河道上傳過來。

栗髮的耶桑在瑪爾法的肩後慚愧地微笑。

「我的親人們，」——烏司丁·蘇台林感動地喊。——「我愛你們到生命盡頭的時候！瑪麗亞，——

來呀！」

「美麗的田野上面，

金色的月亮游戲着，……」

瑪麗亞唱，——唱得眞好，眞能動心！

星在田野裏的霧上閃耀，月亮的邊緣觸到黑黝的沙原那裏，呆住了，站在那裏動也不動，似乎在想可愛的，有罪孽的土地上節期的喧聲。

蘇台林興致勃勃地唱着：

「那個年青的姑娘呀，——

她不認識道路——」

沙莫夫家的晚會

城中優秀的人物和各種「有趣的青年」逢星期六聚在瑪克西姆・伊里奇・沙莫夫家裏。我被歸類到後面的一種人裏，因此也很樂意地被請到沙莫夫的星期六晚會上去。

這些晚會對於我好像是信徒們的晚禱。做這晚禱的人們有許多是我生疏的，我對於他們的態度十分不清楚：他們是我喜歡的，又是不喜歡的，他們使我讚美，又使我生氣。有時想對他們說些出於心裏的，和譪的話語，但是過了一小時，——有一個按捺不住的願望攫住了我，很想對這些美麗的貴夫人們，有趣的紳士們說幾句粗魯的話語。但是我永遠崇拜這類人的思想和言語，他們的談話對於我是一種啟示。

我有二十一歲。我感到自身處在地上不舒適而且不堅牢。我好比一輛大車，被不嫺熟的手堆滿了各色各樣的破爛物件。有一種看不見的力量在不知曉的道上拉我到什麼地方去，而我在第二個轉彎的地方，就被傾覆在地上了。

我用許多功夫，頑強地管轄自己，努力欲在離奇的，可惱的矛盾之中儘可能的堅定地立住腳跟，——這矛盾到處叩擊我，推換我，時常把我弄到近乎瘋狂的狼狽的心情的地步。一年半以前，我忙亂得感到疲乏之，竟企圖自殺，——從一支討厭的，笨拙的，圓壁的手槍裏旋出一粒子彈射到自己的胸內。（這枝手槍當時是給鼓手們預用的。）這個幽密的，不純潔的舉動引起我對自身一種不信任，且近乎賭氣的情感。

現在我住在好喝酒的牧師的花園裏，汚穢的小溝上面的小房內。這房子以前是澡堂。在兩間低矮的屋內有肥皂和腐爛的掃帚的氣味，——一種使血中毒的朽爛的氣味。屋子的角落弄得很綿綿的；在這所房子裏連老鼠都是冷的，不舒適的，——夜裏會爬到我牀上來。

澡堂周圍濃濃地長滿了野生的莓果樹，天氣不好的日子，堅韌的乾枝叩擊窗子，撥弄彎曲的黑木頭砌成的牆。我過着貧窮的，野蠻的生活，對於另一種光明的，輕鬆的生活；騎士的戀愛，自我犧牲的高尚的行徑，做着模糊的幻想。在當地一張蹩脚報紙上刊載口吃的短篇小說，明知不應該刊載，這樣是辱沒我所深愛的，和女人一樣深愛的文學。但是還刊載下去。必須吃飯。

在沙莫夫的客廳裏我忘記了自己；坐在角落裏，黑陰裏，貪婪地聽着，全身變爲一隻敏銳的大耳。——這裏的一切，從傢具到人，都別有興趣，都是善辯的，都浸在被橘色燈罩蓋住的胖臉的洋燈所發出和諧的，與太陽相似的光明裏面。

藍爾岑，白林司基的眼睛從溫和的，光明的牆上看着，我看見裴多汶的非人性的臉，家錫的福祿特爾用淘氣鬼的微笑向我注視，最顯著的，最可愛的是西克司丁的聖母的孩子似的頭。維那斯高高地立在角落裏櫻樹後面，好像立在空中一般。各處堆放着許多無用的東西，但是在這舒適的大屋內所有這些東西全是必要的；每件東西好像歌曲裏的詞句。窗上和門上的羅布浸透了香水和上好香煙的味道。金色的甜框閃耀着，顯像教堂的樣子。所有的人們全樸素地穿着黑衣，好像旁教徒在祕密的祈禱室裏。

他們輕鬆而且靈巧地說着話，好像在溜冰，淘氣地發出技巧的話語的花樣。略霍夫律師的上低音(baritone)比大家都響亮，響着一種確信。他是高身的，體格修整的人，有一把尖尖的小鬍，使他的慘白的充服的臉顯得過分的長。人家說他是一個極淫蕩的人，我覺得這是對的。他用主人的眼睛看女人，似乎每個女人都曾做過，或將做他的女僕。

大家都已到齊，互相報告城裏的新聞，新聞很少，而且沒有價值。總督夫人對檢察官說些不遜的言詞，總督故態復萌，侵越了權力的範圍。商界代表在市議會上講了關於學校問題的無聊話，發財豐富的水磨廠主薩莫洛道夫揍了他的兒媳一頓，土地統計員用手槍自殺，杜勃闊夫大夫又和妻子離婚。

現在開始講論關於民族和國家的一套玄話，自信極深的略霍夫的聲音裏露出首腦者的口氣：

「在一條走向人民心中的自由的路在我們面前打開的時候……」

「誰給你們打開這條路的？」——阿謝夫嘲笑地打斷話頭。他是駝背的，小身材的工程師，有一雙偉大的苦行人的眼睛。……

「歷史！」

一位夫人，她的服裝華麗得像鏡台上的小石像，問略霍夫道：

「您讀過沈悶的故事麼？」

我惱怒地望她，心想：

「太太，您是話語產生思想，而不是思想產生話語……」

阿謝夫吸着煙捲，輕聲說：

「歷史——就是我們人……」

和一般駝背的人相同，他的臉是不端正的，不美麗的，側面好像是兇惡的但是漂亮的眼睛掩住邋遢醜陋，——在這雙眼睛裏，對於人們的煩惱的注意多得取用不盡。

「奇怪的作品！」——沙莫夫用嘶啞的聲音喊。他是快樂的獨身漢，喫得飽飽的，圓圓的，帶着蒙古人的臉，一雙小眼藏在肥胖的皮膚裏，射出貪婪的眼神。——「你立在柴霍夫的教授的位置上想一想，——譬如皮洛果夫，魏脫金，謝車諾夫……」

他挺出肚子，勝利地搖擺肥胖的，女人似的小手，——手指上還套着子母綠的戒指。他相信他所說的永遠是無可辯駁的，可以致人死命的話語。他們談話時，——好像剝去宰過的家禽的羽毛。他們把柴霍甫的羽毛剝完，又動手剝湍爾冉，還拔去託爾斯泰身上的毛。

「現代作家們這些沈悶的故事全是由於伊凡·伊里奇之死而落下來的……」

「很對！」

「託爾斯泰首先把個人生存的價值放於世界生存的價值之上……」

「假使說個人主義是康德所承認的……」

「在蓋爾學的書裏，我們也遇到一些和托爾斯泰的阿爾扎姆的恐怖相近似的東西……」

「理性主義麼？」

爭論熾烈起來，和門牌一般；阿謝夫手裏的號牌比別人多些。

一個漂亮的夫人在角落裏，我的身旁，向一個肥胖的，在貓頭鷹似的眼睛上戴金眼鏡的女人道：

「涅克拉騷夫也是陳腐得和台爾扎文一樣……」

「唉，天呀！……」

「是的，是的！現在應該讀福法諾夫。」

我覺得可怕而且有趣的是這些人如此輕易地御去我的聖像上的袈裟，雖然我不很明白，——爲什麼他們這樣愉快地做。在他們用太洪響的聲音和不恭敬的態度，議論柴霍甫的時候，我幾乎感到痛苦。在昏厥之後，我認柴霍甫是具有「天才，和對於痛苦及人們所受的恥辱有柔細的，精密的感覺」的作家。固然使我覺得奇怪的是我看出他並沒有對於生命快樂的感覺。思想在這光明，舒適的屋內鑽動得太匆遽了，有時覺得不是對於生命和人們的撥發產生了思想，卻是我所不明瞭的另一種情感。

特別使我驚異的是工程師阿謝夫，——他具有豐富的智識但是他有時很像那些有錢的鄉村少年，在晴朗天氣裏，有太陽的日子，帶着雨傘和套鞋上街游逛。我知道他們這樣做，並非由於謹慎，卻是爲了說屍。

十月。窗上的玻璃流着眼淚，雨在外面像打鼓似的叩擊着，風呼嘯着。消防隊轟轟地馳過，有人說：

「又失火了！」

在小小的頑强地彎曲着的沙發上坐着一個大學生，穿着漂亮的新衣，好像剛鑄成的輔幣；他對漂亮的夫人輕聲讀着甜蜜的詩句：

「你對我說什麽，我沒有聽清，

你祇是說出了一些溫柔的話。」

「等一等，」——圖龍用沙啞嗓音喊着，——他是一個魁偉的，灰白頭髮的，長鬍鬚的人，——「國家要求我們拿出全部毅力意志和良心，但是它給我們的是什麽？」

圖龍是韃靼人，他在立陶宛充任區法院的委員，任職了許多年，以後調到西比利亞去。現在他沒有做官，在市梢上買了一所小房，從事養蜂，和他的廚婦，肥胖的，斜眼的西比利亞女人同居。他並不隱瞞他和她的關係，算她爲「西比利亞病。」他的眼睛是烏黑的，呆板的，停留在什麽東西上面，便不能擺脫。在他爭辯的時候，眼白充滿了濃厚的血，那時候眼睛極像燒紅的煤。他走遍了全俄，上過外國，但是不會講述什麽出來。他說得很奇怪，言語是不合規則的，很像他故意這樣做。他在行獵的雜誌中刊載很好的短篇小說，他有六十歲。很奇怪的是他在生命中沒有找到比這斜眼女廚稍好些的東西。

「是的，她微語過的，但不知是什麽，——」

大學生高聲說着還問那位夫人道：

「這個比那得森好些，對不對？」

這些人知道一切，他們好比皮袋一般，裝滿了言語和思想的金子。他們顯然感覺自己是一切理想的創造者和主人翁。

但是我不會有這樣的感覺：話語和思想對於我像活的一般，我知道許多我仇恨的理想，它們努力想控制我，必須和它們鬥爭。

我連腦與身體都不會像這些人那樣輕鬆靈巧；我的長長的，多青筋的身體是極笨拙的，手是我最痛恨的，永遠無情由地撞着什麽人或什麽東西。我最怕女人，這樣怕增加我的不靈巧？我時常用手肘，膝蓋，屁股推撞那些可憐的女太太們。我的臉是不方便的，臉上看得見我所想的一切。為了遮掩着缺點，我竪起眉毛，做出兇惡嚴厲的鬼臉。總之，我在這些受上等教育的人們中間是不方便的人。

再加上我永遠想對他們說我所見的一切，說我所知道的另一種生活，這種生活似乎和他們的生活有特別惡毒地相似和不相似之點。我講述得十分粗魯而且不熟嫻。我在沙莫夫家的星期六晚會上是很困難的。……

銳利的，美麗的話語在客廳內迅遊地飛翔，像小燕一般發出笑聲，但笑的時候很少，比我想聽見的少。

司配士退夫律師來了。他是乾瘦的，長長的，像道甸裝的唐吉訶德。他站在客廳中間，神經質地揮搖乾瘦的手，用破碎的聲音喝總督：

「一個吹出來的英雄，劊子手，把阿歷山大洛夫卡的農人們毆打了……」

司配士退夫的臉是土色的，有病的，他的兩腿抖索着，好像立刻要跌下來似的。屋內擁擠，而且悶熱。思想用各種不同的顏色和聲音游戲着。路路夫大聲讀巴爾比埃的詩，司配士退夫打斷他，喊道：

「你們知道法國人在七十年時代向普魯士出征的時候，唱着什麼樣的歌？」

他跺着脚，病態地皺着眉毛，用陰森的聲音，按着進行曲的拍子唱道：

——Nous aimons-pourtant la vie,（——雖然我們愛生存，）
Mais nous partons—ton-ton,（但是我們跪奔——跪奔，）
Comme les moutons,（猶如那些羊羣，）
Comme les moutons,（猶如那些羊羣，）
Pour la boucherie!（一齊跪奔向屠門！）
On nous massacrera—ra-ra（別人把我們殺戮——殺戮）
Comme les rats,（猶如一羣老鼠，）
Comme les rats.（猶如一羣老鼠。）

Ah! Que Bismarque rira!（啊！俾士麥會怎樣地歡呼！）

「你們都明白麼？」——他問，嘲笑地，悲苦地微笑着。——「唱着這樣的歌去跟死！我們是愛生命的……」

「還愛國家，」——圖龍說，聳了聳肩，跟着駝背的工程師起始講郭勃河的來維阿芳。

洛克及瓦夫人來了。她穿着灰色的紫花的綢衣，身體輕柔如魚。她很美麗，自己也知道。爲了愛她，一個中尉自殺，商人郭爲夫縱酒至於破産。外面說她許多尖刻和詭譎的話。她善於下象棋，好作拉達·巴您的幻想，說些使我莫名其妙的關於印度人的話。我認她是不尋常的人，有點怕她。她有時釘視我，使我頭暈，但是在她的眼光之下不能把眼瞼垂下來。有一次她突然問我：

「您相信奇蹟麼？」

「不。」

「那何必呢。應該相信的！生命是奇蹟，人也是奇蹟……」

另一次，也是那樣突如其來的，她走到我面前，一本正經地問道：

「您想怎樣生活呢？」

「我不知道。」

①歡呼本應譯作笑。——譯者

「您必須離開這裏。」

「往那裏去？」

「那是一樣的到印度去……」

她把美麗的手放在司配士涅夫尖銳的肩上，用勝利的聲音請求着：

「請您——說三死。」

又轉向主人：

「親愛的快樂派，——好不好？」

沙莫夫和藹地哼了一聲，吻美貌女人的手掌。略爾夫陰鬱地望她。他立在那裏，身子挺得筆直。阿謝夫的眼睛更加美麗了。女人們微笑着但是顯得不大樂意似的。洛克及瓦用黑暗的，攝引人的眼睛望着大家，她的嘴有點特別地微開着，好像準備喜悅地和全世界接吻。她斷然感到自己是一切人們的主宰，——他們中間最美麗最快樂的一個。三死於她有什麼用呢？

喧鬧地搬動沙發和椅子，在擁擠的半環中坐下。沙莫夫，司配士涅夫和阿謝夫走到角落裏小圓桌旁邊。

「我真是愛這首史詩，」——服裝漂亮的夫人宣布。

「注意！」——洛克及瓦指揮着。

沙莫夫將微顫的手放在桌毯上，奇怪地微笑着，他的飽滿的聲音向靜寂裏落下：

「智者所以和愚者迥異，

因爲他能思索到底……」

我感到驚訝。這個痴獃的，永遠調和一切的人，油滑的，自滿得可恨的人——最爲我所嫌厭。但是現在，他的圓圓的，卡爾梅資克人的腦袋到諷刺的神光奇怪的恩賜；史詩的話句、還更他的黏質的甜蜜的聲音，他完全不像他自己。或者是——他已全部成爲自己了罷？

「死的時刻內，戲謔是不體面的！」——司配士退夫說，憤憤地搖擺蓬亂的頭髮。

阿謝夫漂亮的眼睛凝感地眯細着。大家嚴正地聽詩，惟有洛克及瓦微笑，像母親在觀察孩子們有趣的游戲。

屋內十分靜寂，惟有綢裙移動的微響偶然破壞了靜寂。劉奇——沙莫夫的話語雄壯地洄游着：

「誠懇地請求——相信詩人們！

……你們全像廣場上的鐘

任何的行路人

都可上去撞一撞！

一會招呼着我，一會又想生存……」

「停止辯論了罷！」——

阿謝夫說，舉起在燈光上照得透明的手。他的受磨折的臉是安靜的。他用深刻的信心說下去：

「在心靈裏地上的境界之外，

驚醒着另一些情感，

朝光明看望，像整個的蜂羣，

它在這裏是沒有官能的……」

劉奇嘲諷的話語裏又懶洋洋地走來：

「我不願辯論，婆逞卡，

……你的強烈的話像槌子一般，

但我所信的是別的話，

另一種生存——

是我不能理解的！……」

司配士逞夫破碎的聲音變得更加熱烈：

「未來的一切的謎

是不會使我恐懼的，——

扔棄方創立的可愛事業有點可惜！」

他的士氣的臉發了紅，眼睛燃燒着他更加大膽而且悲痛地怨訴「死」的卑鄙的侮辱：

「向天上威嚇的巨人

會成為一團灰塵麼？……

……而這是努力的目的，

偉大的創業的目的麼？」

靜寂。大家呆住了。

略徵夫立起來，望着洛克及瓦，勝利地說：

「元老院的命令！」

司配士遲夫嗓子裏被忿怒和煩惱哽咽住，喊道：

「羅馬的歌者死了！

我湟卡衰亡了！

但是人民狂歡着！」

沙莫夫冷淡的，譏諷的聲音將呼吸熄滅：

「自己毀滅是不難的。

但是明瞭了人生，而尚繼續生存——！

我敢說，——是一件不平凡的英雄行為！」

這些話語落入我的心靈裏，像烤紅了的火炭。我也想寫詩，——我也要寫！

現在我對於這些人覺得奇怪地接近，特別地有趣。使我感動的是一些人憂鬱的凝思，另一些人歡欣的注意；我喜歡他們蹙眉的臉，悲慘的微笑，喜歡他們能和聰明的史詩的理想相融和。我深信他們感到精神上如此深刻的騷亂，已將無力生活下去，像昨天生活的那樣。

在客廳凝慮的沈默裏，劉奇的話語慢慢地流着：

「做偉大的事業需要休息，

快樂的精神——豐滿的晚餐……」

沙莫夫的小眼向大家身上環繞了一遍，把我也加進看不見的圈子裏去，輕輕地嘆了一口氣，微笑道：

「即使將來有大詞的修辭家

以你為教訓而對學生指示，

但也有什麼幸福可言！」

他說話更加顯得不樂意，而且聲音輕得像要睡覺，似乎出於和朋友們談話而感到疲乏。

一個身體細柔而且挺直的女僕在門外立着，藏在黑暗的門簾後面。她有金色的，蛇形的頭，栗色的頭髮上插着絲邊的妝飾品，皙白的臉上尖銳地閃耀着發綠的眼睛。

「我死去也是爲了戲謔……」

沙莫夫幻想着發生柔細的微笑。

他說完了，聽衆親密地拍着洛克及瓦吻他的禿頭。

「您說得眞是妙極了，——瑪克司。哎，我的天呀……」

「我很感激。但我以『眞實的好客者』的資格，——請諸位入座！把您的手常送過來，貴夫人……」

顯得十分喧嘩，而且快樂。人們一對對地到飯廳裏去，最後的是阿謝夫。他的身體搖曳着，好像醉人一樣，一隻手擦爲滿了皺紋的高額，另一隻手持着香煙；他用手指把煙捲揉發，煙葉撒在地毯上面。

「女魔術家，——要英吉利酒，還是規那酒？」——沙莫夫大聲問。

飯廳內，鮮艷的掛燈底下，水晶的器皿閃爍着銀具發出燦爛的光明，還有三隻水果盤像三朵巨大的花。戴眼鏡的女太太對路程夫說道：

「禮拜那天，我在裴細布羅魏家裏喫到了熊肉火腿。我沒有發現任何特別的地方。」

圖龍用沈音告訴什麼人：

「您放點胡椒進去，——是的！現在放醋進去！好不好？」

我偷偷地溜到前屋裏去，——我已經學會了偷偷地溜走。年輕的女僕杜娜坐在前屋的沙發上，張着魚樣的嘴，在那裏打盹。她的身體胖得像一隻木桶，衣服的顏色斑駁得像漆匠。沙莫夫講道女僕在上工的最初幾天就吞沒了他一塊化妝肥皂。

「哎喲！」——她醒轉了，喊道——「對不住。那一件是您的。」

但看見我已經穿好了大衣，便問道：

「已經坐下去喫麼？」

「是的。」

「唔，好極了……再見罷！……」

風把潮溼的灰塵似的雪朝街上追趕；街燈在樹枝的羅網裏展開奇怪的黃色。夜將房屋擠到地上，在潮溼的夜的拳握中，城市成為小小的了。

我在稀爛的泥漿中走路，穿破了沉重的潮溼的靜寂，我的頭裏燃燒着新的話語和思想的火堆，我感到幸福的發亂。

記憶裏響着快樂派的話語：

「在我喫得脹飽的時候，

她和藹地微笑，

自己也不知道，

將毒藥放進酒裏……」

另一些話自然而然構成了詩句：

「孤獨的，盲目的靈魂

在朦朧的街上徘徊。」

一輛馬車馳來，御者在破舊的，蹣跚的車子的前座上傴着身子。黑色的，茸毛的馬搖着尾巴。街的盡頭有更夫擊柝的聲音。

我的心裏發生了什麼事情：有一種煩悶抓緊我的心，既是一種煩悶……

夜訪柏拿士金

我在沙莫夫家裏喫飽了美味的精神的食糧以後，——星期日晚上便到柏拿士金家裏去：他那裏也有可得教訓的地方。

柏拿士金在巴爾底格做舊貨生意，——賣破鍋鐵和舊衣。他的歲數已在五十以外，有癆病。他的手是不安的，長長的，腳是柔細的，頸頸是彎曲的，小小的頭和栗色的鬍鬚在頸上蕭疏地搖晃着。他像從地下拔出的乾樹根。他的臉頰上蹙皺的皮膚長滿了菩提樹皮顏色的髮鬚。一個很憂鬱的臉龐，但是眼睛是快樂的，好像永遠看到前面有一些突如其來的，愉快的東西，還在內心裏喊着：

「啊，原來如此！」

他很愛發出靜謐的，帶着嗚咽的笑聲，因為他一生的境遇不順遂，所以愛談談哲學。

「每一個人，無論他是何等樣的人，都要喫飯，——這就是全部智慧的所在。那就是說：應該加以理解，表示服從！」——他說。——「這裏面是數學……」

「一個聰明的人說：愛情與飢餓統治全世界，」——我回答。

「這是仲馬的話麼？」

大仲馬在柏舍士金看來是極聰明的人。特米脫里·伯夫洛維奇看過他的全部小說有兩三遍之多。

我勸他讀獵人日記，——他把書還給我，慘淡地笑了一笑，說道：

「你喜歡書裏面的什麽？老弟，這書並不有趣，好比眞實的生活一樣……」

眞實的生活對待他旣極任性，且不和藹；他在十二歲上，他的父親，好喝酒的某官廳職員死後，就出去充當人事公證員的學徒，兩年後轉入香煙店裏去，以後又充當理髮師二十歲上決定削髮爲僧，在各修道院內閒蕩了三年，以後從一個修道院內和一個女尼勾搭上了，帶了她回到家鄉。他發出哭泣般的笑聲，無力地揮搖手肘，好像沒有宰死的公雞。講述道：

「我和她在非正式的結婚中住了五年，天天處在欣悅的愛情的氛圍裏。這甚至不是人，卻是特別透明的水晶。她臨死的時候，——拉住我的手，——微語道：『米卡，好朋友，謝謝你。沒有你的愛情，我一定會萎黃得像沒有日光的花。』這是因爲她比我大十二歲，而且相貌並不美麗，——麻臉，歪鼻，還有……其他的一切……然而她的心——眞是一朵花！一個特殊的心！美貌並非對一切人都要遵守的律法，一切女人都值得愛情的，女人是上帝最好的作品……」

他講到妻子，女人，愛情的時候，——他的快樂的眼睛成爲悲慘的，嚴正的，眼珠成爲紅腫的。他在記憶妻子的時候，甚至無恥地哭了兩三次。他一面說一面從眼睛裏一粒一粒地流出柔細的，黃黃的淚水。

妻子給他留下了一個女兒，從此以後，據柏舍士金自己說，他到處奔波勞碌，——「老弟，老是尋覓做成一件事業的機會，爲了養育女兒但是——到底沒有找到機會……」

他在林中的草地上，孤獨的松樹底下，在一個七月的夜裏，把他的生活講給我聽，——我那時和他同去進香，爲了取得休息的緣故。他坐在那裏，背靠在銅質一般的松幹上面，長長的脚擺開着，像一把剪刀；他的前面燒着小火堆，一隻行軍用的水壺裏的水沸騰着。天氣很悶熱，像有雷雨下來的樣子。那時候我對於一些遲鈍的，思想得多而無益的俄國人深感興趣，——使我喜歡的是他們的不和生命取協調。

「我是一個柔和的人，——所以把我從篩子裏篩來篩去，」——柏拿士金笑着說，——「我去應鄉村教師的考試，——結果是不合格：可以和孩子們游戲，但是教書是不會的！我被一個韃靼人僱用，到村裏去收買雞蛋，韃靼人派我到瑞典去擴充業務；我來到彼得堡，住在隨便一爿旅館內，有一個軍官和便服的人爭吵，開槍射擊，一粒子彈射進了我的腰裏。我在醫院裏躺了一個半月，人家當時把韃靼人的錢從我這傷人的身上偷走了！我回到當差使的地方去，——那個韃靼人忽然死了。我去見他的承繼人，把這件事情和怎樣遺失銀錢的情節對他們說。他們全是很好的人。他們說，道不要緊，這沒有關係。好極了！我後來進區法院去充當收發，——一封重要的文書被人偷走了。眞是沒有運氣！法院裏的人——喫法院的官司……我被判無罪，但是檢察官對我說：『你是一個蠢子。』這情形我到現在還有的：我會忽然沉思着，不知道想些什麼，我聽不見任何聲音，一點也不明白是怎麼會事……」

「想些什麼呢？」

「就是這樣……總而言之，都是一些小事，」——他回答，向火光注視。——「譬如說，心裏想：難道明天都不會出什麼事，還是一樣麼？一些愚蠢的思想。其實是無可期待，人家決不會派你做大主教的。就這樣一輩子轉來轉去，像中了魔，受了詛咒似的。一切都要試一試，甚至爲了偷竊贓物吃官司，坐了半年的監牢。被判無罪。又爲了在酒店胡言無忌，被捕九十二天。憲兵問：『柏金士金，你說過這些話麼？』但是我已經忘記了是什麼話！我說：『大人，請你恕我大膽，在我度着這種亂七八糟的生活的時候，還不能說幾句什麼話麼？』我於是把一生的全部事實都對他講了。他是一個好人，很同情我，說道：『是的，你的生活是不快樂的。你可以得到自由。』我回答道：『謝謝您，但是狗被緊在鎖鍊上還比我自由，因爲牠有牠自己的地位。』他說：『那又有什麼法子？人生就是這樣！』我說：『對的，我們生活在世上是爲了將不幸給大地做裝飾的！』他笑了。」

柏金士金講述的時候，時常在話頭上遲頓一下，當時閉上眼睛，沈默兩秒鐘。他好像是在隱瞞他所經歷過的許多事情，像隱瞞髒病一般。我注意到他把愉快的事情說了許多，但是壞的和難受的事情卻努力趕快避開。我很喜歡這樣。

「您尋覓的是什麼？」——我問。

他隔着火堆的藍煙驚異地看我。

「怎麼叫做尋覓什麼？也就是大家所尋覓的，——譬如飽食，安靜……或者屬於什麼方面。人必須努屬於什麼方面。在卡飽奇卡，我的太太還活着的時候，我感到自己是屬於她的，但是在她死了之後，——便找不到什麼了。自然嘍，天上的鳥不用耕田，也無須播種，牠是會飛翔的，牠的衣服可以穿一輩子，也不要皮靴……」

在這夜裏我很喜歡柏拿士金，就從這方面起始了我們的良善的友誼。他住在市梢的村內，到伏爾卡河上去的斜坡上面。他住的是一所小小的偏屋，附搭在一所歪斜的老屋的背後。這老屋的主人是小店的老闆蒲龍圖可夫。房子有兩扇窗，窗中間，是一個踏得發斜的臺階，通到一爿糖果雜貨店裏去。臺階上面蓋着茸毛的頂篷。窗上的玻璃在太陽下發出顏色，擺滿了蒼蠅，在一個窗上有些裝着糖果餅乾和其他可誘惑的食品的罐頭。另一個窗上凸現着柏拿士金女兒的頭。

蒲龍圖可夫自己坐在臺階的級段上面，像一尊偶像似的。他的身體當中滿滿了油肥，汽水和茶水，一直到眼睛為止。他在太陽裏蒸發他自己，想着各色各樣的聰明道兒。他的兩隻栗色的小眼睛朝斜坡下面看望河水的蔚藍的一角，瞧望那些小船怎樣在綢緞般的水中穿來穿去，白色的輪船游泅着，貨船被拖拉着。

我和柏拿士金坐在他的腳旁；我的朋友在經械什麼破碎東西；灰色的鼻上套着一副大眼鏡。節假的日子。村中靜寂而且空曠，人們在晚茶前休息着。柏拿士金的女兒細聲唱：

「我愛你……」

「你愛梨麼？」——父親問，咳了一聲嗽。[注]

「你別搗亂，爸爸……」

「我愛你，無窮盡地愛你……」

「無窮盡的小傻瓜！你最好練習道德，不必用愛情來煩擾自己……」

「去你的罷，爸爸！」

柏拿士金的女兒已近三十歲。她面色發黃，皮膚鬆軟，像乳渣一般。她的右眼上罩着白星，左眼無恥地好奇。她睡覺時，她的大臉充滿了藍血，那隻看得見的眼睛像盲眩的，兇惡的貓頭鷹眼。廉價替市場縫花布襯衫，棉布小袴，幻想和軍人戀愛，最低是中尉的階級。她也讀過仲馬的全集，但她認為世上最好的書是新歌全集。她未曾有過戀愛，現在也沒有，暫時是蒲龍圖可夫享用她的肉體，——由於厭悶，也許還由於對醜陋的姑娘的一份憐憫心。

「是的，」——柏拿士金說，用尖銳的手肘推我的腰。——「這也是愛情，——有多少人在愛情裏沈溺着。——而且還有這樣的！」

「怎樣的？」——蒲龍圖可夫打聽着，翹了翹黏着什麼的灰白鬍鬚。

[注]此兩行對白在原文中為不易翻譯的雙關語。恐直譯不易使讀者發生興趣，故予意譯；取「你」「梨」兩音可相混也。——譯者。

西方的天上滿是血和火。一輛馬車走過，——路上的灰塵從地上揚起，像紅色的雲。

「就是這樣，竟至於死的地步！」

「這是悲慘……」

「一點也不是悲慘，而是最尋常的事情……我的一個好朋友，理髮師莫茲舒與戀上了一個猶太女人……」

「理髮師是無意識的人，他們永遠不是賭徒，便是什麼……」

「自然，猶太女人在這件事情上並沒有什麼關係，女人總是一樣的，愛情是不願信仰的。」

「這很壞……」

「是的，結果不好，他投水死了……」

「那個理髮師麼？」

「是的……」

「阿木林。」

醫醫打斷了那些關於無結局的愛情的歌曲，以後又凝慮地唱出來了：

「在海永恆地濺潑到

花崗石的巖岸上的時候……」

又問我道：

「瑪克西海奇，——海與洋之間有什麼區別？」

我回答：

「洋要大些。」

我不愛這姑娘和她談話感到不愉快，——她的活潑的眼睛永遠隱藏着一種甜蜜的嘲笑，由於這嘲笑會感到不舒適，像聽到了鄙猥的話語。

柏令士金用指爪刮削用紅筋縫住的長長的鼻子，一面講述起來，不管人家聽他不聽他。

「她是寡婦，挑擔賣墨水和鞋油，——都是他自己製造的……她的年紀有三十左右，沒有什麼特別的，——馬馬虎虎的，尋尋常常的一個猶太女人……」

「他們全像一個臉，」——龐龍圖可夫自信地說，忽然自己詢問自己。——「為什麼我沒有學會抽煙呢？」

「他的名字叫做滑鐵萊莎，那時候他大約……二十五歲……」

「你儘是不管三七二十一地胡說八道。」

「是的，」——柏令士金嘆氣，——「俗話說：『斧頭斫不來，——可以磨磨尖，女人沒有愛，——隨你怎麼做都行，』這話說得真對。」

「總該死了……」

「不過她是一個好女人。他們兩人的談話是由我居間的。她對我說：『你聽着，米卡，——大家全叫我米卡，——這是不可能的。』她說：『你去對他說，我很憐惜他，看待兄弟一般，至於別的什麽是不可能的。』我對他一說，他當天夜裏就投河死了。」

「這一切全由於閒暇，由於想像，」——蒲龍圖可夫固執地說，顯然由於柏拿士金對他的不注意而感到侮辱。

村中的姑娘們和靑年婦女們，還有一些敬神的，兇狠的老婦和老人，在節期的休息和飲酒以後醒了轉來，從小屋內爬出，衣裳穿得色彩雜亂，好像蜜製的餅乾。睡眼矇矓的河裏的小偷，船戶和漁夫們在舉起的手掌下面看望伏爾卡河。鮮豔的晚霞落在草原上；塗滿了肥油的金黃和濃密的斑點的天，和皮膚黑暗，衣服襤褸的人們相比，是莊嚴到可氣的地步。手風琴在園內什麽地方嗚咽着，村中美女桑卡·陸鮑士尼闊瓦的嘶啞而快樂的嗓音唱出舞歌，成心和一切嚴肅的人們逗氣。

「我忘記了父親的名字，
忘記了母親的名字，
祇記得一個可愛的名字，
可恣的葉郭羅士闊！」

耳聾的老人莫伞霍夫走到小店裏去。他性淫蕩，以打印子錢為職業。

「你出來玩麽，瓦西里公公？」——瀰諾區可夫喊，但是那個放印子錢的人奇異地豎起針刺的眉毛，不信任地問：

「為什麽道謝？」

「我說——瓦西里！」

「噢！……給我一點糖……」

「你瞧他，」——柏伞士金對我說，——「一個小姑娘到他那裏去贖當，但是他瘋狂地把她蹂躪了。為了什麽？自己也不能解釋。他說，因為她向他吐了舌頭。我不明白人心是怎樣狠毒。」

「爸爸，」——蹬薩用女后的口氣命令，——「你到店裏去取一瓶酸菜湯，從窗裏遞給我。」

「快死了罷？」——老闆問像老鼠似的老太婆。

她用稍為低微的口氣回答：

「快死了。」

「一死，——你可以輕鬆些。」

「他自己也輕鬆些。」

「這一切很簡單，」——柏伞士金說，咳了一聲嗽。——「簡單得和磚頭一般……」

斯韃圖可夫送女主顧時，問道：

「米士卡——還坐着麼？」

「還坐着呢，還小狗。」

「對於他——監獄是不可惜的……」

花園黑了起來，在板牆上面像一堆濃厚的烏雲似的聳立着，天上還燃燒紅雲的碎塊；聲音柔和些，輕靜些，生命凝底些。白天的工作的喧騷在河岸裏融化了，秋愁從田野上溜走，把奇怪的願望充滿心裏。想向什麼人問一問，惱恪地問：

「這一切是爲了什麼？誰在嘲笑人們改變他們的形相？」——由於一種忍耐不住的，痛苦的羞恥，眞想鑽進地裏去。一憶到沙莫夫的晚會，心裏更加難過了……

村內的居民已慣於在過節的晚上聽斯韃圖可夫的一套聰明話，這時陸續走到店裏來。村裏的小偷和好游蕩的人羅瓦金，一個良善的，爲大家鍾愛的人，橫臥在臺階對面的地上。他年已三十歲，但是形狀很像青年，——體格齊整，精神活爽，頭髮蜷曲，眼睛明朗而且恐懼，像嬰孩似的。

「在美國，」——斯韃圖可夫講，——「居然爲忙人造成了一種特別機器，——喂食物的機器」那邊的人們一做工就沒有時間喫東西；於是把各種食物往機器裏一放，——那機器就喂起來了。」

「眞是鬼！」——羅瓦金喘訝着，抽吸着漂亮的煙斗。

「有橡皮管從機器那裏通到各處，取了管子，一吮就——成了！——飽了！」

衆人笑着。相信麼？大概相信的。

惟有貓瓦金問：

「不覺得沒有滋味麼？」

「那邊是不管這個的。那邊的廚子每年有一萬塊錢的收入官家用的廚子……」

柏奪士金對我輕聲說：

「你駁倒他！」

但是小店老闆還在講述，好像讀着看不見的書。

「美國的學者把土地都稱過了，——一共有三千二百萬師特的土地。他吹起一隻汽球，極大極大的式樣，用線條把地球繞住，拴了起來，那地球搖幌着，好像鐘擺似的……」

輪船的汽笛聲把聖人的聲音壓下去。我一直在回味着沙莫夫家的晚會。那邊的人們以智識為遊戲，好比靈巧的小孩們玩耍皮球。那邊的真理顯得特別的好，——圓圓的，清切的，沒有蒲能圖可夫那種底人的幻想，好像嚼食機器之類。那邊的人們臨做得像孔雀似地展放着智識的雜色的尾巴。

但是在這裏，他們黏在小店的臺階上面，好像蝙蝠圍住麵包。有站的，坐的，臥的，貪婪地，默默地以蒲能圖可夫奇怪的無聊話為食糧，——這人具有一種希奇的性格，就是給一切真理裝上驢耳朵。

「在美國上帝稱作溫扎里司……」

我在柏拿士金暗中推揆之下，起始反駁他：

「不是溫扎里司，卻是溫齊里司，而且不在美國，卻在埃及……」

「什麽？」——蒲龍國可夫問嘲謔地眯細了眼睛。

我重複一下，他打斷我的話：

「等着。第一——埃及裏面住着一些黑人，他們沒有上帝！這是一！第二——溫齊里司這個字沒有意談，——「溫扎里司」卻有「發縱」的意思！這是二！第三——你來改正我還早些，你是一位四不像的先生！你讀過『尼瓦』雜誌沒有？」

「您容我說，」——我說，但是蒲龍國可夫在有人對於他的智識發生懷疑，不相信他的聰明的時候，是捺不住火的。在這種情勢之下，他嘲笑地眯細着栗色的眼睛，用兩支尖針洞穿這疑者，用空洞的話語磨折他：

「你讀過黑人的歷史麽？我對你說，黑人自己都不明瞭自己的言語，因為他們有幾種言語，像同教的韃靼人一般……」

「一切的階級都會用自己的方法說謊，」——柏拿士金突然插進話來。他的話語永遠會使靈魂快活的。

但是我被駁倒了，蒲龍國可夫得了勝利，他的話語重又拉開來了：

「埃及確乎是有的，但已被弄破落毀滅了。」

「是的，」——柏弇士金輕聲說，——「每人有他自己的思想的傾向：有的以美國爲幻想，有的不知想什麽，但是每人都希望吃甜蜜的東西：那怕有糖精，也可以算數。」

日落後柏弇士金咳嗽得更加勁而且兇；他覺得冷，塞在一件補釘很多，而且在縫線上衆已磨破的上褂。

我問他：

「您幻想些什麽？」

他慢慢地把乾脣展着微笑。

「假使我有三個五分幣，我可以到酒店裏去，叫一鍋魚湯，加上胡椒和葱，以後再來一瓶啤酒！」

「別的不要什麽嗎？」

「祇有三個五分幣，還能要什麽？」

「不是說這個。從一般說來，——一點也不想要了麽？」

他想了一想，安靜地回答：

「我想要也已經晚了，我快要死去……是的，老弟，我就要死去！」

我沈默了。我感到不合適。我不相信一個人活了五十多年，做了各種困難的工作，經歷了許多，會愛也會思想，——這種善良的過劇的人竟沒有留下使他的生命活潑些的任何願望，而祇想喫一碗加胡椒的魚湯……

在窗上像在畫框裏似的凸現着一隻大臉，帶着陷凹的眼睛。——羅盧懶洋洋地移動着凋裂的嘴唇，喃喃說：

「月亮快升上來了，——這是一個怎樣美妙的向林中游玩的夜呀……」

「她們每年必生雙包胎」——蒲龍圖可夫教訓着。

衆人走散了；在小店老闆前面的祇有如山羊般沈思的洛瓦金。

天色開始陰黑，烏雲從東方爬來。天上的星好像細釘頭一般，——這是因爲空氣潮濕的緣故。紅紅的火把在河水裏抖慄，——那是河岸和船舶的燈影。

「說起來，爲了什麼投與我們生命呢？」——柏拿士金問，又自己回答道：「細想一下，誰知道是爲了什麼……」

使我發生興趣的卻是另外一個問題：這張對生命的惡毒的諷刺畫究竟是誰需要的，且能使誰快樂呢？

「你宿在我家裏去罷！」——柏拿士金提議。

「謝謝。我要去游玩呢……」

「那末去罷，走罷，流浪的人……」

我默默地和小店老闆作別。

浦龍岡可夫準備關店，立在臺階上，搔着頸頸，自問道：

「爲什麽我的牙齒許久沒有痛呢？」

蘇霍麥脫金家的晚會

冬天，每月一次，有時兩次，——我接到商人蘇霍麥脫金一張字條，內容如下：

「敬請明晚惠臨敝寓，藉作三屏棋之娛樂爲盼。」㈠字條的下端巧妙地畫着「乘備喫息」四字，㈡簽名則畫着飛鳥的形狀。

第二天晚上，我立在城中一條體面的街道上一所巨大的，有許多石膏像裝飾着的房屋的臺階旁邊；腋下揣着一卷包袱，裏面裝着清潔的內衣。一個眼得胖胖的，像一匹馬似的女僕開啓沉重的橡木的門。

「請罷，」——她說，紅潤的臉頰舉得高高的，作了一下客氣的微笑，而且舉高得使她的眼睛完全藏進紅潤的小枕似的肥肉裏。

女主人莱卡洛莉·格拉西莫夫納在門房那裏迎接我。她是一個肥胖的，和藹的女人，龐大的辮髮在頭上盤成四層。

㈠俄國的浴室除裝澡盆的浴室外另有一小間，溫度極高，備有蒸氣，且設梯級形的木架，浴客坐其上蒸發流汗，級愈高愈熱。——譯者。

㈡喫息者表示因受蒸熱而發呼也。——譯者。

「請進罷！」——她快樂地唱着。——「我很喜歡，請進罷！」

又關心地問：

「沒有忘記內衣麼？——你對葉郭爾說，讓他把內衣放在澡房的前室裏。」

燕葚麥脫金自己滾了出來，臉上喜洋洋的，像在一圈和氣的滷汁中浸泡過。他的短小的，堅韌的脚跳來跳去，圓圓的身體搖幌着。他喊道：

「請罷，請罷！眞是多謝！——我們的文化工作人員，我們的莫里阿·梅爾其！您的身體好麼？」

他的臉頰上有些發亮的疙瘩，頭像帶兩個把手的泥罐。我們走進客廳裏，——它像中等的木器店裏面很擁擠，有許多燦爛的輝煌的金色，許多鏡子，全是新的，光亮的，從一切的物件上發出死沈沈的氣味。

瑪德魏·伊凡諾維奇·洛赫夫在客廳內迎接我。他是主人的親家，一個身材不大的人，體格齊整，鼻子有點歪曲，一把法國式的鬍鬚，一雙凝視的眼睛。他是當地交易委員會會長，但是他的儀表和舉止像華沙來的體面騙子。

「晚上好，」——他用愉快的低音說，——「您的身體好麼？好極了！我也好……」

又迅速地移動手指，對主人說：

「我再來講鱘魚的事情：道鱘魚是不愛開玩笑的……」

我和他的太太齊諾蕊卡握手。她是一位中等重量的女太太，有栗色的鬈髮，藍色的眼睛，活潑的舉止。

「你們聽見沒有？」——她問。——「我今天去試騎新買下來的馬，牠忽然狂奔起來……」

主人開玩笑起來：

「你自己也該狂奔一下！」❶

「這是什麼意思？」——她天眞地問。

「你好像還不明白……」

「喂，」——洛蒂夫說，——「我們來罷？」

蘇霍麥脫金對妻子喊：

「卡嘉，——預備好了沒有？」

女主人驚慌地叫：

「安娜，——預備好了沒有？」

「親家母，」——男主人對齊諾慈卡提議。——「同我們一塊兒去罷！」

但是她用無從摧毀的天眞回答：

「我和卡嘉已經洗過了！」

❶這是無從翻譯的雙關語，俄文中「狂奔」(ponesti)一字又作「生產」解。意謂齊諾慈卡應生小孩也。——譯者。

蘇霍麥脫金瘋狂地大笑，笑聲中帶着欷歔，一面喊着：

「唔，眞是女戲子！你這人呀……」

我們三個男人走到廚房裏去。一個魁偉的，長着灰白小鬍的老婦在烤得通紅的鐵爐前沉重地忙亂着。她嘴裏發出怒吼，在一個小孩的頭上揮舞着湯杓。這小孩穿着像從成年的死人身上脫下來的白衣。他哭泣着。

「這是她的小孫子！」——主人解釋。——「你留神呀，葉菲莫夫納，不要煮得過分呀！」

「嗤！嗤嗤！」

「您怎麼啦？那裏會呢！唉，天呀！」——老婦用沉重的低音慌地響應着，向門限那裏啐了三次：

「瑪爾法在做她的拿手菜呢！」——男主人一邊在院內走，一邊說，——「有人肯出三百盧布請她到下新城的博覽會上去，——她沒有去！」

我們到了澡堂。澡堂裏點着兩隻流汗的燈，完全籠罩在發泡着薄荷味的蒸氣的熱霧裏。身上長着粗毛，全身蒸得紅紅的馬夫潘非爾在菩提木的地板上爬走着，喘着氣嘀語道：

「神聖的上帝，堅定的，神聖的……」

蘇霍麥脫金朝地板上匍伏下去，臉擦地瞪着眼睛，揪自己的耳朵，哭泣似的喊：

「你這鬼頭，想弄死我麼？燒得這樣熱，眞是傻瓜，——自己也像一隻青蛙似的跳起來了……」

「我請……我請……」——洛赫夫沈聲喃語着，喘着氣。——「這是我請他的……」

「他吩咐我的，」——馬夫突然細聲說。——「我在尋找十字架呢……」

洛赫夫像瞎子似的伸直了手走到架子上去。他的親家在地板上滾來滾去，尖聲叫；

「噢唷，喔唷……你會悶死的，瑪德魏？」

「不要緊！潘非爾，——把汽水澆上去！」

「等一等，讓人家透一透氣再說。」

「不要緊，」——交易委員會會長從架子上絕喊，還用拳頭在菩提樹的木板上面叩擊。

形似野獸的潘非爾把一罐汽水潑到壁爐的石牆上，——從黑穴裏捲出一股炙熱的泉流，蒸氣的白雲把天花板遮住，澡堂裏充滿了熱麵包的酒精氣味。

「壞蛋呀！」——蘇霍麥脫金尖聲叫，在地板上欠伸着身體。

馬夫蹲坐下來，像貓鵓似的嘆息。木架上傳來了甜蜜的驚呼：

「我眞痛快呀！」

但是洛赫夫立刻大聲叫了一下，滾到地板上面，張大着嘴，恐懼地瞪出眼睛。

「什麼？什麼？悶死了麼？」——他的親家喊，拳頭敲擊洛赫夫的背。

「我們是火穴裏的寶男，」——他喜悅地告訴我。

洛赫夫用瘋狂的眼神看着他，痛斥說：

「雪……快一點！……」

馬夫在澡堂的前室裏跑去，一會就出現了，手裏搭着一大盆雪。——洛赫夫抓了一把雪，拼命地擦他的禿頭和肌肉豐富的胸脯。

他似乎喝醉了酒。薩福麥脫金也感到軟弱，鬆弛而且融化了，短小的手撫摸血紅的肉，胸間的肉上豎滿了柔細的毛髮，蒙了一層汗珠。

「我沒痛了心，」——洛赫夫說，漸漸地恢復了原來的精神。

潘菲爾在木桶裏搞和芬香的肥皂，我爬到架上去，商人們在鋪板上橫躺着，起始作哲學的談話。

「我所不瞭解是羞恥！——譬如說罷：在一個女人面前可以光着身子，何以在三個女人前面就感到羞慚呢？」

馬夫向木桶裏吹氣，使肥皂沫濺到外面。洛赫夫神氣活現地說：

「韃靼人和土耳其人在三個女人面前也不會感到不好意思的……」

於是又用愉快的低音吟唱起來。

他們兩人都「透夠了氣」，感覺到自己好像在近地獄般的悶熱中重生了似的。薩福麥脫金全身都蓋在肥皂沫裏，活像一隻小雞。洛赫夫不知疲倦地移動手指，捏自己的鬍鬚，蒸氣散走了，澡堂內顯得亮些，天花板浸浸地裝飾着綠眼石似的水珠。哭泣的燈眯細着眼睛，石路裏的小石塊綻裂着。

「生命像女人一樣，必須加以哄騙，必須會向它說點花言巧語，」——主人教訓那個馬夫。——「你騙了多少女孩？」

「嘿嘿，」——洛菲爾氣喘地說，一面給他主人擦乾柔軟的胸脯。

洛赫夫和我作聰明的談話。

「我看出你們的報紙上不對的地方是你們把它做成了地方法院，」——他對我教訓起來了。——「你們永遠裁判人家。這是多餘的！正好像教堂應該教訓我們，報紙應該對我們講述一切發生的事情，發生了什麼，在那裏發生的？至於裁判卻不是神父們的事，更不是辦報的人們的事。」

「對呀，」——蘇霍麥脫金證實親家的話語。

洛赫夫繼續說下去，但已不是帶着教訓的意味而露出惱怒的樣子：

「報紙是為了人民的快樂而刊行，不是為了鬧亂子。你早晨坐下來喝茶，竟不敢取起報紙，——也許發面有說到你的話，它會把你的整個日子都糟蹋盡的。做生意的人最需要的就是精神的安靜。」

我默默無言。這人是有怨訴的理由的：時常有人為文章提到他，但永遠沒有講過他的好話。

玻璃窗上冒着白煙。蒼提木的澡堂竟像蠟燭似的融化了。

「我好了！」——蘇霍麥脫金喊着。——「現在來蒸發一下！」

他渾身都是肥皂，像插着鵝毛似的鑽到架子上去。馬夫並又把汽水澆到石爐裏。孫雷麥脫金尖聲叫着，洛都夫陰沈地鼓勵馬夫：

「烤他！炙他！這魔鬼……」

「不要在澡堂裏胡說八道！」——親家對他厲聲喊。——「澡堂裏是不許提起鬼來的！」

終於洗完了，不慌不忙地穿上衣服，在遭受了一切的振撼以後休息着。

「現在我們要喫了！」——孫雷麥脫金宣布，摸着自己的紅布似的，圓圓的臉頰。

在燈光照耀得通明的飯廳內，一隻大桌擁擠地堆了許多水晶，銀器和各色各樣的冷盆，——這頗像車站裏的食堂。桌子中間是一大瓶黃澄澄的伏得卡酒，用四十種草浸泡的蜜酒。

女太太們換好了一種很寬敞的衣服，好像睡衣似的。齊諾慈卡穿橘紅色衣，還披着綠色的絲帶。女主人穿着紅葡萄酒顏色的長袍。她們已經坐在桌旁，以喜悅的微笑和祝賀的話迎接我們。

「恭賀你們受着輕微的蒸發！」

「卡孟，」——男主人一面關心地說，一面跑到桌旁，——「你要叫葉菲莫夫納自己端上來呀！」

當下向我解釋：

「女廚子自己端上來的時候，——餃子會有滋味些的！」

齊諾慈卡斟了五大杯金色的伏得卡酒。

喝了酒，喫了一個苦辣的用酸乳和芥末拌成的小紅蘿蔔。女廚莊嚴地走了進來，手內端了一隻大鍋。

「餃子來啦！」——蘇霍麥脫金唱着甜蜜地眯細着眼睛，匆遽地繫上飯巾。——「有多少，葉菲莫夫納？」

「六百五十隻，」——老太婆用低音說，手掌擦着鬍子。

「祝福過了以後，——我們就動手罷！」

他們四人拚命地向角落裏畫十字，坐到桌上，開始喫了。

兩位主人默默地喫着，眼睛釘着碟子，似乎精神上浴在油肥的，有滋味的雞湯裏面，蘇霍麥脫金有時無力忍住肉體的歡欣，竟疲乏地呻吟起來。他的圓圓的臉受了喜悅的感動，似乎立刻就要喜極而泣。女主人喫的時候，皺着眉頭，態度十分正經，似在解決一個複雜的算題，但是眼內燃燒着確信這算題必將解答的火光。她的和善的，可愛的臉蓋了一陣細汗，她用絲邊的洋紗的手絹匆遽地擦汗。

洛雄夫不是嚼餃子，卻是吞下去，像吞藥片似的。他的胃發痛了，嗚嗚地吼叫着。

「再來十隻，卡爾，」——他時常這樣請求。

「第幾次了？」——男主人羨慕地探聽。

「第五個十隻。斟上酒呀，齊諾慈卡！」

齊諾慈卡用矜持的樣子把小指翹起，用叉子把麵皮裏的肉球挑出，說道：

「最有滋味的永遠在中心裏！」

又對丈夫說：

「你覺得生活是卑鄙的麼？」

蘇窪麥說金哈哈大笑，把伏得卡斟在杯裏，身子抖慄着，撒在桌毯上面，喘息地欣賞着：

「親家母，你的舌頭眞是夠賤的！」

於是粟髮的女人安靜地說了一些話，使得她的圓面的丈夫竟開始發出乾澀的，作嗝的笑聲，弄得男主人把湯匙扔掉，喜悅得漲紅了臉，身子隨着椅子一塊兒搖晃起來。

「你會摔到地上去的，笑得這樣子，」——妻警告他。

她也稍爲笑了笑，用手絹把笑容從臉上擦去，宜又一本正經地俯就樣子，說道：

「齊諾慈卡，你眞是不怕害臊還當着外人面前……」

「你說得多末可笑，」——洛蘇夫忽然變得正經，對妻子說。

她用一隻活潑的眼睛朝他斜看了一下，輕輕地唱：

「我要對你說一句話——

且把燈燭熄滅了罷！」

於是大家又咀吞吸喝，沈在愉快中。大瓶的伏得卡剩了不多，女主人又斟着酒。

洛蒴夫由於喫喝而顯得醉了，努力要把發亮光的臉做成莊嚴的樣子，對我說道：

「我的妻子是哥薩克人，在烏拉爾司克娶來的。哥薩克的血永遠是快樂的，濃厚的……」

齊諾慈卡喝了許多酒。她坐在那裏，身子靠着椅背，眯細着眼睛，朝掛燈上看望，嘴唇撮成小心兒的樣子，想呼哨一下。但是呼哨不出來。

「停住，」——丈夫對她說，一面從桌上立起來。

女主人也喝得醉醺醺的。她顯得放任些，無緣無故地笑着，眼睛在空敞的飯廳的角落裏尋覓什麼。

「再喝一點，」——她提議。

大家都拒絕了，齊諾慈卡把法文的 merci 變成了俄文的動詞，但是沒有人覺得可笑，——大家都累乏了。

「彼得，」——洛蒴夫說，搖晃着身體，——「我們走罷，是時候了！」

他們互相挽手走出去，我和兩位女太太留在那裏。

「眞是小孩子，」——女主人和藹地說着，用笑眼送他們走。

以後她向我打聽，爲什麼我沒有結婚。齊諾慈卡在椅上搖擺着，嘴裏哼着：

「六層樓上

　　佳若我的密友，

　　我還是原來的那樣，

　　但他已非往日的他！」

「喂，」——她對我說，——「您知道不知道一些詩……帶點胡椒末的詩！」

「齊諾慈卡！」——女主人答告她。——「你發瘋了！」

我並不知道帶點胡椒末的詩。

栗髮女人搖晃着鬈髮，手指搔得發出窣窣的聲音，重又唱道：

「他和丈夫一般，

　又瞞又哄，

　把我這……」

他把這小曲弄斷，重又問我道：

「喂，你爲什麽不寫點可笑的小說……」

「寫什麽？……」

「隨便什麽可笑的事情。寫妻子背着丈夫偷人，或是這一類的東西。你知道誰寫諾亞的詩麽？」

「不。」

女僕在門前立着，微笑地宣佈：

「彼得·伊凡南奇叫我來告訴，一切都預備好了，請就過去……」

「請罷！」——女主人一面說着，一面走向門外。

齊諾慈卡抱住她的腰，問道：

「我一喝酒，就覺得厭悶。那是爲什麽？」

在一間光亮的大屋內，洛赫夫和蘇霍麥脫金兩人立在鋪着黑呢的桌子旁邊，身穿燕尾服，手裏捉着高帽。他們前面的桌上有些紙盒和花瓶之類。洛赫夫的黑瘦的臉顯得十分正經，像一個準備做很重要的事情的人的臉色一般。蘇霍麥脫金眯細快樂的小眼，糊里糊塗地微笑着。

女太太們坐在臨旁沙發上，我和他們並坐着。交易委員會會長有禮貌地向我們鞠躬，說道：

「諸位觀衆！我們兩個是從印度和美國來的魔術家，我們要給你們變幾齣奇怪的戲法。」

「小傻瓜，」——齊諾慈卡向鄰座的女人微語。

她的丈夫努力把話語弄得破碎，變成怪腔，但是他弄得不好。在他把話語說得正確的時候，——他的妻子就生氣，跺脚。

「我的名字……我們的名字是箍利，……我的那位朋友叫做……叫做……唐姆司！」

詹姆司——蘇霍麥悅金移動了一下身體，忽然打了一個噴嚏使他覺得可笑，於是用手肘掩住臉從鼻孔裏作出吼聲。猾利——洛赫夫不贊許地斜看了他一眼，從桌上取起黑魔棍，舞弄着喊道：

「喂，拉窩司！」

「瓦窩司！」——親家詹姆司回答。

洛赫夫的手裏發現了一個銀盧布，——他在空中這麼一抓，就神氣活現地帶給我們看。後來他把銀幣從蘇霍麥悅金的鼻內掏出，又把另一個銀幣從他的禿頭上摘下來，迅速地扔進放在桌上的高帽裏面，又從空中自己的鬍鬚裏親家的耳朵裏靈巧地取出，從自己的膝蓋上摘下，甚至從自己的眼睛裏挖出一個銀幣。

「今天你做得很巧，」——齊諾慈卡對他說，但是他朝她厲聲喊：

「靜默！請求觀衆——不要說話！」

詹姆司在桌上擺放一些奇怪的物件，伸出了舌頭給齊諾慈卡看。

猾利——洛赫夫耍完了銀幣的戲法，一下子使各種物件從桌上隱去，——又使牠們在料不到的地方出現。他十分着迷，工作得像真正的魔術家一般老向親家喊出指揮的話語：

「瓦窩司！把花瓶拿來拉窩司！！快些！」

魔術家身後的牆旁堆着一些陰暗的樹樁，蘇霍麥悅金打開了一隻櫃門，——裏面架子上凸現着一個被斫去了的，帶着黑鬍的頭顱，用碎裂的眼睛可笑地向我直看。——洛赫夫的臉露出愉快的驚訝，顴骨上的皮膚綁得緊緊的，——他顯然在緊咬牙齒。他的下顎聳出，——法國式的鬍鬚顯得硬些，好像是鐵絲做成的。每次他順利地變完了戲法的時候，他的臉上浮出微笑，不信任的，冷淡的眼睛快樂地閃耀着，好像嬰孩的眼睛。

我從來沒有看見過這樣着迷地，這樣愉快地欺騙自己的人。詹姆司——蘇霍麥脫金祇是寬容地參加有趣的游戲，希利——洛霍夫則抖擻地創造奇蹟。這是明顯的。

他有時沒有耍好戲法。從燕尾服的口袋裏取盛滿了水的小碟的時候，因爲把橡皮的薄片掛得早了一點，碟子掏出來的時候是空的，水全留在口袋裏了。他慌亂了一分鐘，用一隻眼睛觀察水怎樣流到地板上去，生氣地喊：

「第一段完了！」

脫下燕尾服，朝口袋裏張望，搖了搖頭，後來對觀衆解釋道：

「那些游行的手藝的變戲法人，他們的口袋是不漏水的。親家，你叫女僕來，把燕尾服晒一晒乾，——不要弄壞了呀！」

他嘆了一口氣，補上了一句：

「我可以穿常服的。」

第二段戲法開始時，那個囫圇的薩霍麥脫金走進一隻空虛的衣櫥裏去，洛赫夫用黑紗把衣櫥遮住，喊道：

「拉窓司！一，二，三！」——把紗一扯開，——衣櫥是空的，薩霍麥脫金不見了。

「我說不要這一套，」——女主人對我說，冷嘲地聳了聳肩膀，——「我知道是變戲法，但是總有些懼怕。」

紗重又扯開。

「瓦窓司！」

倫姆司——薩霍麥脫金又立在衣櫥內微笑。

以後彌利用繩子把他綁在椅子上，用屏風一遮，倫姆司竟一下子脫去了繩索，甚至來得及把皮靴從腳上脫去。

以後我感到我在那裏厭悶，而且特別地不舒適。雖然在我面前演出的一切並不可怕，甚至也不見得沒有趣味，但頗像一場惡夢。女太太們也疲乏了，女主人偷偷地打唬，掩着洗面的頭，露出對不住人似的微笑。齊諾滋卡竟公開地打哈欠，老在準備呼嚕。

薩霍麥脫金也顯已疲乏，他臉上灰白的疙瘩惱怒地聳起，他傲洋洋地移動着，不看觀眾和他的同伴。惟有洛赫夫流着汗，仍舊若了迷，在那裏變換手絹的顏色，或要不住地呼喊：

「一，二，三，——好了！」

他突然沈默了一分鐘，用責備的神氣看着觀衆，問道：

「親家母，你怎麼啞着了呢？」

我起始可憐他。

齊諾慈卡笑了。蘇霍麥脫金起始取笑妻子。那個不被人家了解的，受了侮辱的藝術家將手叉在背後，用迅速的步伐在屋內走來走去，說道：

「在我看來，游戲是一件正經事情，並不是小事。一個人不能儘喝呀，喫呀……」

「我明白的，瑪德鈸·伊凡諾維奇，」——慚愧的女主人可憐地插進話去，但是他不聽她：

「游戲是爲了遺忘煩惱的事情！你們女人自然是不會明白的……齊諾慈卡，我們回家罷。」

「等一等，親家！這就要喝茶了……」

「該喝了！」

「您不要生氣呀……」

「回家還早些」——齊諾慈卡說。

「早麼？」——洛莎夫喊。——「那末我一個人先回去……」

他所做的行爲好像一個生了氣的小孩，我覺得再等一會，他會哭出來的。但是大家到底把他安慰住了。洛赫夫留下了，但仍未失去他的特然的態度。

大家移到飯廳裏，一隻大銀火爐已在那裏摸摸的發熱，蒸氣的流泉向掛燈上吹去，使水晶的垂穗搖曳着。

洛赫夫和我並坐着，彼講道：

「這把戲使我化去了一萬塊錢！——我們這裏有一些稀貴的機器是從瑞典訂購來的。我很注意關於這件事情的一切新發明。」

他深深地嘆了一口氣，斜看着親家，那時他正站在齊諾慈卡身旁，向她低低地說話。

「人家笑我們，——多半是笑我！說我是變戲法的人。很好，請罷……」

「再倒一杯麼？」——女主人問他。

「是的，請罷！謝謝您的關心，」——洛赫夫說，惱怒地冷笑了一聲，而且說得無從了解——他是對女主人說呢，還是對我說。

「一切人都會變戲法的。有許多人變着有害的戲法。我和親家是無害的！我們是藝術保護者……」

「我不愛聽這個名詞，」——女主人並又插進話去，一面把茶杯遞給洛赫夫。

他接下了茶，沒有謝她，繼續說：

「有些人玩鬥雞，玩獵狗，或者有人津貼報紙，像您的主人似的。還有些人努力學好，在慈善事業上表現自己，爲了取到勳章。我可是要正當的游戲，雖然它也不過是欺騙。」

他無止歇地，冗長地說着，聲音裏帶出顯然的惱怒，一直移動着手指。

女主人停止注意他。她和丈夫傾聽齊路慈卡的微語，兩人笑得臉上發出紫色，鼻孔裏吼叫着，無力壓抑住笑聲。

「生命是無人感到快樂的，」——紛利——洛蒴夫一面說，一面把指頭在我的手肘上叩擊着。——「生命需要想像。你立在教堂內，想像自己是第一個罪徒，也許是最壞的人，還可以使靈魂感到愉快。這可以使我們興奮。在戲院裏你可以想像自己扮演着戀愛的惡徒，或是一個主角。但是不能每天上戲院去，也不能每天到教堂去，還遺留着生命，它是需要補充的。」

他撚捲他的鬍鬚，沈默了一下，眯細着眼睛。

我立起來告別，走出去了……街上有月亮，十分寒冷，被那些富商的大廈的黑影弄髒了的雪，在脚底下發出乾澀的微聲。

我走着，心裏悲愁地想着俄國人，——他們是會藝術地扮演不幸的人的角色，這俄國人呀！

淡灰與蔚藍

乾燥的，寒冷的秋天。塵埃的風在院裏煩惱地旋轉，粗大的羽毛飛揚，白紙團跳躍。空氣裏充滿了悉索和呼嘯，一個乞丐在我的寓所的窗下突現，冷淡地唱：

「主呀，耶穌・基督呀，聖子呀，保佑我們……」

他的臉發鏽，被疔瘡所侵蝕，光裸的腦蓋上面全是龐巨的痂瘢，他對於龐巨的院落和這有病的天是極相稱的。

風飄動他的破衣，吹脹他的胸部，塵埃撲到他的發鏽的臉頰上，耳朵上。乞丐搖着頭，用鼻音唱出和手風琴一般固執地，淒涼的調子：

「善心的先生和太太們，看了基督面上，施捨一點罷……」

「滾你的蛋！」——我的女鄰人從窗內喊。她是一個頑笑的女郎，身材小小的，眼睛陷落了進去，從耳朵到牙齒露出一片紅潤。

乞丐咕嚕了幾聲，風把他的話語吹走，我祇聽見一個大錢幣落到院子的石頭上時的銅器的響聲和女郎惱怒的話語：

「拿去罷，殺坯，混賬東西！……」

奇怪的是她的聲音裏帶着受委屈的調子，雖然施侮辱的是她自己。我在她旁邊住了三五夜，已經兩次聽到這個快樂的女郎白天唱着動人的歌曲，夜間則哭出酒醉的眼淚。

今天她在黎明時回家，當時就發出騷動和嘶啞的嗚咽，把我吵醒了。

「喂，小姐！」——我朝她和我中間的隔板縫裏喊着。——「你妨礙我睡覺……」

她沉默了一分鐘，重又啜泣起來，擤着鼻涕，用手肘和脚跟撞板壁，以後又駡起我來，精細地選擇一些最不方便的話語。

「爲了什麼？」——我問。

她確信地回答：

「你們全是狗！」

但是在說出了這句話，感到一點滿足以後又叫我道：

「你到我這兒來！」

我還來不及感謝她的盛意，因爲她立刻就補說道：

「不，不要來，不必來，早晨米士卡一來，他會把你和我……」

「米士卡是誰？」

「我的債主也是偵探。」

「怎麼叫做也是？」

「那末你是誰？」

「我是辦報的，作家……」

「書記是不是？那也是警察局的人……」

這以後她睡熟了，早晨醒來，嘆了半天的氣，以後學着吹嘛，卻不見什麼效果，嗯喫什麼東西，不是方糖便是乾麵包。後來叩響牆壁，說道：

「喂，鄰居呀！」

「早晨好呀……」

「什麼？」

「我說，早晨好呀……」

她從鼻孔裏噴出一口氣：

「你瞧，你眞有禮貌呀！……你有沒有……生病？」

「沒有。」

「那就不必了。……唉，天呀！」

「您怎麼啦?」

「有點悶。你的名字是什麼?」

「葉古迷爾。」

「你難道是猶太人麼?」

「不是的,俄羅斯人……」

「那末你在扯謊……」

她把這套話又說了幾分鐘,重又打開,好像有人抓住她的喉嚨,醒來時已經離乞丐將出現之前不久了……她一醒,就從牀上跳起,用快樂的聲音唱道:

「薩馬拉,你是一座豐饒的城市,

而我已成爲伶仃的孤女,

薩馬拉,爲了可詛咒的你,

幸福的幻想已經碎了……」

有趣的是她爲什麼在施捨以後必要罵乞丐一頓?我隔着板壁問她,——她想了一想,回答道:

「想罵就罵!還有什麼?」

窗外的風更加發狂得兇狠些,在院裏酒瓶上的草蓋,把一段線襪在石頭中間拋來拋去,還追逐一隻信封，用灰塵凝窗上的玻璃，鴿子在窗上蹬下淒涼地噥咕着；一塊薄薄的木片發出燥裂的聲音，惹起人們的煩惱。在這細碎的凄冷的灰塵下面，心似乎沈死了。

小窗對面的牆若薄地塗着一層龜裂的石灰；有的地方石灰已剝落，露出紅色的磚頭。屋頂上的天也是疎略地塗着淡灰色的雲，雲中間有一些深深的藍坑，煩悶從那裏流入心靈裏去。

「鄰人！」——板壁那裏喊着。——「來喝茶呀！」

「謝謝你，就來了……」

屋子比我的還小，它的女主人也比我小一半。但是她比客人活潑些，勇敢地看着他。她的眼睛確是快樂的，蔚藍的，那隻已把紅潤和其他顏料洗得乾淨的臉子是可愛的，純潔的，祇是十分慘白。

「你的鼻子多可笑呀！」——她一面說，一面緊看我。

我微笑着不響，也找不到回答，以後纔猜到她的鼻子是彎曲的，所以大概妒忌我。

她穿得很漂亮：紅色的上衫，綠色的領結，帶着一隻栗色的馬蹄形別針，裙子是紅葡萄酒色的。一條高加索的銀質的腰帶，更增添了她的服裝的華麗。耳朵上面，光滑的頭髮上有一根橘色的絲帶。

「請坐呀，」——她莊嚴地說，——「糖放在茶水裏呢？還是一面咂，一面喝？」

「一樣的。」

她教訓似的說：

「假使全是一樣，那末人們不會娶親了」

灰色叩響窗子。

我們談話。

「你是愛生氣的麼？」

「我麼？那得看什麼情形。怎麼樣呢？」

「就是那個乞丐！……我很願意知道：你罵他是爲了什麼錯處？你一面施給他錢，一面又罵他……」

她的半孩子氣的，平平常常的臉蒙上了惱怒的，娽醁的怪樣。女郎釘看着我。她的眉毛抖索着，她用響亮的聲音說：

「應該用磚頭朝他的頭上來一記，——眞是的！」

「爲了什麼？」

「自然有緣故的！」

「到底是爲了什麼？」

她的手擊着桌子，生氣地說：

「你不要做死鬼！出來做客人，又儘向人死纏，——眞是太不合體統了！我並不認識你，你儘問些不應該問的事情……」

她沉默了一會。我覺得十分慚愧，想立刻離開這小屋，但是女主人看見我的慚愧的神色，和顏悅色地微笑了：

「啊，你害怕了麼？……那真是的……你儘問，但是我並不感到興趣。我一看到他，一看到這騙子手就生氣。他就是那個給我和推事拉攏的混賬東西……我那時還不到十五歲……十五歲差四個月，而他已經……這是好的麼？他還是我爸爸的同事，一塊兒在一個旅館裏充當茶房。幸而父親死了，一點也不知道，否則要把我打死的。我母親給旅館洗衣裳，我送去……那時我自然不過是一個小女孩！人家請我到房間裏去，灌我酒，——我失去了知覺！一醒過來——天呀！——身體疲乏得要命！這全是那個人的錯處：是他安排好的……他說：『你可以取到二十五盧布，使你過快樂的生活。』說老實話，——我簡直不能看見他！他那怕那個一點！但是他儘到我這裏來問我借錢：好像他做了好事，我應該永遠感謝他。他簡直奇怪得很，——！一個人怎麼會這樣無恥！以前我和推事姘住着的時候，他差不多每天到我那裏去，不是借一個盧布，便是五十戈比。他還賭牌，就爲了賭牌把他關到監獄裏去。他就在監獄裏得了病，這卑鄙的傢伙！我告訴他：『你這無恥的惡徒，你爲什麼儘來找我。我是由於你，才這樣不幸的，由於你，完全糟蹋了一輩子！』但是他無所謂！他說：『算了罷，娼婦，你不要生氣：一個人總歸有點錯處的，——不能把大家都懲罰呀！』我想了想，倒也是對的：難道能把所有犯了過錯的人全都懲治麼？也祇好用繩子把要懲自己緊一緊緊……」

她帶着對不住人似的微笑，看我的臉；忽然從她的光亮的眼睛裏滾出多量的，細碎的淚水。她一方面稍稍微笑，一面慚愧地說：

「你瞧！你把我擠出眼淚來了……最好讓我們來談一談別的事情……」

我們談別的事情。風呼嘯着，將灰塵扔進窗裏。我的手藏在口袋內，握住拳頭，想道：

「不能把大家都懲罰，眞是見鬼！安排得多巧，——不能加以懲罰的……」

女郎幻想地說：

「紅顏色和我的臉色不配，我知道的，祇是那個淡灰色，或蔚藍色……」

書

在一所小莊別墅的牆旁花園裏，屋內掃出的垃圾中間，我找見了一本破書；顯然牠已躺着很久，在秋日的雨下，冬天的雪裏，被栗色的松枝和隔歲的朽葉遮掩着。而現在，春日已將黏着污泥的篇頁曬乾，便無從認出模糊的字母的行列所說的是什麼了。

我用靴尖碰動牠一下，仍往前走路，心想這也許是一本從心裏寫出的好書，有不少人讀時使他們心神擾亂，互相辯論，學習着思想；也許這本書使一些人孕育新的思想，在寂寞的、悲哀的時間給予許多人以煦暖。

我憶起少年和青年的日子裏，書成了我的如何的一個好友，而在記憶裏特別鮮明地橫着的是伏爾卡與頓河間鐵路小站上的生活。

這小站位置在叢稀少的灰色小草的沙原上，處在空虛與寂寞中，——到了冬天，這寂寞便爲狂雪的哀歌所破壞。夏天在車站上有蚊蟲叫囂着，在栗色的沙原裏有花金鼠嘶弄而且輕輕地喘着，在由於暑熱呈混濁色的天空裏默默地旋轉着黑鷹與白兀鷹。

有時候從月臺上向沙原望去：在空虛的大地上面，鉛色的遠處，播曳着海市蜃樓，沙金鼠在穴旁小邱上站着，伶俐的前腿搭在尖尖的崩險上，似乎在祈禱，此外一無生物，——呼吸着的全是空虛。由於煩悶，心可憐地緊縮了。

偶然有生着粗毛的韃靼牧羊人，活像圖畫上的隱修士，將一羣綿羊從南驅往北方，於是在沙原的靜寂裏環繞着他們的奇怪的呼喊：

「拉！——奧拉！——烏」

風吹着，細小的熱砂向車站傾倒，帶來鷂鳥的悲啼，鼯鼠的尖嘯，——重又歸寂下去，生活顯得是一場無盡止的夢。

在沙原的山峽裏某處，隱藏着哥薩克人的村落，站後五俄里路遠，靠近伏爾卡河，一個名喚彼司恭的鄉村在不肥沃的田地上靜臥；冬天，有些畢勁活潑的姑娘們到我們那裏清除軌道上的雪，夜間，她們的弟兄們和父親們光臨到站上來偷火車裏的貨物和木板，當燃料燒。

夏天暑熱的夜裏，生活特別地難過；狹窄的屋內無法透氣，悶熱與蚊蟲不許你睡覺；站上全體人員都躺到月臺上面，不願惜地四處亂走，生出由於厭悶而來的口角，發出號哭般的呵欠，對於失眠和疾病的訴怨，和一些離奇的問話，使值班的人員惱怒。女人們穿着白衣，披髮，跣足，像夢游人一般在院中走着；燒起一堆薪火，用一顆蓬柳樹掩遮着，在無風的夜裏，薪火的煙形成一根灰色的柱子，直聳到天上，卻仍驅趕不掉蚊蟲——牠們在伏爾卡的死水的江灣生長着，整批地飛到這裏來，到乾燥的草原上，給人們麻煩，又還自身的滅亡。

在深深的靜寂裏，遠遠的處所，好像在地底下似的，產生了沈重的噪聲，漸漸地生長，鐵的吼聲將車站包圍住了；鐵軌鳴唱着，油燈抖顫着；有人睡夢中說：

「十三號來了……」

在沙原的邊上，一道紅光刺進「黑暗」的黑暗裏去，將夜刺傷了，地上流着光的潮潤的斑點，像血一般。光慢慢地走攏來，分爲兩股，很像什麼東西的一雙兇橫的貪眼，在盛怒中抖索着：——有一隻惡狠的怪物，從黑夜的深處爬到三所站屋那裏，帶來了滅亡的威嚇。明知這是一列貨車，卻願意設想牠是一件別的東西，那怕是可怕的，卻是別的。

客車經過車站時，祇是增加了生活的呆板的印象，加深了與這生活脫離的感覺。火車停一分鐘——有些人從車窗裏向你探望，像嵌在鏡框裏的畫像；女人們的神秘的眼睛像黑暗中火星一般地閃耀着，用剎那的微笑的溫情的光輝動你的心絃。

含怒的汽笛聲，——火車在蒸氣的雲裏往前溜去了，在車窗裏人們的臉奇怪地變成彎曲的形相，向一旁伸長了起來。

對於這樣的生命的閃動是容易熟習的：每天有同樣的司機，火夫，查票員，從你的身旁經過；你會覺得人永遠是同樣的，像蚊蟲似的無從加以分別。

車站有十一個人服務，四個是帶家眷的。大家都彷彿生活在玻璃罩子底下，大家都知道對於每個人無需知道的一切，每個人對於所有其餘的人都知道願意和不願意知曉的一切。大家都好像光着身體走路，遇到第一個合適的機會一個人就公開把自己的底細全翻了出來，由於煩悶迫使人做一些不乾淨的坦白的行爲和懺悔的話語。

鬥着紙牌，喝很多燒酒，有時候爲了酒醉和煩悶發狂起來，互相做出許多野蠻的行動。

一天晚上，更夫克拉瑪連闊，一個年輕美麗的農夫，走到加油匠葉郭爾申的寓所窗下，——這葉郭爾申是禿髮信神的老人，娶了哥薩克孤女爲妻，一個長身，沈默的女人。克拉瑪連闊走了過來，把衣服脫得精光，朝窗裏喊道：

「葉郭爾申，快出來，你這狗！快出來，把衣裳脫了，讓你的媳婦看看誰的身體好！」

哥薩克女人正在洗衣服，拿起一桶開水朝他的胸上潑去；他大喊了一聲，逃到沙原上去了。葉郭爾申便起始用螺旋鑰匙毆打妻子。人們把女人奪了下來，打算把她送到城裏醫院去，但是哥薩克女人拒絕了。

「不用，是我自己的錯，怪我和藹的笑了他。」——她說，躺在院裏，身上綁着血淋淋的破布，張大着藍眼，短小的舌頭舐着嘴唇。

又輕聲地問了兩次：

「我把他燙痛了沒有？」

「唉，這不要臉的女人。」——女人們和少年們耳語着。

葉郭爾申關在寓所裏，跪在一攤肥皂水裏，祈禱着。人們從窗裏看着他，罵這老頭。

第二天早晨，克拉瑪連爾領着了工資，步行離站到頓河那方面去了；他沿着鐵路線挺直得奇怪地走着，高舉着頭，像閱兵典禮上的兵士。

過了幾天，葉郭爾申也被調到別的車站去了。

「老弟，這個不會幫助你的，」——副站長柯爾圖諾夫和他道別的時候對他說，——「應該把你調到地底下去；憂愁是無處逃避的，除了往地底下去！……」

彼得·伊格納奇維奇·柯爾圖諾夫是一個奇怪的人。他永遠喝得半醉，好說話，大概對於人生具有某種自己的見地，但是不親切地表示出來，竟會使人覺得他不願意被他人所了解。

乾瘦的他時常搖着蓬亂的栗色的頭，金黃的睫毛覆在灰色的眼睛上面，問我們——就是我，站上的過秤人，還有我的同伴，電報員鄢金，駝背，好怒的人：

「你們為那一個上帝服務，夥計們？真是逗樂！」

或是自問自道：

「難道我活在世上就為了使蚊蟲咬我嗎？」

我同電報員兩人時常熱烈地談論未來的事情，他笑我們道：

「眞是逗樂！你們問我過了十年後，這一天這一時，會發生什麼事情？我可以正確的對你們說還是一樣！過了二十五年呢？那時候——也還是一樣……」

我同鄭金起始談斯賓塞的書，他聽了一下，問道：

「是英國人嗎？」

「是的。」

「這麼說來那是撒謊！英國人永遠不講眞話。」

就不再聽人家談斯賓塞的書了。

有時一陣離奇的固執的勁兒鼓起着柯爾國諾夫，他用手指撚着綿綿的鬍子，用柔細的神經質的聲音，堅決地給我們證明，雷特瓦爾道夫司基遠勝於比涅斯德寫得好，還說屠格涅夫是販賣馬匹的，或者高尚地揮指着右手，喊道：

「我們的作家全不是俄羅斯人：普希金是阿剌伯人的兒子，舒闊夫斯基是土耳其人，萊爾蒙托夫是英國人！至於那些俄羅斯人，他們全都是私生子……」

他是圖爾加州神甫之子，在唐包夫司基宗教學院內讀過書。

「學會了喝酒，——便進入卡桑的大學，」——他敍講着，灰色眼睛憂鬱地發着綠色，——「在不清醒的狀態下：穿上教授的大衣和帽子，把這套武裝拿去換老酒喝了。眞是逗樂！人家叫我離開大學。我就走了，用五年工夫視察各色各樣的事務，卻不知不覺地發現自己娶了親。從那時候起——機器就停止了！」

妻子離開他；他同女兒住在一起，——一個栗色頭髮的六歲女孩，安靜，嚴肅，和成人一般。她的慘白的，呆板的小臉好像藏在金黃的髮蓬裏，深黑的小眼注意地看着一切，她微笑的時候是很少的。車站上的全體人員用一種特別的愛情，畏葸而謹愼的愛情愛她；男子們當她面前相處得輕些，女人們叫自己的孩子把她當做榜樣。

「你瞧，魏洛奇卡，多末安靜，而且動聽……」

父親用名和父名稱呼他的女兒——「魏拉·彼得洛夫娜！」他莫明其妙地對待着她，——帶着好奇，又似乎有點懼怕，在這懼怕後而還隱藏着仇恨。

……機車在擁擠的車站前的軌道上倒來倒去，列車從頓河或伏爾卡河開來了。魏拉·彼得洛夫娜在金黃的髮蓬上紮了一塊白綢布，不慌不忙地越過軌道，在機車中閃幌着她的穿紅線襪的細腿。她到齊齒的沙原上去採白花，還手持着柳枝追趕花金鼠。

父親從車站窗裏或月臺上監視他，咬着鬍子，金色的睫毛蓋在發紅的眼睛上面。

「應該禁止她跨軌道，」——有人對他說。

但是他冷淡地回答：

「不要緊，她很謹慎……」

有時望着她如何孤獨地在空曠的田地上走着，離車站一俄里路以外，向稀少的花草俯首彎腰，不由得對於她的父親這車站，這些人——對於這悶損的半睡的整個生活，抱起不快之感來了。

她好幾次夜裏跑到我那裏來從頭到脚圍着一塊灰色的大圍巾，像一隻蝙蝠，匆遽而且安靜地說道：

「走罷，我父親又喝得死醉了！」

我抓住她的手，跑到柯爾留諾夫的寓所裏去。

他在地板上躺着，臉色發紫，臉腫着，眼睛凸出着，像淹死的人一樣。幾滴阿莫尼亞液和着水滴進他嘴子裏去，把他救活了。他牛吼似地喊着，女孩帶着安靜得可怕的神情問：

「還沒有喝到死麼？」

於是坐在地板上，父親的頭旁，手摸着鬍鬚蓬亂的臉頰，說道：

「唉，怎樣不幸的醉鬼……」

鄆金愛這女孩比別人深些，幻想道：

「假使我有母親或是那一個傻女人肯嫁給駝子，我一定要把瑪洛奇卡領到自己家裏去。柯爾留諾夫要她做什麼？」

他性質兇狠，敢作敢爲，有悲觀的傾向，但是在他的心靈深處卻燃燒着對於好的生活的懷念，和對於人們的溫和的同情。

「一切人是多末可憐呀！」——他有時在夜裏值班的時候感嘆地說，正當我們讀完一本什麼書，談論它的時候，——「人們是多末可憐呀！」

這情感他無結果地喪失在對於酒鬼和病人的服伺上面，調解家庭內的口角，和對自己的同事，鐵路上的電報員寫懇切的書信上面。他勸這個人結婚，勸那個人學梵啞鈴，又勸第三人到托爾斯泰的新村去。

我略略地笑他做這些事情的時候，他堅決地反駁道：

「做什麼事呢？在這兒的生活裏可以做什麼事情呢？」

我們倆都酷愛讀書，我們帶着無饜足的貪心，在空閒時候日夜讀書。書對於我們成爲從死的空虛的世界裏奔進實際生活裏去的微光。

然而我們不久把從伏爾卡到頓河各站上找到的一切書籍很快地吞盡了，於是我們到了精神飢荒的境界——這痛苦惟有那些住在國內空曠的地域內，在平原的沉寞的煩悶中喘息着的人們是熟習的。沒有什麼可賴以生活的，——這似乎是我所經歷到的最可怕的感觸。

我們費了長久的力量尋覓好書，但是沒有找到什麼，除了奧克萊恩的小說，舊尼瓦雜誌，和與此相類的貧乏的書以外。

柯爾圖諾夫取笑我們道：

「夥計們，你們快斷氣了嗎？眞是逗樂！」

有一次可憐起我們，提議道：

「我在卡拉查有一個朋友，他訂着些雜誌。要不要我去借一借看？」

我們起始懇求他。他笑着答應了，過了幾天客車的查票員交給柯爾圖諾夫一包東西和一封信。

「啊，雜誌來了！」——柯爾圖諾夫說，勝利地揮搖着紙包，但是讀完了信，咬着鬍子，回頭一望，把紙包朝膝下一夾，手肘緊緊地壓住它。

「快拿來，」——鄧金請求着，大勞上掛着快樂的微笑。

柯爾圖諾夫微聳肩頭，用長官的口氣發言道：

「來得及的，不許上前！」

鄧金奇怪着，退後一步。他們是朋友，柯爾圖諾夫說話從來沒有這樣粗魯的。

「我想法得來的，——歸我先讀，你們後讀！」——柯爾圖諾夫乾澀而且含怒地說。

這也逗出我的氣來了：以前是大家一塊兒朗誦的，或是誰有閑空的時候就朗誦。書永遠放在電報室要大家看得見的地方。

「你裝什麼假樣？」——鄧金問，但是柯爾圖諾夫更加生氣地回答道：

「走開！我想這些是爲了心靈的休息，並非爲辯論和空話。這些是應該在沈默中的，你們卻討論着爲什麼這樣爲什麼又不那樣？我討厭死了！我願意一個人讀。——你們都該開罷！」

他將書鎖在自己桌子的抽屜裏，不和我們交談一次，一直到值班的終了，還含怒地提顧着，彷彿怕什麽似的。散値後他回到自己家去的時候，耶金對他說：

「你睡覺的時候，把書放在看得見的地方，——我來取……」

他不回答，祇是冷笑了一聲。

半夜模樣，耶金對我提議：

「你去把書取來，他一定已經打呼嚕了。」

白天，多量的雨不斷地鞭打着大地，有一小時半之久在洗刷乾淨的天上隨後又出來了炎熱的太陽，毫不吝嗇地照得大地暖烘烘的，——現在草原上卻又黑又悶，像在深窖裏面。黑雲之間，在深深的蔚藍的天淵裏，黯淡地熠耀着金色的星兒，——在這夜裏，牠們好像全已熄滅了。一隻蛤蟆在我面前跳躍，似在指示道路；火車在遠遠裏隆隆地響着，從抽水井旁邊傳來給太火夫輕微的歌聲，——他是斜眼，紅唇上掛着愛戀的微笑，——好像任何什麽東西都不能把這微笑從他的尖尖的黧黑的臉上拭去。從柯爾圖諾夫寓所的窗裏透出黃光，掉在地上，顯示出在黑暗中的一堆枕木和白楊的柔細的樹頂。我從牽在窗框上的洋紗簾裏看見了柯爾圖諾夫，他穿着睡衣，坐在桌旁，手肘支撐着，彎屈着身子，手指插進栗色的頭髮裏去。他的沒有剝的，尖尖的下頦拘攣地抖索着，眼淚落在平放在兩肘中間的書上。——燈光下看得很淸楚，眼淚如何一點點地落下，——我好像聽得見啞澀的，墜落在紙上的聲音。看着人哭是最無趣的事……

桌上除了洋燈以外放着一瓶不大動飲過的燒酒，和盛着一塊醃西瓜的碟子。女小孩睡在編木條的躺椅上，蜷成一條長麵包的樣子；她的臉整個被蜷髮罩蓋着，祇看見一張嘴奇怪的張開着。屋內進深處和在沙原裏一樣的黑，光亮照到的一塊地方好似黑山裏的洞穴。

柯爾圖諾夫挺直身子，向窗外看了一下。他的不大的臉溶化在眼淚裏，顯得更小，更不大了。他舉着書就近洋燈，起始拱乾眼淚；拱乾以後，手指翻着篇頁，重又在燈下看書，淚又從他的眼裏不斷地滾下，遲留在鬍子上面。

我走去迎接火車，接完了，對鄂金說：

「他沒有睡，還在讀……」

「畜生！」——電報員喃聲說，一邊在發打列車出發的電報。——「還算朋友！我們朋友的交情祇能維持到喫第一塊好喫的食物爲止。」

黎明前我又站在窗下，隔着紗簾窺視黑色頭髮的小人。他大概睡着了：頭垂倒胸前，手無力地放在膝蓋上。洋燈熄滅了，銅蠟臺上的洋蠟還熾燒着，筍尖似的金色的火燄兩次反映在玻璃瓶上，——燒酒並沒有減少。屋子比以前還黑暗些，小女孩已不睡在躺椅上了，圖上的書放在桌邊近窗簽的地方。

我輕輕兒弄破窗簾手伸進破洞裏去。柯爾圖諾夫跳起來，抓起繩索，揮搖着，用野蠻的聲音喊道：

「滾開！我打死你！」

蠟燭熄滅了，但是我到底看見一個不熟識的，變相的臉，立刻沈失在黑暗裏了。

過了一會，他安靜而且粗魯地問：

「誰？」

「是我。來取書的……」

「不能給。」

我在窗下又站了一會，向東方瞭望沙原，太陽從黑雲的後面升了出來；在黃色斑斕的朝霞裏，一個小小的，黑色的騎士搖曳着；後面地上爬着一羣綿羊，組成了灰色的雲。

這一切是熟習的，慣見的。看着着，在自己面前看見別的生活，那是多末好呀！……

過了四天，柯爾圖諾夫拿着書來逗我們：他把它拿到站上來讀。我們求他的時候，他取笑道：

「跪下來叩頭——我纔給！」

鄧金勸他道：

「傻子，你記得我們借給你多少書！」

「那怎麼樣呢？」

「你不是同我們一塊兒讀的麽?」

「跪下來!」

他的樣子可憎,又可憐,他自己顯然感到這個,卻還違反了自己的意志更加固執地逗我們。他說着,不時發出各色各樣的驚嘆詞。

「眞是這樣!原來這樣!」

這些話更加烤紅了我們的好奇心,讀一讀這本書的渴慾。我們起始恨他,恨得竟把被他引出的情感移到他的小女孩身上了。被愛的她跑到我們身前的時候,我們冷淡地推開她,希望予她的父親以不快。

我至今記得,小女孩那雙深黑的小眼如何驚異地望着我和鄭金,她的紅紅的嘴唇,像一朵花似的,在憤怒的微笑裏抖索着。

柯爾圖諾夫也看見這情形。但是他祇有冷笑,手神經質地移動着,撚自己的鬍子。

「想讀得嗎,小孩子們?」——他問,把書藏在桌上,——「我不能給……」

「我要揍他一頓,」——鄭金威嚇着,喘氣,臉色發白,——「這樣子這本書卻使他自己給,我們決不接受。——決不接受!好不好?」

我答應:

「好的。」

「你賭咒麼？」

「賭咒的。」

現在想起這事情眞可笑，但是在那幾天裏我眞正地受了痛苦，而且擔怕着什麽因爲胸中有時沸騰着一種對於人的忿恨。爲了這，使我的頭旋轉了，眼睛前面閃爍着紅色的斑點。

所有車站的人全看見我們三個好友口角了。大家都瞧見柯爾圖諾夫取笑我們，全等待我們出什麽花樣，而且向我們暗示着什麽，用一些無聲的，銳利的眼色，一些冷笑。

結局是很平凡的；早晨柯爾圖諾夫來上班，把書扔給鄭金，說道：

「哪，拿去讀罷……」

電報員從空中接着這本書，立刻默默地把一個大鼻子插到目錄上面。

夜裏我給鄭金朗誦一篇沒有什麽意義的短篇小說，敘述着一個好女人如何離開壞丈夫，爲社會爲人類做工作，——一邊讀，一邊想：

「柯爾圖諾夫難道是爲了這個哭麼？」

忽然他推進門來，手扶在門環上，大聲叫喊：

「不許讀！」

他的腿彎曲了下去，他喝得泥醉，野蠻地瞪住潮溼的紅眼。

「不許……任何人都沒有了解……連那窩留的人，所有一切的人……」

倒在地板上，向我們伸展着手，喊着：

「住嘴！……不許念……」

門前，他的背後站着小女孩魏拉·彼得洛夫娜，衣裳打開着紐扣，從肩上褪了下來，光着脚，頭髮蓬散着，——她的栗色的蜷髮向上聳起，像一道火燄，——她站在那裏，用黯淡的聲音問：

「爲什麽你們把他侮辱了呢？」

歌曲如何編成的

兩個女人在夏天修道院內淒涼的鐘聲之下如何編成了歌曲。這事發生在阿爾扎馬司靜謐的街上，晚禱之前，我所住房屋大門旁的長凳上。城市在六月天的炎熱的靜寂裏打瞌睡。我手拿一本書，坐在窗旁，聽我的廚婦肥胖的，滿臉雀斑的烏司丁亞和我的鄰人土地局長的女僕談天。

「還有什麼可寫的？」——她用男人似的，但很輕妙的聲音問。

「沒有什麼了，」——女僕陰鬱地，輕聲地回答。她是一個瘦瘦的女郎，有黑暗的頭髮和鬱悒的，呆板的小眼。

「那末祇要問候問候，寄點錢來，——對不對？」

「就是的……」

「至於誰怎樣生活着，——由你自己去猜罷……唉唉！……」

青蛙在我們街上花園後面的池溏裏用奇怪的，玻璃般的聲音鳴叫。鐘聲在炎熱的靜寂裏頑強地蕩漾着；鋸子在後院什麼地方發響，好像是鄰家的老屋在炎熱裏喘息着，在沈睡中打鼾。

「那些親屬，」——烏司丁亞淒涼地，惱怒地說，——「祇要離開他們三里以外，——就沒有你這個人了，你就像乾枝似的折落了！當我第一年到城裏來居住的時候，也是煩悶得不可開交。好像不是整個身體生活着，——不是整個身體在一塊兒，——卻有一半的靈魂留在鄉下，日夜想着那邊怎麼樣？有什麼事情？……」

她的話語似乎和鐘聲相應和，好像她故意合着它的拍子說話。女僕扶住尖尖的膝蓋，捲着包白手帕的頭，咬緊嘴唇，悲愁地傾聽什麼。烏司丁亞的濃重的聲音顯出嘲笑和惱怒，帶着柔和和凄涼的調子。

「在這想家鄉的兇狠的煩悶裏會把人弄得耳聾眼瞎的；其實我在鄉下也沒有什麼人：父親喝醉了酒，家裏失火，被燒死了，叔叔得霍亂症死去，還有弟兄們，——一個當兵做了下士，另一個是石匠，在博宮郭洛特居住。好像是大水把大家沖散了……」

紅紅的太陽發出金色的光綫，懸掛在混濁的天上，傾斜到西方。女人的靜謐的聲音，銅鐘的曳聲，青蛙的玻璃般發響的啼叫，——這一切聲音是城市在這時間內賴以生存着的。聲音在地面上低低地浮泅着，好比雨前的小燕。聲音的上面和周圍是吞沒一切的靜寂，像死一般。

產生了驚奇的比喻：這城市好像被安放在一隻大玻璃瓶內，——這瓶子橫放着，用火漆塞封閉住了，有人在懶洋洋地，輕輕地從外面叩擊發聲的玻璃。

烏司丁亞忽然活潑地，幹練地說：

「唔，瑪舒脫卡，你提我幾句……」

什麽？」

「我們來編歌曲……」

烏司丁亞喧鬧地嘆了一口氣，用急語唱着：

「晴朗的白天，鮮艷的太陽下面，

明亮的夜，清寂的月光。……」

女僕遲疑地摸索着調子，畏葸地，低聲地唱：

「青年女郎的心裏抱着不安……」

烏司丁亞卻帶着信任和動情的態度把那曲調唱到一個段落爲止：

「煩悶在她的胸內曳盪……」

唱完以後，立刻快樂地，帶着誇耀似的說：

「這歌就開始了！親愛的，我會敎你編歌，像搓線一般……來罷……」

她沈默了一會，好像在傾聽靑蛙凄涼的呻吟和惰懶的鐘聲，重又把話語和聲音興動地游戲起來：

「無論是隆冬的狂飆，

早春快樂的溪水……」

女僕緊貼地依偎在烏司丁亞身旁，白色的頭放在她的圓圓的肩上，閉住眼睛，用柔細的，戰慄的聲音更加熱烈地繼唱下去：

「都沒有從家鄉帶來

給心兒安慰的消息……」

「對了！就是這樣！」——烏司丁亞說，手掌拍擊自己的膝蓋。——「我年輕些的時候，——編歌才編得好呢！時常有女朋友們向我死纏：『烏司丁亞，你教我們唱歌呀！』——我就嘰嘰喳喳地唱開了！……唔，底下怎麼樣？」

「我不知道，」——女僕說，張開眼睛微笑。

我隔着窗上的花，向她們看望。歌女們沒有看見我，但是我倒很清楚地看見烏司丁亞的被豈皺深陷進去的粗糙的臉，她的沒有被黃手帕蓋住的小耳朵，灰色的，活潑的眼睛，像喜鵲般直直的鼻子，呆鈍的男人似的下顎。她是狡猾的，愛說話的女人；她很愛喝酒，聽人家講聖經。她愛嚼說整條街上的新聞，不但如此：城裏所有的祕密好像都在她的口袋裏面。和身子堅強而且飽滿的她並坐着的是身段尖尖的，皮包骨的年輕女僕。女僕的嘴像小孩的嘴一樣；小小的，浮腫的嘴唇翹起着，好像受了什麼冤屈，怕人家還要加以侮辱，就要哭出來似的。

小燕在街上閃現着，彎折着的翅翼微微地觸到地上；一定是蚊蚋低降了下來，——那是夜間就要下雨的表現。一隻烏鴉在我窗子對面的板牆上坐着動也不動，像木頭刻成的一般，一雙黑眼偵察着小燕的掠飛。鐘聲停止了，青蛙的呻吟更加響些，沈寂更加濃厚些，炎熱些。

「雲雀在田野上高歌，

矢車菊在田野裏開花，——」

烏司丁亞陰鬱地唱，手叉在胸前，眼望天上。女僕流利地，熱烈地和唱着：

「但願能看一看家鄉的田野！」

烏司丁亞熱烈地保持着高昂的，搖曳的音調，唱出親密的話語：

「和親愛的人兒到林中游玩！……」

唱完以後，她們沈默了許久，互相緊挨在一起；後來女人用低聲，陰鬱地說：

「這歌曲編得怎麽？很好呢……」

「你瞧，」——女僕輕輕阻止她的說話。

她們向右面斜斜地看着：一個穿紫丁香花袈裟的魁偉的神父在陽光照耀的浸潤之下神色莊嚴地走着，有韻節地移動一根長長的棒杖。銀色的杖頭閃耀着，鍍金的十字架在寬闊的胸前發出亮光。烏鴉用黑珠似的眼睛向他斜看，懶洋洋地振振沈重的翅膀，飛到山梨樹的乾枝上面，又從那裏像灰色的泥團似的落進園裏去了。

女人們默默地立起來，朝神父鞠躬，一直鞠到腰間。他沒有看見她們。她們不坐下來，目送着他，一直到他折進胡同裏去爲止。

「唉，姑娘呀，」——烏司丁亞說，整理頭上的手帕，——「假使我年輕些，臉子長得兩樣些……」

一個人用瞌睡的聲音惱怒地喊：

「瑪麗亞！……瑪士卡！……」

「唉，人家叫呢……」

女孩懶惰地跑走了。烏司丁亞重又坐到長凳上幻想着，撲平膝蓋上的花布衣裳。

青蛙呻吟着。悶熱的空氣靜止得像林湖內的水。有色彩的白天燃燒完了。在中了毒的裔沙河後的田野上面發出惱怒的雷聲，——遠處的雷聲像熊吼一般。

烏罪

秋日的昏暝在地上懸掛，將遠景掩住。大地縮成潮溼的小圈；堅厚的，模糊的玻璃一般的霧從四面八方壓迫這小圈，地上的圈越來越小，好像融化了似的，同時那個昨天還是那樣蔚藍的天亦已在灰色的霧氣裏融化盡了。土地的中央有三個黃疙瘩，三所新農舍，——顯然是從一個在霧裏看不見的村莊裏移住出來的。

我在損壞了的道路上發酵的泥地裏走到那幾所房屋那裏去。秋天的溪水以不愉快的潺湲聲伴送我，溪水也順着深刻的車轍流到移住的屋舍那裏。冒着水泡的亞鉛色的泥水立在車轍中間的坑內。我似乎在河底上，一種特別不愉快地稀薄的，黏膩的水中行走。赤楊樹在道旁朦朧地閃現，灰白的樹枝倦慵地懸掛着。在目所能見的一切上面都有寒冷的，水銀的薄層。爛泥吮吸我的脚，咬我的脚踝；在我一步一步地從它那裏拔去我的脚踝的時候，它哀怨地發出嘖嘖的聲音，一會兒又用厚嘴唇貪婪地緊緊地抓住。地上很冷，冷而且寂靜；心裏也是冷淡和落寞；在這盲瞎的天空下面，呆板的霧海中隨便到那裏去都是一樣的。

這移住地是按着將來可以成爲一條街道的計劃而建築的：兩所房子並立着，以堆滿乾草的院子爲聯串，對面另一所房子大些。房屋中間有極大的泥水潭，一根木片和一隻破底的木桶在裏面泅游。有十幾個農夫，村婦，自然也有小孩們，在水窪的邊上，一所孤獨的房屋的大門那裏和窗下，踐踏着泥漿。這很奇怪：天氣這麼不好，又加上是平常的日子，——這些居民爲什麼在潮溼中立着，爲什麼說話說得特別的響？家裏有死人麼？死是不會使鄉下人驚訝的……大門敞開着，院子中間放着一輛大車，後輪下橫躺着一堆破絮。豬在什麼地方生氣地叫囂，馬嚼食乾草，聽得見有滋味的呼嚕呼嚕的聲音。糞味和一種像屠宰場上肥油味道的東西濃濃地撲來。

我脫下潮溼的帽子，向人們問候。他們默默地看我，露出敵意，毫不對遠來的流浪者生出鄉間常有的興趣。

「你們聚在這裏做什麼？」

一個魁偉的，黑鬚的農人挺着大肚子朝我身邊移過來，嚴厲地問：

「你問這個做什麼，你從那裏來？」

他心裏不大高興，但尚未到要打架的程度；他顯然想把自己安排到戰鬥的姿勢上去。

「護照呢，」——他要求着，伸出像五根刺的叉子的形狀的手。

我把護照遞給他的時候，他手指着泥漿，說道：

「你去罷……」

一個帶着妖魔臉相的小老頭兒從他的寬闊的背後閃出，迅速地拍擊黑暗的臂膀，秘密地，低聲地說着：

「你去罷，你走開一點罷！我說老實話，你還是不留在這裏的好。你快去罷！」

我走了，但是他抓住我的行裝，把我拉到他的身邊，繼續從旁裏拋出那荷似的話語：

「我們這裏出了一件事情……」

黑色的農夫生氣地叫他：

「伊凡叔叔！」

「什麼？」

「你把舌頭收一收緊！真是的！……」

「那是一樣的，他一到村莊裏去，會打聽出來的，人家會告訴的……」

有人像回聲似的重複着：

「人家會告訴的……」

「這種事情也可以瞞得住人麼？」——伊凡叔叔喜悅地呼喊。——「別的什麼還可以說，但是父親呢……」

帽子朝耳朵上一齒，問我道：

「你認識字麼？尼古拉，他還認識字呢……」

愚蠢人看了我一眼，又看了他一眼，憤憤地說：

「隨你把他怎樣罷！真是煩惱……」

老人嘆了一口氣，用孤立無助的神情揮了揮手，一面還拉住我不放。農夫們沈默着，在爛泥裏生了根。農婦們向院裏和窗裏窺望，交頭接耳地微語，我聽見幾句單獨的話語：

「還坐着麼？」

「還坐着動也不動……」

「她呢？」

「她在外間，看不見她……」

老人用善良的，明朗的眼睛向我使了眉眼，領我到農舍的角落後面，回頭看了一下，整理一下帽子，眼睛閃爍着，還皺了皺眉頭，一本正經地說：

「此地出了一件事情兒子用斧頭把父親砍死，還打傷了自己的妻子女人還活着，老頭呢，——和我同名，喚做伊凡·瑪德魏夫——已經死了，升天了……」

「是不是爬灰？」——我問。

「就是的，他就是爲了兒媳，被兒子親手弄死了。是的，爲了女人……你看見麼？就躺在大車的後輪旁邊？」

「沒有……」

「你去看一看呀，」——伊凡叔叔拉我的衣袖，露出興奮的神情，甚至還帶着責備的口氣勸我，——「誰能不讓你看？你和我在一塊兒，我代替了村正的職位，大家都聽我的話。」

他冷笑了一聲，重又擠了擠眉眼，一面引我穿過人叢，一面用教訓的口氣說：

「那樣是可以做教訓的……」

他立在大車旁邊，除下帽子，將一件破大氅，從輪旁的地上微微舉起；一個和伊凡叔叔一樣的，身材不高的，乾癟的，可愛的老人匐伏在大氅下面。他躺在那裏，好像在跑路時摔倒一般，右腳壓折在肚腹底下，左腳伸直着，肩膀不自然地撐在地上。一隻手放在腰間，另一隻壓在背後。青筋凸起的頸項扭彎了，右頰沈在馬糞裏。他的頭從這耳到那耳都被斫破了，——深紅色的腦漿從隙縫裏像磨菇似的爬出，斫落下來的額角遮住他的眼睛。充滿細齒的嘴顯得歪斜，張得很大。好像這老人為了驚嚇而緊閉了眼睛，正在向地底下發出也許除它之外誰也聽不見的呼喊。

「竟做出了這樣的事情，」——活潑的老頭兒用教訓的口氣說，戴上帽子，提醒道：

「現在到農舍裏去！……」

一個年輕女子仰臥在外間的地板上，從通農舍的門裏射出來的光線下面，一攤凝結住的，棕色的血波裏面，圓圓的眼睛望着天花板，咬緊肥厚的下唇；同時病態地翹起了上唇。齷齪的腳從她的襯衫的破碎的衣裾甚伸到外面，兩隻脚上張展着的大指靜靜地平勻地動彈着。看見這情形是很可怕的，更加可怕的是農舍裏的靜寂和被這靜寂劈折下去的農夫的身形，——他坐在桌旁的長凳上面，手縛在背後，腦蓋向小窗，臉朝外間。

他坐在那裏，身子向前傴屈，頭伸出着，像在等候挨受斧頭似的；巨大的眼睛在他的黑暗的臉上閃出狼一般的神勢；蓬亂的，栗色的頭髮和鬍鬚也在玻璃窗上發出光耀，——一隻大黑蒼蠅在窗上敲叩得很響。

「就是這位能人，」——老人憤怒地大聲說着，頭向屋門點着。

我看着這農夫，等候他掙脫背後的手，跪到地板上，爬着跑到外間裏，院子外面，再往田野裏去，被灰色的昏暝籠罩住的田野裏去。

「他們故意讓他這樣坐着，讓他看一看他自己做下了什麼事，」——老人對我解釋，我才看見他們用繩紲和細索把農夫全身綁遍，緊在桌上和長凳上面。

他聽到了老人最後的一句話，身體搖曳了一下，還晃了晃蓬亂的頭髮，——他周圍的一切頓時發出軋軋的聲響。

「他是一個很好的工人，但是心一狠，手一鬆，竟弄到這種地步……」

女人在我們脚下短短地呻吟了一下，慢吞吞地，十分洪響地說：

「伊凡公公，走開罷……走開罷，看基督的份上……你是好人……」

「啊啊，——」——伊凡公公惱怒地，悲慘地說，——「自己闖下了禍，現在倒要哼哼了！……」

他揮着手，從外間裏走出去，帽子套到銀白的頭上，說道：

「我真可憐這女人！她是我的曾孫女，我的姪孫的女兒。很可惜，當姑娘時候是很好的……」

我們走出大門，全村的農人大概仍舊在那裏蹂踏爛泥。

「怎麼樣？怎麼樣？」——女人們推搡着老人，起始問。

他用安慰的口氣回答她們：

「還坐着，這殘忍的野蠻東西，還坐着……」

一個看不見的人在我前面，這直的，潮溼的空氣裏撥着老人的屍首。我望着被斫破的頭顱，灰紅的腦漿，放在下齒上的發黑的舌頭，和往兩邊翹起的，堅硬的鬍鬚。雨下得更密，更頑強，土地顯得更小，更齷齪。水點在我的背後，一隻鉛鐵的茶壺上面叩擊出細碎的鼓點，像許多尖釘撒到洋鐵皮上面。一隻烏鴉在曬穀場的頂上啼鳴，還聽得見喜鵲的啾叫。

伊凡叔叔和我並排走着，用一個經驗豐富的聖人的安靜的口氣講道：

「在我們這地方，凡是公公和兒媳，或是父親和女兒鬧出把戲來，叫做鳥罪……因為天上的鳥是不認親，也不講品格的，所以叫做鳥罪……是的……」

一雙小孩般的眼睛，光亮的，充滿溫馴的眼睛，在玻璃般的黑陰裏像兩顆星兒一樣，向我微笑。

「現在時候老人是一點也不受尊敬的！以前可不是這樣！……給忘了，——大概有人來了！唔，再見罷，可愛的人！」

我在潮溼的，森森的雨聲裏走着，爛泥裏又吮吸我的脚。什麼人的寒冷的，堅厚的嘴唇也在貪婪地，痛楚地吮吸我的心……

一角錢

十三歲時，我住在一些乖戾的人們的圈裏，我的心被主婦的妹子强硬地攝引住。她是三十歲左右的女人，身段齊整似處女，有一雙溫馴的聖母般的眼睛，照耀着十分正確而且溫柔的臉，這雙蔚藍的眼睛和藹而且注意地望着一切，但是在人家說着什麼粗魯或惡毒的話時，——明朗的眼睛特別地緊張起來，像聽覺不大靈便的人們的樣子。

她沈默寡言，——祇說些最必要的話，如健康，丈夫和氣候，僕役，神父和裁縫之類。我從未從她口內聽到她講人家的壞話，有一點謹愼和不自信在她的行動裏，好像永遠怕踫跟頭或碰着什麼人似的。我有時覺得她犯近視，有時心想這恬靜的女人在夢中生活着。

人家僅笑她。有時候，在主婦那裏聚着和她相似的女人們，——同樣的肥胖，飽食，說話不知羞恥，——灌足了茶，喝夠了蜜酒和瑪台拉酒，便開始互相講述關於丈夫們的笑話。主婦的妹子聽着這些赤裸裸的話，臉頰的柔細的皮膚上燃燒出慚愧的紅潤，長長的睫毛輕輕兒掩在眼睛上面，她全身彎曲，好像跌上肥油的鹼水的小蟲。

主婦看見了，快樂地喊：

「你們瞧，——她臉紅了……啊，眞可笑！」

女人們和藹地責備她：

「你怎麼像一個小姑娘！……」

在這時候我很憐惜這純潔的女人，——我聽着女人們粗陋的談話，也覺得十分害臊。她們講述時不但用光裸的話語，且用微笑，肥胖的笑，巧猾的擠眉弄眼，而這引起我的憎厭和恐怖。薄醉的女人們似乎像水蛭。特別可怕的是包工漆匠的寡妻，四十歲模樣的，身子沈重的女人，具有雙重的下顎，巨大的胸脯，牛一樣的眼睛。她微笑時高高地翹起肥厚的，有鬍子的上唇，露出尖齒的擁擠的行列，模糊的綠色的眼睛似在沸騰，蒙上了一層光澤的濕潤。

「丈夫是喜歡他妻子和他做出無恥的樣子的，」——她用酒醉的欲望執拗的聲音說。

「不是每人如此，」——有人反駁她。

「每人如此的！自然嘍，——假使他身體衰弱，他不需要這個，還有正經的男子是不愛無恥的樣子的，爲什麼男人們喜歡勾搭妓女呢？因爲妓女比我們聰明，——她們是無恥的。羞恥祇是對於姑娘們有用的，對於出嫁的女人卻成爲障礙了。」

並不是大家全贊成她的話，但是大家都恭維她：

「你的話眞是膽大，瑪麗亞·伊格拿託夫納！」

我一面在桌旁侍候，一面聽着這番話，看見這可愛的女人天鵝般的頸項低垂了下去，看見她的小小的，燃燒着的耳朵藏在金黃色的捲髮裏，看見她的手指折斷而且揑碎餅乾。我可憐她至於流淚，至於發狂，但是女人們哈哈地笑着：

「你們瞧這里娜！……」

我深信這女人處身在她的女朋友中會感到難受的痛苦，我明白我應該幫助她。但是如何幫助呢？

我雖曾讀過不少的書，但是沒有一本書內寫過一個十三歲的男孩可以用什麼來幫助比他年長一倍的女人。倒楣的是在一本書裏曾說過下面的話——「愛情是神甫和教堂執事都免不掉的，它不分年齡的大小，我們全是它的奴隸。」

關於男女間非書本上的關係如何，以我當時的年紀而論，是知道得太多了，但是書本給予我拯救的力量，使我相信另一種關係的可能，於是我固執地幻想着，想像出一些莊嚴的，動情的情景。如說愛情對於一切的男女都是表現在像那個野蠻的公牛，小兵葉洛費也夫和永遠酒醉的，受淩辱的，好講口說出無恥話語的洗衣婦遐里娜所知道的形式裏，那是決不會的。

我固執地思想，——如何幫助這可愛的女人？她顯然不願聽，也不願看這種粗野的生活，於她不適宜的生活。我做着英雄的夢：好像我是一羣盜匪的首領，強健的好漢，身上穿着紅襯，腰間插着刀子，皮帽歪戴着。我的朋友們縱火焚燒她所住的房屋，我拉住她的手，從院內狂奔，上馬馳去。我又夢見我成爲一個魔師，所有的小鬼全歸我駕御，他們使我和她隱去了身體；於是我們兩人身輕似雪花，在空中，曠野裏蔚藍的天上游泅，一座雪白的房屋立在前面樅樹林間，一陣陣奇妙的音樂從敞開的窗內像河水似的朝田野上迎著我們飛來，——由於它，心死沈了下去，整個身體，浸在這音樂裏面，也唱起來了。

也做些不大有幸福的夢，一個幻想力太興奮的青年常有的討厭的噩夢。

但是在白天，這親愛的女人從我身邊走過，和從別人身邊走過一樣的謹慎；我覺得她怕碰在人身上，弄髒了自己，她最先關切的事情是不要撞到任何人身上。不過她顯然看見我在十分固執地觀察她，她的眼睛便時常和我的眼睛相遇，在我給她開臺階上的門的時候，她以前本來默默地從我身前走過的，現在起始對我說：

「你好呀！」

我自然把這招呼的話語的意義擴展了，——它成爲對我下的一個命令：

「爲我問好！」

我歡欣極了。自然是爲了你，我的女王呀。——這是我的命運，一切生命的力量和一切的藝術預行給我決定了的！自然是爲了你！

有一次她問我：

「你爲什麼心裏不快樂？」

我不能回答，——我的心沈死了；——假使她看見我不快樂，那末她一定已經看見我平常是很快樂的，那末她一定愛我。這結論不很正確，但極有趣，我高興得當時跑進廚房吻起貓來，——那是一隻老懶的，捺毛的動物，爲了牠的無良心和諂媚使我不喜。

淘氣的三月像寵慣了的小孩似的耍着脾氣，——一會兒將沈重的雪片從濃厚的烏雲裏播送地上，一會兒在天上點燃鮮艷的太陽，在一小時內使貓絨似的花朵在黑暗的樹枝上展放開來。溪水從雪堆裏鑽出，潺潺地作響，聽得見被洗淨的雪跌落地上時的嘆息。天上受蹂躪着的，灰色的雲層中間蔚藍的隙縫一天天見得深邃而且寬闊。在望着這無底的天上的深坑的時候，——生命顯得輕鬆而且閒適。早春的花先在心靈裏開展，以後纔在田野上。

我的主婦得了重病，妹子差不多每天探望她。她一來，屋裏顯得體面些，靜些，好些。她搖曳着身體，像在油漆的地板上溜冰似的，無聲無響地從屋內走進廚房，皙白的手裏持着浸溜了水和醋的毛巾，和盛紅莓果汁的瓶子。我在旁邊欣賞她。

有一次，她在洗手，看見我持着一本書，問道：

「你讀什麼書？」

我說出了書名。

「你最好讀一讀偉大殉難者瓦爾瓦拉的行述，」——她勸我，——「她是你母親的安琪兒。」

「你是我的安琪兒，」——我說，記得甚至用低音說的。

立刻對於自己的膽大妄爲煩惱了，——會不會生氣的？但是她不看我一眼，說道：

「你往臉盆裏倒點水……」

她洗好了柔細的手指，小心地擦乾淨了，向窗外一看，說道：

「眞是融化了！」

是的，太陽臨到的地方融化得很利害，屋頂上不斷地流着水泉，好像一條條銀帶，穿上發出虹彩似的寶石。我的心也熾燃着虹彩，在那裏融化。

過了一會主人走到廚房裏來，嚴厲地彈掄長髮，用手指威嚇我。

「你眞是野獸！你對與雲伸耶達說些什麼？」

「我說她像安琪兒，」——我承認着。

「這種話難道可以對出嫁的女人說麼？」

「書上也說的。」

「對出嫁的女人麼？應該把書本朝你的頭上摔去。你留神點！她不用你說也知道像什麼樣子……」

主人的嘴扯到耳邊，冷笑了一下，就走了。我覺得有點悲愁，——「何必告我呢？這是不應該的……」

過了兩天，她在廚房裏預備紅莓果汁的時候對我說：

「人家說你又固執，又膽大，——這是不好的！」

我期待她的是另一些話，當時紅了臉問：

「爲什麼不好呢？」

「你自己應該知道。」

我當時起始說着我想到的一切話。我說當人家在她面前說出髒話的時候，她一點也不響，那實是好麼？

「我看出你聽着覺得害臊，——難道你是和她們一樣的麼？她們是不要臉的，比喝醉酒的洗衣婦還要……」

我說了許多話，說得十分生氣，她立在桌旁，面前放着一隻篩子，隔着那篩子搽碎莓果，圓圓的眼睛朝我望了一下，徐徐地張開嘴，好像準備號叫。她的臉完全像小孩的臉一般，手裏握着木匙，玫瑰色的果汁從匙子裏滴落到桌上。

「賤，貨……」她忽然嘘叫着朝我揮搖着匙子。——「不許響！你這人呀……假使我去告你……」

「不必告，我們最好跑到伏爾卡河上去！」——我向她提議。

「什麼？往那兒去？」

「到伏爾卡河邊的樹林裏去。現在快到春天，我們可以生活下去的！」

她坐在長凳上，問道：

「做什麼？」

「要不是這樣，你我怎樣生活呢？」

我盡我的能力解釋說，我願意爲她服務到老死爲止，她和我在一起將過着愉快的生活，——我會照顧着一切！

她笑了，笑得雖然聲音不大卻完全不得體；一面笑，一面從笑聲裏對我說：

「天呀，你多末可笑！你怎麼看到這一切！你心裏想的是什麼……到伏爾卡河上去，——哈，哈！」

她笑得身體抖索，走了。我也跑到草房裏去劈火柴。半小時後，主人來了，對我說：

「喂，假使你那套亂七八糟的廢話進入太太的耳朵裏去，我可不能保護你，你明白沒有？……你是發瘋了麼？」

我獨自留在那裏的時候，心想着：

「她眞是容易信任人，——把所有的話都講給外人聽！」

到了復活節。蔚藍的空氣裏充滿了春氣，銅鐘的聲響，馬車在乾燥的石子路上馳走的喧聲，春節的，燕醉的叫喊。

我給訪客們開門，懷着極大的慇懷期待她的降臨，我就可以對她說：

「基督復活！」

「眞是復活，」——她必將回答，且將用玫瑰色的嘴唇吻我三次。也許我當時就會因此死去，——但祇要她能吻我就行！

那些酒醉的客人們給我的節賞從來沒有把我侮辱得像這次似的利害。當時拒絕收受又有所不能。帶着汗氣的雙角帶炙燒我的手掌，沉重得好像一磅重的鐵鏈。

我當時的心緒頗似在懺悔之前的信徒，感到自己準備去做一件偉大的業績，其實也就是的：第一次女人的香吻是一生中最大的事件。

她終於來了。她穿着蔽青色的綢衣和玄色的披肩，上面釘着無數的玻璃珠。她的全身都發出光耀和靜謐的微響。

我喘着氣說：

「基督復活！」

「眞是復活，」——她回答，並沒有止步，就把一個像一粒大眼淚大小的銀幣塞到我的手裏。

那是一角錢，老舊的，磨光的，鷹鳥下面露出小孔。

我站在牆上，呆鈍地望着這藍裝的女人一步步走上去。我立刻對她失了戀，——這一角錢像一根寒冷的斧子，把愛情從我的心上劈開了。

晚上我把那枚錢幣，把我的愛情的代價扔到溝裏，雪水的混濁的泥漿裏面。

……這以後，我還愛過許多人，而且得到許多角幣，——老的和新的角幣。

幸福

「……有一次笑而謔我太近，我幾乎落到它的柔軟的懷中。

這事發生在郊外游玩的時候；一個悶熱的夏夜，一大群青年人聚在伏爾卡河的草原上，捕網小鱗鮫的漁夫那裏。大家坐在火堆附近，喫漁夫們預備的魚湯，喝伏得卡酒和啤酒，辯論如何把世界改造得快些，好些，後來在精神和身體方面都感到疲倦以後，便沿着已割過的草原散走，隨各人便到什麼地方去。

我同一位女郎離開了火堆。這女郎我覺得是聰明而且敏感的。她有美麗的黑暗的眼睛，她的話語裏永遠含着普通的，使人易於了解的真實性。這女郎看一切都極和藹。

我們肩挨肩，輕輕地走着；被大鎌刀割斷的草莖在我們的腳的踐踏之下，發出悉索的聲響，水晶杯似的天覆蓋在地上，從那裏流出醇醉的月光。

女郎深深地嘆着氣，說道：

「多好呀！真像非洲的沙漠，乾草的圓堆像一座座的金字塔。天氣很熱……」

以後她提議坐在乾草的圓堆下面，像白天一樣濃厚的圓圓的黑陰裏。蟋蟀悲鳴着，遠處有人哀怨地問：

「唉，爲什麽你變了心？」

我起始熱烈地對女郎講述我所熟悉的生活，和我不了解的一切，但是忽然她輕輕地嘆了一聲，仰倒了下來。

這大概是我初次見到的昏亂，我一下子弄得手足忙亂，想呼喊，想叫人幫忙，但是立刻記起我熟讀過的說部裏那些受過上等教育的英雄們在遇到這類情事時所作的一切，——便把她的裙帶，上衣，和乳罩的絲帶都解開了。

我看到她的乳像兩隻銀盃盛滿濃密的月光，照在她的心上的時候，似有一陣篝火穿到我的頭裏，我貪婪地想吻她。但是我壓住這慾望，拚命跑到河邊去取水，因爲根據書本上的記載，——英雄們在這類情事時永遠跑去取水，祇要在出亂子的地方已經由計劃周全的說部著者預先佈置下一個小溪。

我在草原上跳躍得像一匹瘋狂的馬，手裏拿着盛滿了水的帽子，跑了回來的時候，——那個病人已經舒泰在草堆上面，立了起來，服裝弄得十分整齊，將我所做的一切損壞全改正好了。

「不必了，」——她疲乏而且輕聲地說，用手推開我的濕溼的帽子。……

她就離開我，向火堆那裏走去，有兩個學生和一個統計員還在那裏唱着討厭的歌詞：

「唉，爲什麽你變了心！」

「我沒有弄痛你麽？」——我詢問着，爲了女郎的沈默感到慚愧。

她簡短地回答：

『沒有。你的手脚不很靈便。不過我總是很感謝你的。……』

我覺得她感謝得不誠懇。

我本來不常遇見她，但是在出了這些事情以後，我們的晤面更加稀少，——不久她完全從城中離開，過了四年後，我才在輪船上遇到了她。

她在伏爾卡河旁鄉村裏避暑，現在從鄉下到城裏去看她的丈夫。她懷了孕，穿得又講究，又大方，——頸項上掛着一根長長的金錶鍊和一袋大別針，好像勳章一般。她長得比以前好看，發胖了，好像盛濃厚的高加索酒的皮囊，——是那些快樂的格魯慈人在炎熱的帝夫里司的廣場兜售着的。

『你瞧，』——在我們記憶着過去，親密地談了一會話以後，她說着。——『現在我已經出了嫁，就完了……』

時候是在晚上，晚霞的反照在河上閃耀，輪船的水沫的踪影，像一條紅綠邊的寬帶，浮泅到蔚藍的北方的遠處。

『我已經有兩個小孩，還等候着第三個，』——她用一個愛自己手藝的工匠的驕傲的口吻說。

一袋黃紙袋裏裝着一些橘子，放在她的膝上。

『對你說出來,好不好?』——她問着,黑暗的眼睛和藹地微笑着。——『假使當時在草堆旁,——記得麽?——你能勇敢些……那就是吻我一下……我就做你的妻子了……你不是很喜歡我的麽?你這怪物,竟跑出去取水……你真是的,唉!』

我對她講,我是照書本所記載的樣子做的。根據我當時認爲神聖的記載,——必須先給昏厥的女郎一點水喝,以後才可以吻她,在她張閉了眼睛喊出:

『哎喲,——我在那裏呢?』

的時候。

她笑了一會,後來陰鬱地說:

『我們的壞處就在於我們全想照所寫的生活下去……其實人生廣闊得多,比書本聰明得多:人生並不像書本……是的……』

她從紙袋裏掏出一隻橘子,仔細地看了一下,皺着眉頭說:

『混蛋,混了一隻爛的進來……』

她用不熟嫺的姿勢把橘子扔到窗外,——我看見牠旋轉了一下,在殷紅的水沫中隱去。

『現在——怎麼樣?還是照書本上的話生活着麽?』

我沈默了,望着被落日的火燄染紅的沙岸,又向遠處栗色和金色的草原的虛空地方眺看。

翻倒着的小船橫躺在沙岸上，像巨大的死魚。金色的沙地上躺着悽慘的白柳的影子。乾草堆立在草原的遠處，像一座座的小邱，我憶起她的比喻：

「眞像非洲的沙漠──乾草的圓堆像金字塔……」

女人剝去另一隻橘子的皮，用長姊的口吻，像要懲罰我似的說：

「是的，我會成爲你的妻子的……」

「我感謝你，」──我說。──「很感謝。」

我的感謝她──是誠懇的。」

英　雄

……報上已經發表過我的幾篇短篇小說。認識的人們寬容地誇獎我，給我預卜了一個作家的命運，但是我不相信這預言好像那些預言家自己也不對於自己的預言有充分的信心。

做作家，——是我當時還沒有幻想過的。在我的意想中作家是洞曉生命的一切祕密，懂得一切的心的魔師。好容好比大藝術家的弦弓，觸到我的心上，心便會唱起來，——一會由於憤怒與憂愁而呻吟着，一會竟喜悅了，——隨作家的意願而定。

不，做作家的幸福，我是不想的，至於我的短篇小說之得以刊載，在我認爲是一件偶然的事情，好像往上跳竄到自己的身材相同的高處同樣是出於偶然。

那時候我感到自己的地位很動搖而且靠不住。土地在我脚底下凸了起來，似欲把我摔到什麽地方去。我生活在各種不同的思想，意願，感興的煙霧中；一切生命的小徑在我面前錯亂着，我不能了解那一條小徑是我應該走的。我到處亂竄，像一隻鳥落到一間屋子裏，裏面有明亮的窗子，但是向空中去的路卻被玻璃擋住，而玻璃和空氣是難於辨別清楚的。

我在孩童和少年時代，大概受了太多冤屈的苦楚，見到了太多的殘忍，兇狠的惡毒，無恥淫蕩的虛僞。這蘊心頭上的早期的重載壓迫着我。我必須在生命裏，在人們中間，發現那能以平衡這心頭重載的東西，必須把自己弄得直些。

必須成爲藍姆孫，——說得更强調些，必須不要被生命的亞細亞式的瑣屑所啃蝕。它像蚊蟲一般吮飲人們的血，一邊吮飲，一邊毒害，種下了惡毒的疫菌，對於人們的不信仰和賤視。必須成爲盲目的藍姆孫，從有毒的汚穢的烏雲裏走過，而不感到它的毒害，不屈服於它的强力下面……

我懷着赤裸的心在生命的瑣細的惡毒與汚穢中間走着，好像在尖尖的鐵釘上，搗碎的玻璃上行走似的。有時覺得我第二次生活着，——以前什麼時候曾經生活過，一切都知道，一切無可期待，看不到什麼新的。

但是到底還想生活下去，看一看純潔和美麗的事物！它是存在着的，像全世界的優秀作家的書中所載的那樣，——它是存在着的，我應該發見它。

當生命顯得不雅觀而且醜陋，像堆滿了垃圾的廢火燒場的時候，祇好用自己的心靈的資本，用自己的意志與想像力予以清掃和修飾，——這是我終於取得的結論。

你們要知道我是如何歡欣地做着這一切，現在我一憶到我那種修飾生命的嘗試如何的無結果，心靈的光明如何照向空虛裏去，有時使我感到十分可笑。

下面便是我要發見像好書上所講的那樣的人的一個滑稽的嘗試。

在靜靜的盧保夫城裏，——這城像一個沈悶的夢，——有一天我坐在一家齷齪客棧的小屋內窗旁，聽見鄰室內靜謐的聲音，奇怪的話語：

「愛戀是水，幸福是火；水多些，——時常會淹死，火少些，——不大會火燒……」

有人嚴厲地打斷這悲慘的言詞。

「我不愛比我聰明些的人們！老兄，我最不敬重聰明人……什麼？……管他呢！我就是我！」

「你等一等……」

「我不比她便宜些……」

我覺得惟有很有趣的，重要的人才會這樣說話。

過了一會，他走出走廊。我預先把我的房門打開，所以看到了他。他是一個瘦瘦的，體格齊整的男子，頭髮黑黝，嘴脣肥厚，黑眼裏射出凝聚的光芒。他穿着山東綢的上衣，戴着白制帽，四面圍着黃底的帽帶，活像一幅褪了色的水彩畫。

我跟他出去：也許能夠看到他怎樣生活的，靠什麼生活的。

顯見他是城中極有名的人：差不多每個迎面走來的人都對他鞠躬。他自己在男子面前不慌不忙地微微舉起帽子，有時祇用手觸碰了帽舌一下，但是在窗裏或在寬敞的馬車內見到女人的時候，便迅快地向她們鞠躬，而且鞠得那樣深，頗像古時騎兵將校遲脫萊泰也夫鞠躬的樣子。

他走路的姿勢像並不忙着到那裏去的人一樣，左手執着一根皮鞭，上面帶着黑柄，輕輕地敲擊皮靴的表面。我在街的另一頭，一面跟在他後面走着，一面給他編一段有趣的生活史，使他成為一個愛真理的人，這座塵埃的木頭的城市，無面目的人們的靜謐的營盤，就賴着這人的精神而生活着。……

我還覺得這個褐色的人懷着許多的希望和目的而一無成就，不過他還是勇敢地固執着想走到他所希望的目的，無止休地向自己的幻想走去，陌陌生生地，也許遭遇受人家粗暴的訕笑，在妒忌的嫉恨，愚蠢的疑惑的荊棘裏，無用的嘲笑的灰塵中走着。

也許他以他的盲目的痛苦的愛情，愛一個女人，——愛說部裏講敍的那個女人麼？世界上有許多和她相彷的女人，惟有她是不可捉摸的，——她是唐璜一輩子到處尋覓的。

可以給一個人想出許多美麗的事情。李利·海爾給了極好的證明。……

……我們來到一條冷僻的街上，有些小房屋疏疏朗朗地插在綠油油的花園裏，像已被太陽曬得褪色的，顏色斑駁的補釘。這人立在栗色房屋敞開的窗下，用鞭柄大聲敲擊窗檻。在一個塗了許多粉，牙齒裏銜着厚香煙的女人的臉龐從深綠的牻牛草裏伸出來的時候，他厲聲問：

「怎麼樣賣了麼？」

女人匆遽地吹出煙氣，輕輕地，不清楚地回答。

「唉，你這傻瓜！」——他生氣地喊。——「我對你說過，十七個盧布是可以賣的！你這賤東西，你可惜這頭猪，卻不可惜我麼？」——他問着，還是那樣大聲，但是和藹了一點。

鞭子朝皮靴上敲擊着，發出了命令：

「在六點鐘的時候要預備好錢的！」

他走開了，順着靜悄悄的街上，往前走去，呼嘯着我熟悉的調子，女人朝街上吐出冒煙的香煙頭，跟去了。

時間是下午三點，但靜得像深夜。在充滿朽爛氣味的暑熱中，一些木質的小房屋在熱辣辣的，乾燥的地上打盹。屋頂上的木頭在炙燒的太陽底下發出爆裂的聲響。樹動也不動地立着，樹葉好像是用綠鐵彫成的。

這人一邊走，一邊呼嘯出流行的手風琴的小調：

「天上是莊嚴而且奇麗……」

我伴送着他，我的幻想已經有點顯得冷淡，但是還沒有喪失什麼希望。

我們走到廣場上敎堂那裏。敎堂被包圍在石頭的圍牆裏，一所不大的，濃蔭的花園裏面。這人掏出金表看了看，堅決地走到敎堂的門廊對面的小飯館裏去。一走進去，不向答兩個僕人的鞠躬，就坐到窗下桌旁，大模大樣地發出命令：

「米士卡，拿和合汽水來！」

米士卡有七十歲模樣。小小的，禿髮的，長手的，頗像一隻猴子，走路時彎着身體，奇特地彎屈着膝蓋，手擺得像新近才失去了爬行的習慣似的。

這人向窗外眺望，不住地呼嘯，不由得憶起了那隻小調的話語：

「我何以這樣痛苦，這樣困難？……」

「米士卡」打開一瓶檸檬汽水，把起泡沫的水倒進一隻大杯裏去，加上兩小杯的白蘭地酒，搖擺着身體，遞到桌上去了。這人瞥看了僕人一眼，問道：

「還活着麼？」

「是的，」——老人喜悅地回答，黑唇拉到耳旁，露出兩隻黃牙。

這人用小口喝汽水，嘴唇不離開杯子，眼睛斜看着窗外。一個又肥又大的女太太，穿着湖色的衣裳，撑着綠邊的白洋傘，神氣活現地從廣場走到教堂那裏去。他連忙喝完了水，朝鏡內照了一照，整理鬍鬚，帕子，做出嚴肅的臉容，一面走出門，一面說：

「我就要回來的……」

好！這纔是我所需要的！

等這人持着鞭子，跟在那穿湖色衣裳的女人後面，在教堂的圍牆裏隱去的時候，我也跟在他後面趕去，一會兒在教堂後面老菩提樹的陰涼裏遇到了他。他和那女太太並行，朋洋傘裏親密着，用低聲勸說着：

「希爾人連上帝都有情婦的……」

「你這是什麼意思？」——女太太也幾乎用低音問。

「誰也不反對……」

我繞過教堂回到飯館裏去，感到自己受了侮辱，被偷竊了。

叫了一瓶啤酒，向窗外閒眺。混濁的，紅紅的太陽從鐘樓那裏向我窺望。鋼琴的聲音在什麼地方彈響。有人在奏彈音格。老米士卡蹺着兩腿在飯館門旁站立，打着瞌睡，飯巾落在地板上面。靜得很。甚至蒼蠅也不飛。

那個褐色的人沒有被我發現，重又在飯館裏出現了。他坐在自己的位置上，用不洪亮的聲音陰鬱地說：

「米士卡，和合汽水！你沒有看見麼？……」

他深深的嘆氣，用手帕擦臉，擦和唐保夫的太陽一樣混濁而且殷紅的臉。

在廣場上重又出現那位穿湖色衣裳的女太太，撐着綠邊的洋傘的時候，這人從椅上立起，握緊着的拳頭支住桌子，輕輕地，像從牙縫裏擠出來似的向窗外說：

「賤貨，蕩婦！……」

這是小小的奇遇之一，它對於我具有極大的悲哀的意義，從我的心靈上粗暴地剝去年青的浪漫主義的光明的外衣。

我遇到了許多和這相同的失望。我知道在這細碎的汚穢的泥漿裏有不少可笑的事情，但是我至今還愛給人穿上比他所穿的還漂亮些的衣服。

可以設想到的是我在這善良的努力中，對於人們未免不公平，而且殘忍。我了解，即使將寶石裝在不勝負載的騾子身上，——騾子一樣也會感到沈重的。

丑角

有一天，我在馬戲院的圓廊裏走着，朝丑角的化妝室敞開的門裏窺望了一下，就被提起了興趣，止住了步。他穿着長長的常禮服，戴着高帽和手套，腋下挾着一根手杖，立在鏡前，一隻靈巧的手美麗地微舉高帽，向鏡內自己的影子鞠躬。

他在鏡內看見我的驚訝的臉，迅快地回轉身來，用手指指自己的臉和鏡子，微笑着說：

「我！我！是不是？」

以後將身子向旁邊一掃，他在鏡內的影子消滅了，他把手朝空中慢吞吞地揮搖了一下，重又說道：

「沒有我了！你明白麼？」

我不明白這遊戲，感到慚愧，便走開了，從背後臨來了他的輕輕的笑聲，但是從那時起這丑角對於我顯得特別有趣。

他是中年的英國人，有一雙黑暗的眼睛，在黑漏斗般的馬戲院的圓場中間，是極靈巧而且逗樂的。他的平坦的乾瘦的臉在我看來是含着極深的意義，而且很聰明的。每逢他在圓場的木屑上像一隻大貓似的奔演着，喊出破碎的俄國話語的時候，響亮的聲音使我永遠覺得露出嘲笑的意味，幾乎感到不愉快。

在我看見他向鏡子裏瞄夠以後，我起始觀察他，在休息時間內常到他的化妝室的狹窄的門前徘徊，看他坐在鏡前，如何塗白粉到臉上去或擦去臉上的顏色。他無論做什麼事，——永遠自言自語，或是唱出，吹出一種小調。永遠是那套相同的小調。

我看見他在食堂裏一小口一小口地喝伏得卡，聽見他問食堂的僕歐道：

「什麼時候？」

「十一點十分。」

「啊，這很難。一，二，三，四，——不難說最容易的是四！」

他把一個銀幣拋到鋅質的櫃臺上，走到街上去，一面唱着：

「三——四，三——四，四，……」

他永遠獨自遊玩，我跟在他後面，像一個偵探，我覺得這人過着特別的，秘密的生活，而且對一切事物的看法，是我從來不會那樣看的。我有時設想自己到了英國；既不被任何人瞭解，又對於一切都陌生，被不熟識的生活的雄壯的喧鬧所震駭，——會不會也像這個堅強的，整齊的花花公子一樣，安靜地微笑，僅祇在自己和自己的友誼中過生活呢？

我想出各色各樣的故事，使這英國人在裏面扮演正直的英雄的角色，把一切我所知悉的優點加在他身上，而欣賞着他。我覺得他極像迭更司的人物，做惡事和善事都是頑強的。

在一個白天裏，我在奧卡河橋上走過，看見他坐在一隻渡船的邊上釣魚。我站在那裏望他，一直望到他釣完為止。他在釣竿上拖出一條鱸魚來，取在手裏，端到自已臉上，向那條魚輕輕地呼嘯了一下，以後又小心地從鉤子上把那條魚摘下，扔到水裏去。他安放小蟲到鉤上去的時候，對牠說着什麼話。一隻小船從橋下浮來，他脫下沒有舌頭的小帽，有禮貌地向那些不相識的人們鞠躬，在人家還禮的時候，又做出十分驚訝的臉，張大着嘴，高舉了眉毛。總而言之，他是會，而且顯然愛逗樂自已的。

還有一次我看見他在山上「聖母升天」教堂附近的小園內。他眺望伏爾卡河和奧卡河交叉處楔形的博覽會場，手裏執着一根手杖，手指在手杖上摸索着，像弄笛似的，一邊輕輕地吹着哨子。陌生的生活的沈重而且混亂的喧囂從博覽會場上和伏爾卡河上浮洄到昏濛的天上。輪船，駁船和小船在油膩的水上，像虹彩似的煤油的斑點中間沈重地爬行，傳來一陣陣的呼嘯聲和鐵器碰擊的聲音，什麼人的寬闊的手掌不時强壯地向水上拍擊。在虹雲後面的遠處，樹林在那裏燃燒，淡血的，失去了光芒的禿頭的太陽呆呆地立在煙氣瀰漫的天上。

丑角用手杖叩擊樹幹，唱了起來，輕輕的，像祈禱似的：

「奧恩道恩，勞恩，提埃……」

他的臉是憂愁而且嚴正的，眉毛攏緊在一起；奇怪的歌聲引起我一種懼怕的心緒，——我想送這人回家去，到博覽會場裏去。

突然不知從何處發現了一隻惱怒的蒸毛的狗。牠從丑角身旁走過，坐在離他兩步遠的壁埃的草上，長長地打了一個哈欠，斜看着他。丑角挺直了身體，手杖放在肩上，朝那隻狗瞄準，像舉起槍似的。

「嗡，嗚，」——狗輕聲地吠叫。

「嗚嗚——啊嗚！」——丑角用極好的狗語回答。狗立起來，生氣地走了，他回頭一看，瞥見在樹下的我，對我親蜜地使着眉眼。

他穿得很漂亮，和平常一樣，——穿了一件長長的，灰色的長褂和同樣顏色的褂子，頭上戴着發亮的高帽，脚下穿着美麗的皮鞋。我心想惟有穿得貴族化的丑角才能在街上做出小孩般的行徑。從一般講來，我覺得這個盲目無視的，喪失了舌頭的人會在嘈雜的城市和博覽會場上感覺得如此自由，祇因爲他是丑角的緣故。

他在人行道上走着，像一個重要的人物，不對任何人讓步，祇在女人面前躲閃。我看見在人羣裏有人用手肘或肩膀碰觸他一下，他永遠帶着安靜的，嬌醉的神情舉起做手套的手，在陌生人觸到的地方拍去什麼東西。一般殷痛的俄羅斯人總是不關心地互相推擦着，甚至在互相擁身的時候，也不說道歉的話，不用客氣的手勢舉帽。這些殷痛的人們的步伐裏有一點盲目的遲定的成份，——每人明顯地看出人們在忙着，沒有功夫互相讓路。

惟有丑角無憂無慮地游玩着，像賦場上飽食的烏鴉，我覺得他想用禮貌把在路上走着的一切人加以攪亂與消滅。這一點，——或者也許是他身上的另一點，——使我感到不愉快。

大概他看見人們是粗鄙的，明白他們走路的時候會以鄙賤的說話互相侮辱，——他不能不看見，不能不明白。但是他在人行道上從人羣裏擠過的時候，好像一點也沒有看見一點也沒有明白。我惱怒地想：

「你在裝假，我不相信你……」

然而有一次我看見這個花花公子幫助被一匹馬推倒的醉人站立起來，使他立住了脚跟，立刻謹慎地移動手指，把黃手套脫下來，扔進爛泥裏的時候，我簡直非常生氣了。

馬戲院裏眩耀的表演於午夜後告終。時間是八月末；秋雨以玻璃屑般的細塵，從黑黝的空虛裏撒到博覽會場上一排排單調的房屋上面。模糊的斑點似的街燈在潮溼的空氣裏融化。馬車的輪子在崎嶇的石街上踫踫地馳走，一羣便宜座位上的觀衆從馬戲院的旁門流出，嘈雜喧嚷得熱鬧。

丑角穿着長長的厚毛大氅，頭上戴着同樣的厚毛的帽子，腋間夾着一根手杖，走出街上。他往上面黑暗處張望，手從口袋裏掏出來，豎起大氅的領子，和往常一樣，不慌不忙地，用輕俏的步伐向廣場上走去。

我知道他住在離馬戲院不遠的客店裏，但是他背着自己寓所的方向而行。

我跟在他後面，聽他的吹哨。

光影沈失在石街的石子中間的泥漿裏，黑馬從後面追過來，水在車輪底下濺迸，音樂從小酒店的窗妥像狂發的瀑布似的湧出，女人們在黑暗中發出尖叫。起始了博覽會場上荒唐的夜。

姑娘們在人行道上像鴨子似的浮泅着，和男人們搭談，——一片嘶啞的，受了潮溼的聲音。

內中一個攔住丑角的路，用像教堂執事般的低音招喚他，——他退了一步，從腋間拔出手杖，像寶劍似的握住，默默地向女人的臉上抛去。她一面罵，一面跳到一旁，但是他並不加快步伐，轉到空虛的，直得像琴絃似的街上去了。在我們前面遠處有人哈哈地笑着，在碼頭的人行道上重重地踩腳，一個女人的聲音病態地尖叫。

又走了二十步，我在黯淡的燈光下看見三個看夜的更夫和一個女人嘻嘻哈哈地調笑，——抱住她，捏她，掐她，把她互相送來送去。女人尖叫得像一隻小狗，跌來跌去，在健壯的手掌的推搡之下搖曳着，人行道完全被這幾個亂鬧着的，黑暗的，潮溼的人們佔住了。

丑角走近他們面前的時候，他重又從腋間掏出手杖，揮舞起來，像揮劍似的，迅速而且靈巧地向更夫們的臉上斫來。

他們咒叫着，在碼石上重重地踩腳，但是不肯給丑角讓路，後來內中有一個人奔到他的腳下，用深沈的聲音喊：

「抓住他！」

丑角倒地了；頭髮蓬散的女人從我身旁，飛也似的跑過，提起裙子，嘶啞地喊：

「狗……混蛋……」

「滾起來，」——一個人用兇狠的聲音指揮。——「好，你用棍子打人麼？」

丑角響亮地喊出一種陌生的話語，——他伏躺在人行道上，用脚跟踢那個騎在他腰間，扭緊他的手的人的背。

「嚇，這魔鬼！把他搖起來！帶他走！」

我靠在支住行廊頂蓋的鐵柱上面，看着三個人形在黑暗中緊緊地合攏在一起，向潮溼的黑暗的大街上走去，慢慢地走着，搖擺着身體，好像風推搡他們。

剩下來的那個更夫蹲坐下來，點上火柴，審看着人行道。

「輕一點！」——我走近的時候，他說。——「你不要踏我的警笛，我把警笛丟失了……」

我問道：

「把誰帶走了？」

「一個什麼人……」

「為了什麼事情？」

「總是應該的……」

我感到不愉快而且惱怒，但是我記得，我當時還得意地想了一下：

「啊啊！」

過了一星期，我重又見到丑角，——他在圓場上滾來滾去，像一頭雜色的貓，一邊喊，一邊跳。

然而我覺得他「表演」得比以前壞些，沈悶些。

我望着他，感到自己好像做了什麼錯事似的。

觀衆

七月的日子開始得很有趣，——將軍落葬了。軍樂隊的銅喇叭發出眩耀的光亮，嗚嗚地響着。一個矮小的，靈巧的兵士垂着俏媚的眼睛向觀衆方面斜看，佳美地吹奏哨子號筒。在蔚藍的，無雲的天空下面奏着殯葬的進行曲，像對太陽唱讚美詩一般。

幾匹巨大的，灰色的馬載運覆蓋在花圈下的棺材，馬蹄在大街的石地上叩響，和大鼓的沈重的嘆息合拍。兵士們緩慢地走着。他們穿着白襯衫和刷得光亮的皮靴，滿身一新，好像就爲了送葬昨天才製就的。槍刺的光芒在他們的黑暗的臉上熠耀。軍官制服上鍍金的銅鈕被太陽炙得燦爛着，挺直的胸脯上的勳章好像一朵朵的鮮花。在白色兵士的整齊的隊伍後面潺潺地流着服色斑駁的一羣市民，輕紗似的塵埃的雲在空中搖晃。一切被光亮的喇叭的銅聲的歌唱所發溢。

紡織街的居民從窗內探頭，伸出門外，懸掛在圍牆上面，貪婪地欣賞將軍如此莊麗地走入無益的生命裏去。他們以看到免費的把戲爲樂，他們的興緻非常的高，會給觀察他們的人不由已地暗示出一個不快樂的念頭，那就是世界上一切事件都是爲了閒人們的快樂而發生的。

一切是佳美，齊整而且莊嚴，與七月日子的盛節的歡欣相適應。雖然是送葬，但在紡織街上，死亡成爲太司空見慣的現象，並不能引起憂愁，恐怖和哲學的思考，窮人的出殯並非引人入勝的盛會，祇是加深生命的沈悶，但是將軍的出殯卻把所有的人們從地窖到閣樓，都引動了。

一切都弄得很好，但是突然地，不知從什麼地方跳出了頭髮蓬亂異常的小傻子，「口袋裏的死神伊哥莎。」他的襤褸的身形使憲兵的那匹栗色的魁偉的馬吃了一驚，——牠頓時向旁邊跳躍，把一個穿紫丁香花色衣裳的女太太摔倒，鐵蹄又踏了孤兒克留察洛夫的腳，壓斷了他的腳指。

那番亂哄哄的情景博得了觀衆們的快樂，特別看着可笑的是那位穿紫丁香花衣服的女太太，具有商人的肥大的體格，撲通一下，仰天落在塵土裏，被寬大的裙子絆住，病裏尖聲地發喊，想爬起來，卻爬不起來，不住地抽動肥厚的兩腳。她顯然十分害怕，而且跌壞了。她的大臉發白，眼睛痛楚地瞪出。自然，觀衆的笑聲是不合宜的，殘忍的，但是——自古已如此，——旁邊有人跌落地上，在那些認全世界祇是一齣好看的戲文的人們的眼裏，卻是極可笑的一樁事情。

然而笑聲沈默了，在人們看到孤兒克留察洛夫拖着被壓傷的腿，爬到陰溝那裏去，殷紅的血像小泉似的從腿上流到街上灰色的塵土裏去的時候。

血具有一種性格，可以吸引永恆的觀衆們特別緊張的注意力，他們永遠會用特別的，沈默的，貪婪的眼神望着它，——這也是自古以來就有的僻好。

於是觀衆們忘卻了故世的將軍，擁倒在街心裏的商人婦，熱鬧地聚在緊靠在陰溝上的孤兒身旁，陰成一個擁擠的圈子，看他流着血，被壓折的骨頭裏難熬的痛楚使他的發藍的小臉變了形相。他們問他道：

「痛麼，郭熙卡？」

男孩皺着眉頭，把受傷的脚一會兒彎折，一會兒伸直，喃喃說：

「唉……這真是糟糕！現在去進香罷……」

他熬着痛，勇敢地支持着，觀衆們預告道：

「謝希可夫會給你過不去的……」

「啊喲，你這小鬼！現在你的老闆不知要怎麼處置你呢！」

有人帶着理性說：

「把一個銅板朝他面前的塵土裏扔去，他會立刻看見的，一匹馬——倒看不見，這混蛋！」

男孩惱怒地反辯：

「我看見的，但是我倒在地上，牠踢我的肚腹……」

小孩們圍住他，仔細地看着流血的腿；內中有一個，——瘦瘦的閃耀着蔚藍的眼睛的，——用貓脚爪的行動的姿勢，把塵土拋扔到黑暗的，潮溼的血的斑點上面。他一面努力把血液掩蔽起來，一面畏葸地回頭瞭望，似在期待人家為了這要揍他。他的同伴們誇耀地回憶自已受傷的事情，——回憶他們在游戲時，打架時，還由於大人的注意，而領受到的刀傷，擦破皮膚，跌斷筋骨，和其他各種跌打損傷的情形。

心軟的人們歇克留察洛夫道：

「撒點土到腳上去！」

「應該用蜘蛛網灰，土是沒有用的。」

「蜘蛛網灰祇能治刀傷。」

孤兒的老闆，裝訂匠顯希可夫走過來了。他的綽號叫做「彈子匠，」由一把拙笨的骨頭和一張用破的豬皮，匆遽而且不經意地縫成的人，禿了頭，臉上長滿了像蒼蠅似的小黃斑，眼睛向遠處眯看。

「好呀，」——他說，手藏在背後，瞧望學徒頭上的腫瘤。——「你這狗狼養的，我叫你到那裏去的？我派你去買皮張的，是不是？」

「叔叔呀，」——郭熙卡含淚喊叫着，手遮住頭。

有人勸裝訂匠道：

「你就從他身上剝下皮來好嘍！」

但是另一個觀衆說：

「沒有用，太瘦！」

「現在叫我怎麼弄法？」——顯希可夫出聲地盤算着，用他長着粗毛的手憂鬱地擦臉頰上的小黃斑。——「你沒有了腳還有什麼用處？」

「叔叔呀！」——孤兒含淚懇求。——「我明天就會治好的……」

「把錢拿來！」

郭熙卡從椅子口袋裏取出一張揉皺的綠鈔票。

「你在哪裏蹦過的這小壞鬼？」——裝訂匠一面弄平那張鈔票，一面問，長長的身體搖晃了一下，朝觀衆的一堆裏鑽了進去，就隱滅了。

我的女房東老婦人司莫雷金娜，售賣葵花子和蜜製餅乾的小販，大聲地嘆氣：

「瞧這種主人呀！」

毛皮匠杜眷臘夫，一個嚴肅的，虔信的人，打斷他的話：

「你不要惹老東西！」

端陽，杜眷臘夫的狗，和他主人一樣具有威嚴的態度，嗅了嗅男孩的流血的脚，舉起厚尾巴，露出牙齒，沈思着。

「留神，不要讓他抓呀！」——一個觀衆向人群裏警告。

「去！」

狗被趕走了。送葬的行列浮泅到街的轉彎處，從那裏傳來乾澀的號鼓聲。灰塵消息了。小孩的圓臉塗滿了血跡，被淚水浸濕的，由於痛楚而失去光芒的眼睛殘酷地望着威嚴的脚，他的手指撫摸被壓碎的骨頭，抖戰地擠着身體。

「禮拜四那天，」——他喃聲說，——「我就要到半泉去進香……老母准我的……唉，老天爺……」

「應該把脚綁一下，」——老婦司莫雷金那提醒了一句，就走了。

孤兒的手抓住圍牆的木板，試着立起來，但是喊叫了一聲，捧住肚子，仍舊倒了下來。

「唉，眞是的！」——人群裏的一個同情地說，男孩就哭着說：

「叫我怎樣辦呢？」

「你會跛脚的，」——人家安慰他。

開始泄悶了。首先散走的是男孩們，以後成年的觀衆也陸續離開。街道空虛了，光棵了，——克留奈洛夫獨自留在圍牆旁邊，像一小堆骯髒的襤布。

容鵝和鴿子飛集到街上來，母雞和神氣莊嚴的公雞們咕咕地啼叫着，從院裏出來，馬口鐵匠的錘子在房屋裏叩響，熟皮匠的細棍打着碎鼓點，皮匠特略金，那個裝着木脚的小兵，用恐嚇的低音唱出他最熟悉的，唯一的山歌：

「七十七年上，
土耳其人下了戰書，
攻擊整個的俄羅斯，

我們的老母親莫斯科……」

脹悶更加濃厚，而且沈重了。

我從老婦司莫雷金那住房的黑暗小屋的地窖窗內，觀察這一切，傾聽這一切。頭天早晨，我在碼頭上工作的時候，跌到貨船裏去，扭壞了右手，又碰破了膝蓋。整夜疼得沒有睡熟，現在坐在窗臺上，眺望殯葬的行列，觀衆們和那個孤兒克留察洛夫——他躺在街的對面，恰巧對着我的窗子。

觀衆們散走時，我對他說道：

「郭士卡，你爬到這裏來！」

他陰沈地回顧，看見我的頭露在地面上，皺着眉頭回答：

「痛呀，——痛得要死！」

「你不能爬麼？」

他轉身向前，兩手撐在地上，試着爬一爬，但是呻吟了一聲，立刻側躺下來了。哭了一會，眼淚朝臉上塗擦，說道：

「他踢了我的肚子……最好送我到醫院裏去……」

「轉彎角落裏沒有巡警麼？」

「巡警到公署上去了……」

他沈默着，身子抽動了一下。

一個什麼人的穿着栗色皮靴的厚脚從我的窗前走過，我喊道：

「喂！」

脚停住了，一隻長滿了羊毛般鬍鬚的大臉默默地俯就着我。

「應該把那個小孩送到醫院去。」

「怎麽？你送去好啦！」

「我不能，我自己也有病。」

「但是我不是這條街上的人……」

那人帶着痰聲咳了一聲嗽，就走了。第二個人用略爲不同的態度對待我的提議，——他走到男孩身前，教訓他道：

「你這混蛋，淘氣淘够了罷？用不着送你到醫院裏去，倒是應該把你送到扔死貓的那個小湖裏去。」

他感到他已盡了他的義務，便不慌不忙地踱走了。

時間已近中午，七月的暑氣加强了；在陽光的直射之下，屋頂的木頭發出爆裂的響聲，小雀和鴿子藏在陰涼裏，男孩躺在太陽炙曬的地方，全身浸在暑熱裏，越來越顯得灰色。他伸直被壓壞的腿，把那隻健康的腿彎了轉來，身子緊緊在圍牆上，頭從這個手掌轉貼到另一個手掌上面，喃喃說着，似作謎語：

「你怎麼啦，——郭士卡？」

「沒有什麼。」

沈默了一會，哀憐地說：

「米士卡老三的脚指被一塊磚頭砸傷了的時候，他隔了一天就能走路。雖然用脚跟走，可總也算是走路……」

「你也會走的……」

他兩次試着立起身來，他的小手指插進圍牆的裂縫裏，但是手到底無力地垂落了下來。我覺得我看見他的脚腫了，——整個的脚是灰色的，好像一塊發銹的鐵。

他想喝水，但是街上十分空曠，這小孩們都熱得躱到什麼地方去了。沈悶的，十分熟悉的，工作日的喧囂不斷地從院內窗內流來。在有太陽的一面的行人對這小孩很少注意，顯然以爲他在睡覺。他們對於我的呼喚處以冷淡，認爲是一個閒人的淘氣行爲。那些在我的那邊走着的也不理我，——一大半的人顯然是「非本街上的，」其餘的人們則忙於自己的事務。因此男孩一直在太陽底下烤炙着。

我也感覺不大舒服，肩上和膝蓋上疼得利害，一種無力的感覺在難以形容地熬煎我。眞奇怪：一個人躺在離我不到十五步的地方，需要緊急的救治，在他身旁走着和他相同的人們，竟不願援手。不願意……

有好幾百人住在這街上，所有的房屋都塞滿了人，裝訂作的工匠們在我頭上不停歇地忙亂着，在我眼前看來這條街上全有人滿的現象，然而我感覺自己處身沙漠間，天氣雖然悶熱，我的心裏卻充滿了惡毒的悲惱的寒冷。

一個全身骯髒的小兵，手裏執着銅鍋，立在克留察洛夫身旁，詳細盤問他，——出了什麽事情，有多少歲數，父母是誰，在那裏，後來勸他把牛蒡草葉貼在脚上就走了，還和我預約道：

「我去叫坊長來，——他會想法子的，這是他的責任！」

但是大概他沒有找到坊長，而太陽把街道越燒越熱，男孩躺着不動，輕聲地呻吟。

一隻瘦猪立在我的窗前，呼呼地叫着，好像已從我那裏接到了緊急的囑託，搖擺着耳朵，一溜尖叫，一溜跑走了。

一輛水車走過，水從桶內濺潑出來，桶上盤着溼麻袋，我求他給小孩喝點水，但是他一句話也不答，坐在桶上，像一尊木質的偶像。

我於是不再愛惜喉舌，惱怒地與人們出來幫忙。這一聲發生了效力，人們跑出門外，互相詢問：

「誰在喊？在那裏？」

年輕的熟皮匠，牙齒裏銜着煙捲，在我窗前蹲坐下來：

「你喊什麽呀？」

我解釋着，他聽了我的話，對衆人說：

「這是司莫留金那的房客，裁夫，大概喝醉了酒。他說，爲什麼不把小孩送到醫院裏去？」

「這於他有什麼相干？」

「喝醉了……」

起初他們和和氣氣地說話，但是一知道呼喊的原因，竟生氣了。後來鞣皮匠把他們弄快樂了，他沒有被我覺察，就從側面走近過來，把一把土撒到我的頭上，這使觀衆笑起來了。

我壓下想痛罵他們一頓的願望，起始切實向他們說明，人不能拋擲在街上，像狗一樣，每人，——連小孩也在內，——都値得加以哀憐。

「說得很對！」——一個看不見的人贊成我的話。

「對嗎？那末你自己去叫警察好唉。」

「他有病，你看呀！」

「有病，還要喊嘍！」

「只是應該把這小孩弄走，否則警察一到，會把我們拖去做證人的……」

「對着那西馬——需要什麼證人呢？」

「這裏面有憲兵呢！」

「對着憲兵——更用不到證人……」

我搖提着頭，拂落灰土，忽然一股涼水軟軟地澆淋我，——原來熟皮匠被他的玩笑的效力所迷醉，把整桶的水澆倒在我的頭上。笑聲重又爆發了。

「眞巧！」

「你們瞧他多生氣！」

「哎喲，眞有趣……」

我痛痛地罵了快樂的觀衆一頓，但是這並不使他們感到侮辱。一個人用和悅的口氣說：

「你罵什麼呀？澆到你身上的不是髒水，卻是清水……」

這不能使我安慰。我一面罵，一面繼續勸他們：

「你們這些小鬼，你們不是也明白，男孩是應該送到醫院裏去麼？他會得傳染病的？」

一個人駁我：

「什麼叫做明白不明白？你是什麼上司，瞧你這鬼臉！」

又有人不知不覺地踱過來，把一把土撒到我的濕淋淋的頭上，大家重又快樂地笑，像小孩一般，踩着腳，搖擺着手。我祇好從窗簷上爬下，倒在牀上，感到自己被他們的玩笑踏扁了。

窗外有人用安慰的口氣說着：

「這人火氣太大！」

「用救火皮帶澆他一下……」

「誰送這男孩到醫院去？」

「送到藥房裏去好不好？」

「也對。放在臺階上，藥房的老闆會安排的。」

「喂！郭照卡——！起來呀！你能走麼？」

「昏過了……」

「應該搖他！」

「沙薩，你應該搖他！」

「爲什麼我應該呢？」

「酒店就在附近……」

大家笑了。

「好罷，我來搖，」——沙薩同意着，和藹地說：

「喂，你這塊料呀……不要緊，你不要急叫！你們這些小東西儘淘氣，倒給我無緣無故添麻煩……」

他像每天要搖受傷的小孩們到藥房裏去似的。

觀衆走散了，街上重又顯得靜寂，似在深湖的底裏。

星期日的晚上。紅色的反光在我從地窖裏看得見的唯一的房屋的玻璃窗上閃耀。那所房屋有兩個窗，老舊的陷入土地裏，像一個乞丐疲乏地蹲坐在兩個不整齊的圍牆中間。惱怒的愛憐停留在他的臉上。孩子們在街上跑走，揚起玫瑰色的灰塵的雲；近處有人奏手風琴，酒醉的大車夫一個露出許多骨頭的巨人綽號叫「乾牛，」在那裏吽叫。

我躺在窗臺上，聽一個人懶洋洋的說話：

「爲了治酒病，向他祈禱，因爲他自己就是醉鬼……」

「唔！」——另一個聲音不信任地說，——「這不是成聖的理由；這樣，半條街都是聖人了。……」

第一個聲音惱怒地打斷那個不相信的人的話：

「你聽着！他清早時候醉醺醺的走回家去，兵士們正在砍基督徒們的頭……」

「誰的兵士們？」

「他們的……」

聲音變得濃些，每個字裏露出黏質的俄羅斯人的懶惰。太陽懶洋洋地下落，它似乎知道明天會向同樣的一些人照射，會聽見同樣的話語。

一個小姑娘從我窗旁走過，拭着眼淚，出聲地微語着：

「鬼……守着罷！」

「他們在砍頭。伏尼法基看了看，他是一個良心很善的人，雖然是財主……」

「財主裏也有善人的，譬如，——那個脫羅菲烏可夫，彼得·伊凡諾夫……」

一個女人懇求着：

「你不要打插呀！」

「我隨口說出來的。」

「是的。他看了看，說道：你們這些人眞是的！你們爲什麽打死他們呢？他說，我自己也是相信基督的——！他們當時就把他抓住，——一下子！——也把腦袋瓜兒給砍去了。但是他安安靜靜地揪住頭髮，把腦袋提了起來，夾在腋下，在街上走着，竟這樣走了！」

「怎麽？就這樣走了麽？」

「在聖經裏就這樣寫的麽？」

「那末倒是我自己想出來的了！」

「是的！這是想不出來的。唉，天呀！一生中祇要能看到一次奇跡才好呢，否則活着，活着……」

講故事的人繼續說道：

「那些兵士和觀衆們害怕得要死，立刻逃散到四處去，也全都相信了！……」

「那自然會相信的！」

「他一邊走，一邊唱，——基督復活！」

「在我們的時代能有這類事情出來才好呢。……」

「我們的時代算什麼？那時打噴嚏打得不對勁，——會被人砍除腦袋的！眞嚴呀。」

「人不値錢，比木柴都賤……」

「讓我抽幾口煙……」

不響了。「乾牛」的低音洪響地蓋罩在小孩們的呼吸上面：

「我要朝你的腦袋瓜上揍兩下！」

談話重又在我的窗前起始；有人問懂得羅馬生活的人道：

「那時候人們生活得闊些麼？」

「平等些。沒有特別有錢的人，但貧窮是不准許的。」

「不准許的麼？那是怎麼會事？」

「有這樣的法律。」

「一個聰明的民族……」

女人問：

「聽說基督徒都是貧窮的，對不對？」

「以後才這樣？」

「在什麼時候以後？」

「在土耳其人侵犯之後。土耳其人把皇城攻下，就開始了擄掠……整個民族全破了產，纔信仰了我們的教……」

「啊！是的，是的，是的……」

一個女人的快樂的聲音喊道：

「你們瞧，——顧司成運着什麼人來了？」

一匹雜色的馬在街上走着，拖拉一輛破舊的大車；酒醉的車夫顧司成坐在車上，快樂地揮搖鞭子，一個務樂坐在他的背後，他們中間放着一口木板釘成的，漆着赭色的小棺。

「顧司成，——運誰的棺材？」——講述苦行者伏尼法甚的故事的聲音問。

老車夫很樂意地回答：

「就是你們的……那個孤兒……」

「郭熙卡麼？」

「就是他。」

「果眞死了麼？」

「那自然嘍。活的人不會埋的，你不要怕！」

車走過去了。蒲陽從什麼地方跳了出來，嗅了嗅土地，嗥叫了一聲，垂下尾巴，躲進園牆的縫裏去了。一個小孩喊道：

「喂，弟兄們。郭熙卡·克留察洛夫埋葬了！……」

「唔！」——大門旁邊有人說，——「這男孩眞是死了！……」

「他是很安靜的孩子！……」

「醫院呀！……」

「祇要一進到那裏去，他們自會送你到公墓上去……」

「人是不値錢的……」

「大夫有什麼關係？他們祇要按期領到薪俸……」

有韻律的聲音重又傳了出來：

「還有基里克·烏里泰的一段行述……」

太陽隱去了，玻璃窗上反射的紅光褪了顏色，天上無窮盡的，蔚藍色的雲彩發黑了。

基姆卡

在我的擱樓的窗外，朝霞的柔和的色彩裏，淡綠的金星作臨別的閃爍。

一片的靜寂。菜園的老闆赫萊勃尼闊夫的塞滿了房客的磚屋死沈沈地睡着。這是一座可憐的房子，灰色的破陋的房子，有兩層樓，許多附屬的建築物。闊綽的商人的城市將它逐往市梢需要荒蕪的田野那裏。它凸立在城市遺棄的垃圾堆中間，像一堆醜惡難看的木頭，孤零零地，淒慘地。一些誰也不需要的，連自己都不需要的人們住在裏面。生活將他們揉碎，吮乾，隨着垃圾桶裏的容積物一塊兒吐到田野上面去。

他們嘮叨，飲酒，訴怨；罵警察，市政府，商人階級，而且相罵得最爲利害，最爲兇狠。他們爲什麽生活，——是無從了解的，但是他們似乎在那裏互相吮吸生命的餘力，而以此爲滿足。他們全是無個性的，他們的無個性特別顯露出來的就是許多女人穿着男人的上褂而男人穿着女人的綢短褂和短呢上褂。他們中間沒有靑年人，沒有五六歲以上的小孩，——一到七歲就送往城內去「做工，」而那些小人們在這所房屋內是看不大見的，他們好像老鼠似的躲在角落裏，畏葸而且永遠挨餓。惟有以前做過女佣的奧洛瓦，以乞食與放印子錢爲職業，沒有把她的同歲的孫女評卡和薩沙送出去「做工。」她們已成爲無賴，完全露出野性，引起赫萊勃尼闊夫的房客們的暗恨與明慨，眞想把她們痛痛快快地打一頓，但是不行，幾乎大家都欠老婦與洛瓦的債，成爲她的奴隸。

蔣萊勃尼闊夫的房客們不大笑，笑的時候也永遠是幸災樂禍的，——他們笑半身不遂的官吏伏朗留夫，——他九年來運動恢復他對於堂姊託爾紹男爵夫人遺產的承繼權。他們還笑乾淨勤謹像貓一樣的老太婆白爾特尼闊瓦。她是軍獄監督的女兒。她的父親在受審判時死去。她被認爲半瘋，因爲也是一直在運動恢復她父親的名譽。他們笑有病的教堂執事劉頁米洛夫，他把頭髮剃去，據他說是「爲了非正式的愛情，」別人說是「爲了兒鬥殺人。」

教堂執事是一個魁偉的人，身上毛髮很重，有一雙野豬似的小眼，馬一般的牙齒；他沈默寡言，好凝思，看來像很馴靜，但是在他面前，他認爲「生活秩序」的東西被破壞時，——他便用堅定的聲音說：

「殺掉他！」

蔣萊勃尼闊夫的房屋內祇有一人持大家看得見和聽得見的工作而生活，——那是鏇桶匠闊興，五十來歲，小小的，强壯的人。他和白爾特尼闊瓦一樣是乾乾淨淨，整整齊齊的。他的頭小而圓，骨頭上的皮膚是淡黄色的，頭上美麗地圍着花圈似的灰白的鬈髮，臉是玫瑰色的，像一隻「阿尼司」種的蘋果安靜的，有理性的眼睛在臉上嚴肅地閃耀着。他不大說話，說話的時候用高昂的，女人的噪音。他蓄着稀少的長長的中國式鬍子，鬍尖向下，這使他的玫瑰色的嫩臉成爲可愛的。他在這所房屋內比大家醒得都早，立即起始用木鏇旋鑿木桶，浴桶，——好像叩擊巨鼓。

今天也是如此，——金星尚未熄滅，不止歇的，頑強的聲音已經把我吵醒了：

「砰磅，砰磅，砰磅砰磅，砰砰磅磅！」

箍桶匠開興新近雇了一個助手，二十歲的跛脚的青年，一付滑稽的面具代替了臉他的頭骨高聳，像蒙古人他的鼻子並不照例的彎曲，卻是筆直的長長的，柔軟如象鼻，而且可笑的活動。黝黑的臉皮上露出紅紅的，永遠濕潤的嘴唇，鮮明得像傷創，他有一雙綿羊般玻璃瓶顏色的眼睛。嫋繚的頭上長滿了黑硬的毛髮，額上的革條使它豎直了起來。臉是可笑的，不愉快的，身體是破損的，左股骨已折斷，他用跌落的步伐走路，左脚拋擲到遙遠的一邊。

他穿着棉布的襯衫，藍紫花布的袴子。他名叫基姆卡。

基姆卡在箍桶匠那裏工作的第二天上就引起了赫萊勃尼闊夫房屋內全體居民的注意。早晨菜園裏工作的女人們剛在菜園內出現，唱著時髦的歌調的時候：

「可嘆我臉兒長得醜，

衣裳穿得窮，

因此上，

無人娶我做妻房！」

赫萊勃尼闊夫的院內頓時唱出了高昂的中音，引起菜園裏的村婦們：

「駱駝有巢窠，
牛兒有孩兒，
我身邊沒有一個人，
世界上沒有一個人！」

村婦們起初深彎了腰，在田畦中間爬走，唱着哀憐的歌調，不注意箍桶匠的惡毒的詩句，但是他盤煩她們，像腸蟲一般：

「我從十五歲起，
就出外去幫傭，——」

她們唱出她們的悼歌。基姆卡卻叩響鏈子，追她們：

「我是四十歲的姑娘，
至今還是完全的處女……」

身上十分清潔的小老頭閱與扔棄了工作，蹲坐在一塊木頭上面，發出細碎的，吸泣似的笑聲，喊道：

「唉，這潮氣桶，你們聽他來得多靈活！」

一些灰色的，揉皺的窮臉從窗內伸出，頭髮蓬亂的，一半穿好衣服的人們走進院內，大家微笑着審視基姆卡，靜聽他的歌唱，他拖曳着身體，在一堆橡木製的大木桶附近一拐一拐地走着，一邊唱，一邊用鏈子鏘鏘地，洪響地叩擊：

「我是雙鼻麻臉

矮小的身材……」

「真要把你撕成碎塊，這搗蛋鬼！」——一個種菜女人喊。

這個滑稽的呼喊引起聽者們普遍的歡欣，大家哈哈地笑着，寬暢的院內顯得不尋常的快樂，那時太陽纔從潘湼司卡耶的樹林升到遙遠的田地上面，用鮮豔的火焰燒炙房屋上和暖牀上的玻璃。空氣裏吹着節假的氣息；人們在院內活潑地說話，大概有些人覺得產生了一個新的日子，和過去的那些日子有趣地不相同。

「真是滑頭！」——教堂執事說，歡欣地凝視基姆卡，——「鬧！與你從那裏覓來這樣的人？」

「他自己來的，」——老箍桶匠說，冷笑着，摸了摸鬍子。

臺階上傳來了惱怒的，主人嶽子的問話：

「你們在那裏鬧什麼？」

赫萊勃尼闊夫立在那裏，小小的，肥胖的，穿着灰色的大氅像一件囚衣。他的栗色的眉毛抖索着，他在心裏不高興的時候永遠是如此的，手指疊折在肚腹上面，迅快地移動着。

茲姆卡挺直了身體，斜眼看着我，大膽地唱：

「我那負心的漢子，

不願自己的誓約，

姘上了一個女人，

因此我就姘了三個！」

大家又親熱地獰笑，連種菜女人們都用微弱的，惝恍的回聲回答這獰笑。

赫萊勃尼闊夫倏直地轉過身子，走到屋裏去，大聲說：

「這醜怪。」

不久便看出茲姆卡引起了赫萊勃尼闊夫房屋內全體住戶的注意，——在這注意後面甚至似乎感覺出對於這不莊嚴的歌者的同情。

晚上房客們照例聚在大門旁談天，談到喫晚飯和睡覺爲止。教堂執事懇求茲姆卡道：

「唔，你來唱一點正經的東西！」

「什麼正經的？」——茲姆卡唱。

「那你自己知道的，」——教堂執事解釋。

拐腿的人徵閉了眼睛，用特別純潔的高音唱：

「兩個強盜在伏爾卡河旁走着，

從這石跳到那石……」

這支歌唱得很好，大家都了解它；強盜本來是良善的，快樂的人們！

「一個年輕的拉縴夫迎面走來，

他愛容滿面，腿兒有些拐跛。」

拉縴夫是受盡磨折的人，臉色呆鈍，眼睛昏沈欲睡，——是一個無希望的小夥。

「唱得很好，」——女伶奧洛瓦說，垂下灰白髮的茸毛的頭。

「你不要唱，」——致堂執事說，於是大家不聲不響地，呆板地聽着。

太陽落下，晚霞的美麗的反光在田野上，垃圾堆上蹓風，洋鐵塊和玻璃沒精地閃耀着。紫雲的碎塊懸在田野上面，樹林在遠處像蔚藍的雲彩一般，蹲坐在地上。非常的靜寂。

拉縴夫對強盜們說：

「茫茫的世界裏，我沒有一個人，

祇有兩個嫡親的妹子，

一個妹子是我的悲苦的貧窮，

還有一個便是我的苦命！」

「唉，眞是的，」——敎堂執事嘆氣，與洛瓦亞又喃語道：

「好！很好！」

基姆卡不去注意同情的微語，他好像準備唱到早晨爲止。

他唱完以後，敎堂執事說，不知爲什麼很嚴厲地：

「你這傻瓜，爲什麼儘釘着貓圈？你應該加入合唱班……」

基姆卡打了哈欠，回答道：

「在那裏會喝上酒的。歌者們永遠愛喝酒。」

「你應該有堅定的性格！你有這樣的嗓門，不應該糊裏糊塗的。你應該學習。」

「我是學習的，」——基姆卡冷淡地說，——「每逢節假的日子，我上星期學校裏去。有一位太太敎我們，她名叫瑪麗亞·基莫娃也夫納，她的嗓音比我好得多，我在她面前是一隻小貓！」

他談着這位女太太，用一種活潑的神情，這活潑是很難在他身上猜料得出的，但是誰也不聽他的話，除去老人開輿以外，——這個老箍桶匠坐在長凳上看着他的助手，那樣關心而且嚴肅地看着，好像看準備買的東西。忽然窗在開輿的頭上啟開了，薩萊勃尼闊夫的聲音傳了出來：

「弟兄們，你們竟忘記現在是晚禱的時候，今天是禮拜六。你們眞是野蠻人，不要臉的傢伙！我要禀告，可是你們在那裏……你這小影子呀！上帝不會白白地懲罰你的，你真是木頭……」

窗歪歪地圍上，大家沈默了。

「老闆麼？」

「老闆，」——教堂執事說。與洛瓦把她的嚴厲的臉弄得歪斜，補上了一句：

「我們的上帝的信徒。」

「我要去睡覺了，」——基姆卡輕輕地宣布，安安靜靜地，不慌不忙地走進院裏去了。

「一個天才，」——與洛瓦在他身後輕聲說，大聲地嘆氣。

周圍十分淒慘；堆滿了各種碎物的田地，臭氣濃重的小溝，遠處是黑黝的樹林和煤油池，無窮盡的圍牆在各處蜿蜒着。白柳和樺樹在有些地方孤獨地凸露着。

沒有一個鮮艷的斑點，一切失去了光彩，褪去了顏色，天被化學工廠的煙所染污，而在這無色彩的生命的中央的是傴僂的，業已朽爛了一半的赫萊勃尼闊夫的房屋，一羣離開了生活的人們默默地聚在大門旁邊，擠成擁擠的一堆。

基姆卡迅速地和種菜女人們親密起來。那些活潑的，無恥的村婦圍繞着他，像羊圍在牧者身旁，對他持着和母教相近的情感。看她們在他唱佳好的歌曲時如何羨慕地窺看他的嘴是十分可笑的。她們的頭目；五十來歲的郭司脫洛娃女人，身體魁偉，膂力强壯，有一張紅棉布一般的臉，傲慢的眼睛。她用甜蜜的，唱歌般的聲音懇求着：

「你給我們唱一支呀，我們的拐腿的夜鶯！」

他很樂意地唱着。種菜女人們搶着替他效勞，——如修補襯衫，洗濯衣裳等等。他不取費用，替赫來勃尼闊夫的房客們修理水桶，浴盆，但是無論他做什麼事，全看不見一點迷醉的樣子，他對待一切是十分冷淡的，他似在夢中生活着。

他說話很少，不大樂意，且也不會說話，——說的永遠有點不是預料到的話。從一般上講來，瑟姆卡是一個不快樂的人物，但是在他沒有出現以前，赫來勃尼闊夫房屋裏的人們總是過着惱怒的，陰沈的生活，而現在從早晨起，瑟姆卡就和種菜女人們逗笑，與洛瓦的孫女們整天在他身旁旋轉，喊叫，房客們哈哈地大笑。開與無止歇地釘破桶圈，似在指揮一切的聲音，但瑟姆卡灌輸進來的騷動卻對於他無關痛癢。

天氣惡劣日子的晚上，瑟姆卡到我的擱樓上來讀過列的卡爾梭茨，吃麵包圈，聽誦詩。他愛詩，雖然通曉文字，但是自己不敢去讀它。

「這首詩編得很齊整，」——他聽完以後說。

「你拿去讀一下！」

「不不用……」

「為什麽？」

「寫得太多，——就到中間，——會忘掉了起首。」

「但是這裏差不多每頁上都刊載着特別的東西。」

「不，不用，」——基姆卡固執地說。

他的綠色的木箱裏，——箱上畫着深紅色的花，——堆聚了許多「歌冊」——一些薄薄的紙冊，但是他不喜歡它們。

「那些歌曲不大對勁，」——他說。

「你需要那一種的歌曲？」

「好一些的。」

他自己很容易而且很靈巧地找出諷刺詩的韻脚，取來逗種英女人們。村婦們愛戀地唱：

「我買了一分錢的木柴，

在滾水裏把它化開。」

——基姆卡立刻編起來了：

「你給我買一塊花布做衣裳，

我願意跟隨你到任何地方……」

「你爲什麼逃她們？」——我問。

「沒有什麼。」

「到底爲什麼？」

「不要緊，她們會吞嚥下去的。我不愛她們的歌曲，喊喉着，哦嚷着，但全是胡說八道。歌曲是不應該說謊的，故事還可以。」

他搖晃長着粗髮的頭，冷笑着，他的羊眼裏閃耀出馴笑似的溫柔。

「我是不美麗的人，還加上拐腿，但是村婦們愛我，把我當作極美麗的人。眞是的！我爲了這，有時竟覺得十分羞愧。有一次我問一個女人：我的像貌這樣不美，你爲什麼還和我親熱。她說：美雖然不美，但是很合心意的！」

他又冷笑了一下，帶着信心說：

「她們對我這樣是爲了歌曲。但是她們全愛說謊！我是這樣的，我是那樣的，我的命運是很苦的，——其實全是一樣的，她們尋覓的全是一樣東西。我知道。」

他並非誇口，極柔女人們的確很愛他，我屢次看見她們在叢林的頂上和被雷電擊倒的白柳樹下擁抱他，我知道她們爭先捕捉他，因爲嫉妬而爭吵，且感到心靈的痛苦。

「你看見沒有？——他問，一面搖着長長的，可笑的身子，——「一個賣布的耶哥斯拉夫卡女人常到我的老園那裏來。老頭和這淫蕩的女人姘住着但是她這卑鄙的女人，已經和我吊膀子。我要把她從他手裏奪過來！」

「爲什麼？」

「沒有什麼。」

「你會得罪老人的。」

「不要緊，他會吞嚥下去的，」——基姆卡冷淡地說。

「你要什麼？」——我問。

他用飽滿的眼睛看着桌子。

「謝謝，我什麼也不要。」

「你沒有明白我的話！你需要於生命的是什麼？」

「那是什麼意思？」

「那就是——到別的城裏去，發財，娶美麗的女人，求學，你不需要麼？」

「你要知道它做什麼？」——他思索了一會以後問。

「不過是想問問罷了。」

「唔……在別的城裏可以找到什麼？箍桶匠是不會過閑散的生活的。至於姑娘在這裏也可以找到的。」

他有時具有冷靜的判斷力，像老人一樣，但是我老覺得他這人的心靈還是盲睹的，還沒有發亮，而且像烏兒似的被關閉在擁擠的籠裏。

在學校裏最使他發生興趣的是那個有「嗓門」的女太太。

「好像是低音，低低地唱出，小屋內充滿了溫暖！」

「她教什麼？」

「教什麼？就是教唱。她對我說，假使我學會了樂譜，可以賺到幾千塊錢。」

「學校裏還教什麼？」

「各色各樣的東西。寫呀，念呀，最沉悶的是地理。全是各色各樣的城市民族。一個城市叫做通布克圖——。唔是的！大概是說謊，沒有這樣的城市……」

在薄暮的朦朧裏他的臉顯得漂亮些，疵發些。他很柔寂地和我說話，但是他沒有一句話語會長久地落入你的心的記憶裏的。

我請他唱，他坐在窗旁，用張得極大的眼睛眺望田野，唱得特別努力，特別清切，用柔軟的聲音唱出歌曲所說的一切。

在這時候我不知爲什麽緣故很可憐他。

基姆卡深切地感到他所唱的一切，但是看不見，也不瞭解他周圍的人們的憂愁，在我困難地引他談起關於赫萊勃尼闊夫的房客的一切的時候，他用懶洋洋的話語冷淡地推開我：

「他們那裏是人！他們是一堆垃圾。他們不肯做工。祇有開與……總算生活在上帝附近，讚着聖徒。」

搖着長長的鼻子，用細舌舐唇信任地說：

「這女人我要從他手裏奪走！這女人年紀很輕，長得還不錯。我要奪的。」

以後重又起始唱歌。他的歌曲要永遠有什麽人到什麽地方去，要什麽人，感到煩悶，歌曲裏的人物全是强盜，姑娘，拉縴夫，——一些很好的，要凝想的人們。然而基姆卡卻什麽地方都不想去，也沒有什麽煩惱，好像一點思想也沒有。

伊凡·羅奇懋·赫萊勃尼闊夫很恨基姆卡，彷彿着一種固執的，無從解釋的，像老山羊似的仇恨。

赫萊勃尼闊夫身體肥胖，但不很健康，他的呼吸顯得沈重，帶着嘶聲，臉帶土氣，好比死人在故世後第二天上的臉，不過他還是一個很活潑的，好活動的人。

他具有恐慌的虔敬上帝的心，永遠關心於房屋，城市和世界的災難事件，找出幾十種不能唱歌的理由來。

「你這拐腿的光棍，」——他用嘶啞的聲音喊嚷，在早晨的時候跳到臺階上來，頭髮不梳，臉也不洗，穿着代替晨服的灰色大氅。——「你喊嚷做什麽？昨夜城內失了火，燒掉了三所房屋，人們流着眼淚，而你竟扯開了喉門……」

「去你的罷，」——茁姆卡說。

「怎麽叫做——去你的罷？我說的是閒話和玩笑麽？」

赫來勃尼闊夫攻擊起開興來了：

「謝蒙·彼得洛夫，——你怎麽啦？你是懂得理性的人，你應該教訓他。」

「我不能教訓別人，」——開興溫和地說，但是話裏帶點挑逗的意思。——「假使他是我的兒子，或者是姪兒，或者是什麽……」

「唉，老天爺呀！」——茶園老闆悲哀地嘀咕着，一雙小小的，不安的眼睛溜到額角上去。

糟糕的是他每天早晨必要讀當地的報紙，所以除了節假的前一日以外，他永遠有許多禁止歌唱的理由：譬如各人的疾病，火車的出軌，收成不佳的新聞，要人的疾病和陸上海上的各種不幸事件。

「茁姆卡，你這可詛咒的靈魂！」——他兇狠地喊，頭伸出窗外，揮搖着報紙。——「前天伊萬·彼得洛夫·尼可狄莫夫死了，他是本城第一位慈善家，領過勳章的紳士，現在人家在大教堂裏追悼他，所有名人和總督全列席，——你這顧嘶臉，不覺得害臊麽？」

基姆卡仍舊唱着。

「基姆卡，你還是聽他一步罷……」——開與謹愼地說，在房東的吼叫使他感到厭煩的時候。

「不要緊，他會哭下去的，」——基姆卡喃喃說。

赫萊勃尼闊夫混身抖索，跺着脚，臉色發藍，眼睛直瞪。他生氣得甚至起始把木塊，棍子扔到拐腿的身上，但這並不使基姆卡忿怒。他扔棄工作，辯訴地望着菜園老園，以後俯下身體，用手掌拍自己的膝蓋，——一面笑，一面說：

「眞是一個家神」

「你不要逗他，」——開與勸他，聲音不大洪響，而且好像不很樂意。

「我也沒有鬬動他呀，」——基姆卡安靜地說，起始做工。

然而赫萊勃尼闊夫被這安靜弄得更加惹惱，喊叫着向教堂執事訴怨，喘着氣，搓搖着手：

「神父，——你爲什麼儘瞧着，你應該制止他……」

「應該給他哭生活，」——教堂執事用棺材裏的低音吼叫，但是赫萊勃尼闊夫一走，他舉起長滿了粗毛的拳頭，朝他背後恐嚇了一下，說道：

「法利賽人。」

又勸基姆卡道：

「下一次你給他唱得快樂些！」

赫萊勃尼闊夫的全體房客們都懷着極大的興趣觀察菜園老闆對拐腿鞋匠的仇恨一天一天地增長起來，——院裏剛發出老闆的嘶啞的聲音，——從角落裏窗戶裏到處伸出毛髮蓬亂的頭，興奮的揉皺的嘴臉。

沒有人責備赫萊勃尼闊夫，沒有人問他恨基姆卡的原因，大家祇是欣賞着這仇恨，看作一樁有趣的戲劇，有些人還鼓勵拐腿，嗾使他，像嗾使狗似的：

「你唱他的歌！」

「關於他有什麼可唱的？」

「你想一點出來！」

祇是發生就事有一次問他的終身的女友與洛瓦道：

「他爲什麼反對小孩？」

聰明的，脾氣惡劣的女傭打着哈欠，解釋道：

「時候到了，——他也許一輩子等候向什麼人出出氣的機會，但是身邊沒有這個人。現在找到了合適的人，就取樂起來了……」

敎堂執事沈默了，顯然沒有了解老太婆的話，我可覺得她的話是對的。基姆卡似乎在誇耀赫萊勃尼闊夫對他的態度。

「他眞是不愛我，顯然我橫立在他的心上了！」

「你以爲他是何等樣的人？」——我問。

「一個傻瓜，」——基姆卡不加思索地回答。

「你想，他爲什麼不愛你？」

「我也不必去想他，」——基姆卡冷淡地說，又懇究地唱了：

「狂風——暴雪……」

開興看着他和我，冷笑了一聲，撲着鬍鬚。

「唉，——狂風——暴雪在田野裏平鋪，——」

基姆卡唱，

「杜娜到郊外行走，

走上行人過往的大道，

到了百年的樺樹底下！」

「狼又嗥叫了！」——赫萊勃尼闊夫從車房的門裏喊。

逖姆卡的歌聲一起，許多衣衫襤褸的不幸者，被遺忘了的人們從四處爬了出來，而菜園老闆則發出瘋狂，對開興喊：

「謝爾蓋·彼得洛夫，你是虔信上帝的人，——你怎麼不怕罪孽？瓦西里薩·耶杭託瓦有兩天發不下來，他還……」

「你停止了罷，逖姆卡，」——開興說，——「何必無緣無故惹他生氣？」

「除了他以外，沒有一個人生氣的，」——逖姆卡很有理由地說。又唱起來了，我覺得如果人家誇獎他，他會唱得好些的。襤褸的女販在大門裏出現，彎腰站着，背後揹着一個沈重的包裹，手裏拿着鐵尺。她的沒有眉毛的柳皮色的臉顯出緊張的神情，嘴唇微張，像想喝水的鳥。

「這混蛋連皮靴都沒有，」——彌來勃尼闊夫喊，——「明天褲子也要破了……」

逖姆卡快樂地唱：

「唉，我等了你四十整夜，

眼睛睜，不眠不休地等候，

悲苦地生出陰沈的思慮，

靈魂都弄得萬分的倦疲！」

開興提着鏈子，走到大門外，說道：

「好呀，波拉司考維·發里帕夫納生活好麼？」

販布女人每逢星期日必到箍桶匠那裏來，在平常日子有時也來。他們關鎖在開興的屋內，基姆卡替他們生好了火壺，就跑到菜園去找村婦們，——她們住在木板搭成的堆房裏。

女販有時從窗內窺看，用靈巧的手整理蓬亂的頭髮，在那裏傾聽着什麼。她的圓圓的，小偷似的眼睛傲慢地，無恥地望着一切人和一切東西。

開興不時請赫萊勃尼闊夫去，那時候一些正經話語的斷片便從敞開的窗裏落入院內。

「萊夫萊姆·西林生在兹拉託烏司脫之前，還是在他以後呢？」

「確實不知道。」

他們那裏一切都好，一切都整齊，溫和，祇是在一天深晚的時候，赫萊勃尼闊夫的房客們全已入睡，而我還坐在大門那裏，基姆卡走近我面前，帶點誇耀地說道：

「我和她約好了。」

「和誰？」

「和耶各斯拉夫女人。明天到她家去睡覺。」

「開興知道了，——會把你開除的。」

「那有什麽？」

沈默了一會，搖着頭，嘆口氣：

「糟極了！」

「什麽？」

「沒有什麽。」

帶着顯然的詫異，輕聲說：

「其實這女販於我有什麽用？我已經是很飽的，——種茶女工們都愛我，隨便那一個都愛我。我不喜歡老闆的地方是他和赫萊勃尼闊夫要好。背後糟蹋他，駡他，可是又自己請他去喝茶……所以我也要駡他！」

「你這樣做有點無聊。」

「自然是無聊！」——茲姆卡同意着。

烏雲的碎塊懸掛在田野上面，圓圓的星兒在雲端裏蔚藍的光明中閃耀。狗在什麽地方作難聽的吠叫。夜鳥的絲綢般的翅膀拍出輕聲的呼嘯。

「悶得很，」——茲姆卡說。——「睡覺去……」

院裏聽出開興的聲音：

「你去看一看。」

「好的，」——女販簡短地說。

「房子很好。就在河旁，有花園十二株蘋果樹。」

「唔，再見罷。」

女販用圍巾圍住，走出門外。湛姆卡立起來，和她並肩走路，問道：

「勸你結婚，是不是？」

她看了我一眼，不回答，也不止步。

「這老鬼」——湛姆卡說，沈入黑暗裏去了。

「你輕些，」——女人倏倏有趣地說，——「你不要拿這個來開玩笑，這件事情對於我是非常嚴重的……」

窗在我的頭上打了開來，赫萊勃尼闊夫穿着白色的襯衫，伸出身子，喃喃地說：

「誰走過去了？誰？」

他立刻跳去，過了一分鐘又從門內跳出，穿了一件單衣，手掌附貼在額上，俯下身子，向那一對人的後身眺望，——他們正沿着圍牆，在月光下輕輕地走着。我立起來，走進院裏，但是菜園老闆追到我的前面，急急忙忙地跑到開與窗前，叩擊玻璃。

「謝蒙・彼得洛夫，——你快出來呀！」

以後兩人直又跑到門外去，赫萊勃尼闊夫搶着說：

「眞是的！這類人是沒有良心的……」

開興一邊跑，一邊搖頭，發出牛吼的聲音。

他們許多時候立在大門那裏，向遠處瞭望，微聲談話。祗有開興兩次大聲說：

「是麼？」

以後他就有條理地，安靜地說：

「也許夜裏會下雨。」

赫萊勃尼闊夫首先走進去，走過臺階的時候，——我正站在那裏，——他喃喃說：

「傻瓜……」

以後，愛乾淨的箍桶匠也不慌不忙地回到自己屋裏，一邊走一邊嘆氣：

「唉，天呀……天呀！」

我找到了工作，黎明時離開家裏，深夜纔疲勞地回來，無從觀察赫萊勃尼闊夫房屋內懶惰的生活的變遷。我甚至覺得這生活滯留在同一的地方，像泥塘裏的水，裏面是長不出任何的小鬼的，所以大事件是無從預期到的。

然而這生活裏忽然發生了黑暗的慘劇。

八月中，菜園內已在掘甘菜，蕪菁和萊菔，兩天內，日夜不停地下着雨，一會兒是陣雨，一會兒落着像秋雨般固執的，細微的，寒冷的雨。到了第三天的早晨，雨重又像泉水似的傾下，雷聲隆隆，可怕的藍色的電火閃耀着，但是黎明時黑雲好像被一隻手拂拭去了，在洗得乾淨的天上燦爛地照耀着鮮豔異常的太陽。

赤脚的村婦們將裙子提到膝蓋上端，走到菜園裏來，我從糊模的窗內聽見她們快樂的笑聲，錚錚的叩擊，沒有抹好油的小車輪子雜亂的軋聲。

然而忽然一切聲音全消滅了，好像沈入田畦中間銀色的泥塘裏面。我在院裏走着，到城裏去做工的時候，這突如其來的沈默打擊着我，以後過了幾秒鐘傳出了一陣尖銳的，女人的聲音：

「女孩們，——快喊呀！」

十幾個聲音一下子創造了懼怕的呼喊的狂飆。兩個女孩順着菜園的田畦，奔跑到院裏來，一個喊道：

「伊凡·羅奇慈！」

另一個說：

「天呀！」

我跑進菜園，看見基姆卡躺在板牆旁邊，暖烘附近鬆軟的土地上面，臉兒朝下，一件潮溼的襯衫緊緊地裏住他的身體。太陽照在他的骨頭嶙起的背上的潮溼的紅棉布上，給這衣料增添了剛剝下來的皮的肥油的光采。他的左手奇特地彎曲着，藏在胸脯下面，手掩住臉，右手向旁邊拋開，沈在爛泥裏，祇有一隻小手指凸出，顯得奇怪的白。

敎堂執事的沉重的聲音在我背後傳出：

「這不是[illegible]的，這是用鐵鏈打死的，啊，那隻鐵鏈還在那裏！」

他用光裸的浮腫的腳觸動浸在爛泥裏的鐵鏈，陰鬱地鼓起臉頰，望着赫萊勃尼闊夫，赫萊勃尼闊夫正立在他旁邊，穿着上衣，短袴，腳上單單穿了一雙套鞋。

「不要動，」——赫萊勃尼闊夫喊，——「在警察沒有來到之前，一點也不能動的！」

敎堂執事舉起巨大的，紅紅的拳頭朝他的臉上一揮，大聲說：

「這是你做的事情！」

「什麼？」——柴國老頭尖聲叫，跳躍了起來。——「你明白你說的是什麼話？」

敎堂執事陰鬱地走到一旁，村婦們擠在一堆，喃喃聲說：

「誰呀？誰幹的？」

女頭目一邊啜泣，一邊畫十字，像說禱詞似的反覆說着：

「他不要知道，是誰幹的，——他一點也不要知道！」

潮濕的風吹起樹上的葉子，撒在死人和活人的身上。

赫萊勃尼闊夫用嘶啞的聲音學着致堂執事說道：

「這全是爲了你們，爲了你們女人……」

日子燒耀得更加鮮艷，潮溼的空氣顯得溫暖些，吹來澡堂和磚窯的氣味。我看着基姆卡可憐地從烟泥裏伸出來的小指，他的浮腫的後腦，——兩平滑地梳光堅硬的頭髮，頭髮底下露出藍色的皮膚。

「開興那裏去啦？」——菜園老闆忽然喊。——「叫他來！」

「我立刻就去，」——致堂執事自己告着奮勇，立刻走了，光裸的脚在泥漿裏沉重地拍擊。我跟着他走去。院內致堂執事輕聲對我說：

「自然這是赫萊勃尼闊夫幹的……對不對？」

我沉默着。

「你以爲怎樣？」

「我不知道是誰……」

「自然我也不知道。總有人殺死的！沒有怨恨是不會殺人的。誰恨他呢？嚇嚇！」

開興的住處的門沒有關，我們走了進去，四面瞧望，——一間半明半黑的屋內十分靜寂和空虛。

「他在那裏呢？」——致堂執事喃喃說。——「喂，開興！」

一本小書在窗旁桌上放着，正被陽光照射，我看了它，在清潔的書頁上讀到幾個粗大的帶着尖角的字：

「祈禱新逝世的奴僕謝爾蓋的安寧。」

「你瞧瞧，」——我對教堂執事說。

他取書在手，放近臉旁，朗讀出所寫的字，把那本書扔到桌上。

「普通的追悼的話句……」

「他的名字也叫做謝爾蓋。」

「唔，那有什麼關係？」——教堂執事問，忽然臉色發出灰色，抖索了一下，說道：

「等着，——新逝世的麼？新……」

他跑出外屋，撞在什麼東西上面，發了一陣響，野蠻地吼叫着：

「嗚——嗚——……」

以後他的身軀在門裏出現，——他坐在地板上，手向旁邊伸出，準備說出一句什麼話，卻說不出來，野蠻地瞪出瘋狂的眼睛。

我喚了大爺，向門外張望，——開與站在外屋的黑暗的角落裏，一隻水桶旁邊，頭歪在左肩上面，伸出舌頭，做出引逗的樣子。他的中國式的鬍子不齊整地垂落，一根比一根凸出得高，黑臉作出嘲諷的微笑。我審看他幾秒鐘，猜到他隱約自盡了，但不願去相信。以後我從外屋裏被摔出去了，像一個軟塞從瓶裏拔出一般，教堂執事也跟在我後面爬出，坐在臺階的級段上面，哀憐地喃語：

「唉，我還以為是赫萊勃尼闊夫幹的事呢……唉，天呀！」

村婦們在院裏跑着，有人在菜園內吼叫。

「快點！」

赫萊勃尼闊夫走着，手裏拿着骯髒的橡皮套鞋，像說寓言似的大聲說：

「過着非法的生活的人也會非法地死去的！」

「你算了罷，伊凡·羅奇慈！」——教堂執事喊叫着。——「開奧吊死了。……」

一個村婦叫了一聲哎喲，顯得靜寂了。赫萊勃尼闊夫立在院子中央，把套鞋跌落了，以後走到教堂執事面前，厲聲說：

「你這畜生，竟當着大家公然破壞我的名譽！」

他不向外屋看一下，和教堂執事並坐在臺階上面，用安慰的神情說：

「警察立刻就來！」

撈了撈鼻涕，帶着憂愁和虔信的樣子，說道：

「主呀，你為什麼遺棄我們呀？」

以後向外屋的黑暗的河裏斜看了一眼，問道：

「用腰帶，用絲織的腰帶吊死的麼？」

致瑩執事喃喃地說：

「看基督的面上，走開罷……」

輕鬆的人

早晨六時，一個有重量的活物壓到我的牀上來，搖擺我的身體，一直朝我的耳朵裏喊嚷道：

「起來！」

那人是排字工人薩士卡，我的有趣的朋友，十九歲左右，有栗色的豎直的頭髮，斯錫般的綠眼，被鉛灰弄髒的臉。

「出去玩呀！」——他一面喊，一面把我從牀上拖起。——「我們今天來樂一下，我有錢，六元二角，還加上斯鐵帕哈的命名日！你的肥皂在那裏？」

他走到角落裏臉盆架旁邊拚命地洗臉，嘴裏啵啵啵地作響，不停地說：

「喂，你說，——星——德文是不是叫 astra？」

「這大概是希臘文。」

「希臘文麼？我們報館裏一位新女校對員發表幾首詩，署名就是 Astra。她姓脫羅申尼闊瓦，名叫阿夫道姬耶・瓦西里也夫納。很好的女人，相當美麗，祇是太胖了……把梳子給我……」

他用梳子披開頭上濃厚的栗色的麻繩，一面皺着眉頭罵，但是說到半句話上，突然沈默，在模糊的玻璃窗上仔細地端詳自己的臉影。

太陽在窗外被夜雨泡溼的磚牆上游戲，沿着那塊牆頭。一隻烏鴉坐在排水管的漏斗上整理羽毛。

「我的鴨臉長得不佳，」——薩士卡說，——「你瞧那頭烏鴉多少漂亮！你把針線拿來，讓我縫一隻紐扣……」

他像被炙燙了似的旋轉着旋轉得起了一陣風，把幾張碎紙從桌上吹落下來。以後立在窗旁，不熟嫻地撥動着針，——問道：

「有沒有一個國王，——名叫羅台耳的？」

「羅退耳。你提這個做什麼？」

「眞可笑！我以爲是羅台耳，所有的懶人全是從他那一支生出來的！㊀我們先到酒店裏去喝點茶，以後到修道院去做禮拜，看看尼姑們，——我最愛尼姑！perspective 是什麼意思？」

他的全身裝滿了問題，像碟盒裏的豌豆。我對他解釋 perspective 是什麼意思，他沒有聽完，就問道：

「夜惡，——那個寫小品文的剛到印刷所來，——他的綽號叫做「紅頭巾，」——自然穿得像女人似的，朝我死纏着問：你有什麼 perspective？」

他把上衣的紐扣縫得比應該安放的地方高些，用雪白的牙齒咬斷了線，舐了舐浮腫的紅唇，可憐地

㊀照從俄語的變音說羅台耳（lodaire）的文義作懶人，與羅退耳 Lothaire 音相似。——譯者。

喃語道：

「羅查司加說得很對，——應該說點春，否則，一竅也不通，死了還是一個鄉下人。但是什麼時候說出呢？眞是沒有功夫！」

「你少去找找姑娘們就好了……」

「我是死人麼？我還沒有成爲老頭子呢！等我一娶親，——就不去了！」

他欠伸着身體，甜蜜地幻想起來：

「我要娶羅查司加。她的服裝穿得多時髦呀！她有一套衣裳——叫什麼錦緞。哎喲！她穿着這件衣裳眞是好看，我看得連腳都抖顫了。簡直想把她整個吞嚥下去！」

我扮着正經人的角色，說道：

「你留神，不要把你吞嚥下去了呀！」

他自滿地冷笑了一聲，搖晃着腦袋。

「前些日子學生們在我們報上辯論：一個說——愛情是危險的事情，另一個說不是危險的！他們眞會說話！女孩們愛大學生，和愛軍人一樣。」

我們走到街上。街上的石塊被雨沖洗，閃耀得像禿髮的官員的腦蓋。天上堆滿了雪白的，碎塊的雲，太陽在雲彩的雪堆中間游戲。堅韌的秋風追趕街上的行人，像追趕枯黃的樹葉，推搡我們，在耳朵邊呼嘯着。

蓮士卡縮着身體，手深插進油污的袴袋裏，他穿了一件夏天的輕爽的上衣，淡青的襯衫，踏破的栗色皮靴。

「安琪兒在午夜的天上飛翔，——」

他按着步伐的拍子說着。——「我愛這玩意兒！誰寫的？」

「萊蒙托夫。」

「我老把他和涅克拉索夫攪在一起。」

「她在世上煩亂了許久，

充滿了瑰奇的願望。」

他眯細綠眼，微醺地，遐想地重複了一遍：

「充滿了瑰奇的願望……」

「唉，天呀！我是很會了解的！竟到了自己也想飛出去……懷着瑰奇的願望……」

一個服裝齊整的女郎從一所精緻的房子的大門裏走出，她穿着紅葡萄酒色的裙子，帶着玻璃珠的玄色上襖，戴着金色的網巾。

蓮士卡從頭上摘下揉皺的帽子，恭敬地向她鞠躬：

「祝賀您的命名日，小姐！」

女郎的圓圓的，可愛的臉和藹地微笑着，但是柔細的眉毛立刻嚴厲地緊皺起來，惱怒的聲音帶着半悠懶的樣子說：

「我並不認識您呀！」

「這沒有什麼！」——隱士卡快樂地回答。——「永遠是這樣的！起初不相識，以後就做了朋友，互相愛戀……」

「你是不是想搗亂，」——女郎說，向四周環顧；街道是空虛的，祇在遼遠的街頭那裏，有一輛載白菜的大車走着。

「我們是馴順的！」——隱士卡說，和女郎並肩走路，瞧着她的臉。——「我看您今天過着命名日。」

「請你離開我！」

女郎皮鞋的後跟在人行道的磚頭上敲擊得十分清脆，她走得更快些。隱士卡止步，喃喃說：

「可以的，我就離開你！這女人多麼傲呀！我沒有和性格相合適的服裝！假使穿了另一件衣裳，你不要怕，她會感到興趣的。」

「你怎麼會知道她過命名日呢？」

「那有什麼？穿了最好的衣裳，上教堂去！我太窮了！假使我有許多錢！我要買一所村莊，舒舒服服地住下去……你瞧呀！」

四個長鬍鬚的鄉下人從胡同裏抬出一隻沒有上漆的棺材，一個男孩在前面走，頭上頂着棺材蓋，後面走着一個高身的乞丐，手裏拿了一根棍子。他的臉很毀痛，像石製的，他的血紅的眼睛死勁地釘着從棺材裏伸出來的死人的灰色鼻子。

「木匠死了，」——薩士卡摘下帽子說，——「主呀，願你這離親友們而安息罷！」

拉長着臉微笑，快樂地閃爍着熄滅不下的眼睛，解釋道：

「遇見死人是會交好運的。搿鬼泥！」

我們走進「莫斯科」酒店，一間小屋內擺滿了桌椅；桌上鋪着玫瑰色的桌毯，窗上遮着褪色的湘色簾子，瓦罐裏插了許多花，花上面有關在籠內的金絲雀。顯得色彩紛亂，溫暖而且舒適。

薩士卡叫了一份烤腸，茶半瓶伏得卡酒，十根「伊爾西亞」牌香煙，像老爺似的坐在窗旁桌上，說道：

「我愛過有禮貌的，恭敬的生活。你老是推論着：這個不對，那個不對，但是爲什麼呢？一切都是應該有的。你具有一個非人的，不安協的性格。你是一個『也』字，本來文字裏沒有『也』字也能使人明白的，但是爲了有規則，——爲了美觀，——在句尾上放了『也』字。」㊀

在他取笑我的時候，我望着他，想道：

「有多少的生命力容納在這青年人身上！容納得下這許多的人，是不會無端地過一輩子，而不被人

㊀俄文字母有現在業已廢止的ъ，本身無音，僅放在子音字母的後面，表示此字音的硬性，譯者爲使中譯本的讀者易於瞭解起見，將此ъ字改爲「也」字。——譯者。

們覺察的。」

但是他已經對說敎厭煩，取了刀子，在碟子上刻劃引逗籠內的鳥。屋子裏洋溢着金絲雀尖銳的鳴聲。

「喚起來了！」——薩士卡滿意地說，把刀子扔去手指插入栗色的頭髮裏出神地思索着：

「瑪查司加是娶不到的，——那裏成！也許將來可以嫁給我，——會愛上我的麼？我要得她發狂！」

「齊娜怎麼樣呢？」

「齊娜是尋常女人，瑪查司加卻是時髦姑娘，」——薩士卡解釋。

他是孤子，棄兒；七歲時已在熟皮匠那裏做工，以後改到修理自來水管工匠那裏去，又在修道院的印刷廠裏充當助手，做了兩年，現在做排字匠已經一年多了。他很喜歡在報館裏做工。他一面做工，一面學會了文字，在自己方面不知不覺地學會了，文字强烈地吸引他去探求它的祕密。他特別喜歡讀詩，甚至自己也寫詩，——他有時給我拿來被灰鉛弄髒的碎紙，一些歪歪斜斜的鉛字排成了整齊的行列，詩的內容永遠是一樣的，大概具有下面的形式：

「我一下子愛上了你，
在黑湖上纔看見的時候，
現在時常思想你的美麗，
我的憂愁和我的快樂！」

我對他說這還夫成爲詩，——他奇怪起來：

「爲什麼？你瞧，——這裏是你，那裏是豎，這裏是候，那裏是樂！」

「你想一想，萬嵩託夫詩的歷韻是怎樣的……」

「他學習了許多時候，而我纔開始等一等！我也會習慣的。」

他的自信是很可笑的，但這裏面毫無不愉快的地方。他祇是相信生命戀愛他，和洗衣婦斯鐵帕哈愛他一樣，他可以做他願意做的一切事情，而到處有成功的希望。

修道院的鐘遲遲疑疑地招喚人去做午禱。金絲雀沉默了，傾聽窗上玻璃震響的鐘聲。

蓮士卡喃喃說：

「去不去做午禱呢？」

當時決定了：

「去的！」

路上，他可憐地憤激起來：

「你說奇怪不奇怪？我在修道院裏永遠覺得沉悶，可是還愛上那裏去看些年輕的女尼們，——我眞是可憐她們！」

他站立在教堂的廊旁，乞丐和各種不三不四的人們站着的地方。他的淡綠的眼睛張得又大又奇怪，望着一張白臉的，藏尖聲的女歌詠班站立的地方。她們的身體挺得筆直，好像用黑石砍成。她們唱得很齊諧，銀樣的聲音顯得特別地純潔。聖壇的金色閃耀，神龕的玻璃上映出衆多的小光，像金色的蒼蠅。

乞丐們嘆息，褪色的眼睛向教堂的圓背頂仰看，微聲念着謙卑的禱詞。因爲是平常日子，人不多，來的祇是一些無事可做，無處可走動的人們。

一個穿着長衣的大女尼立在薩士卡前面數念珠；薩士卡的頭齊她的肩膀，他踮着腳尖，窺望她的圓圓的臉龐，他看不見的眼睛，——踮着腳無禮地窺望着，微張了嘴，似欲親吻一般。

女尼微低着頭，移動頸項，看着他，像喫飽的貓看老鼠一般。他立刻跑了下去，拉我的袖子，走到廊外。

「哎喲，你不知道她瞧我的那個樣子！」——他說，懶懶地閉上眼睛。以後從上衣袋內掏出帽子，用它擦拭汗臉，皺緊眉毛。

「瞧她那種樣子……好像我是小鬼一樣！我的心都涼了！」

又笑了：

「大概他喫過我們男人的苦頭：」

他的心很善，但沒有對人們的憐憫心。他給乞丐錢，會給得比窮人多些，而且給得高興些，但是他給錢，因爲他不愛貧窮。平常日子的小悲劇並不引起他的同情，他笑着誹道：

「你知道，——米士卡·西作夫進監獄了！」——他活潑地說，——「他走來走去尋覓工作，偷了一頂洋傘，人家把他抓住了，——他是不會偷東西的！他被押到地方法院去。我走着，看見一個警察押着他走，像牽羊一般。他的臉色慘白，嘴唇倒歪着。我喊了一聲：「米士卡！」他一點也不響，好像不認識我。」

我們走進小店裏，薩士卡買了一磅軟糖，向我解釋道：

「應該給斯鐵帕哈買糖菓店裏的蛋糕，但是我不愛喫，軟糖好些。」

又買了餅乾和胡桃，走到酒窖裏，買了兩瓶蜜酒：一瓶是鉛丹的顏色，另一瓶是硫酸油的顏色。以後手裏持着一包東西，在街上走着，一邊走，一邊講那個女尼的歷史：

「一個健壯的女人！一定是開小店的，那隻臉就是南貨店女老闆的扮相。她一定欺騙過她的丈夫！丈夫呢，是瘦弱的人。……這類女人是够厲害的！就拿斯鐵帕哈來說罷……」

我們已經走近一所有綠色窗板的灰色的房屋的大門那裏。薩士卡用主人模樣的腳踢的姿勢，踢開了門，將箱子推到頭頂上面，做出流氓相，在撒滿樺樹菩提樹和接骨木的黃葉的院裏行走。一所澡堂現露在院子的深處，倚靠在花園的圍牆上面，澡堂的四圍堆着泥炭，高及窗口。屋頂上鋪着黃綠的苔蘚，樹枝在上面搖曳，不愉快地傾落樹葉。澡堂像一隻癩蝦蟆，用它的兩個窗戶陰鬱地，不信任地看望我們。

一個四十來歲的肥女人給我們開門。她有一副長滿雀斑的大臉，快樂的眼睛，她的粗厚的紅唇和謁地微笑着。

「貴客來了，」——她唱着。薩士卡摟住她的厚肩，朝她的臉上說：

「祝你的命名節，斯鐵帕尼諾・耶茲莫夫納願你接受神聖的祝福！」

「但是我還沒有行過懺悔禮呢！」

「那是一樣的！」

他三次吻她的嘴唇，以後兩人抹去接吻的痕跡，她用手掌，而藍士卡用帽頂。

黑暗的前屋裏堆滿了水盆，籃子和木槽之類，斯鐵帕哈的女兒帕藍在火爐旁邊張羅着。她將近成年，有一雙露出呆鈍的驚訝神情的，像生病人的眼睛，一條淡黃的粗大的，帶着柔和的金色的辮髮。

「道喜道喜，帕藍！」

「好罷，」——女孩回答。

「怪物！」——斯鐵帕哈教訓她，——「應該說，——謝謝！」

「好罷！」——女孩生氣地重複。

洗衣塲佔宅的三分之一的地方被一隻大火爐佔着。以前裝板架的地方放着一隻大牀，角落裏神像底下擺着一張桌子，已經鋪好，預備飲茶。牆旁有一隻大長凳，上面安放木桶是極方便的。一隻茸毛的狗用乞丐般的眼睛向敞開着的窗裏張望，指爪已折損了的沈重的腳掌放在窗臺上面；窗上放着鐵罐蝸牛兒和倒掛金鐘。

「她是會生活的，」——藍士卡說，向簡陋的屋子裏瞥了一眼，對我擠了擠眉眼，——意思是說，——

「我是在說玩笑呢！」

女主人用關心的樣子從火爐裏掏出一塊麵餅用指甲彈擊紅紅的餅皮。——瑪薩端進一盌像太陽般發光的火焰，向薩士卡的一面陰鬱地看望。薩士卡舐着嘴唇說：

「鬼！我應該要娶親，——我要喫麵餅！」

「娶親並不是光爲了喫麵餅呀，」——斯鐵帕哈理智地說。

「我明白！」

乳胸飽滿的洗衣婦快樂地笑了，但是她的眼睛一下子露出嚴肅的神情，她說道：

「你來得及娶親，也來得及忘掉我的。」

「你可是忘記了多少人呢？」——薩士卡問，發出一陣冷笑。

斯鐵帕哈也微笑了！她穿得花花綠綠，和她的年紀不配，不像洗衣婦，卻像媒婆和占卦女人。

她的女兒呢，頗像悲慘故事裏謙遜的傢伙，在我們中間是多餘的，顯然在世上也是多餘的。她謙謙慎慎地喫東西，好像喫的不是麵餅，而是骨頭極多的魚。她的巨眼幾乎每隔一分鐘必向薩士卡的方面移動；她用奇怪的神情，像瞎子似的望着他的柔細的靈活的臉。

狗在窗外輕聲地，哀求似的吠叫，街上傳來銅音的軍樂，幾百隻腳沉重的踏步，大鼓沉沉地打出進行曲的拍子。

斯鐵帕哈對女兒說

「爲什麼不跑出去看軍隊？」

「不高興。」

「好極了，」——蓮士卡哎，一面把麵餅皮扔給那隻狗，——「我好像什麼也不需要似的！」

斯鐵帕哈用慈母的眼神看他，一面整理高高的胸脯上的綢短衣。

「那纔是瞎說，」——她說，嘆了一口氣。——「你需要許多東西……」

「我不是瞎說，我是指着現在說的，——現在我什麼也不需要；祇要帕薩不用眼睛瞟我就够了。」

「我跟你做什麼，」——女孩輕聲而且輕蔑地說；她的母親生氣地挪動眉毛，——但是咬緊嘴脣，不響。

蓮士卡不安地翻側身體，斜看着那女孩，熱情地說：

「我的心靈裏有一個洞！我想充滿我的靈魂，並且使它安靜，但是我無從把它塞滿。你明白，瑪克西梅奇，——在我覺得不好的時候，我要做到好處，但是一做到好處，——又感到厭悶！這是爲什麼？」

他已經「感到厭悶，」我看出來的：他的活潑的眼睛不安地在屋內迅跑，窺探它的簡陋，眼內閃耀出惡毒的，批判的火光。顯然，他感到自己是一個到了不是自己的地方，而到現在才猜出來的人。

他熱情地說生活的無秩序，人們的盲目，——他們看不見這可怕的無秩序，且已安於此無秩序。他的思想像驚惶的小鼠似的竄來竄去，觀察這迅逝的一團糟的思想是很困難的。

「這一切安排得不對，——我看出來的！這裏設着一所教堂，而且並排地立着不知什麼東西！伊諾更奇・瓦西里維奇・柴姆司考夫發表詩作，有一首詩說道：

『「爲了照耀黑暗心靈的一瞬，

爲了向你的神聖的玉留

觸摸到的甜蜜的一剎那，

我表示誠懇的感謝，——」』

「但是他卻非法地奪去他的妹子的房屋，新近又揪文俠娜司卡的辮髮……」

「爲了什麼事？」——斯鐵帕哈問，察視她的擦破的，紅得像豬腿似的手；她的臉像石頭，眼睛豎了起來。

「我不知道爲了什麼事，……她甚至想到法院去告，——他給了她三個處布；她不收。眞是傻瓜！」

薩士卡冷不防地從椅上跳起。

「我們該走了！」

「往那兒去？」——女主人問。

「有事情，」——薩士卡說謊。——「我晚上再來……」

他伸出手來遞給帕薇，她看着他的手指，幾秒鐘內不敢觸動它，以後握着瑪士卡的手，做出像拒絕它的樣子。

我們走了。瑪士卡在院內喃喃說話，把帽子套得緊些：

「鬼……這小姑娘不愛我……我在她面前感到羞慚。我晚上不去了……」

不愉快的思想像斑疹似的現露在他的臉上，他臉紅了。

「必須扔去斯鐵帕哈，——這是一樁不好的兒戲舉動！她比我大兩倍，還有……」

然而他在轉彎的時候已經笑了起來，溫和地思考着，沒有誇耀的影子：

「她愛我像一朵花似的栽培着，眞是的！我甚至心裏覺得慚愧！有時候和她在一起是很好的……比嫡親母親還好，眞是好極了！唉，女人們呀！女人們實在難對付！不過女人們很好……可以愛許多女人，……但是一個人能取得大家的歡心麽？」

「祇要你能好好地愛一個就够了，」——我提議。

「一個，一個，」——他憂鬱地喃語。——「你試一試愛一個……」

他向遠處眺望，向蔚藍的水邊，栗色的草原，向被秋風吹亂，披上淡色金葉的黑楊樹眺望。瑪士卡的臉沈鬱得可愛，顯見得他的心裏充滿了愉快的回憶。這些回憶在他的心靈裏游戲，像日光在淡水裏游戲一般。

「我們坐下罷，」——他立在修道院牆外泥壁旁邊。

風驅趕雲塊，黑影在草原上飛馳；漁人在河上撐著船縴，在那裏釘擊着。

「你聽着，」——隣士卡說，——「我們一塊兒到阿司脫拉罕去好不好？」

「做什麼呀？」

「沒有什麼。或者到莫斯科去？」

「瑪薩怎樣呢？」

「瑪薩……唔，是的……」

釘看着我，我問道：

「我愛上了她，是不是？」

「你最好去問問警察。」

他哈哈地笑了。他的笑聲是輕鬆的，小孩般的。朝太陽和影子瞧了一瞧，跳起來了。

「捲菸廠的女工們快出來了，——快去！」

他迅快地走到街上，露出焦慮的樣子，手插在口袋裏，帽子覆蓋在眼上。一羣戴著頭帕，穿著灰色圍裙的女孩們從營房的建築式的平房的大門裏魚貫地，嘻嘻哈哈地跑出來。齊娜出來了。她是眼睛清澈，黑髮的女人，一副蒙古人的臉，一雙斜眼，紅色的綢衣緊緊地包裹住她的上半身。

「我們去喝咖啡，」——蓮士卡說，拉住她的手，立刻匆遽地起始說道：

「你果眞要嫁給這隻生氣的小狗麼？他是常常會和你喫醋的……」

「這個丈夫全應該喫醋，」——齊娜殷爾地說，——「那末怎麼樣嫁給你麼？」

「嫁給我也不必！」

「你別管罷！」——女孩說，皺緊了眉頭。——「你爲什麼不做工？」

「我在游玩呢。」

「唉，你呀……我不想喝咖啡。」

「那怎麼行！」——蓮士卡喊，拉她走進糖菓店的門裏去。他坐在窗旁小桌旁邊，問齊娜道：

「你相信我麼？」

「我相信所有的野獸，狐狸和刺蝟，可不相信你！」——糖菓殿的女工倪香香地回答。

「那末我就算完了！全是爲了你的緣故！」

蓮士卡深信他在這時候正經歷着心靈上的悲劇，——他的嘴唇抖索，眼睛潮溼，他確乎十分感到心神的騷動。

「唔，——我算完了，我沈死在淚水裏了。好了，假使我不會捕捉幸福，那就是我要走的一條路。不過你也不會過甜蜜日子的！我決不給你安逸下去！就算他是房主，有馬車，可是你一想到我，會一塊東西也喫不下去！你要知道道路……」

「你可以不必給我玩洋娃娃了罷，」——糖菓廠女工輕蔑地，惱怒地說。

「我對於你是洋娃娃麼？」

「那不是說你。」

「瑪克西梅奇，你瞧她們這種人！全是蛇的根性，沒有一點情感。她們刺你的心，使你痛苦，他們可說道：唉，你是洋娃娃」

薩士卡非常憤慨，他的手竟抖索着，眼睛忿怒地發黑。

「怎麼能同這類女人住在一起呢？」

「一個很好的演員，」——我心想，幾乎帶着欣悅觀察他。

他的演出顯然博得糖菓廠女工的歡心，使她感動。她用手帕角擦嘴唇，和藹地問：

「禮拜日你空閒麼？」

「空閒什麼？是你給我空閒麼？」

「不要說傻話……你來呀……」

他們走到一邊去，薩士卡閃爍着眼睛，低聲說些什麼，說了許多時候，說得十分熱烈，女孩悲惱地，煩悶地喊道：

「天呀！你是什麼樣的丈夫呀！」

「我麼？」——醫士卡喊，——「我就是這樣的丈夫！」

他也不顧酒菜店的女侍在旁邊，迅快地，緊緊地抱住女孩，吻她的嘴唇。

「你怎麼啦？」——她帶着驚惶和慚愧的神情跳了起來，掙脫着身體。——「瘋子……」

她像鳥似的飛出門外。醫士卡疲乏地坐在桌旁，搖晃腦袋表示不贊成的意思，說道：

「眞是特別的性格！一隻野獸，並不是女孩。」

「你需要她什麼？」

「我不願意讓她嫁給那個混蛋的馬夫！眞是不像樣子……我看不過去，我不喜歡這樣。」

他喝完了涼卻的咖啡，顯然已經忘記所經歷的悲劇，便發出抒情的議論來了：

「你知道，——在節假的日子，或是平常的日子，——每逢女孩們成羣結隊地到什麼地方去，——不是出去游玩，便是下工，或放學出來，——我的心竟會抖索起來！天呀，我心想，她們有多少呀！而她們中間每個人愛着一個什麼人，——沒有愛，那末到了明天，過了一個月以後會愛的，——那總歸是一樣！我這纔明白這就叫做人生！世界上還有比愛情好的東西麼？你祇要想一想——夜裏是什麼樣的情形？大家擁抱，接吻，——唉！老弟呀！你知道，這是……你知道這竟是無從喚出名字來的！確乎是上帝賜給我們快樂……」

他從椅上跳起，說道：

「我們到城裏去蹓蹓躂躂。」

天上張着灰色的雲像灰塵般的細雨紛紛地下降。又冷又濕，又感到淒涼。但是薩士卡毫無所見，身體浸在輕盈的，夏天的上衣裏，不停歇地說着他的貪婪的眼睛在店窗上所抓到的一切，——關於領結，手槍，小孩玩具，女人衣服，機器，糖菓，妝奩用品等等。戲劇廣告上的粗黑字母投入他的眼內。

「烏利埃·阿闊司泰，——這齣戲我見過的。你呢？一個猶太人說得很巧，——你記得麼？不過這一切是不實在的：他們在戲院裏是一種人，到了街上和市場上成了另一種人。我愛快活的人們，——猶太人呀，韃靼人呀，你瞧韃靼人笑起來多好呀……戲院裏不表演眞正的情形，卻演出一些古代的貴族和外國人，那是很好的。演眞正的東西還是謝謝的好，我們自已有的是呢！假使要演眞正的東西，那末應該老老實實地全部搬出來用不着什麼憐憫。應該讓小孩們到戲院裏演戲，他們一演，就會演得逼眞！」

「但是你並不愛眞正的東西呀？」

「那爲什麼？如果有趣，我會愛的……」

太陽重又漸漸出來，不樂意地照射潮濕的城市。我們在街上閒蕩，一直蕩到晚餐時候，——等到修道院的鐘聲敲響的時候，——薩士卡拖我到一塊空地上去，在一所花園的園牆附近，——那所花園是屬於殷厲的官員倫金，美麗的女郎羅薩的父親所有的。

「你等一等我，——好不好？」——他請求我，一面跳到園牆上去，像一隻貓坐在柱子上，輕輕地吹哨；

以後又快樂地，客氣地摘下頭上的帽子，和我看不見的女孩談話，身體彎曲着，時刻有跌落下來的危險。

「你好呀，麗薩魏蓮・耶可夫萊夫納！」

我沒有聽見圍牆的那面如何回答，但是我從圍牆的縫裏看見了香花色的裙子，白柔的手腕裏持着一柄花園用的大剪刀。

「沒有，」——薩士卡憂愁地說謊，——「我來不及，沒有念，我的工作眞是累壞，全是夜裏的，祇好白天睡覺，——還有同事們儘麻煩我。我一面一個字一個字的排着，一面儘想您……自然嘍。不過我不很愛排得密密的字，詩是最容易讀的……可以跳到你那裏來麼？為什麼不能？涅克拉騷夫麼？是的……很好，不過他的詩很少講到愛情……你為什麼生氣？等一等，——難道這可氣麼？你問我喜歡什麼，我說最喜歡的是愛情，——愛情是誰都喜歡的……麗薩魏蓮・耶可夫萊夫納，——你等一等呀……」

他沉默了，他的身體在花園裏懸掛着，像空虛的麻袋，以後挺直了身體，在圍牆上坐了幾秒鐘，又像發悶的烏鴉，用帽子拍擊膝蓋，落日美麗地照耀他的栗色的髮鬟，風和蕩地吹拂它。

「走了，」——他生氣地說話，跳到地上來。——「她因為我沒有讀書生了氣，——那本書眞是倒楣極了。給了我一本書，像一個熨斗有兩三寸厚……我們走罷！」

「到那兒去？」

「隨便。」

薩士卡慢慢地走着，一步挨着一步，臉是疲乏的，眼睛惱恨地窺望斜陽照耀着的窗子

「大槪總會愛什麽人的，」——他訴怨。——「那也就可以愛我。她要我讀書。她算是找到了傻瓜了！她那雙眼睛就是沒有見過世面的樣子，還要叫人家讀書！簡直是忍痛！自然我和她是不相配的……但是天呀！不見得永遠是自己人愛自己人！」

沈默了一會，他輕輕地喃語：

「她在世上煩亂了許久，

充滿瑰奇的願望。」

「讓她做一輩子老處女罷，傻瓜！」

我笑了，他驚奇地看着我，問道：

「我說的是無聊話麽？老弟，——我的心一直生長着，無窮盡地生長着，我的整個身體好像祇有一顆心！」

我們重又在城市的邊梢上，不過是另一個，相反的邊梢上；田野立在我們前面，遠遠裏是修女院，一所白色的大房，前面是高高的，碎裂的柵欄，用石柱支住。一些黑樹圍繞着房屋。

「我要讀完她的書，這不會殺死我的，」——薩士卡說。——「Perspective……管它呢！是這樣的，老弟，——我還是到斯鐵帕哈那裏去……我到她那裏去，頭放在她的膝上睡覺，以後醒轉來，喝了酒再睡。就

在她那裏宿夜。你我兩人這一天玩得不壞麼?」

他緊緊地握我的手，和藹地望我的眼睛。

「我要和你一塊兒玩。你在我身旁，同時又好像沒有你。你一點也不妨礙我。這纔是眞正的朋友!」

蓬士卡說了這幾句可疑的誇獎話以後，轉過身體，迅快地回到城裏去。他的手插在口袋裏，帽子勉强强地頂在腦後。他吹着胡哨，他的身體又細又尖，像帶着金色帽蓋的洋釘。我很可惜他上斯鐵帕哈那裏去，但是我明白——他必須把自己獻給什麼人，必須消耗他的豐富的靈魂!

紅紅的日光貼在他的背上，好像推操着青年人。

地上有點寒冷，田野中十分空虛，城市輕輕地吼叫。蓬士卡俯下身體撿起石子，握搖着，遠遠地拋擲着。以後對我喊道：

「再見罷!」

「狰獰的情慾」

一個悶熱的夏夜裏，我在市梢荒僻的胡同裏看到了一幅奇怪的圖畫：一個女人走到廣大的水塘中央蹤脚，踐踏泥漿，像小孩們所做的行為一樣，一邊蹤脚，一邊用鼻音唱出難聽的歌曲。

雷雨白天在城市上面雄壯地通過，大量的雨水泡溼胡同裏鬆鬆的泥土；水塘很深，女人的脚陷在裏面，幾達膝蓋。從嗓音上判斷，這歌女喝醉了。——假使她跳舞得疲乏而跌落下來，是很容易喝幾口稀薄的泥水的。

我把皮靴的統子拉得高一點，走進水塘裏，拉住跳舞女人的手，拖她到乾燥的地方。她最初顯然懼怕了，——默默地馴順地跟我走着，但是以後她的身體强烈地轉動了一下，掙脫右手，打我的胸脯，喊道：

「救命呀！」

重又堅决地踏入水塘，把我也拖進去了。

「魔鬼！」——她喃喃說。——「我不去！我沒有你也能生活下去……你沒有我也可以生活……救命呀！」

更夫從黑暗裏鑽出，立在離我們五步遠的地方，惱怒地問道：

「誰在這裏胡鬧？」

我對他說，我怕這女人在泥水裏淹死，想拉她出來；更夫看了這女酒鬼一眼，大聲咳出痰來，命令道：

「瑪士卡，——爬出來呀！」

「我不高興。」

「我對你說，——爬出來呀！」

「我不爬出來。」

「我要給你兩下，廢東西，」——更夫說，他並不顯得生氣，隨着帶了嘲弄說話的樣子，和氣地對我說道：——「她是這里搓麻繩的女人，——佛洛里哈，——瑪士卡。有啥趣麼？」

我們抽煙。女人在水塘裏勇敢地走着，喊道：

「官長們。我自己就是自己的官長……我想洗澡，——就去洗澡……」

「看你敢洗澡！」——更夫警告她。他是蓄着鬍鬚的，堅強的老人。——「你瞧，她每天晚上這樣胡鬧。她家裏還有一個沒有脚的兒子……」

「值得這麼？」

「應該殺死她，」——更夫說，不回答我的話。

「最好送她回家去，」——我提議。

更夫在齒縫裏咕嚕了一聲，用香煙的火頭照我的臉，在黏凝的土地上沈重地，踩着皮靴，走開了。

「你送她去罷！不過先要看一看她的蠢臉。」

女人坐在泥水裏，手撥着水，尖聲地，野蠻地發喊：

「像在海水裏一般……」

在我們的頭上黑暗的虛空裏，有一顆巨星映在離她不遠，蹁躚的，油膩的水裏。在水塘上揚起了一層漣漪的時候，——影兒消滅了。我重又鑽入水塘，拉住歌女的腋下，舉了起來，用膝蓋推送她，把她領到園牆那裏去。她支住身體，搖擺着手，挑戰似的對我說：

「你打罷，你打罷！不要緊，——打罷……你眞是野獸……你眞是混賬……你就打罷！」

我把她按在園牆上，問她住在那裏。她豎起醉醺醺的頭，用黑暗的眼睛看我，我看見她的鼻樑陷落了，鼻子遺留的部分向上面凸出，像一粒紐子，她的浮腫的小臉發出難堪的微笑。

「好罷，我們走罷，」——她說。

我們靠着園牆，走了。潮溼的裙裾敲擊我的脚。

「我們走罷，親愛的，」——她喃語着，酒似乎醒了一點。——「我收留你……我要給你安慰……」

她領我到一所兩層房屋的院子裏去，謹愼地，像盲人似的在大車，木桶，木箱和放得凌亂的木柴中間走着，在房脚下一個破洞前而止步，對我說道：

「你鑽進去罷。」

我扶着黏濕的牆，抱住女人的腰，好不容易地支住她的搖搖欲倒的軀體，在光滑的梯級上走下，摸着門上的鏈子和把手，把門打開，立在一個黑坑的門限上，不敢往裏面走進。

「媽媽，——是你麼？」——輕輕的聲音在黑暗裏問。

「我……我……」

溫暖的朽爛和松脂的氣味沈重地叩擊我的頭。火柴熾燃了，小小的火光照耀小孩的慘白的臉一下，便熄滅了。

「有誰到你這裏來呢。那是我，」——女人說，她的身體重重地壓我。

火柴重又纔燃，發瑚響起來，一隻柔細的，可笑的手點着小小的洋鐵燈。

「我的寶貝呀，」——女人說，搖曳着身體，跌到角落裏去了，——在那裏鋪着一張寬闊的牀，比磚地稍爲高一點。

嬰孩一面觀察燈光，在燈芯燃燒着，起始生出花結來的時候，便把它旋轉得小些。他的臉是蠟黃的，鼻子很尖，嘴唇像小女孩似的浮腫。那是一張用柔細的畫筆寫成的臉龐，在這黑暗的潮溼的坑裏不相勻稱到令人驚訝的地步。他弄好了燈火，用長着茸毛的眼睛看了我一下，問道：

「她喝醉了麼？」

他的母親橫躺在牀上，一面抽咽，一面呼號。

「應該給她脫衣裳，」——我說。

「你說好了，」——男孩臨睡回答，垂下了眼睛。

我起始從女人身上脫去潮溼的裙子的時候，——他輕輕地，斷續地問：

「燈——要滅麼？」

「爲什麼」

他不響了。我一面翻弄他的母親，像撥動一袋麵粉，一面觀察着他他坐在窗旁地板上厚木板製成的箱子上面，箱上用印刷的字體寫着幾個黑字：

「小心。

N·R·公司出品。」

正方形的窗子的窗臺和男孩的肩膀相齊。幾條狹窄的木架釘在牆上，上面放着幾輛香煙盒和火柴盒。在男孩坐着的木箱旁邊還有一隻木箱，蓋上一張黃草紙，顯然作爲飯桌之用。她將可笑而又可憐的手又在頸項後面，舉頭向黑暗的玻璃窗外看望。

我給女人脫好了衣裳，把溼衣扔在壁爐上，在角落裏泥臉盆中洗了手，用手絹揩拭，對嬰孩說道：

「唔，再見罷！」

他看了我一眼，帶着含含糊糊的聲音問道：

「現在——要滅燈麼？」

「隨你的便。」

「你要走，不躺下麼？」

他伸出小手，指着母親：

「和她一塊兒？」

「做什麼？」——我感激而且驚訝地問。

「你自己知道，」——他十分自然地說，欠伸着身體說道：

「大家都躺下來的。」

我感到慚愧，回頭看了一下：在我的右面是一隻醜陋的火爐的軀幹，爐底下放着骯髒的器皿，木箱後面角落裏有幾塊塗着樹膠的鐵絲，一堆撕好的蔴線，木柴，刨木片，和天秤。

一個黝黃的身體在我的腳下挺直着，發着鼾聲。

「可以和你坐一會麼？」——我問男孩。

他低頭看我，回答道：

「她到早晨也不會醒的。」

「我並不需要她。」

我蹲坐在他的木箱旁邊，敘述如何遇見他的母親的情形，努力說得像開玩笑似的：

「她坐在泥水裏，兩手搖着，像搖槳一般，一面還唱歌……」

他點頭發出淒慘的微笑，搖擺狹窄的胸脯。

「因爲她喝醉了。她醒着的時候也是喜歡撒嬌的，眞是像一個小孩……」

現在我纔看他的眼睛，——眞是茸毛的，睫毛長得奇怪，鼻間遠遠地長着美麗地彎曲的眉毛。蔚藍的影子留在眼睛底下，增强失血的皮膚的蒼白，彎曲的栗色的頭髮像一隻破舊的帽子似的蓬蓬在高高的額角上面，鼻樑上面有幾條皺紋。他的眼神，注意的，安靜的眼神是不易加以形容的。我困惑地忍受這奇特的，非人的眼神。

「你的腿怎麼樣？」

他轉動了一下，從破絮裏露出一隻像火鉗似的乾瘪的腳，用手舉起，放在木箱的邊上。

「你瞧這腳。兩隻都是一樣的，從生下來就是這樣。不能走，不是活的，——麻麻虎虎的……」

「紙盒裏是什麼？」

「那是獸籠，」——他回答，用手取了腳，像取一根棒，塞進木箱底裏的破絮裏面，發出和善的微笑，提

說道：

「要不要我給你看一下。那末你好好兒坐着。這類東西你是從來沒有看見過的。

他靈活地使用柔細的長得不均勻的手，微微地搖起半個身子，從木架上取下紙盒，一隻一隻遞給我。

「你留神，——不要打開來，否則會跑走的！你放在耳朵上聽。怎麼樣？」

「有什麼東西動彈着……」

「啊！裏面坐的是蜘蛛，那個壞蛋！牠名叫鼓手。狡猾極了……」

奇屈的眼睛和藹地活潑起來，微笑在淡藍的小臉龐上游戲。他迅速地運用靈巧的手，把紙盒從木架上摘下來，先附貼在自己的耳朵上，以後又附在我的耳朵上，活潑地講述道：

「那裏是一隻蟑螂，名叫阿尼新，好說大話，好像小兵。這裏是蒼蠅，綽號『官太太，』是少有的混蛋。整天嘮嘮叨叨地罵人，甚至撥過母親的頭髮。不是蒼蠅，卻是那個官太太，就住在酒胡街上開着的屋子裏，蒼蠅極像她。這裏是一隻大黑蟑螂，名叫『老闆，』它沒有什麼，不過是醉鬼，不要臉的東西。一喝酒，就在院裏爬着，赤着身子，身上長着茸毛，像一條黑狗。這裏是甲蟲尼可紀姆叔叔，我在院裏把它捉住了，它是雲游人；好像替教堂募捐；母親叫他『賤貨，』他也是她的情人。她的情人有的是，像蒼蠅一樣多，儘管沒有鼻子。」

「她打你麼？」

「她麼？那裏會！她沒有我是活不下去的。她雖然是醉鬼，心地是很好的。我們這條街上全是醉鬼。她很美麗，也很快樂……喝酒喝得太多了，我對她說：你停止了喝酒，你會發財的，——她哈哈笑了。一個愚蠢的女人她是很好的，不過你看，——她會把一切都喝蕩當光的。」

他發出那種可愛的，迷人的微笑，會使你生出難忍的，深摯的憐憫他的情感，而想大哭一場，向全城呼喊。他的美麗的小頭在柔細的頸項上搖曳，好比一朵奇怪的花，眼睛越發燃燒出活潑的神情，持着所向無敵的力量吸引我。

我傾聽他的孩子氣的，可怕的絮語，一下子忘記了身居何處，現在忽然重又見到那扇小小的，外面濺滿了爛泥的獄窗，火爐的黑洞，角落裏一堆蹤線，門旁破架上橫躺萎黃的，乳油似的女人的身體。

「很好的歌圖罷？」——男孩驕傲地問。

「很好。」

「我就是沒有鄉縣！」

「你叫什麼名字？」

「連卡。」

「和我同名。」

「唔？你是什麼人？」

「就是這樣。什麼也不是。」

「那才是瞎說！每個人都會成爲什麼樣的，我知道。你是善良的人。」

「也許。」

「我看出來的！你也是膽小的人。」

「爲什麽是膽小的？」

「我知道。」

他發出狡猾的微笑，甚至對我擠了擠眉眼。

「到底爲什麼是膽小的？」

「你和我坐在一起，那就是害怕，怕夜裏走路！」

「現在已經天亮了。」

「那末你就要走的。」

「我還要到你這裏來。」

他不相信，用睫毛掩住可愛的茸毛的眼睛，沈默了一會，問道：

「做什麽？」

「和你坐一會。你是極有趣的人。可以來麽？」

「來好啵。許多人都到我們家裏來……」

他嘆了一口氣，說道：

「你會踢我的。」

「我眞的會來！」

「那末你來罷。不過你是到我這裏來，不是到母親那裏，不要管她！你和我做朋友，——好不好？」

「好的。」

「就這樣罷。你是大人，那不要緊；你有多大歲數？」

「二十一歲。」

「我十二歲。我沒有朋友，祇有卡嘉一個人，拉水車的女兒，她母親因她到我這裏來打她……你——是賊麼？」

「不是的。爲什麼是賊呢？」

「你的臉很可怕，瘦得很，那隻鼻子像小偷的一般。有兩個小偷常到我們這裏來：一個名喚瑪士卡，像瓜，脾氣壞得很，還有一個——叫做伏瓦士卡，脾氣好得像狗。你有沒有小盒？」

「我會來的。」

「你會來罷！我不對母親說你要來……」

「爲什麼？」

「沒有什麼。男人們第二次上我們這裏來，她總是高興的。她愛男人們，眞是倒楣！我的媽媽，她是一個可笑的女小孩。在十五歲上耍了一點聰明，——丟下我來，自己也不知道是怎樣丟下來的！你什麼時候再來？」

「明天晚上。」

「晚上她便要喝醉了。你不偷東西，那末做什麼事情？」

「賣賣——伏啤酒。」

「眞的麼？你拿一隻酒瓶來，好不好？」

「自然拿來！我現在去了。」

「你去罷。來不來呢？」

「一定來。」

他伸出兩隻長長的手遞給我，我也用兩手握緊兩根又冷又細的骨頭，搖晃了幾下，不回頭看他，一直爬到院子外面，像醉人似的。

天色發亮，金星在一堆潮溼的，傾圮了一半的建築物上面抖顫，似將熄滅。地窖的玻璃窗，模糊的，醒鍜的，像醉人的眼睛一般，從牆壁下污穢的黑坑裏，用正方形的眼睛望我。一個紅臉的鄉下人在大門旁大車上睡覺，寬闊地伸展出一雙大光腳，蹬厚堅硬的鬍鬚直豎到天上，——白齒在鬍鬚裏發光，——那樣子好像道鄉下人在閉上眼睛，張翕地笑着。一隻老狗走到我面前，牠背上已禿毛，顯然被開水澆掠。牠嗅我的脚，極輕地飢餓似的吠叫了一聲，使我的心充滿了無用的憐憫牠的念頭。

殷紅的天，——蔚藍的，玫瑰色的天，——映在街上滯積了一夜的水坑裏；它的影兒使齷齪的水塘增添了可恨的，多餘的，糟蹋心靈的美趣。……

第二天上，我請求我街上的孩童們捕捉一些甲蟲和蝴蝶，在藥房裏買了美麗的小盒，又取了兩瓶汽水，餅乾，糖菓和奶油麵包，動身到連卡那裏去。

連卡用極大的驚訝的神情接受我的禮物，張大了可愛的眼睛，——在日光下那雙眼睛顯得更加美麗。

「喔唷唷，」——他用不像小孩的低音說，——「你拿來了這許多東西！你是富人麼？你既然是富人，爲什麼穿得那樣襤褸？你還說不是小偷呢！這小盒眞好極了！喔唷唷，——簡直摸它都覺得可惜，我的手沒有洗乾淨。裏面有什麼啊？——甲蟲呢！像銅的，簡直是綠色的，啊，這小鬼……不會跑走，飛走麼？這太好了！……」

忽然快樂地喊道：

「媽媽！快下來給我洗手，——你瞧，他拿來什麼東西！他就是昨天夜裏那個人，把你拖了來，像警察一般。這就是他他也叫連卡……」

「應該對他說謝謝，」——我聽到背後一個不洪亮的奇怪的語聲。

男孩不斷地點頭：

「謝謝！謝謝！」

一層像毛氈似的灰塵的厚雲在地窖內搖晃着。我隔着灰塵，困難地瞭望那個蓬亂的頭，女人的醜惡的臉，閃耀的牙齒，——那種不勉強的洗不掉的微笑。

「你好呀！」

「你好，」——女人重複着；她的鼻音不很洪響，但是十分活潑，幾乎是快樂的。她眯細着眼睛望我，似乎露出調笑的樣子。

漣卡忘記了我，嚼着餅乾，嘴裏咕咕地叫着，小心謹慎地打開紙盒，——睫毛將黑影投到他的臉頰上去，增大了眼底下的藍色。黯淡的，像老人的臉一般的太陽向髒髒的玻璃窗裏窺望，柔和的光線落在小孩的栗色的頭髮上而漣卡胸前的襯衫解開着，我看見心在柔細的骨頭下而跳躍，把皮膚和看不大見的小乳頭微微地搖起。

他的母親從搖籃上爬下來，把手巾在臉盆裏浸一浸溼，走到漣卡面前，拿起他的左手。

「逃走了！站住！——逃走了！」——他喊着，整個身體在木箱上旋轉，把腳底下有氣味的破絮露出藍色的，不能動彈的腿。女人笑了，撥動着破絮，也喊道：

「捉住牠！」

捉住了以後，放在手掌上面，用矢車菊花的活潑的眼睛望着，又用老朋友的口氣對我說：

「這種蟲子是很多的！」

「你不要壓死牠！」——兒子殷勤地警告她，——「有一次她喝醉了酒，坐在我的獸園上面，壓死了許多！」

「你忘記了這件事吧，我的寶貝。」

「我祇好埋葬牠們，埋葬了許多時候……」

「我以後自己給你捕捉了許多。」

「捕捉了許多！你壓死的那些東西全是有學問的，你這傻瓜！我把那些死掉的埋在她床底下，自己爬過去想，那邊是我的公墓。……你知道，我有一隻蜘蛛，名叫明卡，和我母親的以前的那個情人一樣，他進監獄裏去了，肥胖的，快樂的一個人……」

「你眞是我的小寶貝，」——女人說，用黑暗的小手和呆鈍的手指撫摸兒子的頭髮，以後用手肘推我一下，眼睛裏露出微笑問道：

「我這兒子好不好？你瞧那眼睛！」

「你把一隻眼睛取去，可是把腳還給我罷，」——連卡提議，冷笑了一聲，一面審視甲蟲。——「牠是蠢的！多肥呀！媽，他像那個和尚，你替他編梯子的那個，——你記得麼？」

「還有不記得的！」

她於是笑着告訴我：

「你瞧有一天有一個和尚到我們家裏來，他的身體很高大，當時問道：『撈蘇的女人，你能不能給我編一座繩梯？』我從生下來還沒有聽見過這類梯子。我就說我不會做。他說：『我來教你。』當時解開袈裟，他的肚子就是用不大粗的繩子繞住的。那根繩子又長又結實！我學會了。我一面替他編，一面想：他要這個做什麼用？是不是想去搶教堂？」

他笑了，抱住兒子的肩膀，撫摸他。

「眞是滑稽極了！他到時候來了，我說，——假使你用了這個來偷東西，我可是不答應呢！他狡猾地笑了。他說：『不是的，這是爲了跨牆用的；我們的牆又大又高，但是我們都是有罪孽的人，我們的罪孽全在牆外住着，——你明白沒有？』我就明白了：他這是爲了黑夜裏爬牆找女人用的。我同他哈哈地笑着，笑了半天……」

「你眞是愛笑，」——男孩用大人的口氣說，——「還是去生火爐罷……」

「我們沒有糖呢。」

「你去買……」

「沒有錢。」

「你這人，全喝光了！問他拿罷嬰……」

他對我說：

「你有錢麽？」

我給了女人一點錢，她靈活地跳起來，從爐臺上取下一隻壓扁的，皺縮的小火壺，一面用鼻音唱歌，一面隱到門外去了。

「媽媽！」——她朝她的身後喊。——「你把窗子洗一洗，我一點也看不見！——我對你說，她是一個能幹的女人！」——他繼續說，一面把裝昆蟲的盒子整齊地擺在架子上，——架子用硬版紙做成，緊着繩子，掛在釘上，釘子釘在潮溼的牆上，磚頭中間的接筍處。——「她是能做工的……搓揉麻線的時候，——眞要把人哈死，灰塵太多了！我喊着：媽媽，你把我搬到院裏去，我在這裏會哈死的！她說：你忍耐一下，我沒有你，悶得慌。她十分愛我。她一邊搓揉，一邊唱，她知道好幾千隻歌曲。」

他露出活潑的樣子，美麗地閃耀着可愛的眼睛，揚起濃厚的眉毛，用嘶啞的中音唱：

「奧麗娜躺在褥上……」

我聽了一會，說道：

「這隻歌醜陋得利害。」

「這些歌全是一樣的，」——連卡確信地解釋，忽然抖擻了一下。——「音樂來了！快點，你把我抱起來……」

我把他包在灰色的，柔細的皮膚的麻袋內的一把輕骨頭抱了起來，他的頭貪婪地伸到敞開着的窗外，呆住了，他的萎縮的兩腿無力地搖曳着在牆上叩擊。手風琴在院內悲惱地尖叫，拋出一種破碎的音調，一個嬰孩快樂地喊出低音，狗在那裏吠叫。——連卡聽着這音樂，順着它的調子輕輕地在牙縫裏哼唱。

地窖內的灰塵落了下來，顯得明亮些。他的母親的床鋪上面，灰色的牆上，掛着一隻虛假的時鐘像銅幣大小的鐘擺拐腿爬行着。爐竈底下的器皿放在那裏沒有洗，一切東西上面全有厚厚的灰塵，角落裏特別的多，張掛着蜘蛛網像襤褸的抹布。連卡的住處頗像垃圾箱，貧窮的醜陋時時刻刻鑽到眼睛裏來，給人以無情的侮辱。

火爐陰沉地作響，手風琴像懼怕它似的突然沉默了；一個嘶啞的聲音喊出：

「逍遙三！」

「你抱我下來，」——連卡說，嘆着氣。——「被趕走了……」

我把他放在木箱上。他皺着眉頭，手撫胸膛，謹慎地咳嗽：

「我的胸膛痛，我不相宜長久呼吸真正的空氣。喂！你瞧過鬼麼？」

「沒有。」

「我也沒有。我夜裏老朝爐裏底下瞧，——會不會出現。但是並沒有出現。公墓上有鬼出現，對不對？」

「你問他們做什麽？」

「有趣得很。會不會有善鬼的？拉水車的女兒卡嘉在地窖裏看見了一個小鬼，——她害怕得很。我不怕？」

他把腿裝在破架內，繼續快樂地說：

「我還愛，——愛可怕的夢，有一次夢見一棵樹，樹根朝上倒長着，——樹葉朝地下，樹根朝天上長着。我竟出了一身大汗，嚇怕得醒了。有時候夢見母親光着身子躺在那裏，狗咬她的肚子，啃了一塊，吐出來，又啃一塊，又吐出來。有時候夢見我們的房子搖晃着在街上走着，一邊走，一邊拍擊門和窗，官員家的那隻貓跟在後面跑……」

他像寒冷似的聳起尖尖的肩膀，取了一塊糖，打開花紙，仔細地裝平了，放在窗臺上面。

「我要用這些紙做各種好東西，送給卡嘉。她也愛好東西：像小玻璃，碎磁片，小紙等等。喂，你說：假使把蟑螂餵着餵着，會不會長成馬那樣大？」

顯然他相信這事；我便回答：

「假使好生的餵，——會長成那樣子的！」

「是的！」——他快樂地喊，——「但是媽媽，這傻瓜還笑呢！」

他又補充了一句對於女人侮辱的骯髒的話。

「她眞是蠢貓是很快就可以發成馬一樣大的，——對不對？」

「那自然！也可以的！」

「就是我沒有預料！那纔是妙呢！」

他竟興奮得全身抖慄，緊緊地用手壓緊的胸。

「狗那樣大的蒼蠅飛來飛去。蟑螂會運磚頭，——假使牠像馬一樣，力氣很強大對不對？」

「不過牠們有翅子……」

「翅子是沒有妨礙的，可以做蟈蟈——或是一隻蜘蛛爬着，——大得像，像什麼？蜘蛛不能比小貓大，否則是太可怕了——我沒有腳，否則我要！我要拼命做工，把我的財囤發得肥肥的。以後拿出去賣，給我媽媽在清潔的田野上買一所房子。你到過清潔的田野上去麼？」

「自然去過的。」

「你講一講，田野是怎樣的？」

我起始把田野和草原和的一切講給他，他注意地聽着，不打插，睫毛垂到眼上，小嘴微微地張開，他好像睡熟了似的。我看見這情形，起始說得輕些，但是母親出現了，手裏端着沸騰的火爐，腋下夾着一隻紙袋，還有一瓶伏得卡酒。

「她來了！」

「眞妙！」——男孩唉了一口氣，張大了眼睛。——「什麼也沒有，儘是草和花。媽媽，你最好找到一輛大車，帶我到淸潔的田野上去。否則我會死去，永遠也看不到的媽媽，你眞是醜女人！」——他惱怒地悲哀地說。

母親和藹地勸他：

「你不要鬧，不要這樣！你還小……」

「不要鬧！你倒好，你可以走來走去，隨你的便，像狗一樣。你是有幸福的……喂，」——他對我說，——「是上帝做成田野的麼？」

「自然是的。」

「爲什麼？」

「給人們游玩。」

「淸潔的田野！」——男孩說，陰鬱地微笑着，唉了一口氣。——「我要把我的獸園帶到那裏去，把牠們全放了出來，——游玩罷，你們這些家畜喫！！——上帝是在那兒造成的？——在濟貧院裏麼？㊀」

他的母親尖叫了一聲，笑得滾來滾去，倒在牀上，兩脚亂跳，喊道：

㊀係俄語的雙關語：「濟貧院」原文爲 bogadelnia. 此字 boga 作「上帝」解，del 作「做成」解。故達卡將此字誤作「上帝製成所。」

「哎喲！真要把你……哎喲，老天爺呀！你真是我的小寶貝！嘻嘻！真可笑，真是怪物……」

——連卡微笑地望着她，和藹地但極嚴厲地說了一聲。

「你竟做一圈，像小孩子似的！她真愛笑。」

又重複了一句說話。

「讓她笑好了，」——我說，——「這不會使你生氣的！」

「不，這本來沒有什麼可生氣的，」——連卡同意。——「在她不肯洗窗的時候，我纔生氣她。我求求你，求你洗一洗窗，我看不到日光，她老是忘掉的……」

女人笑着洗滌茶具，一隻蔚藍的明亮的眼睛朝我做了一個眉眼，說道：

「我的寶貝好不好？要不是他——我早就投水死了！真是的上吊死了……」

她微笑着說這句話。

——連卡突然問我：

「你是傻瓜麼？」

「我不知道。怎麼樣？」

「媽媽說你是傻瓜。」

「我說這話是爲了什麼原因？」——女人喊，一點也不感到慚愧，——「從街上領來了一個酒醉的女人，把她安頓着睡覺，而自己竟走了。瞧這樣子！我說這話並不是惡意。你現在還是那樣說些故事……」

她說話也像嬰孩，她的話語的結構和未成年的女孩所說的一樣。她的眼睛是小孩般純潔的，——同時那付沒有鼻子的臉翹起的嘴唇和露出在外面的牙齒顯得更加難看。一種流動性的睡夢般可怕的嘲笑，——快樂的嘲笑。

「我們來喝茶，」——她莊嚴地提議。

火壺放在蓮卡身旁的木箱上，淘氣的蒸氣像泉流似的從壓扁的壺蓋下面冒出，飄到他的肩上。他把手放在蒸汽底下，在手掌被蒸汽浸濕的時候，——幻想似地眯細眼睛，用手擦自己的頭髮。

「我長大以後，」——他說。——「媽媽給我做好一輛小車，我到街上去爬，討飯喫。討够了以後，再到清潔的田野裏去。」

「噓唷，」——母親嘆着氣，立刻驚慌地笑了。——「他把田野看做天堂。其實那邊祇是野營，泥眼的小兵，再加上喝醉酒的鄉下人。」

「你瞎說，」——蓮卡止住他，皺了眉頭。——「你問他，田野是什麼樣的，他看見過的。」

「我沒有看見過麼？」

「你是醉鬼！」

他們起始像小孩似的爭論，爭論得一樣的熱烈而且不合邏輯。一陣溫暖的風吹到院裏來，濕厚的，[illegible]

色的雲靜止地立在紅紅的天上。地窖內顯得黑暗。

男孩喝了一盌茶出汗了，看了母親和我一眼說道：

「喫飽了，喝足了，——居然想睡覺了，眞是的……」

「你就睡罷，」——母親勸他。

「但是他會走的！你會走的麼？」

「你不要怕，我不放他走，」——女人說，膝蓋搖擺我一下。

「你不要走呀，」——邁卡懇求着，眼睛閤上來了，甜蜜地欠伸了一下，橫倒在木箱上了。以後忽然舉起頭來，責備似地對母親說：

「你最好嫁給他，像別的女人們似的出嫁，——否則，你同什麼人都亂搭着……人家儘打你……他的心是很好的……」

「你好好兒睡罷，」——女人輕輕地說，頭垂到茶碟上面。

「他是有錢的人……」

女人默默地坐了一分鐘，用不靈巧的嘴唇啜飲碟裏的茶水，以後對我說，像對老朋友說話一般：

「你瞧，我們這樣靜靜地生活着，我和他兩個，別的沒有什麼人。院子裏的人們罵我荒唐女人。那有什麼？我沒有什麼可羞恥的。再加上，——你瞧，我已經有了那樣損毀的外貌。每人立刻會看出我有什麼用處。

是的。兒子睡着了，我的寶貝兒子。我的兒子好不好？」

「很好。」

「我看着他，心裏眞是說不出的喜歡。很聰明，不是麼？」

「太聰明了。」

「啊！他的父親是老爺。他叫做什麼？他有爲字問。噢！什麼？寫着公事！」

「是公證人麼？」

「就是這個。一個可愛的老頭子……人很和氣。他還愛我。我在他那裏做女僕。」

她用破布蓋兒子的光裸的脚，把他頭底下的黑暗的枕頭整理了一下，重又說着，輕描淡寫地說着：

「他忽然死了。那是在夜裏，我剛離開他，他一摔到地板上，——就沒有氣了！你賣汽水麼？」

「賣汽水。」

「自己賣麼？」

「主人的本錢。」

她的身體挪得離我近些，說道：

「青年人，你不要嫌我，現在我是不會傳染的了，你到街上問隨便什麼人，大家都知道的！」

「我沒有嫌。」

她把小手放在我的膝上，——她的手指上的皮膚業已磨破，指甲折斷了，——結結巴巴地說：

「爲了連卡，我很感謝你，今天是他過節的日子。你這事做得太好了……」

「我要走了，」——我說。

「往那裏去？」——她驚異地問。

「有點事情。」

「你留下來罷……」

「我不能夠……」

她看了看兒子，又向窗外天上看着，用不高的聲音說：

「還是留下了罷。我來把手帕蓋在臉上……我想替我的兒子謝謝你……我蓋上，好不好？」

她用無瑕可疵的非人的樣子說話，——說得那樣的和諧，帶着那樣好的情感。她的眼睛，——醜惡的臉上的小孩似的眼睛——發出不是乞丐的微笑，卻是一個有東西可以感謝人的富人的微笑。

「媽媽，」——男孩突然喊，抖索了一下，撐起身子來了。——「爬出來了！媽媽……快來呀……」

「做夢呢，」——她對我說，俯身去看兒子。

我走出院子，在沈思中止步，——從地窖裏做開的窗子裏面流出用高音唱出的快樂的歌聲，母親在拍她的兒子睡覺，清晰地說出一些奇特的話語：

「猙獰的情慾來了，
帶來了不幸，
帶來了不幸，
心兒裂成片片！
苦命呀！苦命呀！
何處去殺機呢？」

我迅速地從院裏走出，咬緊牙齒，不顧寇哭喊出來。

長哥爾河上

……沙原被陽光炙燒，像一隻巨大的煎鍋，我像不幸的千鳥，在這栗色的煎鍋中央被煎炙。

花金鼠從洞內跳出，用後腿站立，用前腿清理狡猾的嘴臉，細瞧對岸。牠們有點和修道院的沙彌相同之點。

敏忙的甲蟲在鹽澤裏爬行，蚱蜢咬吱地叫，在我面前跳躍，像灰色的小樹枝。一隻鳶在空虛的蔚藍的天上太陽稍偏右面和下面的地方飛翔，像地上的我一樣的孤獨。在晷熱的高處，在我可目覩的發熱的大地的栗色圓圈中，再也沒有生物存在；這不毛的，像老處女一般乾燥的土地，——普通人稱之爲「野原」學者稱之爲「小鹽鹼里亞。」

憂鬱的土地……

我的光裸的胸膊附貼在鹽澤涼爽的緞縐上面；土地將尖銳的，濃重的煩悶一直沁透我的心裏，但這不是用模糊的，病態的願望像長鏽似的侵蝕而且戕害心靈的煩悶，卻是我的老友，我的對於生命力的信仰的嫡親女兒。

我是二十二歲的人，但已從生命的巨杯裏喝盡了許多毒質的苦味，——這苦味使我學會了推論排論得比原來應該的更多些。

我的煩悶大概就是人家稱爲人的心靈的，——那是生活在我的胸內的一種東西，它永遠以無休歇的力量推我向前，越來越向前，使我的心不止熄地燃燒出向善的願望的火燄，又使我苦惱地傍着對於可從奮鬬中得到故事似的幸福的希望。

除這種煩悶以外，——還有我的貪婪的青春與我同在。它陷在飢餓和孤寂中，準備接受一切，愛一切人；它又喜歡嘲笑一切，嘲笑我的不成熟的智慧。我的青春是我的本體中最可愛，最危險的部分，因爲它太不饜足，所以也不充分地嫌醜，好比一隻小山羊，不大會辨別刺痛的毒蔵和美味的香草。

我十分痛苦地遭受這種模糊地顯露出來的個性的兩重化，它時常使我在本來可以限於快樂地流出輕鬆的喜劇的地方，創造了悲劇。

然而這一切不大有趣，也不見得與我想對你講述的那段故事有關，——你是我唯一的人，我可以面對面，輕鬆而且隨便地說話和在憂愁的時候同自己談話一般。

我躺在「野原」中，拳頭支住下顎，向南方幻現迷景的遠處眺望；一些不幸的，灰色的野草在透明的銀色裏搖曳，——在藍天上面，炎熱的虛空的包圍中，在沙原的太陽的乾燥的悶熱中，我感到自己同樣地像那些不幸的野草。在南方空虛的土地上面搖曳着像銀色的輕紗似的迷景的地方，離我有五俄里遠，一條小河長哥爾懶懶地流着，河岸旁齊整地排立着一些莘拉緋人的白色的小屋，在下流，離開那些小屋南俄里的地方，河的彎折處，幾就一所祇在故事裏纔有的磨房。

我在這磨房裏住過幾小時，人家把我趕了出來，我已經有四晝夜在磨房的周圍徘徊，回憶着經歷的一切，像一個慳吝人回憶被人家搶去的一袋金子。

我在深夜的時候仍然走到這磨房裏去。那時太陽業已落在沙原的邊上，南方的悶熱的夜從東而迅速地走來，火災般的晚霞還反映在長哥爾河黑暗的水裏，磨房的蘆草頂像錦緞似的燦爛着，兩個窗子的紅紅的眼睛惱怒地向沙原上朝我的方面看望。

從日出到日落，我在「野原」上走了四十俄里，沒有看見一點生物，除了無數的花金鼠，一群從我身旁逃散的長腿的鴇鳥，還有白色的沼隱，坐在從土地裏凸伸出來的石頭上面喫飯，啄食花金鼠的小頭。

整天裏，天上惟有太陽，地上惟有我。在烤炙得白熱的天空底下的是無可抗拒的空虛的靜寂；唱歌時歌聲像露水似的蒸散出去，沒有回聲。

空虛具有從人身上吮吸思想與情感的能力，使他成為和它相似的樣子，無疑地，就是它這種特質永遠吸引過，而且現在還吸引着那些努力毀滅自己的心，自己的理性的人們，——藉殘害自己的心靈以達到聖境的人們。

我在看見了那所被晚霞親謁地粉裝着的磨房的時候，也是懸盪如雲游士，飢餓如冬日的狼。磨房美麗地聳立在紫丁香花色的河水旁，三塊巨石上面。它沒有工作，已在漸落的悶熱中沈睡，但聽得見垂水點掉落的細聲，——長哥底河水在輪下親熱地潺潺，如在講述故事。

兩隻牧犬默默地從院裏竄到我的腳下；一個高身傴背的人在門柱上搔背，冷淡地看我如何用木棍驅退像熊似的狗。我喊叫着，要他把狗喝住，——他把兩根指頭往嘴裏一塞，尖銳地呼嘯了。

狗奔到他面前，搖晃挨打的腦瓜。他厭惡地問我：

「你爲什麼打？」

「假使咬傷了我呢？」

「唔……那算什麼要緊的事情！」

「你是老闆麼？」

「爲什麼？我是工人。」

「可以在你們這裏住一宵麼？」

「好人是可以的。」

我有點理由可以認自己是好人，——我貧窮，不喝酒，並且會做工。

我從肩上卸下行囊，但是那人嚴厲地告我：

「你等一等，我問一聲去……」

就走了，把我留在狗的身邊，牠們又起始凶惡地咆哮，張露狼牙，吞嚥濃重的忿怒。八絃琴的陰鬱的聲音和牠們相應和沈重的聲音在磨房的角落裏用懂不得的言語喃聲說着什麽。

紅紅的河水濃得像血一般，在沙原累贅的軀體內緩緩地流着；一群綿羊在河後移動，像活了起來的土地，晚霞將牠們的皮毛染成黑色。兩個黑色的人形騎着馬，在牠們上面搖晃着。

牧者呼喊着，一個用殷厚的低音，另一個用唱歌的調子，嘹亮得像女人的聲音。金色的鬈髮似的火，在沙原的遙處，將空虛的大地緊緊地抱住的藍色的黑影裏，閃着紅豔的鮮花。許多足跡輕靜的響聲，疲乏的半睡聲，牧者野獸般的呼喊，這周圍的一切引起了一種印象，似乎我已深深地走進生命的過去裏，古代童話的泉源裏。

貧乏的沙淡的悶熱的沈默流進無言之歌的心內，而角落裏還是不愉快地，不止歇地發出乾澀的絃聲，和靜寂作無效果的辯論。那是一種奇怪的聲音，好像有人不悅地撕破各種厚薄的絲綢。

一座老磨房，被太陽炙焦，多量的雨水沖洗，頗像童話中餅乾製成的小屋，從敞開的窗戶的黑暗的坑窪流出熱麵包的氣味，逗起人的飢餓。

一個小老太婆從院內出來。她的臉像小拳，打扮着奇怪的服裝，手掌附在額上，望着我，點了兩次頭，微聲說：

「可以，可以……」

狗照例馴順地走到她面前；那男人立在她身旁，轉着身子，做出下跪的樣子。她用華拉赫語對他說什廢話，用手指着茸毛的狗臉。她的眼睛沒有眼白，黑得像櫻桃，鬆弛的臉頰陷下去，小鼻彎曲得像鳥嘴，——一切都安排齊全，眞正的鬼婆。㊂

「得啦，」——她說着，走到廚房的角落裏去。那些狗像被看不見的鎖鍊繫住似的，和她並行着用臉肉處擦她的脚。

「唉，唉，」——她嘟嚷着，推開牠們。

工人打着哈欠，問道：

「想喫東西麼？」

當時向院內喊：

「孫納，拿點麵包牛奶來……」

院裏惱怒地回答：

「你自己拿，我躺下了……」

「得啦，得啦……」

「給誰喫？」

「過路人。」

㊂ 俄羅斯童話裏常見的人物。——譯者。

「鬼差他來的！……」

「妻子麼？」

「自然咯！」

工人不慌不忙地從口袋裏掏出煙斗，煙袋，坐在臺階旁的長凳上。

「你坐下。從遠處來麼？」

「從俄羅斯來。你是俄羅斯人麼？」

「不，我是切爾尼果夫人……」

「早就在這裏麼？」

「五年了。」

「厭悶麼？」

「那有什麼？」

「老闆是華拉都人麼？」

「是的！」

「有錢麼？」

那人抽了一口煙，吐一口痰望着煙斗裏的火光，用手指撥了撥，也問道：

「你想偷搶麽？」

南方的夜像一隻溫暖的黑幅罩蓋在大地上，藍星在烏黑的天上燃燒，屋路顯露了出來，像銀色的迷景。

緊綳着的靜寂忽然破裂了，濃重的聲音如溪水一般，好像從什麽光亮的隙縫裏濺潑出來，源溢出谿。八絃琴的絃和諧地唱出奇怪的曲調，一切聲音都融化在低輕的煩悶的調諧裏，在這調諧枯竭之前，一個滋潤的，女人的聲音附在它身上，擁抱它，——明晰地，興奮地唱出不熟悉的話語：

「噢，瑪拉，噢，瑪拉——……」

樂器以其固執的精確，重複言語的音調，女人重又唱了，她的聲音重又捉住絃聲，又融化爲一個像沙原裏的道路般無窮盡的調調。

女人和八絃琴這樣更替地將歌曲送到光滑的黑夜的無際上面，像月亮鋪在海上。這歌曲裏含着暗啞的悲傷，可使心爲之緊縮，裏面有沙原之夜擁有着，且感到貧乏的一切。

高身的，跣足的穿白衣的女人無聲響地走到我面前，把一隻罐子放在長凳邊上，又放了一塊麵包，問了我幾句話，輕輕地笑了一下，又無聲響地走到門外去了。

「你喫罷，」——工人說。

「誰在那裏唱？」

「女老闆。」

「年輕的麽？」

「是的。那自然啦！孫女……」

他把煙斗在指甲上叩擊，脚踏滅撒在我脚底下的火星，問道：

「唱得漂亮麽？」

「是的。」

「她的腦筋不大好。一個被殺死的人。」

我匆忙地喝完牛乳，把麵包夾在腋下，起談道：

「我們到大門內去！」

「不……」

「求求你！」

我懇求他半天，但是他永遠搖頭笑着，後來纔不樂意地答應了：

「那也好……」

角落裏農屋的牆旁斜倚着一個不高的草舍，以甜草爲頂，兩面圍着甜草的籬笆，一面通到河上和沙原上。穿得花綠的女人坐在草舍中央的小車上。看得見她的白白的臉，胸脯和頭上的綢帶，像一隻鴿子似的蓬亂的頭髮下的淺眉。她的膝蓋上放着一個樂器，形式像八絃琴，其實像一隻被砍落下來的，帶着細頸的頭顱。在樂器上面的薄板上，出聲音的地方，豎起了木圈，一半陷進樂器的胴架裏，圈上綁着六根細線，還有兩根低音線從旁面繃到圈上。一隻把手凸出在橢圓形的胴架的邊上，律管按在胴架上面的黑頸板上。女人一隻手指把手，另一隻手的指頭壓律管，絃線繃到了旋轉着的圈子上而，發出豎笛的聲音，不消說的鼻音。

女人呆板地，緊張地，挺直地坐着，她的眼睛緊閉，壓在圈上的第四絃抖顫着，產生出長長的，不洪亮的呻吟；女人緊咬嘴唇，用鼻音應和着。這樣子不大美麗，使人悲惱。

車子的前輪小得像玩具，後輪高得多，——那輛車子頗像一隻沙發椅。女人身上裹着花花綠綠的破布，一條帶條子的被服遮住他的脚，它的邊角垂落在地上，背後墊着一個結實的紅枕。

老太婆的小小的，黑暗的軀體坐在前輪旁斜砍掉的木桶上面，手肘放在尖尖的膝上，黑暗的手掌支住小孩似的腦袋，好像等候什麼人似的，向沙原上看望。幾隻狗躺在她的脚下。長大的，白白的彌納站在車子後面，露出厭煩的樣子。

我走進草舍的頂下的時候，老婦把左手從臉上移開，用手指威嚇我。

「立在這裏，」——工人說，肩膀推我到草舍的牆旁。

我蹲坐下來，他靠在牆上，和我並排着，一面搔胸脯，一面喃喃說：

「她會鬧一夜。等到月亮一圓，她就不睡，不喝，也不吃……」

女人在車上搖曳着，像有人推操她，張開眼睛，又眯細着釘着我。後來她輕輕地笑了一聲，說了幾句韃拉茄語，把樂器的把手用力地旋轉。

「啊喲，天呀，」——猶納嘆息着。

老婦不安起來，揮着手，迅快地和工人說話。他短捷地回答她兩次，後來屈臉對我說：

「她不滿意你來，她們不敬重俄羅斯人，心裏害怕，所以我說，——你是韃靼人……」

像草榆般大小的，露出黯淡的銅色的月亮，在沙原的蔚藍的空虛裏，從尚未熄滅的紅條的晚霞的左面，垂直地在地面上升起。蟋蟀啾叫，狗呼嘶；長哥爾的黑水中閃耀着金針似的星兒。遠遠裏傳來十下生鐵的郴懋。

「扯謊呢，」——工人望着月亮說，——「還沒有到十點鐘……想去睡覺，所以扯起謊來了……」

女人向我的方面望着，不閃眼睛，好像瞎子一般，忽然手指着我很洪響地說起話來，弄得大家都抖索了一下：

「她要趕走我麼？」

「你到她面前去，」——工人下命令，用膝蓋推我的肩頭。

我走了過去，她那雙深黑的大眼，沒有光采，也沒有表情，像老婦的眼睛一般，還是那樣閃也不閃地撫摸我的臉。她的臉是用各種不同的，互相不聯繫得奇怪的肉塊拼合而成的：嘴是小的，像小孩般浮腫的；眉毛是淺的，像鬍子一般；膨曲的，乾燥的鼻和柔和的，巨大的下顎。波浪形的，不梳理的頭髮像沈重的帽子壓在腦蓋上，把高額的皮膚繃得很緊。她的年紀大概有三十歲，但是閉上眼睛，顯得年輕些。

她像從夢中看望我。她的小小的，非工作的手一直撫摸八絃琴的頸板和框架，耳旁左頰上的肌肉在那裏拘攣地收縮，抽吸著鼻孔。

她垂下眼睛，輕輕地說些什麼，工人拉我的袖子：

「你坐下來，可以的……」

女人整理樂器，忽然很使勁地用低聲唱出，搖着頭，慢慢地跳躍着。歌曲的音調是無可捕捉的，像小燕的飛翔一般。這音調是那樣神經質地，盲目地在靜寂中盤旋，突然垂落下來變為輕靜的呻吟，又立刻高高的飛躍，豁亮地呼出悲憤，懼怕或情慾。絃子的聲音類似風笛和豎笛，吃力而且洪響地，和歌聲相應和，似在勸慰受痛苦的人，以另一種憂愁的安靜的話語擁抱他的怨語。有時覺得他們在互相挑逗地學像歌曲的憂鬱的調子。

這種聲音我覺得不好聽，而且生疎，但總歸有力地抓住我的心，引起向沙原要逃走的願望。

我沒有理會到猶納已經走開，她的丈夫在地上伸展着身體，睡熟了。老婦搖曳得像一根乾草。狗在夢中嘟噥。但是不熟悉的，柔和的話語還在發響，互相追逐，好像沒有終結的樣子。

有人在河邊，河的對岸走着。他的黑頭掩住低照着的月亮；他的黑影落在河水上，——月亮的銅色的反影上。他停留了一秒鐘，也同唱了一聲突然隱去了。

女人停止彈奏，好像她的手一下子被人牽去了似的。發了一聲野蠻的呼喊，身軀俯向前面，伸出了頸頸。老婦跳了起來，用哭泣的聲音喊喊，擁抱了病人，捉住她的向空中揮飛的手。狗向空中嗅聞，吠叫起來。工人醒了，跑到草屋的角落裏，取來了一桶水和一隻罐頭喊道：

「安納，你到那裏去了……」

他打了一個嚇人的呼哨，突然地，忙亂，憂愁和呼喊，——一切都停止了，被呼哨殺死了。女人輕輕地哭着，或是笑着，手掩住臉，老婦整理她的上衣，綢帶和頭髮，喃喃地說着，似在祈禱。工人對我說：

「不要緊，你睡罷，不要緊……」

我覺得我早已睡熟，做了一個奇怪的不安的夢……

「永遠是這樣，」——工人輕輕地說，坐在地上，——「一聽見聲音，就跳起來，喊喊起來，顯然她覺得他在招喚她……」

「誰？」

「那個未婚夫。」

「他在那裏？」

「死了。被殺死了。」

老婦匆遽地說着什麽，——他搔了搔沒有剃髮的頭骨。

「她說，——你不要走開！可見她怕你。你在這裏是沒有道理的……」

他想了想，頭朝草屋的角落裏點了一點，說道：

「你去躺在那裏，在我的眼睛面前。你們這種人到處走來走去……誰在那裏趕你們？」

他走出草屋，立刻回來了，手裏拿着一根粗棒，和我並排躺下，把棒放在自己脚底下，使得我在任何一秒鐘都可以抓起它來。

女人嗚咽着，好像受了冤屈的嬰孩，老婦一直喃喃道出一些不熟悉的話語。夜像蔚藍的水似的在沙原上泛濫，老婦的黑暗的身形在黑影裏移動，像海底裏的一條大魚。

「這裏發生了什麽事情？」——我問。

「不是在這裏，卻在二十俄里的地方……」——工人不樂意地改正我。

「他們從市集上回來，她和未婚夫兩人，——趕路趕得晚了。這裏四周圍全是礦工。他們把他打死，又强姦她，弄斷了她的脊骨，——她的脚因此完全不能走了。一個已被殺死的人……」

他一面把煙草塞進煙斗裏，一面敘講强姦和殺人的事情，講得那樣隨隨便便地，像談論從菜園裏偷西瓜的故事。

火柴的光在剎那間照耀出圍在灰色的粗毛衣的圓臉邊的，凝想的眼睛，鴨子似的鼻子。

「現在她們怕得很，特別怕俄羅斯人，像老鼠怕貓一般。有錢人總是過着懼怕的生活。那個把饑工買出來暗殺的人也是俄國人。他自己想娶她，所以想出了這個法子。他是一個狠惡的人。他被判充軍西比利亞，還有兩個人和他一塊兒去。老婦老候着他從西比利亞逃回來，把她們全砍死。她想把磨房賣去，回到多惱河羅馬尼亞人那裏去……」

聽他的半睡半醒的話語是不痛快的。八絃琴的絃子重又唱出來，女人的嗓音附和了上去，帶着簡短的呼喊。

「她唱什麼？」

「各種歌曲。在這椿事件以前，她自己編曲。韃拉韃人全都尊敬她。現在還是的……祇是有些狗娘養的，——像剛纔那個人一樣，——走到河的對岸，拉開嗓子，唱出她心愛的調子，可是她受不住，她老覺得是她的未婚夫叫喚她。立刻就叫喊起來，抖慄起來。在他們這是好玩的事情。逗逗樂兒……」

「您明白她的歌曲麼？」

他冷笑了。

「那自然嘍！每隻歌我都聽過一百來遍。既然一個女孩，自然唱的是她自己的事情。她瘋瘋癲癲地生活着，卻記得自己的事情……」

我懇求他許多時候，還他翻譯歌曲的言詞。他祇在我答應送給他一件襯衫的時候，纔同意了。

「是這樣的，」——他起始說，皺着眉毛，傾聽淒涼曲調的過緩的進行。——「她這樣唱着：」

「唉，天呀！黑夜罩沙原上可怕的道路，我是孤苦伶仃的女孩，像天上的月亮一般。不管出什麽事情，我已疲於期待幸福。天呀！……閃電將月亮燒燬，煩悶也會把我燒死。天呀，——我是一個狡猾的女孩！我要快快樂樂地過下去，在你的土地上散播鮮花……」

他顯然提起興致來了：把煙斗從口內掏出，伸直了頷頸，興奮地睒着眼睛，傾聽下去……

「誰騎在白馬上馳騁，——莫非是我的幸福趕來尋我？」

沙原上面的月亮像金色的蜂窠口，星兒，一羣金色的蜜蜂，在蔚藍的天上輕輕地旋轉，琴弦嗡嗡地作響，一個不洪響的，柔和的蘆管嘆息着，工人的話語自然而然編成了奇怪的詩句：

「沙原上黑暗的道路，——
天呀！天呀！如何的駭人！
我生下來就是一個孤女，
太陽和沙原知悉我的伶仃！
殷紅的閃電燃燒黑夜的天空，——

小小的月亮危立在蔚藍的空虛中！
天呀！不知是吉是凶，
何以我的小心也困在火燄之中？

我再也無力期待未來的一切……
天呀，草兒透出如何甜蜜的呼吸！
但願黑夜快快兒遮掩了晚霞，
天呀，我的思念——如何的狡猾……

我將快樂地散播鮮花，
隨我的意願到處去散播！
天呀！恕我不會說出
我希望的話……還不如沈默……

我的悶熱的身體緊貼在地上，

星兒在煩悶的黑夜中看不見我，
誰騎着白馬在沙原上馳騁？
天呀！這是他！是不是他來等我？

我將說什麼？怎樣回答他？
假使他停住了白馬？
天呀，給我力量，使我能夠說出
殷勤的言詞，和藹的話！

他迎着兇惡的電閃，奔馳了過去，
天呀！我的天呀！什麼原因？
願速造天使幻爲白鳥，
追趕上去，究問根源！」

安東張着茸毛的嘴，睡熟了。蚊母鳥在不毛的沙原上，黑鋼般的河水上，凝滯住的靜夜裏，飛來飛去；在風撫摸牠的時候，柔和得像絲綢似的翅翼呼嘯着。黑夜的煩悶困擾着心靈，引起各種離奇的願望，——想歌唱，說話，到什麼地方去接觸活的東西，那怕摸一摸狗毛，或是捉住了老鼠，將牠的溫暖的，抖擻的軀體和愛地握在拳頭裏面。

我怕驚嚇老婦，身子動也不動。她坐在病人的脚旁，還在那裏輕輕地搖盪着，但是忽然將身體彎曲了一半，就這樣不動了，好像折斷了什麼似的。低音的琴絃不斷地奏響，女郎不時加上一些不易了解的話語。像海水般不易枯竭的孤寂擁抱了沙原，把它淹沒了，心裏長出對於土地，對於土地上的一切的濃重的憐憫。銀色的星兒在蔚藍的天空裏瞪眼地映閃着。

女孩用緊張得抖慄的聲音喊出熟悉的話語：

「噢，瑪拉……」

這詞句裏所含的尖銳的煩悶打擊我的心，我不由得跳了起來，走到病人身旁，立在她的面前，窺看她的臉。她沒有懼怕，祇是向我點頭，不斷地歌唱着。眼睛在眉毛底下的坑裏閃爍。在這閃爍的光采裏有我不熟悉的，沒有經歷過的力量。好像一塊磁鐵吸引我的心。假使沙原長了眼睛，它也會那樣的看人，——慢慢地，微着靜謐的，近乎甜蜜的痛苦吮吸人的心。

歌曲的話語更加顯得可信，充滿了搖撥的愛慾，柔和地打擊着心靈。右手的白腕旋轉着，用看不見的，堅强的細絲束縛我。乏力的我傾倒到她的肩上去了。在她停止了奏唱，整理落在她眼上的頭髮的時候，我取起她的手，吻了一下。

這並不使她懼怕，——她甚至半睡半醒地微笑了一下，似在逍遙夢着我，以後她的眉毛低垂下去，她一直朝我的臉上淺淺地嘆了一口氣：

「噢，瑪拉……」

「噢噢！……」——嗓子陰鬱地唱出，比嗓音低一段。

聽着這歌曲是極痛苦的，女孩的眼睛釘着我的臉眼內有一種命令的神氣，我觀察這眼睛，生怕映閃自己的眼睛。她的眼睛裏的黑暗的瘋癲似乎流入我的心靈裏去了。

我記得，我想坐在地上，病人的足旁，眯細着眼睛，坐上一夜，一天，一年。一種難於了解的重量壓到我身上來，把我彎折到地上。心受着劇烈的衝動，慢慢地跳躍着，好像整個的崎嶇不平的地球滾到我的背上。我受着柔和的衝動，身體就着歌曲的拍子而搖曳肩膀和肩膀緊挨着，眼睛不肯從她的臉上移開，我好像也在那裏唱歌說話，她的喉音變得越發利害，在黑夜的，易感的靜寂裏流着。歌曲的異樣的單調和貧乏的土地的空虛可怕地融化爲單一的呻吟。

於是我也靜靜地發瘋，且將永遠如此，在地上走着，成爲一個暗啞的流浪者，聽她的悽慘的歌曲，感到無名的苦惱，不會用自己的歌曲回答她的呻吟，也沒有力量說出自己的話語。

女孩終於沈默了，深深地嘆了一口氣；有一種溫熱的東西觸我的臉頰，——她的手掌撫摸我的臉，像盲人一般。

我馴順地服從她的撫觸；我覺得病人似乎回憶起什麼，我希望她能回憶起來，我期待着，或許再等一會，理智便將回到她身上來。

女孩笑了。

小草軋響了一聲，往後倒退；老婦立刻跳起來，叫喊着，朝我那邊奔來，揮搖着手，好像驅趕鳥兒。

「你不要害怕，」——我對老婦說，她重又呼喊，像母雞似的，在我面前跳躍，叫喚道：

「安東，安東……」

我自己喚醒了工人。他跳起來，粗魯地對老婦說了一句話，打斷她的盛怒的呼叱，後來惱恨地問我道：

「叫我爲了你不睡覺麽？」

手指着沙原，找補了一句：

「你去罷，走罷……」

我試着平熄他的怒氣，但是他取起木棍，插到我脚旁的土地裏去，堅決地朝我攻擊，使我不得不向後倒退。我很想朝他的愚笨的頭上打擊一下，——他已經兩次用木棍打我的脚踝，打得我很痛，使我跳起舞來。

「喂，你聽我說，」——我對他說，在他從草屋裏把我擠了出去以後，——「我不再和你多說，我就走。不過你講一講，——她唱的是什麼？」

起初我懇求得很粗魯，以後又低卑得像乞兒。他呼叱着，怨恨着，把那隻空虛的臉弄得彎曲，努力做成威嚴的樣子，但終於從我的話語裏找到了使他發笑的地方，他笑着說：

「你也是一個瘋子！」

女孩重又輕輕地唱起來了。

「啊，瑪拉……」

銀色的月光的細條留在她黑暗的臉上……

安東和我胸對胸立着，笑着解釋道：

「一個強盜走到女郎的窗下，說道噢，瑪拉，那就是瑪里耶，——我快要死去，你要我一下罷。——別的什麼也沒有，請你快去罷！吵擾人家是不好的。還有什麼？我已說過了。他把搶來的東西送給她，懇求她，——你要罷，我雖然是老人……好啦，——他們喊我呢！你走罷……」

我順着河岸向上游走去。水在堤上潺響，講敍銀色的故事，琴絃無力地作響，嚴肅的，哀怨的歌曲在無聲的夜裏浮泅。

「噢，瑪拉！

今天我特地來到

你的窗閣的窗下，

你出來看我一下罷，
我將贈送給你，瑪拉呀，
寶貴的頸圈和金鐲！
噢，瑪拉！
即使紅紅的創痕
切斷我的老臉，——
但你須記取——老人有的是
固執的愛，還深懂得柔情密意，
願你相信老人的心！
噢，瑪拉！
你也許知道，——今天是
上帝賜我的最後一夜。
明晨我將被毀滅，
讓我爲你的聖潔的美，
作一次最後的祈禱！

噢，瑪拉！」

我在沙原裏磨房附近游蕩了兩整夜，——按捺不下地想再聽一次女孩的歌曲。走得很近，從遠處看望被雨浸泡得發灰色的蘆葦頂，看見乾燥的輪子和沖洗石子的河水，——磨房白天和黑夜裏都是靜悄悄的，死沈沈的。

我走到沙原裏十俄里以外，重又回來，看見安東牙齒裏銜着煙斗，在院內走着，狗躺在大門旁的陰凉裏。

我再也沒有看見老婦和女孩，她們好像遁入地裏去了。

「噢，瑪拉！……」

大概——女孩早已死了……

快樂的人

小小的，砂土的淺灘，——像黃緞的碎匹一般，——被拋扔在綠油油的海水和淺灘前面朝南是無邊涯的，玻璃似的光滑的一片，後面是一條光耀奪目的水，再過去是低矮的，銅色的小丘般的岸，小丘上面佈散着一些無名的乾枝的稀林，再過去，在發熱的砂土中間——便是一排排像瘢痕的斑點似的魚工廠的建築物。

天十分晴朗，就是從這裏從淺灘那裏，也看得見一俄里以外，小丘上，閃耀着像鐵色的火星似的魚鱗。熱得像在澡堂裏；海鷗爲暑熱所苦像母雞一般。牠們在淺灘上游蕩着，張開了尖嘴，惘惘地放下彎曲的翅翼，偶然嘶啞地叫喊一下，喘着氣。水發出輕微的喧響，用低低的，一尺高的小浪舐吮沙灘。靜寂得很，像出了大禍事以後那樣的靜寂而且空虛。

塞爾加赤人巴里諾夫熱得難過，躺在湖濱的沙灘上面，閉上泛着白色的眼睛，嘰嘰咕咕地教訓我：

「我傚着我自己的思想，走遍了所有的土地，浮過了所有的海洋；我傚着我自己的思想，蒼過了所有的罪孽……」

我聽着他的話，不相信他，——他生性畏葸，在人面前做出諂媚的舉動，和工廠主任談話時，腿抖索着，喉音發出和諧的尖聲。他懶得像一頭公牛，不停歇地發議論，他的平扁的鈍鼻的臉上蒙着太多的毛髮，戴上了一個砂色的毛製的面具，寬大得和駱駝一般的鼻孔裏也長出栗色的粗毛，耳朵裏也有，光裸的被日光曬成紫銅色的胸脯長了像狗熊身上一樣的厚毛，連手指的骨節上都長着濃厚的灌木般的密毛。他的腿是彎曲的弧形式的，手又長又肥，和脚一樣；大概他爬下來走路是很方便的。

然而他是一隻很善良而且馴順的野獸，同事們爲了他的懶惰和閒廢光陰打他的時候，他在他們脚下，像木桶般滾來滾去，一直懇求着，不生氣也不抱怨：

「得了罷！弟兄們！得了罷！打了幾下也就算了……」

他的禿頭用紅布緊緊地包着，遠遠裏看來好像他的腦蓋上剝去了皮。

「我在生活中是一個空虛的人，」——他極合理地說，不管我聽不聽他的話，——「空虛得像小羯鼓，人家擊上去，——我總回答，不動是不響的……」

他似在說謊話，我也在半睡之中。在我們頭上的是蔚藍的天，周圍是碧綠的海，而我們底下彷彿也是天。我們在淺灘的織匹上，懸掛在無底的空虛中，像飛毯一般。

但是飛毯是不動的，而心靈裏也是一樣的不動。

在前面一個半俄里遠的地方也有和我們一樣的沙灘；在一大片融化的，炎熱的閃爍着的玻璃上，本來看不出淺灘，但是有一個黑暗的人形在上面走着，似在空中浮泅。那是我們的第三個夥伴，一個東方人，不是波斯人，便是波斯的阿爾米尼亞人，他名叫伊再特。他差不多不會說俄語，但是很能了解人家吩咐他的一切，——是一個很方便的人。

工廠裏派我們三人到淺灘上來，卸去早晨留下的網具，但是巴里諾夫和我懶得在這種熱天走得這樣遠，我們兩人躺在靠岸近的淺灘上，卻吩咐伊再特去取網具；他像一匹馴順的馬似的肯聽話，就獨自去了。

「我活了四十五歲，」——巴里諾夫說着謊語，欠伸了一下。——「我見過許多事情，連有些總督都及不到我。但是你問我，——這一切是爲了什麽？我說不出來。祇是煩悶罷了。你還說——人民……」

在這閃爍的空虛裏眼睛無處停留；腦子飄流着像溫暖的海水上的一塊白沫。連想都沒有什麽可想的。

巴里諾夫呢？他所說的話我已經從他那裏，還從別人那裏聽見了。所有這些關於生命的思慮惟有把生命弄得死僵，引起心內的憤激和煩悶而已。

假使閉了眼睛，呆板地躺上幾分鐘，那末在身體上每個肌肉裏，它的每一點上，會起始感到不愉快的擴張，融化，似乎沈進炎熱的，無底的深淵裏。一小塊堅硬的麵團被扔到滾水的鍋裏的時候，大概會具有如此的感覺。

一隻老海鷗鼓起灰白的臉頰，難聽地喊叫着，兩個女友用惡狠的眼睛斜看牠，沈重地舒展翅膀，慢慢地飛入海裏，——牠們的影子在水上拖曳着，像兩塊絲綢。

肥胖的，圓圓的伊再特在那邊水上忙亂着，把一隻木桶推到小船那裏去。

「我們村裏有一個書記，名叫郭洛巴士金，」——巴里諾夫自己對自己說，——「他雖然是一個不可救藥的酒鬼，但是爲人很善。他常說：大家應該過一樣的生活。眾人們，你們應該時常互相毆打，等到大家都打够了，你們會互相感到羞愧，起始過比較和善些的生活。他說，大家應該同心協力地生活着，那怕在羞恥裏生活都不要緊。在每一粒米都自己管自己的時候，——粥是煮不成功的。你瞧，誰走來了？」

他向岸上看望，把茸毛的手掌按貼在額上，——有一個人沿岸走着，在水旁搖晃，用腳熄滅魚鱗的火星。

「他在尋覓淺涉的地方。你叫一聲，讓他朝右面走，那邊有礁石……」

我沉默着，不想喊；巴里諾夫也沉默着。天氣越來越熱；溫暖的，鹹得利害的空氣沉重而且潮溼，呼吸困難起來。嘴唇上全是鹽，想喝水，但是盛淸水的木罐在小船裏。銀色的鯔魚在淺灘旁邊的海裏閃耀，牠們好像在空中浮游的無數的鳥兒的影子，不由得使你向上看望，在那裏太陽正停留在蔚藍的暑熱中溶銷着。

那人找到了到我們這裏來的路，——一個被春天的暴風雨洗淨的砂丘；這砂丘築成S形，它的下端就是我們躺着的小島。砂丘上水最低的地方祗到膝下。

「不是我們的人，」——巴里諾夫說。

我相信他，他具有航海家的視力。

這人走入水裏遲緩地前進，搖着手肘，每步路越來越深。肚腹可笑地推開水。

「波斯人，」——巴里諾夫決定。

我在水上看到一副黑暗的，剃光的臉，蒴短的鬍子，由於微笑而發露出來的白色的牙齒。頭上戴着圓氈帽，像一隻泥罐，肩上掛着藏青的袴子。上褂也是藏青色的，下面襯着白襯衫，胸前敞了開來。水顯得低了，銅色的腿從裏面生長出來，在太陽裏閃耀。

「好呀！」——他遠在遠遠裏就喊了，許多次搖晃着圓頭。

「快樂的人，」——巴里諾夫微笑地說。——「波斯人全是這樣的，全是快樂的，良善的人。然而得利害，比嬰孩還愚蠢。騙波斯人是最容易不過的！」

那人走到淺灘上來，穿上袴子，帽子掃到腦後，顯露出藍色的，剃光的顱角，一面走到我們這裏，一面喊：

「好呀，好呀！」

他是乾癟的，瘦拐拐的，他的黑臉上滿了細碎的縐紋，蔚藍的泛白金色的眼珠在皺紋中間快樂地閃耀，眼睛是大的，像杏仁一般。他年輕時大概很美麗。他柔軟地彎曲長腿，靈巧地蹲坐下去，問道：

「有煙麼？」

從腋下掏出香味濃重的煙袋，烏黑的煙斗，遞給巴里諾夫。

巴里諾夫懇摯地接受下了，把纖維形的潮溼的煙葉緊緊地裝在煙斗，說道：

「波斯人為什麼來？」

那人看着巴里諾夫怎樣用大手指壓緊煙葉，冷笑了一聲，從他那裏奪去煙斗。

「這不能抽的！」

把一團煙挖出來，重又把煙斗裝滿遞給巴里諾夫。

「這樣可以抽了。」

「波斯人找到工作了麼？」

「工作，」——客人點頭，——「工作會有的，——咯吱一下！」

「我說是快樂的人，」——巴里諾夫說，也冷笑了。

波斯人向海上望，看見伊再特在小船旁忙亂，伸出手來問道：

「這是誰？」

「你們的人，和你一樣的。」

「我們的人，」——波斯人像同意，又像反問。

「他的名字叫做伊再特。」

波斯人搖頭否認。

「他叫做哈桑。」

「隨便好啦。」

「我的朋友……」

「是朋友麼？好的。」

巴里諾夫用不熟嫻的姿勢努力抽吸，吞下整片的煙雲，放出一條長長的藍色的煙絲。波斯人微笑地看他，輕輕兒唱出奇怪的歌曲，不知爲什麼把右手一會兒彎曲，一會兒弄直。周圍的靜寂越來越厚了。

「煙葉是甜的，可是很濃，」——巴里諾夫喃喃說，用昏暈的眼神看我。——「簡直要到頭裏去……」

他仰躺下來，閉上眼睛。

波斯人動也不動地坐在那裏，像睡熟了，祇在眯細的眼睛裏迸閃出金色的火星。以後他皺着眉頭用手掌重重地擦臉，把兩掌摺成掬水似的杯形，望着牠像看着似的，嘴唇移動了一下，重又擦臉。忽然仰起頭，挺出喉結，用不洪壯的，但很尖的，幾乎像女人似的聲音是號了：

「啊，喲意，——啊，喲意！」

「你裝什麼鬼呀？」——巴里諾夫昏昏騰騰地說，轉過身來，背朝太陽。波斯人兩手抱住膝蓋，搖晃着身子，長號着，柔細的號叫裝滿了靜寂。

伊拜特立在淺灘旁，水及膝蓋，把小船從砂子上面推走。波斯人號叫的時候，他揮搖着手，挺直了身體，從手肘裏向我們的方面看望。

波斯人用肩膀推我一下，說道：

「聽見了！」

露出牙齒，快樂地說：

「他快要——咯吱一下！」

「什麼叫做咯吱？」

「就是這樣的，」——波斯人說，眼睛滾到額上，像馬似的發了一聲嘶。

這樣子是很可笑的。

伊再特立在那裏望了望，推着小船，不慌不忙地從船尾上爬進去，——看得見小船在和空氣分辨不出的平滑的水上搖晃着。

波斯人眯細眼睛，重又輕輕地唱出號叫似的歌曲；他用喉嚨唱，突然升高到尖聲，奇怪地吞嚥着聲音，任性地隔斷歌曲的懶洋洋的進行。這歌曲更加加深了空虛日子的暑熱的煩悶；一些對於我十分生疎的聲音和話語浮泅游，像一羣小魚，並不妨礙什麼，也不吵醒什麼。好像這歌曲早就在靜寂裏發響，永遠在靜寂裏發響。它的調子無可捉摸，從記憶裏滑走，且無從用將它捉住的努力。小船在光明的空虛裏抽動，像一條笨拙的魚，張着柔細的，長長的翅。伊再特不起勁地划着，慢慢地升着木槳。

「你唱什麼什麼歌詞？」——我問波斯人，在我討厭聽他的吼叫的時候。

他立刻沈默，露出牙齒，很樂意地起始講道：

「很快樂的歌，——塔司尼夫，我們叫它塔司尼夫！」

但是他的話不够用，他閉上眼睛，搖晃了一下，重又起始號叫：

「啊——喲意，——啊——喲意！

我應該上法西斯坦去！」

歌聲中斷了，對我使了一下眉眼，說道：

「應該不應該，誰知道？阿拉知道的人不知道的！一個年輕的女人留在家裏，弄了另外一個男人，——弄不弄，——誰知道呢？請問，善心的爺——我的朋友裏那一個是妻子的新丈夫？塔司尼夫就是這樣唱的。惡鬼開玩笑，——人們哭……」

巴里諾夫移動了一下身體，用責備的口氣說：

「他們的歌曲全講的是女人的事情，此外一點也不知道，那些狗……」

波斯人一直在那裏說着，快樂地活潑地閃耀着眼睛，把我不懂的話語和破碎的俄語混攪在一起。

「應該到法西斯坦去，——不應該去麼？我要喝酒，我要騙朋友和一切人，——塔司尼亞就是這個意思！人在家裏是聰明的，在路上是總傻的！」

他笑了一聲，歪歪地搖手，突然臉色發黑，凝思着，呆住了，向海水的閃耀的鏡面看望。我也凝思着，把他的可笑的話語編成不大複雜的歌曲。

「我想做一番好事業……
應該到法西斯坦去！
請問你，我的好爵，
惡鬼給我預備下
多少的災禍和惡運？

我有一個年輕的妻子……
我愛她柔軟的膝蓋！
但是我要上法西斯坦，
請問你，我的好爵，
妻子會和什麼人私通？
我有兩個知心的朋友，——
我沒有他們便覺得沈悶！

但是我要上法西斯坦，
請問你，我的好靜——，
關我的是那一個人？

唉，我是守本分的人，
我不認識外面的道路。……
上法西斯坦如何走法？
請問你，我的好靜——，
我在家裏會不會聰明些？

要不要把事業朋友和妻子
一股腦送到惡鬼那裏去？
不要上法西斯坦去！
讓我自己來歸他們大家，
以後痛快地喝得爛醉……」

小船移近到淺灘那裏來，我看見陰鬱的伊再特又圓又紅的臉，他坐得挺直，划船時不發下——背波斯人。

猛勁地跳起來，用手摸了摸腋下，輕鬆地向小船那裏迎上前去。

「我們也應該坐到船上回去了，」——巴里諾夫說，身體欠伸了一下，筋骨裏發出了脆響。——「或者等一下，跟兩個朋友談幾句話……」

伊再特從小船跳進水裏，走上岸來，彎着身子，手藏在背後。波斯人突然蹲坐了下來。伊再特一下子停步，整理帽子，用手掌摸臉，擦去手掌上的汗，也可笑地彎着膝蓋。

「啊喲這兩個魔鬼呀！」——巴里諾夫驚慌地喊嚷，跳了起來，匆遽地對我說道：

「他們想打架，這混蛋們！喂，你們這樣是不行的！他們用刀子呢！」

是的，長長的，柔細的刀在兩位好友的手裏閃耀，像兩條活鯽魚。他們蹲坐着，像捕鳥場上的山雞，一步跨着一步，低低地跳躍。巴里諾夫回頭望着，驚慌地喃語着：

「唉，沒有棍子，——應該用棍子朝他們的頭上來一下。」

波斯人忽然全身向前一衝，伊再特嘶啞地叫了一聲，揮着手，仰到地上。

「往那裏去？會把你弄死的！」——我跑到小船那裏去的時候，巴里諾夫喊。

波斯人跪在那裏，用左手把刀子插進沙內，——一插就拉出來，用上衣的袖緣擦刀鋒，又插進去。

「你怎麼做出這樣的事來？」——我問。

他露着牙齒回答，一面用指頭撫摸刀子：

「我早已在尋找這隻狗。」

殷紅的血順着右手的袖管流出，它的沈重的點滴落到沙上，就隱滅了，留下銹色的斑點。

伊再特仰躺着，腳垂入水中，臉頰緊貼着潮潤的沙子。他的臉作栗色，模糊的眼睛釘着拋在一旁的，鬆散了的斧頭，和旁邊的一把刀子。另一隻手的指頭插進沙裏，厚唇惱怒地翹起。

「我找到了他的心，」——波斯人說，向我擠了擠眉頭，——「咯吱一下！」

巴里諾夫從旁邊蹣跚地走到小船那裏去，爬到裏面，對我喊道：

「我們走罷！眞是見鬼！」

我推動小船，坐在划槳的地方，他爬到船尾上，起始惡狠地喊喚。

「等一等，等，我們立刻把你這惡徒……」

波斯人跪着，快樂地向我們點頭，忽然響亮地喊道：

「再見罷！」

從肩上脫下上褂，襯衫，露出長長的手，那隻手一直紅到肩膀上面，鮮耀地在陽光裏燃燒，好像用血色的金屬物雕成似的。

周圍的一切重又墮入夢中……

女郎與死神（童話）

一

國王從戰場上回返鄉村，
心上說不盡的憤恨。
聽到了接骨木的樹後
女郎一陣陣的笑聲。
國王皺起栗色的眉毛，
用靴跟打踢他的愛馬，
向女郎衝去像狂風暴雨一般，
甲冑叮噹地響鏗鏘地呼號：
「呔！你這小娘子！
爲什麼露牙傻笑？
敵人把朕殺得大敗，

朕的軍隊業已紛散，
隨從大半做了俘虜，
朕回來重新收集隊伍。
你的國王這樣的不幸，
朕看不慣你的歡欣。」
女郎整理胸前的衣襟，
正色地向國王回稟：
「我正同愛人說話，
請陛下離開我罷！」

有了愛情，便顧不得君王，——
沒有向君王稟答的餘暇！
愛情的火焰有時比
廟堂的細燭熾得快。

國王很得抖戰，
向隨臣下令：
「把小娘送進監獄，——
或者就地斬決。」
國王的御者與隨臣，
露出兇惡的臉相，
奔到女郎的面前，
將她送入死神的手裏。

二

死神永遠服從惡魔，
但今天卻鬱鬱不樂，——
幽春的愛與生命的種子
也在老婦人的心內發芽。
鑑和腐朽的皮肉周旋，
衡量死亡的時間，

到底是够沈悶的事，
頗想做一做無聊的把戲。
在避免不掉和她相遇之前
大家祇感到離奇的恐怖，
殯葬和墳墓，——一切人生的慘苦
已使她厭煩到無可排遣的程度。
在擾攘的塵世裏面
她做着不討好的事，
做得十分的熟嫻，
而人們還認為無用。
這自然使她氣憤，
因此恨上了人類，
有時將不應該上路的人
好端端送上了西天。
　她要不要愛上撒但，

嘗一嘗地獄的悶熱，
和金髮的撒但在一起，
爲愛情的痛苦而哭泣。

三

女郎立在死神的前面，
勇敢地期待威嚴的打擊，
死神以憐憫的口氣喃語：
「唉！你這樣小小的年紀！
爲什麽事冒犯了閻王？
現在我將把你置死！」
「不要生氣，」——女郎回答，——
「你何必這樣的惱我？
愛人初次給我甜吻，
在葱綠的接骨樹下，——
我怎樣還能顧到君王？

恰巧君王從戰場逃回。
我向君王回禀，
請陛下避在一邊，
這話說得還好，
那知竟出了亂苗！
唉！死是躲不掉的，
也祇好抱恨就死。
死神！我衷心地求你，
願再得一吻的機會！」

女郎的話使死神驚訝，
從來無人會這樣求他！
「如果人們全停止了接吻，」
她想，——「我將怎樣活在世上？」
死神在斜陽下曝曬骨頭，
一面招她近前，一面說：

「你快去接吻——越快越好!
黑夜是你的，——黎明再見!」
於是坐在石上靜候，
蛇殉舐吮她的鐮刀，
女郎欣悅得嗚咽，
死神喃喃說：「快去!」

四

死神受了春日的煦煥，
卸下踏破的草鞋，
躺在石上洗睡，
做着不好的夢。
她夢見她的父親卡因，
帶着重孫伊司卡里奧，
兩人裝做地爬上山去，
像兩條蛇輕輕地匍匐。

「主呀！」——卡因陰鬱地呻吟，
模糊的眼睛向天際瞭望，
「主呀！」——惡毒的獵犬祈求，
眼睛不敢從地上翻起。
主升坐在山上；
紅潤的雲裏閃耀；
雲中寫滿了星星；
銀河是祂的一頁。
天使立在山嶺上，
手內握了一束閃電，
對兩人厲聲地呼叱：
「走開罷！主不能接待你們！」
「米哈爾」——卡因訴起怨來，——
「我原知道——我的罪孽深重！
我生下了光明之生的兇手，

我是可詛咒的死神的父親！」
「米哈爾」——猶大說，——
「我知道我比卡因有罪，
因爲將太陽般光明的神心
交給了卑鄙的死神。」
於是兩人同聲地呼籲：
「但求上帝說出一個字，
祗要憐惜我們一次，
我們不敢再求饒恕！」
天使輕輕地回答：
「我已經對他講了三次，
兩次他一言不發，
第三次搖頭說：
『在死神殘害生靈之時，
卡因與猶大罪無可恕。

願力能永恆戰勝死神的人，
　宥免他們百死莫贖的重罪。」
兩個殺兄叛主的人
哀哀地呼號哭泣，
互相擁抱着滾下
山腳裏陰黑的池中。
　池沼中妖怪和小鬼，
大家拍手齊聲稱快，
用慘綠的池沼裏的火
向兩人的臉上噴唾。

五

　死神正午時醒轉，
一看，——女郎還沒有來！
死神喊了一聲「蕩婦！
良宵顯然還苦短！」

摘下籬邊的向日葵，
一面嗅聞，一面欣賞，
太陽用活潑的火光，
將白楊葉鍍上金色。
向太陽瞧望，突然地
唱出低微的歌聲：
「人們用殘忍的手
將鄉人殺死，
殯葬時唱着：
『臨聖神同享安息』！
我一點也不瞭解！——
暴君將人民驅使鞭策，
斷氣後葬他時，
竟用的是同樣的歌調！
老賢人或小偷死後，

淒涼的歌誦隊
以同樣的煩悶唱出：
「隨聖神同享安息！」
我親手殺死了
傻瓜，畜生或奴僕，
而唱出的一樣是：
「隨聖神同享安息！」」

六

唱完了歌，——起始憤怒，
已經過了一整夜，
女郎還沒有回來。
這樣的玩笑非同小可。
死神越發地狂怒，殘狠，
穿上了草鞋與脚絆，
候到月色初上的時光，

怒氣勃勃地走上征途。
走了一小時，看見
女郎坐在林中樹下，
撒滿月光的錦草上，
像美麗的春神。
像早春的土地一般的光裸，
不識羞恥地露出雪白的胸脯，
錦緞般的皮膚上面，
看得見甜吻的繁星。
乳頭像星兒一般，裝飾酥胸，
秀眼也像星兒一般地笑盼，
向天上光明的銀河，
深夜的蔚藍的小徑凝視。
眼睛下籠罩着淡藍的陰圈，
嘴唇像受傷似的顯得鮮紅。

少年的頭枕在女郎的膝上，
沈睡得像疲乏的小鹿。
　死神一看，爐火靜靜地
在空虛的腦瓜裏熄滅，
「你爲什麽像夏娃一樣，
在樹後躲避上帝？」
女郎用虛月似的[illegible][illegible]，
把愛人在死神前擋住，
勇敢地回答：
「等一等，不要嚇我！
不要驚吵可憐的兒郎，
不要揮舞尖尖的鐮刀！
我就要來躺進墳裏，
但求他能多活些日子！
我沒有守約是我的過錯，

心想——既然離死不遠，
讓我再抱一抱親愛的少年，
和他在一處是太好了！
你看，他是怎樣的美麗！
留下了多少的表記！
在我的頰上和胸前，
盛開着如火如荼的罌粟！」
死神羞慚地低笑：
「你好像和太陽接了吻，——
但是我手邊非祇你一人，
千千萬萬全由我殺死！
我遵守着時間，
事情太多，人已老了，
必須珍重每一分的光陰，
姑娘，你快些跟我上路！」

女郎祇管說自己的話：
「愛人一抱我，
天地不復生存。
心靈中充滿了力量，
燃燒出奇麗的神光。
在命運之前無所恐怖，
上帝和人類一概無用！
像嬰孩似的自得其樂，
自己欣賞自己的愛情。」
死神陰鬱地威嚴地沈默，
顯然不易打斷她的妙歌！
世上沒有比太陽美麗的東西，
也沒有火——再比愛火奇麗！

七

死神聽着女郎的話語，

妒火燃燒她的骨頭，
感到一會兒冷一會兒熱，
死神的心給世間顯示些什麼？
死神不是母親，而是婦人，
她的心也比理智强烈；
憐惜，忿怒與煩悶
在陰黑的心内生芽。
她將對她深愛的人，
惡毒的煩悶針刺心靈的人，
在深夜裏如何絮絮地道出
安寧的偉大的快樂！
「也罷，」——死神說，——「就算出了奇蹟！
我允許你再生活下去！
但我將和你立在一處，
永遠立在愛神的身邊！」

從此以後，愛與死像兩個姊妹，
形影不離地同行到現在，
死神持着鐮刀，像煤婆似的，
到處拖在愛神的身後。
她受了妹子的蠱惑，
在婚筵與比武場上，
無止休地建築着
愛的快樂與生的幸福。

關於埃倫特庫西公爵夫人的歌謠

——歌謠內嵌着各種格言，內中有極逗趣的東西——

你們知道不知道，我的朋友，——
　埃倫特庫西公爵夫人
　在布勒搭尼的地方
　是人間無比的尤物？

　世間創造的一切，
　我們全應該明兒，
　慈善的上帝爲了這，
　賜給了眼睛和耳朵。

她從城堡中像天鵝般泅出，

走到吊橋的附近，
陽光在天上嘻笑。
乞兒立在城門前。

假使偶然地——
眼睛過分地尖銳，
那就是說——
上蒼想予我們以磨折。

年輕的侍僮跟在她的脚踵後，
不敢擧起愛戀的眼睛，
還跟着一條獵狗，
貴夫人的寵物。

我們知道，——

狗比愛友誠實，
還是愛狗有趣些，——
沒有人爲牠哭啼！

我對你們說，乞兒年青而且貌美，
　再加上像詩人般的盲目，
莫非盲人難得到
美人的青睞？

盲人淚滿充眼。
可惜他不知道，
我們的心裏祕密地藏着
多少沈重的，可怕的黑暗！

公爵夫人的芳心抖顫了一下，

愛情永遠在裏面駐留，
美眼向乞兒顧盼：
「這人大可加以青睞！」

萬物全具有心的意志，
無論獅，蛇，或你自己。
但是誰能知道這意念？
你自己知道麼？

於是她對乞兒說話：
「立你面前的就是埃倫夫人，
我可憐你黑暗的靈魂，
如何才能減輕它的痛呢？」

假使你感到心哀，

有盈溢的糖蛋或蓓蕾，
快快地交給他人，——
多餘的有什麼需要？

「Madame！」——乞兒恭順地回答，——
「尊貴的 Madame！
願將我淒啼的餘生，
換得你一次的甜吻！」

你幻想美麗的眞理，
貪婪地期待它的實現，
你會將你自己產生的虛謊，
當作眞理一樣的摯愛。

「我的小孩，你稍稍回轉身去，」——

夫人對侍僮說：——
「爲了上帝的榮譽，
我不惜自己的名節！」

婦人和大家一樣
全是上帝手內的玩物！
還不如多多地思想
小孩，燕子和蝴蝶。

盲人抱住驕貴的夫人的玉體，
嚇壓在她身上，
弄得她眼光迷惘，
細腰彎垂。

朋友們！幸福得了勝利！

即使他的生命僅成一瞬！
智慧在幸福裏，
比在千百巨籍內多！

情慾突然戰勝了貴夫人的驕傲。
臉頰比晚霞還紅，
含羞地命令侍僮：
「愛一句，好孩子，你別看！」

我們的仇敵——魔鬼與機會——
永遠戰勝我們，
所以你不必自尋苦惱，——
罪孽的時間總是避免不掉！

以後從地上疲乏地立起，

「殺死他！」——夫人下令。
落在愛焰中的侍僮
快樂地拔出利刃。

在一杯酒裏同時
飲吸愛情與妒火的人，——
免不了會喝下
復仇的紅汁。

夫人用手帕擦拭潮潤的紅唇，
對若者說——：
「天堂的主宰，
我將瑠瓌獻與你！」

風兒向何處吹去，

小草會老實告訴你，
女人需要些什麽，
連上帝都惜然不知！

溫柔地，寬宏地詢問侍僕：
「我是怎樣的心審？
你哭什麽，好孩子？
我們走，我們回家罷！」

愛情的爆發像火焰，
我們在裏面燃燒，
自己就會成爲
美麗的，鮮艷的火。

他沒有作答，祇是用帽兒

揩去頰上的淚珠，
無從抑止地發出
一陣沉重的嘆息。

我們豪爽地給生命許多禮物！
每人都向它呈獻
幾許快樂的笑，
充滿眼淚的心。

埃倫夫人皺緊了愁眉，
忍住惡毒的話語，
將嬰孩從橋上擲進
幽深的碧綠的水裏。

假使一切值得懲罰的人

我們全處以嚴刑，——
我們不會因此多添幸福，
泯迹的世界將成爲空虛。

——埃倫將驕傲的蔚藍的眼睛
　重又舉向天際。
「父，願你做我的裁判官，
願你和我一樣的好心！」

我們知道——美女的罪孽
不過是一些可愛的游戲。
上帝本極溫柔和銳敏，
一定會顯示寬宥的善意。

公爵夫人深夜中召請了牧師，

說出自己的罪孽。
用去十五個路易，
解除心靈的重負。

世間創造的一切，
我們全應該聞見，
慈善的上帝為了這
賜給了眼睛和耳朵。

這一切將永成為祕密，
　無人會知曉，
　但是施捨的錢袋
　偶然發現了九個僞幣。

假使有時候——

眼睛過分地尖銳，
那就是說——
上蒼想予我們以磨折。
高僧將錢解散給窮人的時候，
　故意稍囁了幾句，
他的不守紀跌造成了
這首美麗的歌謠。

心底的憂愁最爲苦惱，
時常無從加以援助，
我們便用逗趣的玩笑
治愈心頭的痛苦。

譯者後記

呈獻在讀者之前的是二十九篇短篇小說和兩首詩，被收在俄羅斯浪遊散記的一個總題目之下，帶自傳性質，而內中所含的自傳的材料並不多，像fiction，而所描寫的又像作者身邊所遇到的實在的人物，是一種體裁極別致的，介乎自傳與fiction之間的東西。

高爾基的作品大概可分為以下的數類：首先是早期的，以所謂「流浪人」的典型為描寫的主體的作品。這種「流浪人」不屬社會的那一層，有的被動地受了經濟和其他等等的壓迫而落進社會的底層裏，有的自動地由於性格的關係而樂於度「流浪」的生活，浪漫的，樂天的，多少帶着對現存社會反抗意味的生活。這類作品，如切爾卡士，瑪爾伐，瑪卡爾·處特拉，以及戲劇在底層中都是的。這些作品多少染上了浪漫的色彩，一些堅強性格的輪廓。在這些「流浪人」的性格裏我們發現了勇敢，驕傲，愛自由，君臨金錢，一些強烈的情感和誠摯的衝動。他們不能安身於狹窄的矛盾的醜惡的社會中，他們的個性起而反抗，呼出不平之鳴。高氏的長篇，如煩惱，鄧諾瓦洛夫，三人和福瑪·高爾台也夫都可歸入此類。

其次是描寫勞工社會的作品，如仇敵，（戲劇）母親，（長篇小說）描寫俄國內地及縣城生活的有與古洛夫，瑪爾魏·郭湼麥金的一生等。這類的作品已從浪漫主義的氣氛蛻變而走上現實主義的大道。

再次便是自傳性質的小說也就是高氏的創作力入於最純化時期的作品，如童年，我的大學，人間等。

這部俄羅斯浪游散記並不能歸到上面的任何類內，可以說具有綜合的性質：並而有早期的浪漫主義的氣氛，也有內地及縣城生活的現實的描寫，同時更含有一些自傳的材料。

除極少的例外，每篇中都有「我」這個人在，一切敘寫都是以「我」為出發，以「我」為中心的。這書不像居格涅夫的獵人日記，作者不過處於觀察者的地位，局外人的地位，為了行文的方便，才用第一人稱的敘寫法，其實即使將作者自身從文中刪去，也可以成為完整的作品。這書內的「我」卻成為所描寫的故事的參加者：雖然他並不處於主要的地位，不過是一個「配角，」但是讀者會感到這「配角」是和故事不可分離的，尤其顯著地看出來的，如人的產生，流冰，女人等。

書中各個人物的性格雖然各不相同，各自獨立，但全是鮮豔的，活生生的，純粹俄羅斯的。舉例說流冰裏的遏西布和輪船上的青年小夥，留下了俄羅斯獨特的，令人不能遺忘的形象。又如人的產生和女人所表現的兩個俄羅斯女人的形象也極別致，新穎。最使人感到別致新穎的是自然與風景的描寫。差不多每篇中高氏用活潑生動的形象，豐富的言語，美麗的比喻，寫出一幅大自然的圖畫。

最後，對於「俄羅斯浪游散記」的題目還要說幾句：如果把俄文原文譯成英文，則為「Over Russia」兩字，後面的「浪游散記」是譯者添上的，認為這樣似乎顯得醒目些。

書中單獨的各篇或許有譯成中文，散見於各雜誌或收入短篇小說集中的。據譯者所知道的有「世界文庫」的俄國短篇小說集中。至於全譯成書也許還沒有罷。

俄羅斯浪遊散記

民國卅二年十一月初版

民國三十五年四月再版

每冊定價國幣五元八角

著作者　高爾基

翻譯者　耿濟之

發行者　開明書店　代表人范洗人

印刷者　開明書店

(324P.)　俄 D145